AS MUSAS

AS MUSAS

Eduardo Lacombe

editora
MOURTHÉ

Rio de Janeiro
2015

Copyright © 2015 by Eduardo Lacombe

Todos os direitos desta edição reservados à Editora Mourthé Ltda.

É proibida a duplicação ou reprodução deste volume, ou de partes do mesmo, sob quaisquer meios, sem a autorização expressa da Editora.

Projeto Gráfico e Capa: Claudia Mourthé

Revisão: Marilia Mourthé

Dados Internacionais de Catalogação na Publicação (CIP)
(Câmara Brasileira do Livro, SP, Brasil)

Lacombe, Eduardo
　As musas / Eduardo Lacombe. -- Rio de Janeiro : Editora Mourthé, 2015.

ISBN 978-85-65938-09-9

1. Ficção brasileira I. Título.

15-07831　　　　　　　　　　　　　　　　　　　　　CDD-869.3

Índices para catálogo sistemático:

1. Ficção : Literatura brasileira 869.3

Y editora
MOURTHÉ

Editora Mourthé Ltda.
Rua Farani, 42 - Loja H - Botafogo
CEP 22231-020 - Rio de Janeiro - RJ

contato@editoramourthe.com.br
www.editoramourthe.com.br

Segundo as enciclopédias, musas eram entidades mitológicas a quem era atribuída a capacidade de inspirar a criação artística ou científica. Ensina a Mitologia que eram as nove filhas de Zeus com Mnemósine, a deusa da memória. A história teve início após a vitória dos deuses – liderados por Zeus – sobre os seis filhos de Urano, conhecidos como titãs. Para cantar a vitória e perpetuar a glória dos Olímpicos, foi solicitado que se criassem divindades capazes de tal façanha.

Zeus então partilhou o leito com Mnemósine, durante dez noites consecutivas e, um ano depois, ela deu luz a nove filhas, criadas pelo caçador Croto que, ao morrer, foi transportado à constelação de Sagitário.

Inicialmente, apenas formavam um maravilhoso coro feminino. Mais tarde, suas funções e atributos se diversificaram, passando a cantar o presente, o passado e o futuro, acompanhados pela lira de Apolo, para deleite das deusas amantes da música. Eram as musas: Calíope, Clio, Érato, Euterpe, Melpômene, Polímnia, Tália, Terpsícore e Urânia.

Mas o filósofo Platão afirmava não serem apenas nove as musas. Segundo ele, a décima era a poetisa Safo. E a incluía no grupo graças à qualidade de seus versos e não se intimidava com o fato de as musas serem míticas, enquanto que a grega deixou uma obra que, censurada, acabou destruída – em grande parte – na Idade Média.

Alguns estudiosos a consideram a musa dos amores proibidos. Tudo porque após criar, na Ilha de Lesbos, na Grécia, uma escola de aperfeiçoamento para as mulheres, apaixonou-se por uma das alunas. Atis, entretanto, apaixonou-se por um homem, o que causou profunda tristeza na professora, que lhe dedicou versos. Foi, então, retirada da escola e a própria Safo teria comentado: "Seria melhor se tivesse morrido".

Das musas, apenas seis nos interessam: **Clio**, a musa da história; **Érato**, a que desperta desejos e que tem ao seu lado um pequeno Amor que lhe beija os pés; **Euterpe**, da música; **Melpômene**, da tragédia; **Safo**, a dos amores proibidos;

e **Urânia**, musa da astronomia e da astrologia. E inspiraram as seis personagens principais desta história: Danielle, Gabriela, Luciana, Ludmila, Mariana e Vera.

Fui aluno de Gabriela e, portanto, testemunha de sua história. Convivi com Luciana nas noites de Copacabana. Conheci Danielle e Vera no **Ponto de Encontro**, e de Ludmila e de Mariana apenas ouvi falar. Mais famosas do que elas, ficaram suas amigas Camila e Jaqueline, que divulgaram suas histórias.

Falo de todas numa tentativa de mostrar que as musas sempre nos inspiram, de formas as mais diferentes. Danielle é inspirada por Melpômene; Gabriela, por Safo; Ludmila, por Urânia; Luciana, por Érato; Mariana, por Clio; e Vera, por Euterpe.

Se há mérito nas histórias, ele pertence às personagens, ou melhor, às musas que as inspiraram.

O Autor.

ÍNDICE

GABRIELA 9

LUDMILA 71

LUCIANA 103

MARIANA 131

VERA 159

DANIELLE 197

GABRIELA

DÁ LICENÇA?

O elevador da universidade estava lotado. Havia nele o burburinho próprio da juventude, sempre com mil histórias – reais ou criadas – para contar. Gabriela entrou e encontrou os rostos curiosos de alguns alunos e de ex-alunos. Todos sorrindo e dando a entender que estavam felizes em vê-la. Ela se virou em direção à porta e olhou para Rodrigo, seu namorado e colega de cátedra, professor que conseguia ter grande sucesso entre os alunos graças às frequentes anedotas que contava em sala. "Se você não souber o que falar aos alunos", costumava dizer ele, "conte uma piada. Mesmo que ela não tenha graça, sempre haverá gente disposta a rir dela".

Gabriela e Rodrigo formavam o casal-padrão para os corpos docente e discente da universidade. Moravam em casas separadas, mas mantinham uma relação que, aos olhos de colegas e alunos, era perfeita. Se era verdade que as coisas não fluíam de forma harmônica, como ela – ao menos ela – sabia, também era verdade que, externamente, não havia muito do que reclamar.

Gabriela era solteira. Nunca tivera uma relação estável – nome pelo qual os alunos se referiam ao que, nos tempos de seus pais, se chamava de **ajuntamento**. Mas ia "levando" a vida ao lado de Rodrigo. Sua amiga Regina – amiga, aliás, desde a infância – sempre lhe cobrava isso. Mas ela não queria se aprofundar nesta discussão.

— Ele é bom de cama?
— Ele acha que é. Não é nenhuma maravilha, mas pelo menos é rápido – disse ela, provocando gargalhadas na amiga na última vez que conversaram sobre o assunto.

Mal o elevador parou no andar, Gabriela se sentiu empurrada para frente. Olhou para Rodrigo e viu que ele enfrentava o mesmo problema. Riram os dois e saíram para um canto do corredor, para dar passagem aos alunos. E, calmamente, foram caminhando em direção à sala dos professores.

— Esse vestido te deixa maravilhosa – disse Rodrigo, esperando um sorriso em resposta.

— Brigada – disse Gabriela, tocando de leve na mão do namorado, que tentou segurá-la mas ela, como sempre fazia, não deixou

POETA OU POETISA?

Sozinha, Gabriela se sentou à mesa disposta a ler os trabalhos dos alunos que, na verdade, já deveriam ter sido enviados à Secretaria. Procurou os textos, cujo tema era livre, a maioria escrita no computador. A única exigência era falar de poetas. E uma de suas alunas, Camila, escolhera Safo, que vivera no Século VII, a. C.. Inicialmente, ela descrevia a Grécia dos tempos de Safo e falava de sua relação com uma aluna, "Atis, que também entrou para a história". E lamentava em seguida que "a maioria de seus textos acabasse destruída pela inquisição".

Gabriela, particularmente, nunca mostrara interesse pela poetiza – ainda usava a diferenciação entre homem e mulher quando se referia a pessoas que lidam com rimas. Camila era aquela aluna pequenina, sempre usando uma saia muito curta, sandálias de couro e um celular que parecia ter um estoque infinito de músicas. Era bonita, sim. E riu intimamente, lembrando-se de Rodrigo, que garantia: "aos 18 anos, toda mulher é bela".

No caso específico de Camila o ditado se confirmava. O mesmo se dava com sua amiga inseparável, Daniela, com quem parecia dividir tudo, desde a atenção às aulas, às paqueras e às cantadas que ouvia. Gabriela sentiu um pensamento preconceituoso lhe aflorar. E ficou com raiva de si mesma. Afinal, sempre se declarava uma mulher aberta a qualquer – sem exceção – tendência.

"Safo criou uma escola, onde ensinava poesia, dança e música. É considerada a primeira escola de aperfeiçoamento da história. Ali as discípulas eram chamadas de amigas e não alunas por quem ela, a mestra, se dizia apaixonada. Entre elas, uma viria a se tornar a favorita. Atis, entretanto, apaixonara-se por um homem". E Camila terminava: "Longe de sentir ciúmes ou de destratar sua amante, Safo lhe dedicou versos".

Gabriela leu o restante daquele trabalho e outros, mas não lhes deu a atenção devida. Nem mesmo o trabalho de Daniela. "Sobre o quê mesmo ela escrevera"? E foi conferir. E se surpreendeu ao ver que a chilena Gabriela Mistral fora a sua escolhida.

Ao colocar os dois trabalhos lado a lado, Gabriela percebeu que deveriam ter sido escritos no mesmo computador. O tipo de papel usado era o mesmo – mas poderiam ter sido impressos na própria universidade. Além disso, tinham o mesmo tipo de letra e usavam o mesmo corpo. "Mas isso não quer dizer nada" acrescentava ela própria, tentando acabar com aquele mal estar causado por uma desconfiança que, no fim, não pesaria em nada na decisão de aprovar ou não as duas. "Ou apenas uma delas, para separá-las" – e riu.

Mas continuou incomodada pela ideia do namoro entre duas de suas alunas. E se lembrava da primeira vez que ouvira a palavra **lésbica**. Fora pronunciada por sua mãe, mas não se lembrava a quem se referia. Curiosa, perguntou o que significava. O pai simplificou: "É mulher que gosta de mulher". A mãe tentou explicar melhor, mas o pai prosseguiu: "É gente que não merece atenção. A natureza nos fez diferentes para gostarmos de diferentes. Assim, homem gosta de mulher e mulher gosta de homem".

Ficou tão impressionada com aquilo que perguntou à mãe se podia gostar de Regina, sua melhor amiga. A mãe a sentou a seu lado e explicou que o amor entre duas mulheres, como ela e Regina, era saudável. "Estou falando de outra coisa quando digo lésbicas". E Gabriela acrescentou: "É mulher que faz sexo com mulher?", frase que provocou gargalhadas na mãe. E a resposta positiva: "É isso, sim".

Mas tudo ficara na teoria. Fez um esforço de recordação e não se lembrava de casos de lesbianismo entre suas colegas de colégio. As meninas eram apenas amigas. Muito unidas – caso dela e de Regina – mas nada que a fizesse ter a menor desconfiança de haver mais do que amizade entre elas. "Por isso", admitia, "reagia com estranheza à constatação de que tinha alunas lésbicas".

Antes de ir embora, passou na Secretaria e entregou os trabalhos, que seriam encaminhados aos alunos no dia seguinte. Passou pela sala dos professores, despediu-se de Rodrigo e tomou o caminho do elevador. Andando pelos pilotis, viu Camila e Daniela vindo em sua direção e passarem felizes, sorrindo, quase que de mãos dadas. Parou e ficou olhando as alunas desaparecerem aos poucos. O que lhe permitiu ver que Camila tinha um belo corpo. E que Daniela, ao contrário, era magra e mais alta que a outra. "Será sempre assim? Uma é o homem da relação?" E seguiu adiante, apenas murmurando: "Que loucura!"

E voltou a se perguntar sobre a razão daquela aversão. Inicialmente, creditou-a ao preconceito do pai. Mas se lembrava de sua mãe dizer: "Preconceito é uma falha de caráter que não deve acontecer com um cristão". Mas se não gostava do preconceito paterno, também não gostava da conformidade materna, sempre creditando a Deus as coisas que acontecem, as boas e as más.

Era um assunto que poderia ser discutido com Regina. Sua amiga tinha uma visão mais ampla do problema e lhe disse ter amigas lésbicas. A princípio, Gabriela ficou chocada. "Como assim? Que amigas são essas que não conheço?". E se irritara com as gargalhadas da amiga. "Você conhece pessoas que não conheço e o mesmo acontece comigo, amiga". E reagiu imediatamente: "Mas não tenho amigas lésbicas". Regina rira e encerrara a discussão com outra pergunta: "Tem certeza?".

Regina se perguntava se sua preocupação com o lesbianismo era pelo medo de descobrir que Regina era lésbica. Mas admitiu que esse risco praticamente não havia. Regina estava casada e, pelo que conversavam, muito feliz. Mas admitia que seria uma decepção e tanto.

ONDE BEBER?

Já em casa, resolveu reclamar do calor. Não era normal o Rio ter temperaturas tão altas em setembro. Afinal, ainda estavam deixando o inverno e aguardando a primavera. Ligou o ar condicionado e ficou de frente para o aparelho, que rugia como um leão ferido. Riu da comparação feita e foi em busca da água fria do chuveiro. Debaixo da água refrescante, ficou pensando em algo para fazer naquela noite. Queria espairecer. Rodrigo estaria com as filhas do primeiro casamento, portanto, impedido de sair. E, com resolução, determinou-se: "vou beber".

Pouco depois, já pronta, ligou para Regina. Rê, já no bar, disse que a aguardava. Ela e Adriano eram a dupla certa para tricotar, gíria que usavam para a saudável atividade de falar da vida alheia. E tomou uma resolução, "saudável", como disse em voz alta à imagem refletida no espelho: "vou também". Sorriu para si mesma, deu aquela última conferida na roupa e apagou as luzes, simultaneamente com o ato de abrir a porta da frente.

Ao chegar ao bar, logo viu Regina e Adriano, em uma mesa com outras pessoas. Ele a chamou para se sentar com eles, ao mesmo tempo em que Algodão, o velho garçom daquela mesa, era intimado a conseguir mais uma cadeira. E após se sentar ao lado de Regina, durante o beijo que lhe dava na face, viu que à mesa, além de amigos comuns, estava uma pessoa desconhecida. Mas não lhe deu muita atenção e logo começou a trocar informações. Por parte dela, não havia grandes novidades: as aulas na universidade e o namorado. Da amiga também não as havia, fora "a crise no setor (bancário) que, a cada ano, ameaça a nossa categoria". Regina, sindicalista, não admitia o uso da expressão classe: "classe é trabalhadora", insistia ela. "Os bancários integram uma categoria profissional", ensinava.

Só então, após perguntar a Adriano como ele ia e ver na sua mão o clássico gesto de que tudo ia bem, prestou atenção em Fernanda. Ela era bonita. Tinha os cabelos louros mas mal cortados e se destacava por seus belos olhos verdes. Mas deixava a desejar por ser gordinha. E Gabriela detestava gente gorda. Fora gorda na infância e muito sofrera com isso. Só superara o problema com dieta, que mantinha até hoje, e muita ginástica, à qual não era tão assídua assim.

Mas se a primeira impressão é a que fica, Fernanda não deixara boa impressão. Falante, contava as histórias da última viagem à Europa. Fora, finalmente, após inúmeras tentativas, admitida no fechado mundo do arquivo histórico da Torre de Londres, famoso cadafalso de Ana Bolena, segunda mulher de Henrique VIII e mãe de Elizabeth I, "a maior rainha da Inglaterra em todos os tempos", como fazia questão de afirmar. Como ela não parava de falar, Gabriela começou a conversar com Adriano, único na mesa que não estava **encantado** com a conversa "daquela desconhecida".

– E o Rodrigo? Tá na semana de pai?

Gabriela riu e acenou com a cabeça.

– E só volta para mim no domingo de manhã.

Enquanto isso, Fernanda – para desgosto de Gabriela – monopolizava as atenções do restante da mesa. Sobre o quê mesmo ela falava?

– Vi, finalmente, o diário da Rainha Vitória. Quando a Princesa Isabel visitou a Inglaterra, não pôde ser recebida por ela, já que havia uma pendência diplomática entre os dois países –. Olhou para Gabriela e explicou: – Era a questão Christie, que fez com que o Brasil rompesse relações diplomáticas com a Inglaterra.

Mas Gabriela era obrigada a admitir que Fernanda tinha um sorriso bonito e sorriu em resposta. Logo teve sua atenção despertada para mais uma rodada de chope e com os tradicionais brindes, que sempre aconteciam naquela mesa. Regina estava visivelmente feliz e após olhar para o marido, perguntar-lhe "posso?" e ter sua aquiescência, informou aos amigos:

– Estou grávida – e escondeu o rosto, como que a frear a festa que se seguiu. Gabriela foi a primeira a abraçá-la. Foi um aperto tão grande que provocou a reação de Adriano que, em seguida, pegou o rosto da mulher para beijá-la, festejando aquele que, esperavam, seria o primeiro filho do casal.

Gabriela reparou que Fernanda se limitou a cumprimentá-la, mostrando-se fria com a novidade. E estranhou aquilo. E começou a imaginar situações mil: "Ela não pode ter filhos? Será?" Ou então: "Perdeu um filho? Será? Coitada". Mas Regina estava feliz e voltou a abraçar Gabriela.

– Gabi. Você será a madrinha, tá?

Gabriela, feliz, olhou para Adriano, que se limitou a confirmar a informação, com um grande sorriso.

– Meu afilhado ou afilhada já tem nome? – perguntou, logo provocando uma rápida discussão entre os dois, que não chegavam a uma conclusão quanto ao sexo, muito menos quanto ao nome.

Foi após rir com os amigos, que Gabriela se surpreendeu com o olhar que Fernanda lhe dedicava. E ficou incomodada quando ela lhe dirigiu perguntas: "Onde trabalha? Casada? Filhos? Mora sozinha?" Mas as respondeu, sem se fazer de difícil e até sorrindo. E se viu presa àqueles olhos e ao sorriso que a amiga de Regina lhe dedicava. Chegaram a conversar e foi a sua vez de fazer as perguntas.

Soube, então, que Fernanda era pesquisadora do Arquivo Nacional e que, por isso, viajava sempre à procura de documentos raros relacionados ao Segundo Reinado.

— Pesquiso tudo relacionado a Pedro II – disse ela, acrescentando que era a Princesa Isabel sua personagem favorita. — Favorita por ser carola, reacionária e apaixonada pelo marido — e deu uma gargalhada gostosa, no que foi acompanhada por Gabriela, que queria saber mais e lhe devolveu as perguntas.

— Não sei se estou casada ou sozinha – disse com o olhar triste.

Pouco depois, Fernanda se despediu, beijou Regina e Gabriela recebeu o beijo no rosto, mas próximo à boca, o que a deixou perturbada. As duas trocaram um olhar que poderia significar algo. E Gabriela fez questão de observá-la e a viu deixar o bar e se perder na calçada. Em seguida, olhou para Regina, que lhe perguntava se gostara da amiga.

— Sim! – respondeu, tentando não deixar transparecer alguma coisa. Mas não resistiu e comentou: — Ela é esquisita...

— Ela é muito culta – disse Regina, fazendo Gabriela lembrar-se de trechos da conversa que tiveram. — Ela é uma pesquisadora muito respeitada – continuou falando Regina. — Tem trabalhos publicados em revistas estrangeiras e fez um pós-doutorado na Universidade da Califórnia. Por isso, vive viajando. Não para no Rio.

Gabriela achou que era hora de ir embora. Já começava a sentir os efeitos da cerveja. E apesar dos protestos, deixou os amigos curtindo a gravidez de Regina. Lembrou-se do dinheiro para pagar sua parte na conta, mandou beijos a todos e foi embora. Em casa, percebeu-se bêbada. Mas não reclamou. Afinal, saíra com a determinação de se embebedar. A noite fora boa e soubera da boa notícia de que a amiga estava grávida. "A Rê merece", disse, enquanto tirava o sutiã. E livre, leve e solta, como se sentia nessas horas, fez um bolo do travesseiro, botou uma almofada entre as pernas e caiu em um sono profundo.

FILHOS? MELHOR NÃO TÊ-LOS

A semana passou sem maiores incidentes. Não havia novidade, além das visitas aos pais, que moravam em um apartamento próximo, e ao revezamento às noites na casa de Rodrigo. Também voltara a ver suas alunas e não se sentiu tão afetada assim. E achava que o problema – "se é que houve problema" – estava superado.

Em certa manhã, sentou-se em um banco para descobrir o quê fazer naquele intervalo – longo, duas horas – até a próxima aula. Ligou para Regina, querendo saber se a amiga tinha novidades para contar. E foi surpreendida com a aproximação de Camila e Daniela. Bastou ver as duas, de mãos dadas para voltar a ter a mesma sensação de desconforto da semana anterior.

Mas sorriu para as alunas, que se sentaram no mesmo banco, e começou a rir da frustração da amiga, que reclamava da preferência de Adriano por uma filha, enquanto ela queria um menino. E percebeu que o assunto interessava às alunas, que ficaram em silêncio, ouvindo o que ela falava. Mas Regina tinha de atender o marido e encurtou a conversa.

– Tá bom, vai cuidar do maridão. Aproveita e dá um beijo nele – disse Gabriela, antes de desligar o aparelho. E percebeu que as alunas a olhavam. Embora incomodada – "Elas me olham tanto! Por quê?" – sorriu-lhes. – Minha amiga vai ser mãe. Não é legal? – Camila parecia interessada na conversa e começou a fazer uma série de perguntas. Só parou porque Daniela a repreendeu, lembrando que se tratava de uma amiga da professora.

Gabriela não queria conversar com aquelas alunas. Levantou-se, pouco se importando se as alunas percebiam ou não a aversão que a situação lhe provocava. Pediu desculpas e se afastou em direção à cantina. Lá chegando, ocupou uma mesa – eram muitas mesas livres àquela hora – e pediu um café "duplo e forte" à garçonete, que tinha toda a pinta de aluna.

No início da noite, no caminho para casa e presa ao trânsito, ouviu o celular tocar. Como se recusava a atender ao telefone quando dirigia, teve de aproveitar uma parada para saber quem ligava. Era Regina. Ao chegar a casa, viu que a amiga deixara uma mensagem gravada. Claro, estavam no bar da sempre, esperando por ela. Sua noite – era uma sexta-feira, a segunda consecutiva em que Rodrigo estava com as filhas – seria ótima, ela esperava. E subiu pelo elevador cantando.

SAIR DO ARMÁRIO

Gabriela acordou assustada. Reconheceu seu próprio quarto e se viu nua na cama. Mas o susto logo passou quando se lembrou de que, após o banho, deitara-se para um cochilo. O cansaço acabou vencendo. Olhou no despertador e levou outro susto: passava de 10 horas da manhã. Ela dormira toda a noite. Mas não se sentira tão cansada assim quando resolveu descansar.

Ainda nua, saiu andando pelo apartamento, em busca de um suco. E só após se saciar com um gostoso suco de laranja, pensou em vestir alguma coisa. Voltou ao quarto, colocou uma camiseta larga em cima do corpo e procurou o celular. "Meu Deus", pensou, "nem liguei para o Rodrigo!" e completou a ligação. O namorado, ao saber do que acontecera, riu e comentou que estava tranquilo: a namorada não saíra sozinha.

— Mas hoje, sábado, você vai ficar sozinho – disse ela, despedindo-se.

Em seguida ligou para Regina. Mas se frustrou. Adriano disse que a amiga dormia "o sono dos justos" e cobrou o furo da noite passada.

— Todos sentiram sua falta – disse Adriano, enumerando as pessoas que perguntaram por ela. Entre essas pessoas estava Fernanda. Fez uma careta ao ouvir o nome e não lamentou ter dormido. E foi se vestir para ir ao supermercado, já preparada para o acúmulo de pessoas e as intermináveis filas no caixa.

Quatro horas depois, saiu do supermercado de mau humor. Ser mal atendida era algo que não admitia. "Estou pagando e exijo bom tratamento", disse ao rapaz do açougue. O caso só não descambara para uma discussão sem fim graças à intervenção do gerente, que lhe dera razão e determinara ao rapaz proceder à limpeza do peso de carne que ela queria levar. Carregando as sacolas, resolveu almoçar por ali. E foi em direção à Avenida Atlântica. E a simples possibilidade de comer um peixe a deixou feliz novamente.

Antes de chegar ao restaurante, passou por uma banca de jornal e teve sua atenção despertada para uma reportagem de uma revista, que falava de uma cantora de rock que assumira sua homossexualidade. E isso já aos quase 50 anos, após dois casamentos que lhe deram três filhos. Em letras garrafais, a reportagem anunciava que ela **saíra do armário**. Comprou a revista e, já no restaurante, começou a folheá-la.

Quando chegava a casa, ouviu o telefone fixo tocar. Correu para atendê-lo. Conferiu o celular e descobriu estar sem bateria. E deduziu que alguém ligara pelo fixo em razão de seu celular não estar em operação.

— Venha festejar conosco. Vamos reunir os amigos para comemorar a gravidez – disse Regina ao telefone, após reclamar que o celular da amiga não estava em operação. Aceitou o convite e foi guardar as compras. Ficou feliz com o convite e logo a felicidade se transformou em ansiedade. A primeira providência, pensou, era colocar o celular para carregar a bateria. A segunda, tomar um banho gostoso. "E de banheira", acrescentou.

E enquanto a banheira enchia, olhou-se no grande espelho que estava atrás da porta. Mirou-se de perfil e, ao analisar – criticamente – seu corpo, gostou do resultado. Os seios – "graças a Deus" – eram pequenos e não sofriam com a **lei da gravidade**, como lembrava Regina. A barriga era lisa. Apertou a bunda atraente e se lembrou de um namorado que adorava passar a mão nela. Ela, aliás, adorava quando Rodrigo a apertava. Às vezes tinha até orgasmos com um apertão bem dado.

De frente para o espelho, tocou-se e logo se viu excitada. Sorrindo, deitou-se na banheira, curtindo a água bem temperada. A mão direita foi em direção ao clitóris e fez uma gostosa massagem, enquanto a esquerda apertava os mamilos. Ainda bem que estava sozinha em casa, pois pôde gemer e se mostrar feliz com um gostoso orgasmo. Melhor do que os que costumava ter com Rodrigo.

ELA É SAPATÃO?

Sem Rodrigo, chegou cedo à casa de Regina. Ela imaginava que a amiga precisaria de ajuda. Em suas festas, ela sempre precisava, pois eram muitos os convidados. E aquela noite não seria diferente das demais. Enquanto a amiga escolhia uma roupa para ser a anfitriã, conversavam sobre as pessoas que viriam. E foi com certo desconforto que ouviu o nome de Fernanda.

– Ela também vem? Por quê?
– Gabi, ela também é minha amiga. Por que você não gostou dela?
– Não sei. Alguma coisa nela incomoda... Talvez o fato de falar muito... Talvez o olhar...
Ela te olha muito?
– Olha... É esquisito, né?
– Não tem nada de esquisito. Ela gostou de você – disse Regina, com certo ar de riso.
– Qual é? – e de repente, como se descobrisse algo importante, virou-se para Regina e perguntou: – Ela é sapatão?
Na mesma hora Regina a repreendeu.
– Ela é lésbica. – Virou-se para ela e lhe disse, firme: – Sapatão? Que preconceito! Ela é homossexual... Assim, simples...
– Você pode achar simples. Eu não acho. – Levantou-se e saiu do quarto, indo esperar por Regina na cozinha.

Mais tarde, a casa ficou lotada. Eram muitas as pessoas que ali estavam para festejar a gravidez. Adriano recebia os amigos na sala já com uma latinha de cerveja à mão. Sua mulher, mais preocupada com o conforto dos convidados, empurrava as amigas mais íntimas para a cozinha, onde todas procuravam manter as bandejas cheias de biscoitos, batatas fritas e outros salgadinhos. Sempre que ia à sala, Gabriela procurava por Fernanda. E não conseguia esconder a felicidade por sua ausência.

Regina entrava e saía da cozinha, para supervisionar o atendimento aos convidados. Numa dessas vezes, Gabriela não resistiu e comentou.

– Ela não vem.
Regina a puxou para o quarto e perguntou:
– Por que esta alegria? Você não gosta dela? Então, não precisa falar com ela. Ignore. Mas não faça carga contra uma pessoa que é minha amiga. Ela é amiga há menos tempo que você, mas também é amiga, tá?

Gabriela percebeu que exagerara e se desculpou:

– Desculpe. De fato, não gosto dela e não sou obrigada a gostar. Mas você é amiga dela.

– Por que ela incomoda tanto?

Gabriela ficou em silêncio. Não sabia o que responder.

– Você não gosta dela por ela ser lésbica? – perguntou Regina.

Gabriela passou a andar pelo quarto. Era amiga de Regina e fizera dela sua confidente em muitas situações.

– Não sei se é só por isso. Talvez seja. Você já transou com alguma mulher?

– Não, – disse Regina rindo e se abraçando a ela. – Só não gosto deste tipo de preconceito. Você não gosta dela, tudo bem. Mas eu te amo e continuo sendo sua melhor amiga, tá? Aliás – e olhou-a nos olhos – sou sua melhor amiga, não sou? Você continua sendo a minha...

– Claro que nada mudou – disse Gabriela, também sorrindo.

Felizes e aliviadas com a conversa, as duas voltaram para a festa. Enquanto Regina retornava à cozinha, Gabriela se integrou ao grupo liderado por Adriano que, animado esperava a chegada de alguém que iria comandar uma roda de samba. Ela, que gostava de rock e achava samba "tudo igual", torcia para ele demorar bastante.

De repente, o grupo se animou: o tal sambista, Ronaldo, chegou e foi saudado por aplausos sinceros. Gabriela, que conhecia o novo personagem da festa, aproximou-se para lhe dar um beijo no rosto, quando teve sua atenção despertada para a porta de entrada. Nela estava Fernanda. E acompanhada! Após cumprimentar Ronaldo, passou a observar a amiga de Regina, que estava de mãos dadas com uma mulata, belíssima, esta, visivelmente intimidada com o ambiente da casa. E pensou: "As namoradas são sempre lindas", lembrando-se da adolescência, quando se sentiu atraída por um rapaz que chegou à reunião da turma acompanhado da namorada. E riu: "Faz muito tempo".

Regina, ao ver a entrada da dupla, correu em direção de Fernanda, abraçando-a com afeição. A acompanhante procurava olhar em volta e deu de cara com Gabriela, que a olhava séria. Regina não largava Fernanda, levando-a pelo braço para e a apresentando às pessoas. Aproximou-se de Gabriela e disse:

– A Gabi você já conhece. É minha melhor amiga, minha irmã. – E se virando para a acompanhante de Fernanda, perguntou-lhe o nome. Ante a resposta – "Lara" – logo fez a pergunta clássica: – Como no filme Dr. Jivago? – fazendo referência a um filme da década de 1960, que ficou famoso graças à beleza dos protagonistas Julie Christie e Omar Sharif.

TEMA DE LARA

Regina levou Fernanda e Lara para um canto da sala, no qual um pequeno sofá estava estrategicamente colocado. Era de onde, habitualmente, ela conversava ao telefone com Gabriela. Era aonde ela se recolhia quando queria ficar sozinha, mesmo com Adriano em casa. Deixou as duas ali e foi tratar de atender os demais convidados. Ainda olhou para trás e as viu sorrindo e ocupando o pequeno sofá. E procurou por Gabriela que, àquela altura, retornara à roda de samba e parecia rir feliz.

Gabriela, de vez em quando, levantava com a desculpa de que Regina poderia estar precisando dela. E numa das vezes, antes de ir à cozinha foi até o sofazinho e perguntou se Fernanda e Lara queriam algo para beber. "A Regina esqueceu de vocês", disse ela. As duas sorriram e fizeram suas escolhas. Na volta trouxe bebida para as três: vinho para Fernanda e cerveja para ela e Lara. E resolveu se sentar no sofá, ao lado de Lara que, batendo com a mão no acento – senta aqui – lhe oferecia lugar.

O único senão para a festa era o calor. Apesar do ventilador de teto, o número de presentes não permitia que a temperatura baixasse. E Fernanda era quem mais reclamava. A todo o momento dizia sentir o vestido colar no corpo. Tudo piorou quando, após a milésima reclamação, Lara decretou:

– De fato, as gordinhas sofrem mais com o calor.

Gabriela teve vontade de carregar Lara em triunfo. Fernanda, obviamente, não gostou do comentário. E a crítica a aproximou de Lara. As duas passaram o resto da noite conversando e soube que a namorada de Fernanda era jornalista e que estava envolvida em uma série de reportagens que pretendia desvendar as universidades brasileiras. E o assunto as fez conversar quase todo o tempo, deixando Fernanda – sempre olhando para Gabriela – de lado.

Em determinado momento, Regina chamou os convidados para o centro da sala, onde fariam um brinde à gravidez. Gabriela fez questão de ficar ao lado de Lara. Mas foi de Fernanda o melhor brinde da noite:

– Às mulheres lindas, inteligentes e gostosas – disse, olhando Gabriela nos olhos.

O resto da noite transcorreu sem novidades. Por volta de duas horas da madrugada Gabriela resolveu ir embora. Fernanda tentou sair, mas Lara pediu para permanecerem. Ao se despedir das – agora – amigas, beijou Fernanda no rosto e se debruçou sobre Lara, que lhe deu um selinho. Ficou constrangida, mas o constrangimento foi deixado de lado quando percebeu a raiva de Fernanda.

Durante todo o tempo da volta para casa, Gabriela ficou pensando no beijo de Lara. Ou que dera em Lara. E ao chegar em casa e se desnudar percebeu, com surpresa, que sua calcinha estava úmida. Mas estava com sono. E resolveu, como Scarlett O'Hara, pensar naquele assunto no dia seguinte. E dormiu.

RESSACA

A campainha tocava de forma insistente. Gabriela acordou e reclamou. Reclamou até olhar para o despertador e ver que já eram 14 horas. Viu-se sozinha na cama e caminhou em direção à porta. "Calma, calma!", dizia enquanto procurava a chave. Achou-a e viu pelo olho mágico a imagem de Regina. Abriu uma fresta e perguntou se ela estava sozinha. Ao ouvir a confirmação abriu a porta e fez o gesto de boas vindas.

Regina sorriu, aproximou-se dela e lhe beijou o rosto. Abraçou-a e foram as duas andando em direção ao quarto. Perguntou por Rodrigo, esperou que Gabriela vestisse uma camiseta e voltaram à sala. Sentadas frente a frente, Gabriela perguntou:

— Como você consegue? Eu ainda estou com a cabeça doendo e você já está pronta para outra festa? Meu Deus! E daqui a pouco o Rodrigo chega querendo fazer alguma coisa. Ou pior: querendo trepar.

Regina riu do mau humor da amiga e começou, ela, a reclamar do marido que também estava dormindo em casa, sem querer saber de nada.

— A que horas o último convidado saiu?
— Lá pelas sete. E assim mesmo expulso.
— Então, você não dormiu...
— Um pouquinho. Mas gostei tanto da festa que ainda queria curtir tudo o que vi ontem. Foi bom, não foi?
— Foi — disse Gabriela, logo se arrependendo de não mostrar o mesmo entusiasmo que a amiga. — Gostei da Lara — disse ela, tentando eliminar a imagem de preconceito que deixara ao criticar Fernanda.
— Legal! Gostou da Lara e não gosta da Fernanda. Olha, eu começo a concluir que não te conheço...

Logo se levantou e convidou Gabriela para ir com ela até a praia, para dar uma caminhada no calçadão.

— To cansada, Rê...
— Porra, Gabi. De que adianta morar tão perto da praia e nunca sequer olhar para o mar? Vamos, ponha uma bermuda...

Gabriela resmungou mas acabou atendendo a amiga e foram as duas para a Avenida Atlântica. E se juntaram à algazarra em que o calçadão se transforma aos domingos. Não falaram muito. Mas ela notou que Regina a olhava sempre, pensando em alguma coisa. Após caminharem um pequeno trecho, resolveram beber água de coco.

— Por que você está me olhando?
— Por nada, ora!
— Rê, deixa de ser escrota e fala logo.
— Nada... Sério...
— ....

— Tá bem. Achei estranho você falar mal da Fernanda e ficar conversando com a Lara. Qual era o assunto? O que vocês duas têm em comum?

— Ela é jornalista e está pensando em fazer um trabalho sobre as universidades. Conversamos, só isso.

— Você não viu que a Fernanda ficou de mau humor? Na saída, enquanto a Lara ia ao banheiro, ela reclamou que ficou sem conversar o tempo todo. Acho que aquele namoro não vai durar muito.

Gabriela, rindo feliz, comentou que o namoro das duas mulheres não lhe interessava. E pediu para voltarem porque Rodrigo deveria estar chegando a casa dela.

REVELAÇÕES

Segunda-feira era dia de trabalho. Gabriela acordou e tratou de se arrumar para ir à Faculdade. Rodrigo, que dormira na casa dela, já saíra. E enquanto passava batom, de frente para o espelho, ficou se perguntando por que os homens, de manhã, perdiam toda a magia da noite. E começou a rir, imaginando que o namorado poderia estar pensando a mesma coisa. Tratou de juntar suas coisas para ir para a Faculdade. Estacionou seu automóvel e caminhou até a sala dos professores. Pegou as pautas de presença e foi "tratar da minha vida", como disse para si mesma.

As primeiras aulas transcorreram com tranquilidade. E ficou satisfeita quando um aluno comentou:

— Gostaria de ter a sua calma. Nunca te vi nervosa ou aborrecida. Qual o segredo?

Ela simplesmente sorriu e pensou que deveria estar disfarçando bem. Confiante, foi à cantina almoçar, enquanto aguardava as aulas da tarde. Depois, subiu no elevador com outros alunos e Rodrigo que, interessadíssimo em um texto, nem mesmo a olhou.

Horas depois, entrou na sala e viu que Camila e Daniela estavam sentadas uma longe da outra, ambas tentando se ignorar. Ao final da aula, viu os demais alunos deixando a sala, enquanto Camila, sem nenhum constrangimento, enxugava as lágrimas. Mas não deu tempo de a aluna fazer nada. Com pressa, recolheu suas coisas e voltou à sala dos professores. Lá encontrou um grupo comemorando o aniversário de uma colega, Amanda. Juntou-se a elas, aceitou a sugestão de irem a algum lugar e propôs um restaurante no Leblon, famoso pelo vinho barato e pela comida bem feita.

Ao chegarem, Gabriela cumprimentou, abraçou e beijou Virgínia, a dona do estabelecimento. E se surpreendeu: ela também conhecia Amanda. E quando as duas sentaram, perguntou-lhe como se conheciam.

— Ela é nossa amiga há muito tempo — e ficou olhando para Gabriela,

dando um tempo para acrescentar: – Ela também é lésbica.
 Gabriela não escondeu a surpresa.
 – Também? Por quê? Você é lésbica?
 – Sou. Acho que aqui você é a única hetero – e começou a rir, o que provocou risos também em Gabriela. – Mas há um problema: muita gente vai achar que você está finalmente se revelando – e segurou a mão de Gabriela, como que pedindo compreensão: – O preconceito ainda é grande. E nós meio que vivemos numa redoma. Há gays, claro. Mas a maioria dos homossexuais lá é de lésbicas. Legal você não ter preconceito – e sorriu.
 Gabriela nada disse e pensou, imediatamente: o que Amanda faria se soubesse a verdade?
 Quando a garçonete veio fazer os pedidos, Gabriela acompanhou Amanda numa garrafa de vinho e começou a olhar em volta. Toda a mesa era de mulheres e observou que o comportamento "daquelas lésbicas" era diferente do de Fernanda, "naquela noite, no restaurante".
 Olhou para Amanda e se disse surpresa com a notícia de que Virgínia era lésbica. E olhou para a proprietária do restaurante que, àquela altura, estava no caixa fazendo o troco de uma das mesas.
 – Ela era casada e abandonou marido e filhos para viver com a Lúcia. Foi um **escââââândalo**. Tempos depois as duas abriram este restaurante...
 – E a família? Aceitou o que ela fez?
 – Os filhos, sim. Irmãos e pais, não. Mesmo assim, os filhos vêm pouco aqui. Por isso ela diz que a família dela são os fregueses do restaurante. Eu a admiro muito. Já tem idade e não teve a menor dúvida em seguir com o amor dela. Deve ter sido muito difícil, porque a Lúcia é muito mais nova que ela.
 Gabriela voltou a pensar no seu preconceito. E a facilidade com que conversava com Amanda fez com que passasse a se criticar. "Preconceito! Por quê?".
 – Você está namorando alguém?
 – Não. Namorei durante algum tempo uma aluna de pós. Mas ela era francesa e voltou para casa. Minhas amigas estão aqui tentando me deixar mais feliz.
 – Por que você não foi com ela?
 – Não dava. Ela tem uma vida pra lá de estruturada – Olhou para os lados e disse tentando baixar o tom de voz: – Ela é casada. E voltou para a mulher dela...
 – Aí fica difícil...
 – É... Fica...
 – Arranja outra namorada. Quando eu era mais nova esse era o conselho que meu pai me dava sempre que o namorado me dava um pontapé na bunda.
 – Você namorou muito?
 – Um pouco... Eu nunca iria imaginar que vocês – e olhou para o restante da mesa – são lésbicas.
 – Só você não sabe – disse Amanda, rindo.

— O Rodrigo nunca me disse nada.
— Mas ele sabe. Já vi ele se referindo a nós como "sapatões"... Foi chato...
— Olha, não vou pedir desculpas por ele...
— Nãããoooo — tentou falar Amanda.
— Digo que não falo por ele. Mas confesso que também tenho lá meus preconceitos. Preciso de um tempo para administrar estas informações — e sorriu para Amanda, que retribuiu o sorriso.
— Claro!
— Você é lésbica há muito tempo?
— Desde os 13 anos. Minha primeira paixão foi uma professora de matemática — e deu um sorriso bonito — e ela nunca quis nada comigo. Cheguei a me declarar e ela me denunciou a minha mãe. Foi quando minha vida virou um inferno...
— Seus pais não te aceitaram?
— Ele, sim, me procurou, me ouviu, coisa que minha mãe nunca fez, e me disse que me queria feliz...
— Tem irmãos?
— O mais novo ficou indiferente. O mais velho, não. É supercarinhoso comigo e até hoje me chama de **sapatinho lindo** — e começou a rir. Em seguida perguntou: — Você só transou com meninos?
Gabriela se assustou:
— Mas por que você pergunta isso? É claro que só transei com homem...
Amanda segurou sua mão e, visivelmente arrependida de ter perguntado, implorou:
— Perdão, perdão! Não quis te ofender... É que você tá conversando comigo... É tão bom...
Mais calma, Gabriela retribuiu o aperto de mão de Amanda, entrelaçou seus dedos nos dela e disse, com calma.
— Amanda, amor é amor. Seja ele entre heteros ou homo. Amor é lindo entre homem e mulher e entre mulheres. Até entre homens... Não... Pera lá. Entre homens deve ser horrível, né? — e deu uma gargalhada.
Com o tempo, alunas começaram a chegar ao restaurante e Gabriela viu Camila chegar sozinha e ainda com a fisionomia triste. A aluna se aproximou e beijou todas as professoras, que lhe faziam festa e perguntavam por Daniela.
Ao se aproximar de Gabriela, mostrou-se surpresa. Mas Amanda foi logo explicando.
— Ela veio apenas comemorar meu aniversário.
Camila tentou disfarçar e beijou o rosto de Gabriela, que comentou.
— Carinha triste, Camila! O que houve?
— Briguei com a Dani — disse ela e se afastou, sentando-se na ponta da grande mesa que se formara no restaurante, próxima a outras alunas.
As conversas prosseguiam sendo sempre interrompidas por brindes espe-

ciais à aniversariante até que, de repente, cessaram com a chegada de Daniela, que se sentou ao lado de Camila e, sem demonstrar nenhum constrangimento disse:

– Eu to ligando para você e seu celular ficou na faculdade – Camila procurou na bolsa, imediatamente –. Não precisa procurar. Sorte que a Virgínia me disse que você estava aqui. Vim correndo. Perdão, meu amor. Eu preciso de você – e deu um beijo em Camila que provocou aplausos de todos na mesa, inclusive de Gabriela.

Daniela levantou e puxou Camila.
– Vem...
– Pera aí! Tem a conta para pagar...

Mas todas disseram que ela podia ir embora. E elas foram. Abraçadinhas, como Gabriela as vira na faculdade.

SERÁ QUE SOU GOSTOSA?

Em casa, após a tradicional visita aos pais, Gabriela desligou os telefones fixo e celular. Não acendeu as luzes e se deixou ficar no escuro, tendo apenas a claridade da rua a lhe dar a sensação de vida. Não queria falar com ninguém. Nem mesmo com Rodrigo. Ficou pensando na conversa com Amanda e sentiu até um pouco de ciúme da situação das suas colegas e até das alunas. Camila e Daniela foram abraçadinhas para casa, mostrando que estavam felizes. Mais do que isso, que eram felizes. Pensar em Camila e em Amanda significava pensar em Lara.

E em Fernanda, é claro. Será que as duas eram tão felizes quanto Camila e Daniela? Ou tão felizes quanto Amanda dava a entender que fora com a francesa? Será que as lésbicas eram felizes? Lembrou-se da entrevista da roqueira que assumira sua homossexualidade, principalmente o trecho onde ela dizia que "mofar dentro do armário não é legal".

Ficou imaginando a reação que as famílias costumavam ter nesses casos. Os filhos da roqueira: teriam aceitado na boa ou se rebelaram contra a mãe lésbica? "Sapatão", pensou Gabriela. Se ela se tornasse lésbica: como se relacionaria com os pais? Eles a aceitariam? Era filha única e como poderia lhes causar esta decepção?

Após um tempo, resolveu fazer café. Antes, curiosa, ligou o celular e conferiu as chamadas e mensagens. Frustrou-se: ninguém a procurara. E se dirigiu para a cozinha. No caminho passou pelo espelho. Acendeu a luz do corredor e se aproximou. Observou o rosto e pôs as duas mãos sobre os seios. A pergunta vinha lá de dentro, do fundo dela mesma: "Será que as mulheres me achariam bonita? Gostosa?" E foi para a cozinha.

Já tomava café quando ouviu o celular. "Como? Não desliguei de novo?" E correu para impedir que aquela "irritante campainha" continuasse a incomodar.

Mas foi ver quem ligava e era Regina. Atendeu.
– Você sumiu. Estamos aqui no bar. Quer vir?
– Quem está aí? – perguntou, já sabendo que resposta queria ter.
– Só estamos Adriano e eu. Vem. Vamos conversar.

Mas Gabriela não foi. Deu uma desculpa, agradeceu a lembrança e desligou. Admitiu que conversar com Regina poderia ser uma boa ideia. Mas estava cansada de pensar. Ligou a televisão e deu de cara com um desses filmes chamado pelos críticos de **comédia romântica.** Mas não conseguiu ver a aventura de Meg Ryan até o fim. Levantou-se e pensou em tomar uma chuveirada. Desistiu. Ligou para Rodrigo, mas o namorado estava envolvido em uma discussão acadêmica e não podia atender. Então, saiu para dar uma volta de carro, fazer o passeio que mais lhe agradava, pela Lagoa Rodrigo de Freitas.

VOCÊS QUEREM NOS VER?

Mas após dar umas quatro voltas, resolveu ousar. E de posse do seu Ipad, digitou: "bares de lésbicas – Rio de Janeiro". Viu o endereço e resolveu ir a um deles, na Avenida Nossa Senhora de Copacabana. Deixou o carro numa rua próxima e foi andando até o bar.

A princípio não viu nada de diferente dos demais bares que sempre frequentava. Após se encostar ao balcão, alguém (não pôde definir se homem ou mulher) se materializou na sua frente e ela pediu uma caneca de chope. Teve um sorriso como resposta e passou a observar a freguesia. E viu que havia moças de mãos dadas e se acarinhando e rapazes na mesma situação. Havia até um animado grupo. Mas era visivelmente hetero, já que todos olhavam em volta e faziam comentários, sempre seguidos de gargalhadas para as quais não tinha nenhum tipo de constrangimento.

Gabriela se sentiu incomodada com aquele comportamento. Mas como ninguém falava nada, ficou quieta. De repente, ao seu lado, senta uma bela morena, de cabelos cacheados e usando uma calça tão justa que permitia ver todo o seu corpo. "Ela está sem calcinha!", observou, procurando não ser notada. Em vão: a morena olhou para ela, sorriu e desejou "boa noite". Gabriela aquiesceu com a cabeça, mas a desconhecida estava insatisfeita. Esticou a mão e se apresentou: "Pâmela". Sem alternativa, retribuiu o cumprimento, tentando dar a entender que apenas queria paz.

Mas Pâmela, ao contrário, queria companhia e reclamou dos que falavam e riam alto.

– Este tipo de gente sempre vem nos nossos bares – reclamou. – Vem naquela esperança de ver dois homens se agarrando em um canto e duas mulheres se beijando em outro. Com esse negócio da televisão falar dos gays, viramos atração noturna. Aliás, acho até que deveríamos cobrar para sermos vistas aqui. – Olhou para Gabriela e ficou feliz em se saber ouvida. – Você não acha?

Gabriela não respondeu e fez um gesto de impotência com os ombros. Achou curioso o pensamento de Pâmela, mas ficou receosa de fazer algum comentário impertinente.

– É sua primeira vez aqui?

Gabriela ficou assustada. Mas Pâmela esclareceu:

– É que eu venho sempre e conheço praticamente todos. Como nunca te vi. Deduzi que era sua estreia na casa – e lhe deu um sorriso afetuoso. – Não se assuste.

E a conversa, a partir daí, fluiu com facilidade. Pâmela era assistente administrativa, tinha histórias e as queria contar. E nas histórias, eram sempre criticadas as lésbicas sem coragem de se assumir, que não iam a bares gays ou que sempre encontravam um namorado ou até um marido para se esconder.

– Difícil – disse ela – é se aceitar como lésbica. Por que logo a gente, entre tantas pessoas, nasceu com **defeito**? – A música ao vivo começou mas a conversa não parou. – Você é lésbica ou bi?

– Nem uma coisa, nem outra. Sou hetero e nem sei o que estou fazendo aqui.

– E o que você quer ver aqui?

– É que hoje fui a uma comemoração de umas colegas e elas eram lésbicas – e explicou: – Eu não sabia. Acho que era a única. E como falamos de amor e de um amor que eu não conheço, fiquei assim... Meio curiosa, sabe?

Pâmela sorriu, segurou a mão de Gabriela:

– Acho que a lésbica é sempre mais aberta ao amor que a hetero...

– Isso não é preconceito?

– Pode ser. Aliás, é comum isso, né? A gente sofre com preconceito e acaba se tornando preconceituosa.

Ante o silêncio de Gabriela, Pâmela pediu:

– Por favor. Não me ache a pior pessoa do mundo. Não sou. Nem sou a mais sofredora e a mais incompreendida. Ser lésbica exige que, primeiro, a gente se ache gente. Depois é que a gente se sente melhor que os outros – e riu satisfeita.

Gabriela olhou para ela e também acabou rindo. Mas ficou quieta porque estava ali mais para ouvir e ver do que falar e ser vista. Como se soubesse disso, Pâmela continuou.

– Eu, com certeza, não nasci gay. Cheguei a namorar uns meninos e até tinha algum prazer com eles. Perdi a virgindade aos 16 anos. O chato é que meu namorado se achou meu dono. Nessa época eu comecei a perceber que meu corpo reagia de forma diferente quando via uma mulher bonita. E quando terminei com ele, disse para mim mesma que aquele era meu último namoro com homens. Daí para frente foi fácil.

Gabriela não resistiu e perguntou:

– E como você se declarou na primeira vez?

– Eu estava saindo com um grupo de teatro do colégio e uma moça do grupo se interessou por mim. Na verdade, foi ela quem se declarou. Eu não estava interessada em ninguém, mas ela soube me seduzir. E acabamos juntas na cama – e fez um carinho na cabeça de Gabriela. – Parece ser mais difícil do que é – e sorriu.

Pâmela ficou em silêncio, olhando para as outras mesas. Olhou de novo para Gabriela e disse:

– Assumir ser lésbica num país como o nosso, em que a mulher é vista como mais fraca, é um ato que exige coragem. Venha mais vezes aqui, vamos conversar. Mesmo você não sendo lésbica, podemos ser amigas, tá?

E levantou, sem nem mesmo ouvir Gabriela, e foi ao encontro de outra mulher, vestida como ela. Acenou para o garçom – ou garçonete – que estava no bar e foram embora as duas, de mãos dadas.

ÁLCOOL EM EXCESSO

Ao acordar no dia seguinte, Gabriela concluiu que precisava pensar. Era hora de parar com tudo. Foi à faculdade, ministrou as aulas e, ao sair, deixou um recado na Caixa Postal de Rodrigo, dizendo que visitaria os pais e que demoraria. Mas ligou para Regina e pediu para conversar. A amiga, claro, aceitou, mas disse que Adriano ia direto do trabalho para o bar e que ela prometera encontrar com ele lá. Gabriela relutou, mas acabou combinando de encontrá-la no restaurante.

Antes passou em casa. Queria pôr uma roupa mais descontraída. E escolheu a dedo o que vestir: uma calcinha fio-dental, uma blusa por cima da pele, sem sutiã, e uma calça bem justinha. Ao mirar-se no espelho, logo pensou em Pâmela, que exibira seu corpo na véspera. Gostou do resultado. Dava para ver suas curvas e se sentiu desejada. Sorriu e chamou um taxi. Iria beber e temia a Lei Seca.

Quando chegou ao restaurante, Regina estava sozinha. Logo soube que Adriano se atrasara e que, portanto, poderiam conversar.

– Nem sei por onde começar. Ontem, fui a um bar gay...

– Não acredito! Você? Foi procurar companhia?

– Porra! Claro que não! – E contou à amiga as conversas que tivera com Amanda e com Pâmela.

– Gabi, esta história está mexendo com você, sabia? Tudo bem, minha amiga, eu estou compreendendo isso, mas você, não. Por que você não se abre a isso, conversa com as pessoas. Quer companhia? Eu vou com você a este bar de gays, quer?

– De jeito nenhum! – disse com raiva, fazendo menção de levantar.
Neste exato momento Adriano chegava e foi logo segurando Gabriela pela mão e dizendo, com jeito calmo.

– Comportem-se meninas! Tão chamando a atenção...
Gabriela se assustou:
– Ouviram o que falamos?
– Não, mas dá para perceber que vocês estavam discutindo, só isso – e se debruçou sobre Regina, dando um prolongado beijo na mulher.

Gabriela se acalmou e pediu desculpas à amiga. Mas queria ir embora, alegando que tinha muito no que pensar. Adriano tentou dissuadi-la, em vão. Gabriela se levantou e deixou os dois sozinhos no restaurante, ciente de que Regina contaria ao marido o drama pelo qual ela passava. E ficou ainda com mais raiva.

De novo no taxi, Gabriela deu o endereço do bar onde estivera na véspera. "Tem mais gente que ontem", pensou, e foi logo procurando uma mesa em um canto. Queria pensar em tudo o que conversara com Amanda e Pâmela. E achou que a desculpa – Rodrigo pode aparecer lá em casa – era ótima. E ficou torcendo para que Amanda ou Pâmela aparecesse.

Uma moça bonita – "diferente da de ontem" – trouxe o cardápio. Mas ela já sabia o que queria e pediu uma cerveja pilsen. Ficou bebericando, enquanto olhava os demais fregueses. Viu que em uma mesa ali perto, duas mulheres com mais idade do que ela namoravam. Mais adiante, dois rapazes conversavam e se mostravam interessados no outro. "Estão se paquerando", pensou ela. Lamentou não ter uma companhia. E se lembrou de Vinícius de Morais: ela também olhava por "uma janela que dava para toda a solidão do mundo".

Gabriela perdeu a noção da hora e quando resolveu ir embora viu que estava bêbada. E comentou isso com a atendente.
– Quer que chame um taxi? – perguntou ela.

Gabriela disse que sim e viu que seu estado era lamentável. Pagou a conta e sem nenhum constrangimento pediu ajuda para chegar ao taxi. Já sentada no banco traseiro, abriu a janela e com o ar frio da noite no rosto se recuperou. Ao chegar em casa já conseguia disfarçar a embriaguez. "Amanhã é outro dia", pensou enquanto se atirava na cama sem se preocupar com mais nada.

AJUDA PROFISSIONAL

Os dias iam se passando e Gabriela quase que esqueceu seus problemas, porque passou a ter como companhia em casa um tranquilizante. E sempre que abria a caixa do remédio e pegava um comprimido de Valium se sentia feliz. Ele logo fazia efeito e ela dormia. Duro era acordar no dia seguinte para viver a vida como ela era. Pior era ter de ver Rodrigo preocupado. Estavam sempre discutindo, porque ele sugerira um profissional para atendê-la, enquanto ela sistematicamente recusava a ideia. "Meu namorado acha que sou maluca", lamentava-se.

Assim foi até que chegou a sexta-feira. Um dia mesmo bem diferente.

Já de manhã, despachou o namorado, dizendo que ele passaria sozinho o final de semana. A reação de Rodrigo foi a esperada:

– Por que não vou te ver? Amor, você está precisando de ajuda, aceita a ideia e vamos juntos tratar disso!

– Não sou maluca...

– Amor, primeiro: psiquiatras existem para que não fiquemos malucos e não para tratar apenas de malucos; segundo: você não está maluca, está precisando de ajuda, só isso.

Gabriela recusou a oferta, mas no íntimo ficou pensando se a proposta não deveria ser acolhida. Sozinha em casa, logo a esqueceu e foi se arrumar. Colocou uma calcinha pequena, tipo fio-dental, que realçava sua bunda. Por cima dela, uma cinta-liga que prendia meias pretas, saia justa, salto alto e uma blusa com decote que deixava o colo à mostra. Sentindo-se linda e gostosa, pôs-se a caminho.

Na faculdade, viu Camila e Daniela felizes, sempre de mãos dadas. Rodrigo, no intervalo das aulas, procurou por ela. E após elogiar sua aparência, indicou uma psiquiatra.

– Olha, é uma mulher. Quem sabe você não se entende com ela?

Gabriela ficou ainda mais deprimida.

– Rodrigo, eu to ficando deprimida com essa conversa, poxa! Dá um tempo, deixa que eu me cuide, tá bom? Vamos ficar separados dois dias e quem sabe as coisas se acertam? – perguntou, fazendo um carinho no rosto do namorado, carinho que não passou despercebido dos muitos alunos que cruzaram o corredor naquele momento. Rodrigo concordou, deu-lhe um selinho e foi embora.

Gabriela entrou na sala dos professores e viu que só havia Amanda por ali. Sentou-se e, apesar do esforço contrário, começou a chorar. Amanda ficou olhando para ela e se aproximou. Pôs o braço em seus ombros e falou baixinho, no ouvido:

– Calma! Tudo se ajeita.

Gabriela sorriu em troca e disse que queria sumir.

Amanda perguntou:

– Desculpe, mas é o namorado? O que o Rodrigo anda fazendo?

– Não, não é ele. Ele não fez nada, mas quero um tempo, ir para algum lugar onde possa ficar sozinha, sem ninguém a me diagnosticar, a dizer que sou maluca – e se perguntou se deveria ou não conversar com Amanda. Afinal, o fato de a colega ser lésbica poderia distorcer seu pensamento. Mas tomou coragem, virou-se para ela e perguntou:

– Será que sou lésbica?

– E por que você tem esta dúvida?

– Na verdade, eu nunca gostei de lésbicas – e olhou assustada para Amanda que segurou sua mão, de forma a incentivá-la a continuar falando –. Nunca imaginei que viesse a conviver com lésbicas. E de repente, descubro que minha melhor amiga tem uma outra amiga que é lésbica; venho para a faculdade e tenho alunas lésbicas; vou comemorar seu aniversário e descubro que você é lésbica... Porra! To com a minha cabeça a mil.

Amanda sorriu para Gabriela e disse que ela deveria se dar um tempo. E disse o que Gabriela, no fundo, precisava ouvir:

— Se você for lésbica, precisa de um tempo para amadurecer essa ideia. Nesse caso, é melhor mesmo ficar longe do Rodrigo. Homem é a última coisa que uma lésbica em crise quer.

Gabriela sorriu para ela e pediu para ir ao banheiro. Lá molhou o rosto e se enxugou. Ao voltar para a sala, viu que Amanda a esperava.

— Quer falar?

— Quero. Dou tanta bandeira assim! Não sou lésbica, você sabe, me vê com o Rodrigo. Estamos juntos há... Sei lá... Sete anos! Como posso ser lésbica?

— E por que isso ofende tanto assim?

— Por quê? O que vai ser da minha vida se eu for lésbica mesmo? Já pensou no que as pessoas vão pensar? Meus pais? Minha mãe ainda me aceitaria, mas papai odeia gays e lésbicas! O que eu vou fazer?

— Olha, eu não tinha ideia de que você reagiria assim ao saber que as pessoas que trabalham com você são homossexuais. E estou conversando para você ver que não há problema algum em se ser gay. Há homossexuais em qualquer ramo de atividade – e se levantou para ir embora. Gabriela tentou detê-la e segurou sua mão. Mas Amanda, sempre sorrindo, insistiu em sair. – Não se preocupe. Tudo vai se acertar. Mas se abra para qualquer possibilidade. Se você se sentir atraída por uma mulher, se dê esta chance. Se não há atração, então, fica com o Rodrigo e trepa muito, tá?

Gabriela sorriu, abraçou Amanda e lhe agradeceu. E ficou vendo a colega sair da sala e ir embora.

CALCINHA ÚMIDA

Gabriela andava pelos pilotis, quando Regina ligou se dizendo preocupada. Em seguida, a chamou para o restaurante que as duas frequentavam.

— Vamos conversar. Adriano está fazendo um trabalho extra e estou sozinha. Vem.

E Gabriela foi. Sentou-se e viu que a amiga estava preocupada. Nem mesmo os elogios – "até que enfim!" – à indumentária a acalmaram. Regina ficou muda olhando para ela, tomando coragem para falar.

— Desculpe, amiga, mas estou realmente preocupada. E o Rodrigo?

— Mandei ele pra casa. Quero um tempo para mim.

— Quer ir lá pra casa? Por enquanto temos um quarto de hóspedes – disse ela rindo e fazendo alusão ao quarto do filho que estava a caminho.

— Quarto do meu afilhado?
— É o quarto do seu afilhado, embora o Adriano queira que você ganhe uma afilhada.
— Você contou para ele o que conversamos?
— Porra Gabi! Estamos preocupados com você... Queremos ver você feliz!

Gabriela sorriu, sinceramente agradecida. Mas sentiu que Regina tinha algo mais a dizer. E a pressionou a falar.

— É o seguinte. Chamei a Fernanda para vir aqui hoje, para vocês duas conversarem – e fez um sinal para que ela ficasse quieta. – Acho que vocês devem conversar. Ponha pra fora tudo o que você tem contra ela. Diga que não gosta de lésbicas. Mas você não pode ficar incomodada assim porque uma pessoa pensa diferente de você. Porra, Gabi! Uma professora universitária não pode ser assim, fechada a ideias contrárias!

Gabriela acabou concordando com a amiga. E disse que conversara à tarde com uma colega, e relatou o que Amanda lhe dissera.

— Puta que pariu! Minha melhor amiga conversa com uma colega e não conversa comigo!

Gabriela riu e segurou a mão de Regina.

— Você sabe que sou sua irmã. Só ela falou, eu não disse nada. Mas para você vou dizer. – E tomou fôlego e pediu uma cerveja. – To ficando pirada. Naquele bar gay, conversei com uma menina...
— Lésbica?
— Sim, claro... Rê, era um bar gay!... Bom ela me disse que ela mesma custou a se sentir gay, que namorava meninos e que um dia viu que o corpo feminino a atraía.
— E te atrai também?

Gabriela sorriu e, incomodada, olhou para os lados, como que com medo de ser ouvida.

— Olha, no dia da sua festa, eu conversei com a Lara o tempo todo...
— E a Fernanda ficou com ciúmes...
— E quando cheguei em casa, minha calcinha tava molhada...
— E que providências você tomou? – perguntou Regina, rindo e segurando a mão da amiga.
— Simples: sai de casa hoje com uma calcinha fio-dental, que me deixa pronta para ser atacada por um homem bem gostoso ou por uma mulher bem gostosa! E tem alternativa.
— Qual?
— Tirar a calcinha...

Regina deu uma gargalhada, abraçou Gabriela e ficaram as duas rindo.
— Você é maluca, Gabi. E isso significa o quê?
— Não faço a menor ideia. Mas molhada ela não fica mais – e continuaram a rir.

DE CONVERSA...

Regina e Gabriela ficaram rindo e se abraçaram. Quando se soltaram, deram de cara com Fernanda que lhes perguntou, sorrindo:
– Posso saber o motivo de tal alegria?
Regina, refeita do susto, puxou uma cadeira, fez Fernanda se sentar e disse:
– Chamei as duas hoje aqui para que vocês conversem – foi a vez de Fernanda se assustar. – É isso mesmo. As duas têm de conversar. Aliás, vamos fazer uma coisa. Vamos fingir que vocês estão se conhecendo hoje.
Regina segurou as mãos de Fernanda, olhou para Gabriela e começou a falar:
– Essa aqui é a Fernanda. É minha amiga, pesquisadora do Arquivo Nacional, fã da Princesa Isabel, a mulher mais reacionária, carola e apaixonada pelo marido da história do Brasil. – As três riram juntas – É lésbica e namora a Lara...
– Namorava...
– É lésbica e namorava a Lara.
Virou-se para Gabriela, segurou suas mãos e olhou para a Fernanda.
– Esta é a Gabi, minha melhor amiga, madrinha do meu filho que vai nascer, professora universitária, pós-graduada em literatura portuguesa, hétero e namora o Rodrigo...
– Não sei se ainda namoro...
– Hétero e não sabe se ainda namora o Rodrigo.
Soltou as mãos de Gabriela e disse às duas, ao mesmo tempo em que se levantava.
– Agora, vocês duas vão conversar e se conhecer melhor. E nada de encherem a cara, tá? No primeiro encontro, têm de causar uma boa impressão. Fui! – E as deixou no restaurante.

A PRIMEIRA IMPRESSÃO

Com a saída de Regina, Fernanda e Gabriela ficaram sem saber o que dizer à outra. A primeira providência de Fernanda foi pedir uma minigarrafa de vinho, enquanto Gabriela pedia uma cerveja. E enquanto as bebidas não chegavam, ficaram se olhando, até que Fernanda tomou a iniciativa de falar.
– Você é bonita.
– Para com isso. Tenho espelho em casa.
– Então, deve estar quebrado.
Gabriela riu.

– Por que você não gosta de mim?
– Quem disse isso?
– Ninguém. Mas não é preciso alguém dizer. Desde a primeira vez eu percebi que você não gostou de mim. Aliás, foi naquela noite aqui. Gostei de você, mas você não gostou de mim. E não era pela minha homossexualidade. Você não sabia e me olhava atravessada.
– Não sabia mesmo. Mas eu fiquei incomodada com a maneira de você me olhar.
– Poxa, olhei porque gostei, só isso...
Mas a conversa foi interrompida por Algodão, que trouxe as bebidas pedidas. Após servir o vinho e a cerveja, ele sorriu para as duas e as deixou.
Gabriela não resistiu e repetiu a frase de Regina.
– Temos de causar boa impressão.
Fernanda riu e propôs o brinde.
– A duas mulheres bonitas que querem se conhecer melhor.
– A duas mulheres bonitas que querem se conhecer melhor.
E as duas brindaram.
Após os primeiros goles, voltaram a se olhar. Novamente Fernanda tomou a iniciativa:
– Por que você não gosta de lésbicas? O que você tem contra nós?
– Claro que não tenho nada contra. Mas achei esquisita a maneira como você me olhou...
– Desculpe... É que gostei de você desde o início, desde que você chegou e a Regina fez uma festa quando te viu.
– Na casa dela você também ficou me olhando.
– É, mas ali eu estava morrendo de ciúmes da Lara...
– Da sua namorada? Como é que pode?
– Na verdade, nós namorávamos, mas terminamos porque ela se apaixonou por uma menina casada.
– Terminaram o namoro assim? E você? Como ficou?
– Fiquei triste uns dois dias e vi que já não me ligava nela.
– E como o caso dela evoluiu?
– A menina pediu um tempo ao marido, a Lara se apaixonou mesmo, mas a tal acabou voltando para o marido.
– Que barra!
– Mas não fuja do assunto: por que você e a Lara conversaram tanto na festa?
– Poxa, você não ouviu?
– Prestava a atenção em você, mas não podia dar bandeira, né – e começou a rir, no que foi acompanhada por Gabriela. E as duas, naturalmente, aproximaram as mãos, postas em cima da mesa. Fernanda tentou segurá-la, mas imediatamente Gabriela a puxou, causando um pequeno mal estar.

— Desculpe, mas ainda to meio travada...
— Eu entendo. Mas fique certa de que vou vencer esse seu preconceito e vou fazer você ficar minha amiga. Aposta?
— Apostar?
— Um beijo... De língua... Molhado...
— Ai, para! Assim, vou me molhar toda, menina! – e as duas riram muito.

Quando a conversa evoluía era porque o assunto era profissional. Uma falando de pesquisas históricas e outra sobre escritores luso-brasileiros. E as duas conversavam até que Gabriela pediu licença para ir ao banheiro. Ao voltar para a mesa, achou que era hora de ir embora.

— Tá na hora – disse Gabriela. – Lamento.

Fernanda pegou o celular e pediu o telefone. Gabriela deu seu número e quando pegou a carteira de dinheiro, Fernanda disse que pagaria a despesa. E continuou a dedilhar o telefone:

— Deixa eu escrever aqui: Gabi... Posso?
— O quê?
— Te chamar assim: Gabi?
— Pode, claro. Liga e a gente conversa mais –. E se aproximou para se despedir.
— Cuidado, eu posso te puxar e roubar um beijo.

Mas Gabriela não deu chance. Mesmo assim Fernanda se despediu com um sorriso e a viu sair do restaurante, saltitante, parecendo até feliz.

PELO TELEFONE

No caminho para casa, de taxi, Gabriela achou que exagerara e se criticou. Poderia ter terminado a noite de forma mais calma. E chegou em casa mal humorada. Foi para o quarto, tirou a roupa que "ninguém notou" e só de calcinha, sentou à beira da cama, com o rosto apoiado no joelho. Passou as mãos em sua coxa, chegando perto da vagina. Naturalmente, tocou-se. E gostou, de se tocar. Foi interrompida pelo telefone. Mas ter pais idosos fazia com que ela não se assustasse mais com o toque "irritante" da campainha do celular. Não reconheceu a ligação e disse um "alô" meio forçado.

— É Fernanda – disse a voz do outro lado da linha. – Por favor, não desliga.
— O que você quer?
— Você tá em casa?
— No quarto...
— Tá nua?
— Não... Que isso?
— Pois eu to nua. To deitada na cama, de perna aberta, me massageando

e pensando em você. Faz a mesma coisa...

Gabriela como que comandada pela ligação, tirou a calcinha e se deitou, abrindo a perna e se tocando.

– Pronto...

– Eu to imaginando você me beijando, passando a mão em mim, com seus dedos me dando calafrios gostosos – dizia Fernanda, entre um gemido e outro. – Pensa em mim também – pedia.

Gabriela até se tocou. Mas o convite de Fernanda para que ela beijasse sua vagina despertou um misto de revolta e preconceito.

– Olha aqui. Eu não sou sapatão, tá legal? Gosto de homem, porra! – E desligou o telefone.

DE BAR EM BAR

No dia seguinte, tão logo acordou, Gabriela ligou para Rodrigo. Disse que queria vê-lo e o chamou a sua casa. O namorado, entretanto, alegou compromissos já assumidos e propôs que se vissem à noite. Ela então, o convidou para jantar, no mesmo restaurante em que esteve na véspera. E para matar o tempo foi caminhar no calçadão. Gostava do ar de Copacabana nas manhãs de sábado, sem a obrigatoriedade de se divertir das manhãs de domingo.

Na verdade, o que ela queria, de fato, era conversar com Regina sobre o desentendimento que tivera com Fernanda. Admitia que fora rude, principalmente após aceitar o convite para se desnudar. Mas achou "um verdadeiro absurdo" a proposta de beijar a vagina da outra. "Onde já se viu? Que coisa porca!", pensava enquanto ia do Leme, onde morava, até o Copacabana Palace.

Pegou o celular e Regina concordou em se encontrar com ela. E quando se encontraram, surgiu um obstáculo: Adriano viera junto. Gabriela não escondeu a contrariedade. O casal riu e desfez qualquer mal entendido: Adriano ia jogar vôlei com o pessoal do trabalho. Rindo, deu um beijo no rosto dela e um selinho na mulher.

Já sentadas em um barzinho do calçadão, Regina não resistiu e encostou Gabriela na parede:

– Dormiu com a Fernanda?

– Olha, Rê. Você é minha irmã. Mas se continuar com essa história, vou brigar com você. Ela me ligou da casa dela, dizendo que estava nua na cama e pediu que eu ficasse nua também e me imaginasse beijando ela, até lá... Sabe onde? Pois é! Eu fiquei puta da vida. Quase a mandei pra puta que pariu.

Regina, impassível, ouvia Gabriela e bebia cerveja. Ante o silêncio da amiga, limitou-se a perguntar:

— Já acabou?

— Já. E falo sério. Para com essa história, tá bem? Não sou lésbica, não gosto de lésbicas e se isso é ser preconceituosa, eu sou preconceituosa. Convivo com o pessoal da direita exatamente porque eles não me obrigam a ser de direita. Continuo sendo comunista e todos convivemos...

O descontrole de Gabriela era quase absoluto.

— Gabi. Veja bem. Eu não sei o que vocês conversaram ontem. Não sabia desse telefonema. Estou falando com você pela primeira vez, desde que as deixei no restaurante. Também não falei com ela. Mas se houve o telefonema é porque vocês estavam na boa...

— Como é que você sabe?

— Porra, Gabi! Eu não dei o seu telefone pra ela. Entonces, querida, você deu o seu telefone pra ela, não é? E se deu o telefone, é porque as coisas estavam caminhando bem, né?

— É, de fato. Ela até... — e se calou.

— Até o quê?

— Bobagem. Disse que ia quebrar minha má vontade com ela, que ia me dobrar... Mas aquela história do beijo...

— Gabi, olha pra mim — disse Regina, puxando a mão da amiga e a segurando com força. — Lésbicas não tem piroca, não é? Então, elas se satisfazem muito no toque, no carinho, no beijo. Não é nenhum absurdo...

— Como e que você sabe dessas coisas? Já teve caso com a Fernanda?

— Gabi, puta merda! Você sabe ofender a gente. Eu repito: nunca tive caso com mulher nenhuma, nem quero ter. Não tenho dúvidas sobre isso. Mas... — e levantou o dedo indicador — não tenho preconceito contra as lésbicas. Eu as aceito na boa, como aceito as hetero. Você, não...

— Por que você insiste nessa história de que eu tenho que me dar bem com ela. Ora, foda-se ela!

— Tá bom Gabi. O jogo do Adriano ta acabando. Eu tenho de ir. Vamos esquecer isso, tá? Vamos nos encontrar hoje à noite. Na nossa mesa. Você vai sozinha?

— O Rodrigo vai comigo. Já nos demos os dois dias que pedi.

Regina sorriu, abraçou a amiga, beijou-lhe o rosto e foi encontrar o marido, deixando Gabriela ainda confusa.

...EM CONVERSA

Gabriela voltou ao Leme. Perto de casa, foi ao restaurante que sempre frequentava e pensou em beber um chopinho. Mas para seu descontentamento, na mesa ao lado, duas meninas – "lésbicas, porra!" – namoravam. Ficou irritada, andou mais um pouco e achou um lugar "que as pessoas podem frequentar", pensou, já sabendo o que pedir: chope e fritas.

Mal sentou, ouviu alguém chamá-la. Procurou e achou Amanda e uma outra mulher. "Namorada?", pensou.

– Você tá sozinha? Senta aqui com a gente – disse Amanda.

Gabriela aceitou o convite e se sentou ao lado das duas. Amanda apresentou a namorada, Marília. Depois, olhou-a seriamente, pois não teve dificuldade de perceber seu desconforto. E perguntou:

– O que houve? Você ta com um ar triste.

A simplicidade de Amanda conquistou Gabriela, que sorriu.

– To **maus**, minha querida. To enrolada...

– É o namorado? – perguntou Marília.

– Não. Ele acaba se transformando em vítima, porque fica no meio das minhas dúvidas.

Nisso, o celular de Marília toca e ela se levanta para atender. E volta logo depois se despedindo, alegando ter um compromisso profissional.

– Posso fazer alguma coisa? – perguntou Amanda.

– Minha vida parece virou de cabeça para baixo. Nunca me considerei preconceituosa, achava que convivia bem com os gays. Depois que você disse que era lésbica, fiquei pensando nisso. Até que, na semana passada, conheci uma lésbica que mexeu comigo...

– Tadinha. Deve ter sido horrível...

– Eu conheci a Fernanda e ela diz que ficou ligada em mim. Fica me olhando de uma maneira que irrita, sabe? Qual é? Aí, a minha amiga grávida – e deu um sorriso – propôs que nós duas conversassemos. E conversamos ontem. – Calou-se e ficou pensando se deveria ser franca com Amanda. – Olha. Você vai ficar com raiva de mim – e relatou a história do telefonema. E admitiu que se sentira seduzida por Fernanda. – É assim mesmo? Eu fiquei puta da vida, achei nojento...

– Olha, isso varia de pessoa para pessoa. Tenho amigas lésbicas que usam até consolo. Outras, não querem nada além das mãos e da boca das namoradas. Isso varia.

– Tá com raiva de mim?

– Claro que não. Eu compreendo. Ao menos você quer saber, pergunta, quer se informar, né?

– Posso pedir um favor?

– Ninguém vai saber. Nem a Marília. Prometo.

Gabriela pegou a mão de Amanda e trançou seus dedos com os dela.

– Você está se transformando numa grande amiga, sabia? – e bebeu o último gole do chope. Pediu a conta e se despediu. – Tchau. Obrigada pela compreensão – e se aproximou para um beijo. Percebeu que beijaria os lábios da amiga, mas não virou o rosto. E tocou os lábios suavemente. Amanda lhe deu um sorriso como resposta.

MELHOR COMPREENSÃO

Em casa, Gabriela pensava nas conversas que tivera com Regina e com Amanda. E se perguntava sobre a razão de ter ficado com raiva de sua melhor amiga e de ter gostado de trocar ideias com sua colega. Foi fácil chegar à conclusão que esta soubera conduzir a discussão melhor que aquela. E sentenciou: "As lésbicas compreendem melhor essas questões".

Pouco depois o namorado ligou. Gabriela pediu que ele fosse a sua casa e ficou aguardando por ele inteiramente nua. Deitada no sofá, naturalmente se tocou. Quando Rodrigo chegou, ela o agarrou, pendurou-se nele e pediu com voz rouca;

– Vamos pra cama.

No quarto, Gabriela desnudou o namorado e viu que sua reação fora imediata. E começou a acariciá-lo. Ajoelhou-se e começou a beijá-lo. E pensou: "Mulher gosta de dar desses beijos". Em seguida, empurrou o namorado para a cama, deitou-o de barriga para cima e o cavalgou furiosamente. Rodrigo estranhou o comportamento da namorada, mas nada disse.

Ao final, Gabriela reconheceu:

– Nossa! Foi muito bom.

Em seguida, deitou-se ao lado de Rodrigo e ficou encostada nele. Gostou dos carinhos que ele lhe fazia e chegou a dar uma cochilada. Pouco tempo depois, ele a acordou e a lembrou do compromisso que ambos assumiram de jantar. O banho foi junto e, mais uma vez, se tocaram e o orgasmo se deu quase ao mesmo tempo.

No quarto, Rodrigo ficou sentado na cama observando a namorada se vestir. Ela portava uma calcinha fio-dental, e colocava sobre o corpo um vestido justo e curto, que lhe deixava as coxas à mostra.

– Você está um tesão – comentou ele, feliz com a indumentária e, principalmente, com o ânimo de Gabriela.

Ela sorriu para ele e continuou a se vestir. De repente, tirou o vestido e se mirou no espelho, de calcinha e sutiã. Pensou mais um pouco e liberou os seios. "Agora, sim", pensou, quando colocou o vestido. Uma maquiagem básica, um

colar prateado combinando com os brincos e estava pronta. "Mulher fica bonita para agradar a seu homem", sentenciou. Esticou a mão para Rodrigo e disse:
– Vamos.

HOMOFOBIA

O domingo passou sem grandes novidades. Como ninguém ligou para ela, aproveitou e passou a tarde com os pais. Conversaram muito e notaram que ela estava mais tranquila que das últimas vezes.
– Você está feliz assim por causa do seu namorado? – perguntou o pai.
– É, pai. Estamos bem. Mas não sei até quando vamos ficar bem. A gente sempre acaba discutindo.
– Minha filha, se discussão fosse motivo para casamentos acabarem eu e sua mãe já estaríamos separados.
– Mas sobre o que vocês discutem tanto? E sobre o que vocês pensam de forma tão diferente?
O pai reagiu de forma veemente:
– Tem um casal aqui do lado, dois homens, são veados. E saem de mãos dadas, abraçadinhos. Eles não respeitam ninguém...
Nisso a mãe chegou à sala com um café fresco e criticou o marido.
– Eles não fazem nada de diferente, minha filha. São amáveis, mas são gays. E seu pai quer que eles saiam daqui, vê se pode...,
– Que isso, papai! Homofobia é crime!
– No meu tempo, a gente pegava veado e sapatão e expulsava do nosso ambiente. Hoje, tudo é crime! Nunca vi um negócio desses!
– Pois é – disse Gabriela, achando melhor não discordar do pai. – É crime e você pode ser preso por isso.
– Posso nada! Com 80 anos sou inimputável! Posso fazer o que quiser e ninguém me prende – e começou a rir.
Gabriela olhou para a mãe e viu que nenhuma das duas poderia mudar a opinião do pai. Mas ficou mais tranquila em perceber que a mãe não demonstrava preconceitos homofóbicos.

ELEIÇÃO

A semana foi intensa, com os alunos apresentando os últimos trabalhos do semestre. Ao mesmo tempo, discutia-se a eleição para o Conselho Universitário, à qual um grupo de professores concorria. E Rodrigo participava dele. Por isso, os prédios estavam lotados de gente indo de lá para cá, sempre com coisas urgentes a fazer. Gabriela não escapava a isso. Eram muitos trabalhos a serem analisados, teses a serem conferidas – ela sempre era chamada para avaliar trabalhos de pós-graduandos em literatura – e ainda havia o trabalho de garoto-propaganda da chapa de Rodrigo na eleição.

Certa tarde, ao deixar uma sala de aula, Gabriela deu de cara com Lara no corredor. Refeita do susto, lembrou-se da promessa que lhe fizera de lhe ajudar na reportagem sobre os rumos da Educação, apresentando-lhe alguns colegas. Sorriu para ela e logo foi pensando em colocar alguns professores da chapa de Rodrigo na conversa.

Lara chamou a atenção de algumas professoras, entre elas, claro, Amanda. Após apresentá-la aos colegas, deixou o grupo na sala e saiu à procura de Rodrigo, para que ele também falasse alguma coisa e, assim, quem sabe, se apresentasse como candidato à eleição que ocorreria dali a dois meses. Encontrou-o em meio a uma roda de alunos e conseguiu arrastá-lo para a sala. Deixou-o lá e foi procurar um café.

De volta à sala dos professores, viu que Lara fazia sucesso, cercada por professoras, algumas claramente atraídas por ela. Rodrigo deixava a sala e ia para mais uma reunião, com alunos da Engenharia. Gabriela lhe beijou a boca e se sentou para esperar por Lara. Esta, ao vê-la, encerrou a conversa, despediu-se das professoras e saiu com ela.

– Vamos beber uma cerveja? – propôs Lara. Gabriela aceitou e foram ambas para um bar que havia perto da universidade e frequentado por alunos. Lá, encontraram várias alunas. Apresentou-as a Lara e procurou uma mesa vaga, coisa difícil àquela hora.

Sentadas em um canto do bar, ficaram em silêncio por um tempo até que Lara fez a pergunta que Gabriela não queria responder.

– E a Fernanda?
– Você é amiga dela, não eu. Por que deveria saber dela?
– Você está com raiva... – e com a mão pediu que Gabriela ouvisse – e tem razão para estar. Mas ela quer pedir desculpas, esclarecer as coisas e alega que você não lhe dá esta oportunidade. Nem o celular você atende.
– É, não atendo... Foi um absurdo aquilo. Qual é?
– Eu entendo o que você está sentindo. Passei por uma experiência parecida. A Nina era casada, largou o marido, vivemos um amor intenso, mas ela acabou voltando pra ele...

— Deve ter sido duro. Ser rejeitada não é lá uma experiência divertida...

— E eu a amo, ainda. Chego em casa e me lembro dela em tudo o que vejo... Tentamos conversar, mas foi em vão.

— Conversaram depois disso? E como foi a conversa?

— Foi difícil, porque ela admitiu que — e olhou para o lado, com medo de ser ouvida — que tem mais prazer comigo do que com o marido. Segurei a mão dela e ela ficou tremendo. Mas estava intransigente. Me deu um beijo louco... gostoso... mas foi embora e me deixou chorando.

Gabriela ficou muda, sem saber o que dizer.

— Por isso — prosseguiu Lara — eu entendo o que a Fernanda está sofrendo.

— Pera aí! Eu nunca fiz sexo com ela.

— Sim, eu sei. Mas a rejeição é a mesma. Eu quero a Nina, que não me quer. E ela quer você, que não a quer. É simples, não é?

— Não sei, Lara. Rodrigo e eu estamos junto há quase 10 anos, isto é, quase oito... Temos muita coisa em comum. É diferente de vocês que viveram uma aventura de amor. Acredito que deve ter sido linda — e voltou a apertar a mão de Lara que, desta vez, correspondeu —, mas acabou.

— Olha, a Fernanda é minha melhor amiga. Eu morri de ciúmes quando ela conheceu a Regina, que a cativou e sempre a recebeu com o coração aberto. E vejo o esforço que ela faz para aproximar vocês...

— Aliás, não entendo. Por que essa insistência?

— Por que ela é amiga da Fernanda...

— Minha também. Hoje, acho que ela é mais amiga dela do que de mim. Se fosse minha amiga mesmo, não ficava insistindo nisso.

Lara deu uma gargalhada.

— Ela tem duas amigas e uma delas não suporta a outra e quer aproximar as duas. Ela não quer que você tenha um caso com a Fernanda. Quer que você e ela se entendam. É isso.

— E como você sabe disso tudo?

— Ela me disse. Ontem, por acaso, conversamos longamente. E o marido dela concorda.

— Formidável. Minha vida sendo discutida nos botequins do Rio por minha melhor amiga, o marido dela e a ex-namorada lésbica de outra pessoa. Legal!

Lara tornou a pegar a mão de Gabriela e falou com firmeza.

— Gabi... Aliás, posso te chamar assim? — e após a concordância, continuou: — Olha, ela quer que vocês se entendam. Não quer que vocês trepem. Ela diz que é difícil ter duas amigas que se detestam! Faz uma coisa: conversa com a Fernanda e se depois disso tudo vocês continuarem se odiando, eu juro — e beijou os dois dedos indicadores — que não toco mais no assunto, tá bom?

— Conversar com ela? Aonde? Reconheça que é assunto tenso, que merece um local em que fiquemos à vontade.

— Por que não na minha casa? Eu saio e as deixo conversando. Topa?

Gabriela pensou um tempo, olhou em volta e percebeu que algumas de suas alunas a olhavam com interesse, em razão de estar com uma mulher e de ter segurado a mão de Lara.

– Tá certo. Na sua casa é um local que poderemos conversar. Aqui, por exemplo, já estão achando que você e eu estamos namorando – e começou a rir. Lara a acompanhou e quis ir embora pois, admitiu, estava aflita para falar com Fernanda.

A PREPARAÇÃO

Gabriela ficou à espera da conversa. E não disse a Rodrigo que ela aconteceria. O namorado sabia do telefonema e da história do beijo, mas a ele, como fizera com Regina, não disse que se sentira seduzida pela conversa. Em casa, sozinha – o namorado continuava em campanha – ficou imaginando o que aconteceria. Admitia que não seria fácil. E, por isso, passou a temer a conversa.

A passagem de Lara pela universidade deixara heranças. As professoras lésbicas estavam eufóricas com a jornalista.

A conversa enfim foi marcada. Numa de suas muitas idas à universidade, Lara marcou: "amanhã, sem falta". E até lhe deu uma cópia da chave de sua casa para que ela chegasse a hora que bem entendesse. Mas a alertou: Fernanda tinha uma cópia.

Gabriela admitia, intimamente, estar ansiosa. Ou temerosa. Lembrou-se do telefonema e se perguntou: "Se ela me tocar, será que resisto?". Afastou a ideia da cabeça e se comprometeu a ser mais
fêmea que Eva. E riu, lembrando-se da música **Evie**, do americano Jimmy Webb, cuja letra falava que "não há futuro nisso, mas se o tempo fosse um cara legal nós poderíamos ter tido uma boa chance de tentar".

Ao chegar à casa de Lara, percebeu que Fernanda já chegara. E ouvia música. Admitiu que ela tinha bom gosto. Mesmo tendo a chave, tocou a campainha e respirou fundo. Levou um susto ao ver Fernanda: "Ela está Linda", admitiu. Entrou tentando se mostrar contrariada. Mas não conseguia tirar os olhos do vestido que ela usava: branco, permitindo ver todo o seu corpo. E Gabriela admitiu: ela tinha um corpo pra lá de sensual, mesmo sendo gordinha.

Entraram juntas na sala e Fernanda perguntou se a música incomodava. Fez que não com a cabeça e se sentou numa poltrona. Não queria o sofá, pois Fernanda poderia sentar ao seu lado.

– O que você quer falar?

– Bom, primeiro deixa eu te elogiar: você está linda – disse Fernanda, cujos olhos brilhavam.

– Impressão sua. Estou vestida como sempre me visto. Você também está bonita. E então?

Fernanda respirou fundo e viu que Gabriela a atacaria todo o tempo.

– Gabi, eu quero me desculpar pelo telefonema. Eu confundi tudo... É preciso que você entenda uma coisa: eu estou apaixonada por você. Quero muito ter você, entende?

– Fernanda, você é lésbica, gosta de namorar mulheres como você. Por que esta insistência em ficar comigo? Eu tenho namorado...

– Sim, tá certo. Você não é lésbica, portanto não gosta de mulheres. Mas o que me impressiona é que você tem raiva das lésbicas...

– Engano seu. Tenho colegas lésbicas e, para seu governo, sou amiga delas – respondeu rispidamente, lembrando-se de Amanda. – Portanto, não há ódio. Mas se eu detestasse as lésbicas, qual seria o meu crime? Pelo que sei, crime é prejudicar lésbicas e gays em razão de sua opção sexual. Não é crime não gostar de lésbicas, é?

– Não estou falando em crime. Estou falando em convivência. Sua amiga Regina convive comigo e com você. Eu convivo com vocês duas. Por que você não convive comigo e com ela?

– Porque não quero. Tenho de concordar com tudo o que vocês pensam? Você é diferente de mim, você é lésbica – e curvou o corpo para frente, apontando o dedo indicador. – Dá para entender isso?

– Eu sou lésbica, sapatão, fanchona, <u>mulher-homem</u>, <u>viada</u>, bunchie, machorra, cola velcro, lambe xana, dyke, sapatilha, camioneira... Sou isso tudo. Mas não tenho o direito de ter um grande amor?

– Você fala como se eu fosse a responsável pela sua carência...

– Você nunca sofreu de rejeição? Pense lá no fundo. E quando foi rejeitada, não correu atrás da... Do namorado?

– Claro, Fernanda. Você acha o quê? Que eu sempre sou desejada por todos? Tive professor que não quis me comer, tive garotos que só queriam me comer. Tudo isso, ora!

A CONVERSA

De repente, Fernanda se levantou e propôs comerem pipoca. A ideia era quebrar um pouco o clima que estava se formando e ela temia que a conversa não chegasse a um final, fosse ele qual fosse. Gabriela concordou e foram as duas para a cozinha. Lá, como conhecedora do ambiente, viu sua anfitriã pegar o pacote de pipoca, colocá-lo no microondas e ficaram esperando. Serviram num pote que parecia previamente separado e voltaram à sala. Só houve um problema: tiveram de se sentar próximas da outra.

Fernanda, propositalmente, começou a falar sobre música. A conversa começou a fluir naturalmente e Gabriela foi perdendo a antipatia e até riu de alguns comentários feitos entre um poção e outra de pipoca.

— Quando você sorri fica linda, sabia?

— Para com isso. Lá vem você de novo...

— Desculpe, desculpe — disse Fernanda e pegou a mão de Gabriela, que se deixou ficar. — Não quero irritar você. Mas seu sorriso é bonito. Seu namorado não gosta?

Gabriela sorriu. Era obrigada a reconhecer que Fernanda sabia insistir nas coisas que queria. E resolveu se desarmar. Abandonou-se no sofá e até sentiu seu ombro encostar-se ao dela. Ficou rindo e comendo pipoca.

Fernanda insistia.

— Por que você não gosta que eu elogie sua beleza?

— É chato, poxa! Até parece que sou uma Fernanda Lima...

— Nossa Senhora! Fernanda Lima! Que mulher...

— Pois é. Eu também a acho bonita. Aliás, meu namorado a viu na rua outro dia e quase teve um troço — e começou a rir.

— Tá certo que a Fernanda Lima é mais bonita que nós duas juntas. Mas você também é bonita...

— Sou bonitinha, Fernanda. Você tem traços mais bonitos que os meus.

— Quais?

— Seus lábios, seus olhos verdes e seu sorriso. E seus dentinhos são bonitinhos...

Ao parar de falar, Gabriela percebeu que Fernanda estava sentada de mau jeito e com as pernas abertas. Apontou para ela e ordenou.

— Fecha as pernas menina. Suas pernas são gostosas, mas não quero vê-las.

Fernanda se levantou, ficou de frente para ela e ergueu o vestido, mostrando as pernas.

— São gostosas? Mesmo sendo gordinhas?

Gabriela começou a rir.

— Olha, vamos parar. Já não estamos brigando, o que é um passo importante. Mas não vamos nos precipitar, tá bom?

Fernanda se aproximou e disse com voz rouca:

— Vamos parar? Que pena! Mas prometa que nós voltaremos a conversar. E já começaremos com este clima de agora, sem ódio. Promete?

— Prometo. Vamos nos encontrar outra vez e não vamos mais brigar, tá bom?

As duas ficaram se olhando em silêncio. O toque do celular as interrompeu.

Era o telefone de Fernanda. Lara queria saber se podia ir para casa.

— Claro, você pode vir para sua casa — e as duas começaram a rir.

Gabriela, então, achou que era hora de ir embora. Mas Fernanda não perdeu a oportunidade.

— Quando a gente se vê outra vez?
— Em breve. Tenho um namorado para administrar.

As duas foram de mãos dadas até a porta. E Gabriela se despediu, abriu a porta e foi para casa se sentindo leve.

No caminho para casa, foi pensando na conversa que tivera. E admitiu que os elogios que Fernanda fazia deixariam qualquer mulher feliz. E logo pensou nas pernas e nos lábios da ex-inimiga. Sorriu, pensando que poderia ter lhe dado um selinho. "Que diferença faz?", pensou ela. "Já dei um selinho na Amanda. Então, beijar mulher já é fase superada".

Antes de dormir, ficou imaginando a conversa que Fernanda teria com Lara e assumiu o compromisso de ligar para Regina na manhã seguinte. Ela e Rodrigo mereciam saber de tudo. "Ou não?"

BEIJO NA BOCA

Antes de sair, na manhã seguinte, Gabriela ligou para Rodrigo. Não entrou em detalhes com ele sobre a conversa, mas admitiu que já estava menos contrária à ideia de ser amiga de Fernanda. Com Regina teve uma conversa mais franca. E admitiu que perdera grande parte da intolerância contra as lésbicas, o que deixou a amiga feliz.

Tão logo chegou à universidade, encontrou Rodrigo. Ainda nos pilotis, levou-o para um canto e lhe deu um beijo de língua. O namorado ficou feliz e a abraçou e, como estava em um canto, meio escondido, apertou sua bunda.

— Amor!... Nossa!... Eu quero você à noite. Deixa a campanha pra lá, tá bom?

O namorado concordou e prometeu passar a noite com ela. Beijaram-se outra vez e se separaram. Gabriela foi dar aula. Rodrigo, fazer campanha.

Na hora do almoço, sozinha na cantina, recebeu uma ligação de Fernanda. E, ao contrário do que deveria acontecer, não ficou com raiva ao reconhecer a chamada.

— Fala Menininha...
— Linda, como você está?
— To na faculdade, cheia de aulas para dar. Você tá no arquivo?
— Não, to em São Paulo. Vim a trabalho.
— Quando volta? — e Gabriela se assustou com seu próprio interesse.
— Ainda hoje. Podemos nos ver?
— Não. Hoje a noite é de Rodrigo. Menininha, ele me deu um beijo e me apertou a bunda na frente de todo mundo — exagerou.
— Adoro quando você me chama de Menininha... — disse Fernanda, não dando importância ao comentário sobre o apertão do namorado.

— Mas você parece uma criança, Fernanda. As coisas que você diz, as coisas que você quer... — e deu uma gargalhada.
— É o desejo que eu tenho.
— Para!
— Você vai ficar puta comigo. Mas eu te quero e vou te convencer do que eu sinto.
— Eu acredito em você, mas...
— Você acredita! — disse Fernanda, quase gritando.
— Claro que acredito Menininha! Só não acho natural isso.
— Já é um primeiro passo... Tenho de desligar, Gabi. Posso mandar um beijo para você?
— Pode — disse ela rindo.
— Um beijo na boca?
Gabriela ficou em silêncio e Fernanda insistiu:
— Na boca?
— Tá bom. Pode.
— Um beijo na boca, bem gostoso, to passando a língua nos seus lábios e tocando sua linguinha... Gostosa!
E Gabriela desligou o celular. Fechou os olhos e sentiu a calcinha ficar molhada. "Meu Deus!", pensou ela.

ENTENDIMENTO

Após beijar Rodrigo, Gabriela foi ao banheiro. Sentou-se no vaso e, enquanto se lavava, pensou nos carinhos que trocara com o namorado. Deu nele o beijo que Fernanda descrevera pelo telefone e o namorado adorou. E pensou na reação dele ao saber que quem lhe dera a dica daquele beijo fora Fernanda. "Uma lésbica", e riu. Levantou-se, olhou-se no espelho e ficou pensando em Fernanda. "Será que fazer sexo com mulher é bom? Mas sem haver penetração?", pensou.

De volta para o quarto, flagrou o namorado dormindo. Mas entendeu o cansaço que ele deveria estar sentindo em razão da campanha eleitoral. Cobriu-o com o lençol, beijou-o carinhosamente e fechou a porta do quarto. E, nua, foi para a cozinha preparar o café.

Parecendo adivinhar as coisas, Regina ligou.
— E aí, Gabi? Quero te ver, te dar um abraço e um beijo. Você não me contou tudo sobre a conversa com a Fernanda...
— Contei!
— Não disse que ela está felicíssima — e deu uma gargalhada.
— Ora, eu não sabia que ela estava felicíssima.

— Mas você está feliz?

— To aliviada. Não ter motivo para ficar com raiva de alguém é melhor.

— Tá vendo, amiga! Eu to feliz porque minhas amigas conversam, tratam-se bem.

— Mas ela é impressionante, Rê. Ela não desiste de tentar me seduzir. Ligou hoje eu tava almoçando e deu uma cantada na hora.

— Ela te quer Gabi. Agora, eu não me meto mais. Você é hetero, fica com Rodrigo; e ela é lésbica, fica com a Lara. Mas, para mim, o importante é que minhas duas amigas estão se entendendo.

E Gabriela voltou para a cama. Encostou-se ao namorado que, mesmo dormindo, abraçou-a com carinho Do jeito conchinha, foi pegando no sono aos poucos e adormeceu.

ADOLESCÊNCIA

Tudo caminhava bem e no dia seguinte Fernanda se antecipou e pediu um novo encontro. Ligou na hora do almoço e fez o pedido:

— Quero te ver sozinha, você e eu. Sem namorado e ex-namorada do lado. Vamos?

— Menininha, é complicado! Você se esquece de que eu sou quase casada, Fernanda. Tenho de inventar uma história para o Rodrigo. É desagradável isso.

— Eu sei, amor! Admito isso tudo. Mas vamos nos ver só nós duas, faz esta minha vontade, Linda!

— Vamos nos encontrar onde?

— Tem um bar gay perto da sua casa, em Copacabana...

— Eu sei qual é. Já tive lá – e começou a rir, imaginando a reação de Fernanda. – O que prova que não tenho raiva de lésbicas, viu?

— Nossa, Linda. Que legal. Então, vamos nos encontrar lá?

— Pode ser. Mas tenho de ver a agenda do Rodrigo, saber quando ele estará envolvido em algum encontro com os alunos para poder marcar. Eu te ligo tá bom?

— Tá – disse Fernanda com a voz rouca. – Um beijo bem molhado na sua boca, Linda.

Gabriela desligou o telefone, para mostrar que não gostara do comentário. Mas gostara sim. E estava sorrindo, quando colocou o celular dentro da bolsa e viu, naquele momento, Amanda sentada à mesa do lado com algumas alunas. Parecia que ela sabia o que acontecia, porque lhe endereçava um sorriso amigo.

O encontro aconteceu logo no dia seguinte, em uma noite que Rodrigo se declarou exausto.

— Peço pinico, amor! – disse ele a Gabriela. Vou para casa dormir hoje e amanhã. Não aguento mais. – Perdoa, amor?

– Vai descansar então. Eu vou sair. Vou sair com a Rê. Mas não sei onde vamos, tá? – e se despediu do namorado. Tão logo viu Rodrigo entrar no carro e manobrar para ir embora, ligou para Fernanda. Quando ela atendeu, disse rapidamente, como se temesse que alguém descobrisse com quem ela falava.

– Nove e meia lá no bar. Quem chegar primeiro espera a outra – e desligou o telefone, sentindo-se eufórica como uma adolescente ao marcar o primeiro encontro com o namorado. E pensou: "Namorado? Não, pode ser uma namorada", e riu sozinha.

CAPRICHO NO VESTIR

Antes de se encontrar com Fernanda, Gabriela passou em casa. Tomou um banho gostoso, passou creme em todo o corpo e caprichou na roupa: uma saia bem acima dos joelhos, calcinha fio-dental, meias pretas, sapatos de salto alto e uma blusa que deixava ver os seios. Ao se ver no espelho, perguntou-se a razão para se vestir daquele modo. Mas quis ir assim. "Deixa pra lá", resmungou. E foi.

Fernanda, com uma roupa justa ao corpo e que disfarçava as suas gordurinhas, já estava esperando por ela na porta. E ficou frustrada por não ganhar um beijo. Mas achou melhor não reclamar.

– Você vem sempre aqui? – perguntou Gabriela.

– Algumas vezes com umas amigas. Mas é folclore essa história de que aqui é um bar gay. Tem de tudo – e sorriu.

– Então, porque você escolheu esse bar?

Fernanda riu e explicou:

– Seu namorado não vem aqui, vem? Não seremos encontradas né?

Gabriela concordou e as duas iam entrando no bar quando encontrou Pâmela.

– Você voltou! Que bom! – disse ela, dando um beijo no rosto de Gabriela. Virou-se para Fernanda e se apresentou. As duas trocaram beijos. Antes que alguém dissesse alguma coisa, chamou sua companheira e viram surgir Ana Maria, uma famosa jogadora de vôlei, elegantemente vestida e com o seu famoso sorriso.

– Nossa! – disse Gabriela – jamais imaginei que ia conhecer uma medalha de ouro olímpica.

Ana Maria sorriu, visivelmente satisfeita, e pediu a Pâmela para irem embora.

– Fui a uma festa de assinatura do patrocínio do clube. Tive de ir. Estou cansada e acho que bebi vinho demais.

Pâmela sorriu, deu um beijo em Gabriela e falou no seu ouvido que continuava à disposição. Mas em seguida fez o gesto de que ela não precisaria mais conversar com ninguém. Fez um afago para Fernanda e saiu com Ana Maria, de mãos dadas, sem se importar com a fama da companheira que era apontada por muita gente.

Fernanda propôs uma mesa para se sentarem e logo a elogiou.

– Desculpe, mas você está um tesão – e antes que Gabriela pudesse falar qualquer coisa, acrescentou: – Você não se veste sempre assim. Essa roupa está pra lá de sensacional – e sorriu.

– É claro que não vou dar aula com este tipo de roupa. Mas achei que você merecia.

– Nossa! Primeiro vejo Ana Maria, gata do vôlei. Depois, ouço você dizer que eu mereço isso tudo...

Gabriela começou a rir, segurou a mão de Fernanda e diagnosticou que a amiga tinha problemas de autoestima.

– Não tenho não. É que você é linda, tenho tesão em você e ficou me imaginando te namorando. É isso.

– Vamos com calma, Menininha. Minha experiência lésbica é quase nula.

– Ah, é? Então me explica a sua amiga, a Pâmela.

– Eu a conheci aqui e ficamos conversando.

Fernanda esperou a garçonete trazer o cardápio para perguntar:

– Rodrigo tá em campanha?

– Não, coitado. Tá dormindo, exausto. Eu disse para ele que estava com a Regina.

– Posso te perguntar uma coisa? – E antes mesmo de Gabriela concordar, perguntou: – Você gosta de deixar claro que não é lésbica. E isso te impede de ter uma relação? Tudo tem de ser assim, nominado?

– Não sei. Menininha, para mim, tudo o que está acontecendo é novo, diferente de tudo o que eu já vivi.

– Por que você diz que não é lésbica? Você conhece alguma lésbica?

– Não. Tenho conhecidos que são gays. Mas lésbica conheci duas. – E olhou sério para ela. – Você é uma delas.

Fernanda sorriu e perguntou:

– Gostou?

– Gostei, sim. Agora, porque antes eu detestava – e as duas começaram a rir.

Mas Fernanda parecia insaciável na sua curiosidade.

– Você nunca transou com uma mulher? Nem mesmo quando criança?

– Não, nunca. E antes que você pergunte, nunca tive nada com a Regina. Somos apenas amigas.

– Acho incrível, isso. Tenho um amigo que me confidenciou que até entre meninos pinta essa de um comer o outro. Depois, com o tempo, eles vão ficando heteros. Eu sempre pensei que essa história, de crianças, só acontecesse com meninas.

– Com você aconteceu?
– Com uma prima. Ela tem a mesma idade que eu. Víamos nossos corpos, nos apalpávamos, essas coisas...
– E ela é lésbica também?
– Nada! Hetero total, cheia de maridos e de filhos.
– Cheia de maridos?
– É. Já casou três vezes e teve um filho com cada marido.

A DESCOBERTA

A conversa fluía naturalmente. E como Fernanda não tinha nenhum pudor em relatar sua história, Gabriela resolveu saber mais.
– Foi aí que você ficou lésbica?
– Não. Eu me descobri lésbica aos 19 anos. Tava na faculdade e fiquei amiga de uma menina da biblioteca, a Sandra. Passamos a sair sempre nos finais de semana. Nem eu nem ela namorávamos e, um dia... Assim... Ela se declarou.
– Qual foi a sua reação?
Fernanda deu uma gargalhada.
– Feito a sua – e continuou a rir. – Fiquei chocada. Mas ela soube fazer a coisa. Segurou minha mão – e pegou a mão de Gabriela – e me disse: você não tem namorado, não sente falta de homem, está sempre comigo. Você não seria lésbica também?
– Ah! Você aprendeu com ela. Agora eu estou entendendo essa sua insistência em me seduzir – e riu, chamando a garçonete para fazer os pedidos.
Ao ver a vontade de Gabriela de beber, Fernanda propôs:
– Vamos escancarar? Vinho tinto?
Gabriela topou e fizeram o pedido.
– Mas e aí? Você resolveu experimentar uma lésbica? Aliás, você já tinha perdido a virgindade?
– Ih! Claro! Perdi aos 15 anos. Nossa, foi uma confusão lá em casa. Minha mãe descobriu e meu pai quase capou o meu namorado. Mal sabiam eles que eu tinha forçado a barra e quase que exigido que ele me comesse – e riu.
– Bom, mas e a Sandra?
– Ah é. Ela insistiu nisso e ficamos conversando a noite inteira. Ela me chamou para a casa dela e lá fui eu...
– Assim?
– Claro! Para quem perdeu o cabaço aos 15 anos, era o mínimo que eu poderia fazer.
– E gostou, pelo visto.

– Amei. Era diferente do que eu sabia de sexo. Sandra me ensinou a meiguice no sexo, me deu carinho, pediu carinho, me deu beijos no corpo inteiro... É bom parar – disse ela, lembrando-se da discussão que tivera com Gabriela em razão de beijos não convencionais.

– É, para por aí.

Tentando tornar o ambiente tranquilo, como estava antes, e temendo que Gabriela se fechasse em razão da lembrança dos beijos, Fernando resolveu interrogá-la.

– Agora é você. Sua primeira transa?

– Meu primeiro namorado, que me deu o primeiro beijo, me largou porque eu não sabia beijar e não o deixava passar a mão na minha bunda. Depois, namorei meu professor. Mas ele esperava uma menina doida para dar para ele – e riu. – Mas eu queria amor e não só sexo. Era bom o sexo com ele, mas ele achou melhor me aprovar e me deixar seguir... Escroto!... Sei que ele engravidou uma colega minha. Nunca mais o vi, graças a Deus! – e olhou para Fernanda, que também lhe sorria.

O tempo passou rápido e o vinho estava quase no fim, quando Fernanda propôs continuarem em outro lugar. E perguntou:

– Na minha casa ou na sua?

Gabriela a olhou sério e disse:

– Olha, vamos parar por aqui. – Segurou as mãos de Fernanda, trançou seus dedos no dela e continuou. – Eu to muito feliz com você. Mas não vamos nos precipitar.

– Eu te quero!

– Vamos para nossas casas. Amanhã – e olhou para o relógio de pulso – aliás, hoje, a gente volta a se falar, tá bom?

Fernanda baixou a cabeça e deu o último gole no vinho. Gabriela percebeu sua tristeza, levantou seu rosto e perguntou o que acontecera.

– Você não me quer, não é? – e fez um gesto para que a deixasse falar. – Olha só. Eu tenho muito tesão por você. E você, parece, que não sente nada. Fica num discurso intelectual, como se a razão pudesse se sobrepor à emoção.

Gabriela se aproximou de Fernanda, pegou sua mão e a enfiou em sua saia. Colocou-a junto à calcinha e perguntou:

– Isso aqui é razão? Não é tesão?

Fernanda se assustou e as duas ficaram se olhando nos olhos. Refeita do susto, começou a acariciar Gabriela, que fechou os olhos e soltou um gemido, baixinho...

– Você me leva à loucura, Gabi – disse Fernanda, aproximando-se. E se beijaram. Era o primeiro beijo que as duas se davam.

O beijo e o carinho só pararam por iniciativa de Gabriela.

– Para, Fernanda, para! – e puxou sua mão e trançou seus dedos com os dela. – Não fica bem a gente se atracar aqui, né? Vamos embora, vamos?

— Um beijo de despedida.

Voltaram a se beijar e só pararam para pedir a conta e beber o resto do vinho. Fernanda pediu um taxi e recomendou à garçonete que fosse dirigido por uma mulher.

Antes mesmo de o taxi chegar, as duas já estavam na porta do bar à espera. E ali, tão próximas uma da outra, foi inevitável que ficassem abraçadas. Gabriela, um pouco mais baixa, pôs seus braços ao redor do pescoço de Fernanda, que a enlaçou pela cintura. Estavam coladas uma na outra e voltaram a se beijar.

No trajeto, o clima no taxi era de harmonia. Fernanda, em meio a muitos carinhos, ainda insistiu para que elas terminassem a noite juntas. Gabriela estava intransigente, mas foi obrigada a prometer que a veria no dia seguinte. Antes de saltar, Fernanda voltou a lhe dar um beijo cinematográfico e acabou expulsa do carro. E viu o rosto de Gabriela pelo vidro, fazendo um coração com as mãos.

BALANÇO DE VIDA

Ao chegar em casa e após pagar o taxi, Gabriela foi surpreendida com a presença de Rodrigo na portaria. Estranhou, porque o namorado tinha cópia da chave do apartamento. Sorriu sinceramente ao vê-lo e tentou abraçá-lo.

— Temos que conversar – disse ele, friamente. – Vamos subir.

Gabriela estranhou a reação do namorado, mas imaginou que o motivo de seu descontentamento atendia pelo nome de Fernanda. "Até onde ele sabe?", perguntava-se, imaginando que Rodrigo estivera com Regina e descobrira a mentira. Ao chegarem ao apartamento, Gabriela se sentou enquanto Rodrigo ficava andando em círculos.

— O que te enfezou tanto? Posso saber o motivo de seu mau humor?

— Estive na casa da Regina procurando por você. – E olhou para ela. – Eu estava com saudades. A Regina tentou disfarçar, mas ela não sabe mentir. Disse que você tinha acabado de sair de lá. Mas era mentira. Faz mais de uma hora que estou esperando por você.

Aproximou-se de Gabriela que, àquela altura, percebera o problema, perguntou, apontando seu dedo para ela.

— Onde você estava? Com quem? Quem é esse homem que faz você mentir para mim? Quem é esse homem para quem você se veste e fica tão linda assim?

Gabriela se levantou, mandou que Rodrigo sentasse e olhou para ele e disse:

— Eu estava com a Fernanda, aquela amiga da Rê. Ela sempre quis que nós nos entendêssemos. Foi nosso segundo encontro. O primeiro foi na casa da Lara, a jornalista que te entrevistou. O segundo foi hoje, em um restaurante em Copacabana. O homem que me fez mentir para você não existe. Tá mais calmo agora?

— Por que você não me disse isso? Por que mentiu e disse que ia para a casa da Regina?

— Porque você ficaria com raiva se eu te dissesse que iria me encontrar com uma lésbica, exatamente para tentar acabar com meu preconceito contra as mulheres homossexuais.

— E acabou?

Gabriela deu um sorriso e respondeu:

— Estamos caminhando para isso. Ainda as vejo com um pé atrás, mas não tenho mais raiva delas, como tinha.

— Qual o interesse da Regina nisso? Ela é fanchona?

— Nããããooooo! – disse sorrindo. – Ela é amiga da Fernanda e minha amiga e não admitia que nós duas tivéssemos raiva da outra.

— Mas ela tinha raiva? Naquele dia no restaurante eu entendi que ela estava a fim de você.

— É, tá certo. Eu tinha raiva dela.

Ambos ficaram em silêncio por algum tempo, com pensamentos diferentes: Rodrigo achando que tinha mais coisa para saber, mas não sabia como chegar à verdade; e Gabriela se surpreendendo com a maneira tranquila com que se referira ao caso.

— Vamos dormir? – propos Gabriela.

Rodrigo disse que não ficaria. Ante a surpresa de Gabriela, explicou:

— To com raiva, sim. Tem mais coisa nessa história que você não quer contar. – E se aproximou dela: – Você não quer me contar tudo, está escondendo alguma coisa. Se é outro homem, eu vou entender.

— Rodrigo, não existe homem nenhum. Para com isso. Eu não iria te trair – e o abraçou.

Rodrigo não recusou o abraço. Mas estava desconfiado.

— Pera aí! Você jura que não há nenhum homem entre nós. Mas existe alguma mulher? Esta Fernanda?

Gabriela levou um susto com a conclusão, mas conseguiu sorrir.

— Amor, eu não sou lésbica.

— Eu sei. Ou sabia. Mas to desconfiado... Poxa Gabi., eu nunca contei uma mentira para você. Até hoje, ao que eu saiba, você também não mentiu. Vai ser muito chato se a gente romper por causa de uma mentira – e tomou o rumo da porta, deixando Gabriela sozinha.

Como que atendendo a um sinal, o telefone tocou. Era Regina.

— Gabi. Você já esteve com o Rodrigo? Eu tava dando um tempo para vocês conversarem. E aí?

— E aí que ele descobriu tudo, embora não saiba. Saiu daqui acreditando não haver homem entre mim e ele. Mas acertou em cheio quando falou o nome da Fernanda.

— Puta que pariu! E agora?

— Agora, Rê, fudeu!

O silêncio de ambas foi longo.
Foi Regina quem voltou a falar.
– Mas você se entendeu tanto assim com a Fernanda?
– Não estamos namorando, se é o que você quer saber. Mas estamos próximas, assim como você e eu. Nada além disso. Mas a intransigência dele...
– Gabi, ele não está sendo intransigente. Ele te ama e você está deixando de amá-lo, não está?
Gabriela nada respondeu.
– Gabi?
– Não sei, Rê. Vou desligar. Não quero pensar nisso agora.
– Espera aí. Minha amiga, desculpe o que vou dizer: mas ele merece saber de toda a verdade. Se você quer dar para a Fernanda, ou se quer dar para ele, é problema seu. Mas trepar com os dois é sacanagem...
E Gabriela desligou o telefone.

O ESCÂNDALO

No dia seguinte, Gabriela acordou determinada a dizer a verdade a Rodrigo. Deu razão a Regina, que lhe cobrou ser sincera com o namorado. Mas estava temerosa da reação que ele poderia ter. "Dizer a ele que estou me envolvendo com a Fernanda? Ele vai me chamar de lésbica", pensou ela. Logo outra dúvida ocorreu: "Será que sou lésbica e a implicância com ela era resultado disso? Sou lésbica?", perguntou-se durante o trajeto para a universidade.

Após estacionar o carro e ver um grupo de alunos conversando, pensou em Amanda. Qual seria a reação dela? "Provavelmente vai me beijar a boca de felicidade", pensou. Conforme o elevador subia, Gabriela ia ficando tensa. Olhou para um grupo de alunos, felizes com o fim do semestre, e pensou nos tempos em que era ela a estudante.

"Bons tempos aqueles", pensou ela. Tempos em que estava vidrada em um professor de latim. Bastaria ele estalar o dedo e ela se ofereceria a ele sem medo. Mas nada aconteceu. O jeito, então, foi aceitar a paquera de um rapaz do curso de Educação Física. Era bonito, tinha um belo corpo e logo na primeira vez em que saíram acabaram na cama.

Ela tinha pouca experiência, mas ele foi carinhoso e a fez ter um orgasmo daqueles. Mas pouco depois ele se mudou do Rio e ela voltou a ficar sozinha. Houve o interesse em um outro professor. Com esse ela transou. "Mas foi uma merda", sentenciou.

Na sala dos professores havia mais três colegas que conversavam em voz baixa. Gabriela entrou e viu Rodrigo à mesa principal. Sentou-se à frente dele e lhe deu bom dia. A cara do namorado era a pior possível. "Será que ele já matou a

charada? E viu Fernanda no centro de tudo?"
— Bom dia Gabriela. Qual é a mentira que você vai me contar agora?
— Rodrigo!?!?
— Você foi vista ontem, sabia? Pessoas que trabalham aqui conosco viram você e a Fernanda em um bar gay. Vocês mais que conversaram: houve beijos, abraços e uma grande troca de carinho. — Até aí Rodrigo falava em voz baixa para uma Gabriela que tinha a cabeça baixa, pensando em quem poderia tê-la visto.

Após um período em silêncio, em que não parava de olhar para ela, Rodrigo perguntou:
— Você não vai dizer nada?
Gabriela olhou para ele e tentou responder:
— Eu não sabia como te contar. Se fosse um homem eu sei que você compreenderia. Ficaria com raiva, mas compreenderia. — Tentou pegar a mão dele, que a puxou rapidamente. — Eu não estou namorando a Fernanda — e Gabriela percebeu que a conversa era acompanhada pelos demais professores. — Não sei o que está havendo — e propôs conversar em outro lugar.

Mas Rodrigo se aproveitou do constrangimento dela para falar alto:
— Outro lugar? Por quê? Todos aqui vão acabar sabendo que você é sapatão. Quer esconder isso deles?

Gabriela, lívida, ficou olhando para o agora ex-namorado com os olhos arregalados. E sentiu as mãos de alguém sobre seus ombros. Olhou e viu um dos mais antigos professores da universidade.
— Rodrigo, este é um assunto para ser resolvido entre vocês dois e não publicamente. Nem eu nem eles — e apontou para os colegas com quem conversava — temos nada a ver com isso.
— Por que não? Você também é gay! Ou vai negar?
— Não, Rodrigo, não vou negar. Nunca fiz isso e não vou começar agora. Mas não há razão para você tornar público que sua namorada te trocou por uma mulher. Nem contar às pessoas que você é corno.

Rodrigo levantou e provocou a reação dos demais professores. Um deles chegou por trás e o agarrou pelo braço.
— Calma, Rodrigo. Você falou e ele também.
— Você vai defender esse veado e essa fanchona?
— Não vou defender ninguém. Ninguém precisa ser defendido. E se você esqueceu, eles podem te processar por crime homofóbico. E se você insistir nessa história, vai me obrigar a depor a favor deles.
— Eu sempre desconfiei de todos vocês — disse Rodrigo, começando a recolher os papéis que espalhara pela mesa. E foi interrompido pelo terceiro professor que abriu a porta da sala:
— Como dizia meu pai, porta da rua é serventia da casa e se você está tão incomodado com a opção sexual de seus colegas acho que é hora de pedir para

sair – e ficou olhando para ele mantendo a porta aberta. Através dela alguns alunos, ávidos por novidades, ouviam a discussão.

Rodrigo, entretanto, não se intimidou:

– Não vou pedir demissão, porra nenhuma. Não é um grupo de bichas velhas como vocês e um sapatão como ela que vão me fazer desistir da minha carreira – e saiu da sala.

Para tristeza dos alunos, a porta foi fechada. E logo os três professores sentaram com Gabriela à mesa.

– Obrigada gente – disse ela e logo começou a chorar. – Meu Deus! Que vergonha. Um assunto meu e dele colocado assim! O que os meus alunos vão pensar de mim? E vocês?

O mesmo professor que começara a discussão com Rodrigo segurou sua mão e disse, de forma carinhosa.

– Seus colegas não vão pensar nada de você. É claro que o escândalo está feito e os alunos vão comentar durante muito tempo. E alguns vão te rotular de sapatão, sim. Mas acredite em quem tem experiência no assunto, isso é o mais fácil de superar.

Mas Gabriela estava arrasada e não conseguia parar de chorar. Nesse meio tempo, Amanda entrou na sala e não precisou perguntar o que estava acontecendo, pois ouvira parte da discussão no corredor. Sentou-se ao lado dela e fez sinal para os demais professores saíssem.

– Gabriela, aconteceu, não é? – perguntou ela, quando estavam sozinhas. – O passo mais difícil você já deu. Agora, é se acostumar com a nova situação. E não é tão difícil assim.

– Não é? Perdi meu namorado, que me chamou de sapatão na frente de todo mundo! Alguns alunos ouviram a discussão! Meu Deus! Que escândalo!

– Olha, não foi a primeira vez que isso aconteceu. Você deve estar preparada para ser abraçada por uns e criticada por outros. O que alivia um pouco as coisas é que os abraços vão ser públicos e as críticas, não. Mas há sempre a ameaça da homofobia a pairar sobre todos os heteros. Quer um conselho? Vai para casa, eu explico na Secretaria que você não está em condições de dar aula... Aliás, vai para a casa da sua namorada. Ela te consola. E o que você precisa agora é de **mmmuuuiiittto** carinho. Tá bom?

Gabriela, ainda chorando, concordou com ela. Pegou o celular e Fernanda atendeu.

– Posso ir pra sua casa?
– O que houve?
– Deu merda! Qual o endereço? – e anotou no verso de um envelopo branco. – Espera que to chegando.

Desligou o telefone, deu um abraço apertado em Amanda e deixou a universidade, andando todo o tempo de cabeça baixa, sem coragem de encarar os alunos que, àquela altura, já deveriam saber do escândalo.

CARINHO

Tão logo a porta do apartamento foi aberta, Gabriela se atirou sobre Fernanda, que a abraçou com carinho.

— Liguei para a Regina, ela está vindo para cá.

Nisso a campainha tocou e Fernanda abriu a porta para Regina, que não a cumprimentou e foi direto atrás de Gabriela.

— Gabi, minha irmã. O que houve?

Após se abraçar a Regina e enquanto bebia um cafezinho, Gabriela contou tudo o que acontecera. Primeiramente para Regina, que não sabia do encontro das duas, na véspera. Depois, para as duas, seus encontros com Rodrigo, à noite e na universidade.

— Filho da puta! – esbravejou Fernanda.

Regina estava mais tranquila.

— É verdade que você vai ser chamada de sapatão. Mas ele será chamado de corno. E se eu conheço os homens, ser trocado por uma mulher dói mais do que ser trocado por um homem.

Gabriela pediu outro café. Fernanda foi à cozinha providenciar, enquanto as duas aguardavam. O aspecto de Gabriela era péssimo. Regina, sinceramente preocupada com amiga, entretanto não hesitou em fazer uma piada:

— Foi aqui que vocês transaram ontem? – e riu, batendo no sofá.

— Não – respondeu também rindo Gabriela. – Nós não transamos ainda. Só nos beijamos. E na boca – acrescentou.

— Você já está melhorando. Já está fazendo piada.

Fernanda voltou com mais café e após servi-lo perguntou que atitude Gabriela deveria tomar. A receita foi dada por Regina, experiente neste tipo de embate.

— Em primeiro lugar, ter em mente que você e ele são concursados. Conversa com os seus colegas. Aquela sua amiga, professora também, pergunte a ela o que deve ser feito. Você disse que ele é candidato ao Conselho Universitário. Converse com alguns alunos, nos quais você possa confiar e os faça espalhar a história de que você o trocou por uma mulher...

— Regina!!! – e Gabriela e Fernanda tiveram a mesma reação.

— Ué! Ele vai querer acabar com você, então você ataca e liquida com as chances dele nas eleições. – E olhou para as duas – Que tal?

As duas ficaram mudas e Regina se levantou e anunciou a despedida.

— Tenho hora no ginecologista e vocês querem ficar sozinhas.

Abraçou Gabriela longamente e beijou a amiga no rosto.

— Gabi, se cuida. Olha só, de repente é melhor ter acontecido isso antes de você formalizar qualquer tipo de união, com o Rodrigo ou com a Fernanda. A citação do nome da anfitriã fez Gabriela rir e perguntar.

— Você quer me ver com ela, não é, sua tarada!

— Não, Gabi. — E se afastou da amiga, olhando-a nos olhos. — Quero ver você feliz. Mas não me cabe dizer de que maneira.

Despediu-se de Fernanda e foi embora.

AFETO – 1

Tão logo se viram sozinhas, Gabriela perguntou:

— E agora? Acontece o quê?

— O que você quer que aconteça? — respondeu Fernanda que, em seguida, abraçou-a. Ficou abraçada algum tempo até que se surpreendeu com um beijo.

Fernanda desceu as mãos pelas suas costas e apertou-lhe a bunda, provocando um gemido.

— Minha bunda! Não faz isso, Menininha! Eu quase tenho um orgasmo quando o Rodrigo faz isso...

E as duas se afastaram abruptamente.

— Desculpe — disse Gabriela, sentando no sofá. — Estraguei tudo.

Fernanda, ainda de pé, contestou:

— Eu quero que você o apague de suas lembranças, mas sei que isso deve ser feito aos poucos. — Ajoelhou-se na frente de Gabriela e continuou. — Quero que isso seja feito aos poucos para que não volte nunca mais.

Gabriela encantada com as palavras de Fernanda, puxou-a novamente para beijar-lhe a boca. Quando acabaram, não sabia o que fazer. Fernanda propôs:

— Quer descansar um pouco?

— No seu colo.

Fernanda sentou e Gabriela depositou a cabeça no seu colo. Fernanda ficou com vontade de tocá-la no seio, mas ficou temerosa. Sempre temia uma reação mais violenta de Gabriela. Mas parecendo entender o que se passava, foi ela quem pegou sua mão e a depositou docemente sobre o seio direito.

AMOR

Gabriela, acarinhada, acabou pegando no sono. E sentiu quando Fernanda se levantou e a deixou com a cabeça apoiada em almofadas e a beijou nos lábios. Sorriu e procurou relaxar. Ao acordar, deu com Fernanda calmamente sentada perto dela, lendo um livro volumoso. E a assustou ao perguntar se Lara iria citar o ex-namorado na reportagem que estava escrevendo.

Refeita do susto, Fernanda se ajoelhou no chão e a beijou os lábios.

– Eu falo com ela para não citar o filho da puta.

As duas riram juntas e Fernanda apoiou sua testa na testa de Gabriela, que resmungou um pouco, como uma criança, e comentou:

– Tenho de ir embora. – E antes de Fernanda reclamar, justificou-se: – É melhor eu ir para casa. Ainda não digeri essa história.

– Eu gostaria de saber como ele soube. Será que alguém o procurou naquela de fazer intriga?

– Não acredito nisso, não. Mas vou procurar saber como ele soube disso. A Amanda. Ela deve saber.

Gabriela se levantou, foi ao banheiro dar uma ajeitada na roupa e pegou a bolsa. Fernanda a abraçou pela cintura e ela pousou suas mãos no ombro da outra.

– Você é fantástica, Menininha! Obrigada pela acolhida.

– Você merece muito mais. E não se esqueça de que eu te amo – e enfiou sua língua na boca de Gabriela, que passou a sugá-la com fúria. Mais calma, afastou-se e quis sair, mas Fernanda continuava segurando sua cintura.

– Você volta? Quero ver você e novo.

Gabriela pensou e disse que talvez voltasse.

– Posso ser sincera? Tenho medo de a gente ir aonde não queria e se arrepender depois. – Tornou a beijar Fernanda e se despediu.

E se Fernanda estava triste pela saída de Gabriela, esta ia para casa mais tranquila. Viu as horas – cerca de meio dia – e foi almoçar com os pais. E ao chegar lá, foi surpreendida com a pergunta dele sobre o desentendimento com Rodrigo.

– Como você sabe? Isso foi hoje de manhã!

– Ele me ligou e...

– O que ele disse? – perguntou Gabriela, visivelmente preocupada.

– Não entrou em detalhes. Mas disse que vocês romperam...

– Não sabia que tínhamos rompido – disse, aliviada.

– Foi o que ele disse. E me pediu para conversar com você. – e se virando para ela, disse rindo: – Ele acha que pai ainda tem poderes que nem mesmo o meu pai tinha – e riu gostosamente. E completou: – Se você quiser falar, sou todo ouvidos. Caso contrário, vou respeitar sua intimidade. Tá bom?

Gabriela se levantou, sentou em seu colo e disse:

– Quando eu tinha problemas você sempre me consolava...

– Sempre? Eu sabia de todos os seus problemas?

– Todos não, né paizinho! Mas lembra que eu fiquei triste porque aquele professor não queria nada comigo?

– Lembro. Você chorou quando ele te dispensou, né? Você tá triste, aliviada ou preocupada com o fim do namoro?

– To preocupada. Deveria estar tranquila, mas não estou. Se ele ligou para você pode aprontar ainda lá na universidade. É meu maior temor. A gente discutiu, outros professores ouviram, alunos ouviram... Enfim, foi um escândalo – e deixou as lágrimas caírem.

– Minha filha, você não deve temer o que foi feito. Mesmo que os outros achem errado. Se você acha certo, vai em frente. Nesses outros, eu estou incluído, tá bom?

Gabriela abraçou o pai e se perguntou sobre o significado daquele "outros". Significaria abertura para admitir uma filha gay? Em seguida parou de pensar nisso, se dizendo: "Não sei se sou gay".

Passou o restante do dia com os pais e ao sair, prá lá de 9 da noite, ligou para Fernanda. Esta, claro, convidou-a para ir para lá.

– Venha, Linda, To te esperando.

Gabriela encontrou Fernanda lendo. Sentou-se no sofá e se disse com sono.

– Vamos para o quarto, vou te arrumar tudo lá...
– E você?
– Eu ia ficar aqui na sala...
– Não – disse Gabriela, puxando-a pela mão – vamos dormir juntas. – De repente parou, olhou-a e disse sorrindo: – Eu falei dormir.

SEXO

Fernanda arrumou a cama como se fosse apenas para Gabriela que, vendo nada ter a fazer ali, foi ao banheiro e tirou a roupa. Voltou ao quarto apenas de calcinha e sutiã e pediu uma camiseta. Mas pensou melhor e disse:

– Deixa pra lá. Vou dormir só de calcinha. Você se incomoda?
– Eu? Imagina. Ver seus seios!
– Ah! Para, Menininha. Quero dormir abraçadinha com você, mas não sei se quero dar para você.

Fernanda pediu desculpas e disse a ela que ficasse à vontade.

– Eu durmo nua, pode ser?
– Nua? Nossa!
– Menos quando estou menstruada, né... – e riram as duas.

Gabriela tirou o sutiã e se deitou. Ficou de barriga para cima olhando Fernanda se desnudar. Permaneceu olhando e Fernanda, inteiramente nua, deitou-se ao seu lado.

Gabriela apoiou sua cabeça nos seios de Fernanda e fechou os olhos, enquanto se sentia acariciada. Era um trato carinhoso, gostoso e torcia para que a mão chegasse ao meio das pernas. Como se lesse seus desejos, Fernanda a colocou deitada de costas. Beijou-lhe os lábios e os seios, provocando os primeiros

gemidos. Sugou os mamilos, ao mesmo tempo em que alisava a barriga. Baixou a mão e a colocou dentro da calcinha.
– Menininha!
– Você quer?
– Muito!
– O que você quer?
– ....
– Diz pra mim o que você quer.
– Fê, me come!
A própria Gabriela tirou a calcinha e abriu as pernas.
– Você tá encharcada!
– É tesão!
Fernanda, então, enfiou os dedos e Gabriela gritou, lembrando o grito que dera no dia em que perdeu a virgindade. Olhou para sua parceira de sexo e implorou:
– Não para. Me arreganha toda. Eu sou tua!
Gabriela arqueava o corpo como que a querer se abrir ainda mais. E repetia:
– Não para.
Fernanda não parou. Com os dedos dentro de Gabriela, baixou a cabeça e tocou seu clitóris com a língua, provocando ainda mais gemidos. Beijou, chupou, lambeu e mordeu. Provocou um orgasmo intenso. E ouviu um segundo grito na noite. Mas desta vez o grito foi acompanhado de um beijo que quase a sufocou. As duas ficaram se beijando por um tempo intenso para ambas.
A mão de Gabriela se mostrava caloura na arte dos toques. Fernanda nada fez. Deixou que a descoberta acontecesse naturalmente e os toques continuassem, até que ouviu o pedido:
– Fala!
– Quero ser sua mulher.
E Gabriela enfiou seus dedos, provocando os gemidos semelhantes aos que dera antes. Foi a vez de Fernanda arquear o corpo, gemer e sentir prazer.
– Me faz gozar, Linda! Eu sou sua mulher!
E o orgasmo veio. Gabriela quis tirar seus dedos, mas Fernanda não deixou. Fechou as pernas e pôs a mão em cima.
– Quero mais!
E ficou de joelhos, cavalgando nos dedos de Gabriela. E foi sua vez de gritar. Mas o grito foi abafado por outro beijo. Após o que as duas se olharam e se sorriram, até que Fernanda perguntou:
– Arrependida?
– Imagina! To feliz. Jamais imaginei que fosse assim...
– Bom?
– Não.
– Não?
– Ótimo! Puxa vida, Menininha.

Fernanda pegou a mão de Gabriela e chupou cada dedo, calmamente, como se os sabores nele presos não se acabassem nunca. Só os largou quando Gabriela puxou sua mão e a abraçou.

— Posso dizer para a Regina que a comadre dela é minha namorada?

— Pode dizer para quem você quiser. — E voltou a beijar Fernanda com volúpia. — Acho que eu também posso dizer que te amo. Perdão, mas não tenho certeza de que isso é amor. É tesão, sim. Mas não sei que nome dar a esse sentimento lindo. Perdão!

— Você tem de nominar tudo, assim?

— Eu quero dar nome ao que estou sentindo, para que eu possa entender o que sinto. Deita aqui comigo.

E Fernanda se deitou de conchinha.

— Amor! — disse Gabriela — As lésbicas se depilam?

— Não sei se as lésbicas se depilam. Eu me depilo, minha cabeludinha.

— Cabeluda? Poxa! Não sou careca, né, Menininha. Mas não sou cabeluda, poxa!

E nada mais falaram. E nada mais precisava ser dito. Dormiram abraçadas. Mais que abraçadas, unidas. Até quando? Nenhuma delas queria saber a resposta.

BALANÇO DE VIDA – 2

Pela manhã, o telefone de Gabriela tocou. Era Regina. Tão logo atendeu, ela ouviu a pergunta:

— E aí? Tudo bem?

Gabriela fez sinal de silêncio para Fernanda e botou o celular na viva-voz.

— Bom dia, Regina. Você dormiu bem?

— Porra Gabi!

Nisso, Fernanda resolveu falar.

— Bom dia, Regina. Como vai a grávida mais bonita do Rio de Janeiro?

— Não acredito! Puta que pariu! Adriano vem cá... Gabi e Fernanda treparam a noite inteira...

As gargalhadas foram muitas, mas Regina quis desligar para não atrapalhar a primeira manhã das amigas.

— Gabi, depois você me conta tudo, tá bom? To felicíssima em saber que vocês estão juntas. Puta que pariu! Fernanda olha lá! Não vai fazer minha amiga de infância sofrer!

— Pode ficar tranquila. Se depender de mim, ela será feliz para sempre.

Após Regina desligar o telefone, Fernanda se sentou de frente para Gabriela e botou as mãos nos seios da namorada.

— To muito feliz.

— Eu também — e beijou Fernanda. Mas se levantou e anunciou estar atrasada para ir para a faculdade.
— Vamos tomar banho juntas?
— Sem essa. Se você for comigo, eu me atraso — e lhe beijou os lábios.
Depois de deixar Fernanda em casa e lhe dar mais um gostoso beijo, Gabriela foi para casa mudar de roupa para ir trabalhar. Era o dia seguinte ao escândalo e temia o que pudesse encontrar.

SOLIDARIEDADE

No final do dia, que para Gabriela parecia não ter fim, todos os professores foram chamados para uma reunião com a Diretoria da Faculdade de Letras. Ela não queria ir, porque temia que o assunto a ser tratado fossem os ataques homofóbicos de Rodrigo e que, no fim, ele acabasse punido. Mas foi convencida por outros colegas a comparecer.
— Se você não for não vai poder alegar nada em sua defesa — explicaram eles.
Enquanto esperava a reunião, tão aguardada, e cujos efeitos eram inimagináveis, embora esperasse lhe fossem favoráveis, resolveu tomar um café. Estava visivelmente nervosa. Nem mesmo o aceno de alguns colegas a acalmou. Para tentar se manter mais tranquila, lembrou-se da noite passada com Fernanda.
Ao caminhar para a sala da reunião, ia de cabeça baixa e acabou sendo impedida de entrar por Amanda.
— Você está bem?
— Estou — disse tentando sorrir. — Mas também estou com muita raiva. Ninguém tem o direito de fazer o que ele fez. — E parou de falar ao ver um grupo de alunos entrar na sala. — O que ele vão fazer lá?
— Não sei — disse Amanda, caminhando a seu lado em direção à sala.
— Diga uma coisa: como ele soube que eu estava com a minha namorada — disse com felicidade — naquele bar?
— Parece que um professor estava lá e comentou com outro, que comentou com outro e assim foi. Não vai ser fácil saber quem esteve lá, mas não houve o desejo de fofoca. Muita gente se surpreendeu. Você, agora, é gay, tá?
— Sou lésbica — disse ela e respirou fundo. — Fazer o quê?
E continuou caminhando. Tão logo abriu a porta, assustou-se: foi saudada por uma salva de palmas por uma sala cheia de professores e alunos que lhe sorriam felizes. Quando as palmas acabaram, a diretora disse.
— Em uma universidade, não se pode ter nenhum tipo de preconceito, seja ele de que origem for. Não posso admitir que uma professora seja humilhada, da forma como você foi — disse, olhando diretamente para Gabriela —. Evidentemente, daremos ao agressor todo o direito de defesa. Mas ele já está

afastado de suas turmas, enquanto o Processo Disciplinar Administrativo é instaurado.

Caminhou para perto de Gabriela, segurou sua mão e continuou.

– Quanto ao processo criminal, isso depende da vontade da agredida. Podemos todos servir como testemunhas. Mas cabe a você, e somente a você, dar ou não dar queixa do ocorrido. O que eu quero é que todos saibam que a direção da universidade não admite nenhum tipo de preconceito manifestado publicamente, como este o foi, e de forma a humilhar aqueles que são diferentes. Em seguida abraçou Gabriela, deu-lhe um beijo no rosto e as palmas recomeçaram.

Gabriela apenas chorou e agradeceu a solidariedade. Todos os professores vieram lhe falar. Alguns que ela sabia serem homossexuais e outros, hetero. No fim, foi a vez dos alunos. A mesma situação: havia quem ela nem desconfiasse da homossexualidade. Não era o caso de Camila, de quem recebeu um abraço apertado, e de Daniela, um mais formal. E das duas, um beijo no rosto.

Gabriela ficou conversando com seus colegas e viu que sua nova situação despertava o interesse de muita gente. Algumas alunas foram mais sinceras e lhe demonstravam solidariedade e falavam abertamente que não imaginavam que ela fosse lésbica, o que fez Gabriela pedir para lhes falar:

– Gente, não sei se sou lésbica. Estava com uma mulher e estou atraída. Mas, sinceramente, não sei. Desculpem.

Se alguém ficou frustrado com aquela posição, ela não percebeu. Após abraçar Amanda, que lhe deu um selinho, foi para casa. Ligou para Fernanda e Regina e pediu uma noite para pensar em tudo o que estava acontecendo. A namorada logo entendeu. Regina lhe ofereceu colo.

– Deixa, Rê. To bem. Tenho de passar lá nos velhos – fazendo alusão aos pais. – Depois te ligo.

MUITA SAUDADE

Mas se Gabriela ainda relutava em admitir que o objetivo de Rodrigo era prejudicá-la, Fernanda estava irritadíssima. Nem mesmo o bom humor de Gabriela que até lhe dizia que sem a agressão elas não teriam vivido a noite que viveram a acalmou. Ela queria denunciar Rodrigo por homofobia. Mas Gabriela, não. E alegava que só o fato de responder a Processo Disciplinar Administrativo poderia render a ele uma denúncia formal do Ministério Público.

– Deixa... Assim eu não fico na vista de todos – argumentava Gabriela –. Já pensou se a Imprensa descobre isso? Não vou ter mais paz.

– Mas é isso – rebatia Fernanda. – É preciso divulgar mais um caso de homofobia e...

— Menininha, não quero que meus pais vejam meu nome no jornal sendo chamada de lésbica, tá bom? Estamos juntas, mas sem divulgação, tá? – e abraçou a namorada com força.

— Tá certo. Você tem de ser preservada. Mas não me conformo. Apenas um processo disciplinar contra uma pessoa que cometeu um crime... Filho da puta!

E se sentou no sofá deixando Gabriela de pé.

— Eu to apaixonada por você. E você?

Gabriela a puxou do sofá e ficou olhando para seus olhos verdes sem nada dizer. Recebeu um carinho no rosto, e a abraçou com força. Naturalmente, começaram a se beijar e logo as duas estavam nuas no meio da sala de Fernanda. Gabriela lhe beijou os seios e sentiu sua cabeça sendo empurrada para baixo. Como Fernanda estava nua, logo entendeu tudo.

— Menininha! Ainda não. Dá um tempo para eu me acostumar com essas coisas, tá bom?

Fernanda, mesmo frustrada, concordou. O mal estar se desfez com os carinhos de Gabriela no seu clitóris.

— Perdão! Tenha paciência.

Fernanda começou a rir. E diante de uma Gabriela surpresa, ajoelhou-se no chão e a encheu de beijos.

— Você não sabe de nada, Linda. Ainda não fizemos uma coisa que, eu tenho certeza, você vai adorar.

— O quê?

— Tesourinha... – e voltou a encher a namorada de beijos, permanecendo ajoelhada no chão.

MEDO DO PRECONCEITO

O preconceito era o maior problema para que Gabriela e Fernanda tivessem, de fato, uma vida a duas. O preconceito contra os beijos ainda estava vivo nela, que se recusava a beijar partes do corpo às quais sua namorada não tinha nenhum escrúpulo de encher de beijos e de passar a língua. Além disso, tinha medo que seus pais descobrissem sua relação com Fernanda, cuja família também rejeitava sua opção sexual.

E por ter medo da reação de seus pais, Gabriela não entregava o apartamento em que morava, vez que eles não podiam saber – "em hipótese alguma, eu morro de medo da reação deles" – da sua relação "homoafetiva", como dizia Regina, tentando tirar da amiga o peso que ela ainda sentia. No fundo, no fundo, ainda era uma "relação errada" a que ela vivia com Fernanda. Com isso, alugar outro apartamento para que as duas vivessem juntas ainda estava na casa do imponderável.

A namorada enfrentava situação semelhante. Por ser lésbica se viu obrigada a deixar a família em São Paulo e se transferir para o Rio. Ela nada dizia, mas Gabriela, conforme a foi conhecendo melhor, sentia que as saudades de casa lhe pesavam muito.

ESTUPRO À VISTA

Ao chegar em casa, no início da noite, Gabriela foi recebida com abraços e beijos. A presença da namorada não a surpreendeu, vez que ela tinha uma cópia da chave e as duas continuavam no revezamento entre os apartamentos. E Fernanda estava eufórica.

— Ligaram da Faculdade. Seu celular deve estar desligado...
— Sem bateria...
— Mandaram dizer que o Rodrigo pediu demissão da universidade. Para escapar à punição por homofobia.

E saiu pulando, enquanto Gabriela se mostrava chocada com a notícia.

— Você não está feliz? Ele não aguentou a pressão e pulou fora!
— Eu não esperava isso – disse Gabriela, deixando a bolsa em cima da mesa e sentando no sofá –. Demissão? Caramba!
— Porra, Gabi! Ele cometeu crime de homofobia. Devia estar preso! – E caminhou em direção à namorada. Ajoelhou-se na sua frente e levantou seu rosto, para poder olhar nos seus olhos. – Linda! Ele é seu colega, mas quis te prejudicar ao falar do nosso caso na frente de todos!
— Não temos um caso. Somos um caso de amor. – E beijou Fernanda nos lábios. – Mas estou chocada. Eu sei que ele queria me prejudicar, amor. Mas pedir demissão de um emprego público. No concurso ele foi muito bem classificado!
— Linda! Ele queria nos fuder! – e vendo que Gabriela não se mexia, propôs: – Vamos fazer uma festa. Convidamos nossos amigos. Que tal?
— Acho ótimo, mas onde? Aqui ou na sua casa?
— Ah, que bobagem. Tanto faz...

E as duas voltaram a se abraçar. Gabriela colocou sua perna entre as da namorada. Fernanda a prendeu com força e sentiu o desejo chegar. E disse:

— Tarada! Vive me agarrando. Vou te denunciar por estupro!
— Denuncia. E pede ao juiz para eu mostrar como te estupro – respondeu Gabriela, apertando seus seios e mexendo a perna.

Fernanda pediu um tempinho. Beijou Gabriela, reafirmou-se apaixonada e pediu que ela sentasse.

— Desculpe, Linda! Mas a ideia da festa é boa, né? Olha só. Nós temos que comemorar a punição a um cara que cometeu crime de homofobia e estarmos juntas.

Gabriela pensou nos amigos que chamaria. Da faculdade, todos os professores, a quem pediria não manter segredo, para que Rodrigo soubesse. De fora da faculdade, Regina, "claro!" –, Pâmela – a quem considerava sua madrinha no mundo gay – e sua namorada jogadora de vôlei, e alguns de seus alunos.

– Está certo. Vamos fazer uma festa. Mas sem essa de fazermos comida em casa. Vamos contratar alguém que venha aqui e sirva tudo, cuide de tudo. Não quero saber de vinho faltando, cerveja quente e salgadinhos frios, tá bom?

Fernanda sorriu, abraçou Gabriela, enfiou sua perna entre as dela, beijou-a com volúpia e a arrastou para o quarto, ao mesmo tempo em que a ouvia dizer:

– Mamãe, socorro! Minha namorada é tarada! Ela quer me estuprar!

EUFORIA E DEPRESSÃO

A cada dia Fernanda ficava mais animada. Havia sempre uma novidade sobre a festa para relatar. Certo dia chegou ao seu apartamento e Gabriela já a esperava. Então, mostrou que tinha em mãos dois CDs.

– Já temos a trilha sonora da festa, olha só. Este CD é da Ana Carolina. Este, da Adriana Calcanhoto. Duas cantoras lésbicas animam uma festa lésbica, que tal?

– E os heteros. Vão ouvir o quê?

Fernanda perdeu o entusiasmo.

– Porra! Não pensei nisso. Tava tão eufórica que achei que você também ficaria. Merda!

Já conhecendo a namorada e sabendo que ela ia da euforia à depressão com facilidade, Gabriela a abraçou.

– Amor, eu tava brincando. Poxa, não são apenas gays que gostam delas. Tem muito hetero que também gosta. Basta ver o número de CDs que elas vendem, as temporadas sempre com casas cheias. – Mas vendo que Fernanda não reagia, disse: – Porra, Fernanda! Para, vai. A Regina adora a Calcanhoto. Ainda mais depois que descobriu que ela é viúva de uma das filhas do Vinícius!

– Vinícius?

– É. De Moraes.

– Já gostava dela. Agora gosto ainda mais – e voltou à euforia, pensando no que os heteros ouviriam na festa.

– Será que os heteros sabem que elas são lésbicas?

– Claro que sabem. Mas amor, esquece isso. Temos muita musica para ouvir. Eles não vão se sentir discriminados.

Pouco depois, Fernanda foi para o quarto. Tirava a roupa para ir ao banho, quando Gabriela chegou e foi tirando a roupa. Desnudou-se rapidamente e se atirou em cima da namorada. Os beijos, cheio de paixão, foram imediatos. Mas o que Fernanda não esperava era que Gabriela a colocasse sentada à beira da cama e lhe abrisse as pernas. Os beijos foram recebidos com gemidos e palavras de carinho. Em determinado momento, Fernanda pediu para que ela parasse. Gabriela se surpreendeu, mas riu quando viu a namorada ficar de quatro e quase que desse uma ordem:

— Sou sua vadia. Me come, Linda

GUERRA E PAZ

Fernanda mantinha a euforia na arrumação da **festa do milênio**, como ela mesma definia a comemoração que aconteceria na sua casa, maior que a de Gabriela.

— Quando teremos uma casa nossa? — perguntou. — É chato esse negócio de você ter sua casa e eu a minha. Poxa!

Gabriela, que parecia cética quanto ao "sucesso da empreitada", beijou-a com volúpia e disse que ela tivesse um pouco mais de calma. Fernanda a puxou para o colo e, enquanto lhe cobria de beijos, reclamou da falta de entusiasmo para a festa.

— Amor, claro que quero a festa. Mas sou medrosa, mesmo. Você me conhece. Fico com medo de as pessoas não aparecerem. Só isso.

Os dias foram passando. Enquanto uma se mostrava mais detalhista a outra estava receosa do fracasso de todo aquele trabalho. A insegurança era tanta que Fernanda chegou a ficar irritada. Mas nada falou porque tinha medo de provocar uma séria briga entre as duas.

No dia da festa, na hora em que foram se vestir para receber os convidados, Fernanda chegou a abraçar a namorada, pedindo "uma rapidinha". Mas Gabriela negou. Apesar de receber beijos nos seios, afastou-a. E justificou:

— Teremos o domingo inteiro para nos agarrarmos. Fica quieta, meu amor! — pedia.

Os convidados começaram a chegar e Fernanda os recebia com visível alegria. Gabriela, por sua vez, ficava na cozinha coordenando os serviços, embora um chefe de equipe constantemente lhe dispensasse e pedisse que fosse para a sala. Uma curiosidade: sempre que a campainha da porta tocava, Gabriela fugia e pedia que Fernanda recebesse o convidado.

Constantemente, Fernanda abraçava Gabriela e dizia que estavam comparecendo todos os convidados. As duas acabavam trocando um beijo rápido e se mostravam felizes. E coube a Gabriela receber Amanda e Marília. Entre os convidados quem mais chamava a atenção ali era Pâmela. E tudo em razão da presença de Ana Maria, que até autógrafos deu.

No domingo, as duas anfitriãs da véspera ficaram dormindo quase que o dia todo. Fernanda queria descansar, mas Gabriela estava a toda e não a deixava dormir, até que se amaram intensamente.

Fernanda tinha de ir a São Paulo na segunda-feira. Gabriela ia passar em casa, antes de ir para a faculdade. E desceu para a calçada, onde um taxi aguardava sua namorada para levá-la ao aeroporto. As duas se beijaram apaixonadamente e se despediram. Gabriela viu o taxi se afastar e foi caminhando para casa, não reparando que era observada por homens e mulheres: alguns criticando o beijo que dera. Outros, sorrindo, solidariamente.

Em casa, enquanto esperava a água do chuveiro esquentar, pensava na namorada e concluía que ela se encaixava na descrição que Ana Carolina fizera, cantando: **"E a fenda mela/ Imprensando minha coxa/ Na coxa que é dela./ É dessas mulheres para comer com 10 talheres/ De quatro, lado, frente, verso, embaixo, em pé/ Roer, revirar, retorcer, lambuzar e deixar o seu corpo/ Tremendo, gemendo, gemendo, gemendo..."**

LUDMILA

O NOME

Ludmila estava cansada. Podia-se dizer, exausta. Sentou-se no primeiro degrau da arquibancada, mas resolveu deitar. Fechou os olhos e o barulho das suas colegas subindo na rede para bater na bola foi diminuindo. Teve a impressão de que estava longe dali. Sentiu-se flutuar, sendo levada como que pelo vento. De repente, alguém bateu no seu rosto. Tentou mas não conseguiu abrir os olhos. O barulho cessara por completo. Sempre flutuando, viu uma luz forte distante. Estranhou e se virou para olhar melhor. E viu diversas pessoas que aguardavam serem chamadas. Entrou na fila e, pouco depois, parou ao lado de uma senhora, que parecia conferir os nomes das pessoas que chegavam.

– Nome – perguntou sorrindo.
– Ludmila Teixeira.
– Seu nome não está aqui – disse ela, com ar inquieto, após consultar a lista. E se virou para outra pessoa que se materializou a seu lado:
– Ludmila Teixeira – repetiu. E a pessoa desapareceu.

Ela pediu que Ludmila ficasse ao seu lado enquanto atendia o restante da fila. Havia desde crianças até pessoas de idade. Algumas com muita idade. Enquanto esperava, ela observava em volta. E como ninguém lhe dava atenção, resolveu sair andando por aquele espaço grande, cujas dimensões lhe parecia impossível delimitar.

— É como mágica? — perguntava uma menina a um homem simpático, vestido de branco.

— Sim, como mágica — disse ele.

Ludmila continuou andando e achou uma moça, que deveria ser pouco mais velha que ela, que chorava muito.

— Eu quero meu namorado comigo, vocês não entendem? — dizia ela a um grupo de três ou quatro mulheres que tentavam levá-la para a fila. Ludmila, então, passou a pensar nos conhecidos e que não estavam ali com ela. E se deu conta de que não sabia aonde estava nem como fora parar ali.

E quando pensou em voltar àquela senhora da lista, ela se materializou na sua frente.

— Não era para você estar aqui. Houve um acidente. Você ainda tem muito que viver...

— O quê? Morri? — perguntou uma assustada Ludmila.

A senhora sorriu e a colocou sentada em uma confortável cadeira no meio de uma sala que em tudo lembrava uma repartição pública. Só não havia móveis velhos e papéis jogados em cima das mesas. Ao contrário, tudo parecia muito limpo e as pessoas falavam baixo.

— Onde você estava antes de vir para cá? — perguntou a senhora, sempre conferindo a lista.

— Eu estava treinando. Fiquei cansada e fui descansar quando, de repente, apareci aqui. Mas diga: morri?

A senhora deu um longo suspiro, olhou para Ludmila como se estivesse com medo de falar.

— Sim. Você morreu. Mas foi um engano.

— Como engano? Bala perdida?

A senhora riu e explicou:

— Bala perdida não acontece por acaso. Mas a sua vinda foi um acaso.

Ludmila teve vontade de rir. Observou que todos estavam olhando para ela. Mas ser o centro das atenções não era novidade. No vôlei isso sempre acontecia. Mas a situação, agora, era diferente.

— E aí? — perguntou ela, já sabendo que a resposta poderia não lhe agradar.

A senhora fez um gesto dando a entender que não sabia. Olhou em volta como que dando uma ordem para que todos voltassem a cuidar dos seus afazeres. Ludmila percebeu e ficou rindo sozinha, lembrando-se das broncas que Bruno, seu namorado e treinador, dava quando, nos intervalos dos sets, as jogadoras não lhe davam atenção. Mas nas quadras, um palavrão bem falado fazia com que elas olhassem para ele. A senhora que a atendia, entretanto, não falaria — ao menos era o que ela esperava.

De repente, a senhora começou a ler um papel e disse:

— Ainda bem que sua família não crema corpos...

Foi o bastante para Ludmila ficar apavorada. Levantou-se rapidamente e começou a falar alto:

— Vocês não vão fazer isso comigo! Eu quero voltar para o meu corpo, sou jogadora de vôlei! Como posso ficar sem corpo?

A senhora, cuja calma nada parecia abalar, pediu que ela voltasse a se sentar. Envergonhada, Ludmila pediu desculpas e olhou em volta. E estava sozinha naquele ambiente cheio de gente há apenas alguns instantes. Olhou em toda a volta e disse:

— Como a senhora vai resolver isso?

— Preste atenção. As pessoas acham que você teve um desmaio. O médico não está conseguindo pegar sua pressão e está apavorado, coitado. Você vai voltar, sim. Felizmente, lá onde você mora, não ligam muito para esse negócio de saúde, não é? Seu corpo ainda está lá na quadra. Mas olha, você vai voltar e tudo o que você viveu aqui deve ser apagado de sua memória. Mas às vezes isso falha. Então, assuma o compromisso de nada contar para as outras pessoas, está bem?

— E se eu contar? Acontece o quê?

— Ninguém vai acreditar. E vão te mandar para o hospício – disse a senhora, tentando intimidá-la.

— Ainda bem que onde eu moro as pessoas não ligam muito para a saúde, não é?

E se sentiu cair. Foi caindo até que chegou à quadra. Todas as meninas do time estavam em volta de seu corpo, deitado sobre um degrau da arquibancada. Aliás, era uma situação esquisita estar ali olhando para o próprio corpo. E não gostar da posição em que estava. "Tenho o peito assim?", se perguntava. "E minhas coxas... Cruzes... Feias" e olhou para o namorado. "Ele gosta delas..."

E voltou a olhar para as colegas do time. Algumas choravam. A croata Brankila a olhava séria, como sempre. Carol chorava e se recusava a olhar para seu corpo, amparada por Jussara. Aliás, ao passar no meio das amigas, Ludmila percebeu que Jussara teve um arrepio. As outras nada perceberam. Viu o médico com cara de pavor e sorriu para ele. E, só então, deitou-se sobre o seu corpo e começou a tossir.

VOLTANDO AO CORPO

Tossindo, Ludmila ouviu gritos de alegria a sua volta e sentiu que lhe colocavam uma máscara de oxigênio. O médico pedia que ela ficasse calma. "Estou calma", tentou falar, sem conseguir. Logo viu que estava sendo colocada sobre uma maca. Em seguida, sentiu-se empurrada e viu uma ambulância quase no centro da quadra. Ela não sabia que ambulâncias pudessem entrar ali. Mas percebeu que nunca reparara em uma entrada e saída de emergência junto à porta do bar.

Foi meio que jogada no interior da ambulância. Havia uma enfermeira ao seu lado e logo o médico pegou sua mão. Na verdade, não era o médico do clube, mas um residente de um dos hospitais da cidade que dava assistência às jogadoras nos treinamentos do time.

Ele sorriu e disse visivelmente emocionado:

— Menina, que susto você me deu. — E sentindo que Ludmila quisesse falar, recomendou que ficasse quieta, explicando: — Estamos te levando a uma clínica, onde vão fazer uma série de exames. Você desmaiou de repente e caiu na arquibancada. Meu medo é ter havido uma batida com a cabeça.

Ludmila achou melhor ficar calma, mesmo porque a enfermeira avisou que já tinham chegado à clínica. Tão logo a porta da ambulância foi aberta viu sua mãe, amparada pelo marido, e seus irmãos, todos juntos. Sorriu para eles, mas lembrou de que estava com a máscara. Pôde apenas olhá-los, sentindo-se feliz por ver todos eles ali.

Numa ampla sala, que mais parecia de um centro cirúrgico, sentiu-se apagar. E novamente, flutuou. Mas, diferente da primeira vez, não estava tranquila. Será que agora estava morta? A mesma senhora estava falando alto para alguém que ela não via:

— Será que isso não acaba nunca?

E Ludmila sentiu-se no hospital outra vez. Ao seu lado, sua mãe mexia nos seus cabelos negros, ondulados, que estavam soltos sobre o travesseiro.

— To onde?

— No quarto do hospital. Você foi sedada quando chegou. Dormiu quase que a tarde toda. Você tá bem?

— To, mãe. Já chegaram a um veredito?

— A um diagnóstico – corrigiu-a. – Não. Disseram que você teve uma queda de pressão. Mas a causa ninguém sabe.

Nisso, a porta se abriu. E Bruno, seu técnico e namorado, pediu licença para entrar.

— Minha oposta preferida — disse ele, fazendo alusão à posição que Ludmila ocupava no time. — Olha, você conseguiu acabar com qualquer atividade esportiva no clube pela semana, menina! Que susto, valha-me Deus! Como você está?

— Bem. Só queria entender o que aconteceu.

Deram-se as mãos, num misto de carinho e força.

— Vá para casa e fica lá até o médico lhe dar alta — disse ele, esperando sua reação contrária à ideia.

Mas Ludmila não queria discutir. Ao menos agora. Sorriu para ele e lhe disse que ficaria em casa à espera da alta médica. Sorriu também para a mãe e se disse cansada. Foi o bastante para que Bruno se despedisse. E como sua mãe não estivesse olhando, deu-lhe um beijo nos lábios. Ela ficou feliz com o agrado. E percebeu que só após a saída de Bruno sua mãe se virou. Então, sorriu e fechou os olhos.

O medo de reaparecer discutindo com a senhora simpática impedia Ludmila de relaxar. Sua mãe percebeu e tentou acalmá-la:
– Calma menina. Tá tudo bem agora...
Ludmila ficou pensando nas palavras da senhora simpática: "Você ainda tem muito que viver..." fora exatamente a frase que ouvira. Mas por que estava tão aflita? Precisava conversar com alguém. Com a mãe? Mas não acreditava que ela tivesse ideia de como aquela experiência tinha repercutido nela.

Resolveu relaxar e como que dando uma ordem ao cérebro, se disse: "Descansa". Mas não conseguiu. Tão logo se sentiu flutuar, abriu o olho. A esta altura, um médico estava a seu lado, lhe aplicando uma injeção. Achou engraçado: não sentia dor. Só então percebeu que o remédio estava sendo inserido no soro. E antes mesmo de perguntar qualquer coisa, apagou. "Que bom", pensou.

EM CASA

E logo se sentiu flutuar. E resolveu esperar mais um tempo para ver se algo acontecia. Ouviu uma voz, ao fundo, mandando-a voltar. E seu corpo começou a cair. De repente, sentiu-se levada para outro lugar e chegou a sua casa. Viu os irmãos e o padrasto. Não conseguiu saber sobre o que eles conversavam, mas teve a certeza de que não era sobre ela. Olhou para o lado e viu uma bonita foto do pai. Nunca reparara nela antes. "Que loucura!", pensou. Mas não era uma foto. O pai estava na casa da mãe.

– Como sua irmã está – perguntou ele, olhando para um dos irmãos, ao mesmo tempo em que cumprimentava o marido da ex-mulher. – Sua mãe ficou no hospital?

– Ela está bem – disse um dos deles. – A mamãe ficou com ela, mas tá preocupada, porque ela não relaxa.

– Eu também não relaxaria se tivesse desmaiado de repente – disse o pai, provocando sorrisos em Ludmila. "Esse é meu pai", pensou ela, lamentando não poder ser vista, tocada por ele, sentida, enfim.

– O que os médicos dizem? – perguntou o pai, mas ninguém soube dizer nada. – Em que hospital ela está? – e, após obter as informações necessárias, despediu-se de todos e se retirou.

Ludmila ficou triste, porque gostaria de acompanhar o pai. Gostaria, aliás, de viver com ele. Dos três filhos – seus irmãos eram mais novos – foi ela quem mais sentiu o fim do casamento. "Sou a preferida", pensou ela, sem levar em conta o fato de ser a única filha do casal. Em seguida, lembrou-se dos tempos em que sentava em seu colo e ficava levando beijos seguidos na barriga. De repente, os carinhos pararam. E começou um duelo que, para ela, não tinha razão de ser. O namorado da mãe tentava se mostrar um substituto para Elias, o pai, o que irritava Ludmila que, certo dia, teve de ter uma conversa séria com o padrasto.

— Meu pai é o Elias – disse ela, na frente dos irmãos e da mãe. Você é namorado da minha mãe. Mas meu pai é o Elias, tá bom? – disse ela, olhando-o nos olhos. E Samuel tentou se impor, dizendo que quem a criava era ele.

— Não tem problema. Vou viver com meu pai. Você deve criar os seus filhos. Não os filhos do meu pai. – E saiu de casa, indo para o treino, convencida de que mudaria de casa. Mas a mãe fora esperar por ela no fim do treino. E prometeu que nunca mais o padrasto tentaria se impor sobre ela, embora continuasse a se mostrar carinhoso com os gêmeos – Pedro e Paulo – que retribuíam isso.

A conversa com a mãe, aliás, fora tensa. Ludmila queria respostas para suas perguntas. A principal delas: porque o casamento acabara?

— Minha filha, essa resposta não pode ser dada apenas por mim. Vamos marcar com seu pai e ambos contamos a você o que aconteceu. Está bem?

Ludmila, na verdade, desconfiava da mãe.

— Por que você tem um namorado? – e olhou séria para a mãe: – Aliás, você começou a namorar o Samuel logo depois e papai até hoje está sozinho. Você já namorava o Samuel antes de se separar?

A mãe ficou visivelmente constrangida. E gaguejou:

— Minha filha, olha...

— Sim ou não, mamãe?

— Sim, eu já o conhecia e ele já estava interessado em mim...

— E você nele?

— Sim. Estava interessada nele. Mas não comecei a namorar enquanto estava casada com seu pai... Quanto a seu pai, não sei dizer a razão para ele estar sozinho.

— A impressão que ele dá quando fala disso é que ele não queria se separar.

— Não é verdade. Nós dois concluímos, sem brigas e discussões, nos separar.

— Por que ele está sozinho?

— Não sei. É melhor perguntar a ele.

Mesmo sem saber de toda a verdade, Ludmila se deu por satisfeita. Abriu os olhos e viu o pai. Sorriu para ele e se abraçaram saudosos.

— Que susto, minha filha – dizia ele, sem tentar esconder a emoção. – O que foi afinal? Os médicos já concluíram alguma coisa?

Ludmila começou a rir, e se lembrou de uma frase que ele próprio usava sempre:

— Os médicos dizem o que sabem. E o que é que eles sabem?

O pai respondeu:

— Nada.

Tornaram a se abraçar, dando tempo à mãe para sair do quarto e deixá-los sozinhos. Ludmila pensou se era a hora certa de contar ao pai o que vivera até ali.

Mas começou a se sentir cansada. Ao médico que entrava – seria de propósito? A mando da mãe? –, perguntou se era normal o sono que sentia.

– Você tomou um calmante forte – disse ele, que passou a medir seus batimentos cardíacos. Em seguida, disse ao pai: – Não fique muito tempo. É melhor ela relaxar.

Ludmila ficou com raiva. "Dormir! Manda sua mãe dormir", pensou, mas admitiu que o sono era intenso. E fechou os olhos, sentindo sua mão se soltar da do pai e a impressão de flutuar chegar aos poucos, devagarzinho...

– Você não desiste, não é? – perguntou a senhora simpática.

– Como posso controlar isso? – perguntou Ludmila, acrescentando não saber para onde ia a cada vez que dormia.

– Eu não sei – ouviu como resposta. – Tá viajando muito?

– Muito – disse Ludmila e riu gostosamente. Já fui parar na quadra, no hospital e na casa da minha mãe. E vi meu pai – disse olhando para a senhora, que também sorria.

– Tem gente aqui preocupada com você. Nós, aqui deste nível, não entendemos por que você consegue ir de uma dimensão para outra...

– Estamos em uma dimensão diferente da terra? – perguntou Ludmila, interrompendo-a.

– Não... Mas é mais fácil você entender assim. Não é uma dimensão diferente, como a que entendemos lá – e apontou para algum ponto indeterminado, acima dela –. Mas estamos em níveis diferentes, sim.

– Tem gente que controla isso? – E mal acabou de falar sentiu-se flutuando novamente. Lamentou: estava tendo, pela primeira vez, uma conversa interessante. E se deixou levar. E, pela primeira vez, saiu caminhando. Subiu os três degraus que separavam a quadra de treinos do vestiário, sentiu o ambiente abafado e entrou. Só duas jogadoras estavam ali: Carol e Jussara. A primeira enxugava as lágrimas e dizia querer ir ao hospital, mas o médico recomendou que não fosse.

– Eu só quero dar uma olhada nela – explicava a uma Jussara que lhe sorria. – Mas eles não deixam...

– Espere um pouco. Ela logo terá alta e você vai vê-la. Escuta – e olhou em volta e ficou satisfeita por não haver ninguém além delas ali –, não é só isso que você quer, é?

Carol olhou-a e repetiu à amiga, olhando em volta.

– Você prometeu não contar pra ninguém.

– Contar o quê? Que você é lésbica? Eu também sou, né? – E se aproximou da amiga, abraçou-a com carinho. – Mas quero saber: o que você vai fazer?

Carol se levantou, olhou-se no espelho e Ludmila percebeu que sua imagem não se refletia. Estava atrás da colega, que não conseguia vê-la. Mesmo assim, sorriu para ela que, curiosamente, retribuiu, voltou-se para Jussara e respondeu:

— Não vou fazer o que quero: dar um grande beijo naquela boca... — e olhou para Samara, desculpando-se: — Perdão, amor. Mas eu nunca te enganei, não é?

Jussara se levantou, abraçou-a com carinho e ofereceu seus lábios. "Porra! Que beijo! Caraca!", pensou Ludmila que logo se sentiu flutuando, mas pode ver que as duas continuavam abraçadas, como namoradas. "Mas como a Jussara a namora mesmo sabendo que ela gosta de mim?" E queria continuar a ouvir a conversa.

INFORMAÇÕES

— Eu queria ouvir a história da Carol —. Ludmila estava irritada. — Porra! Elas estavam falando de mim!

— Vai me dizer que você não sabia? — perguntou a senhora, materializada a sua frente, como sempre, de surpresa.

— O quê? Carol? Não, não sabia. Nossa! Ela gosta de mim?

— Ela quer você.

Nisso, materializado ao lado das duas, um rapaz, de cabelos bem escovados e barba bem feita, de olhos azuis e, como os demais daquele ambiente, vestido de branco, as interrompeu:

— Acho que já está na hora de Ludmila voltar. E olhou para ela. — Você tem de aprender a se controlar, menina. Ninguém pode ficar indo e vindo a qualquer hora.

Ludmila, na verdade, já estava ficando irritada com os seguidos discursos que ouvia. Olhou para o rapaz e, depois de achá-lo bonito, disse com raiva.

— Olha, eu estava treinando vôlei quando vocês me chamaram para cá por engano.

— Tá certo. Mas pelo visto você não tem feito nenhum tipo de esforço para evitar essas viagens, não é?

Ludmila se viu, de repente, cercada por muita gente. Gente que ouvira a verdadeira bronca que ela levara do rapaz que ela achara bonito. Respirou fundo, como se estivesse pronta para dar o saque no match point.

— Olha, eu tava quieta no meu canto quando vocês me chamaram. Portanto, não é um problema meu. É nosso. É como no vôlei, né? — disse, rindo da cara de espanto de todos a sua volta.

O grupo continuava parado, ao lado dela, do rapaz bonito e da senhora simpática. Todos em silêncio.

— Ninguém diz nada? — perguntou ela ao grupo. Mas ninguém disse nada. Ela voltou a olhar para a senhora:

— Quando esta agonia vai parar? Quero voltar a ser Ludmila, jogar vôlei.

Quero ganhar minha medalha olímpica – e se sentiu emocionada. – Vocês ficam me criticando, como se eu fosse responsável por tudo o que está acontecendo. Mas sou vítima, vocês entendem? – perguntou ao grupo que estava a sua volta e que, agora, parecia maior. – Merda! – reclamou. E ficou com mais raiva ao sentir as lágrimas aparecerem.

De repente, só a senhora simpática estava diante dela.

– Ué! Sumiu todo mundo!

– Agora está definido. – Segurou Ludmila pelo braço e saiu andando. – Serei eu a dar atendimento a você. Sempre que você tiver dúvidas, mas aqui, – e olhou séria para ela – é só pensar em mim.

– Você não tem nome?

– Não. Aqui não temos nome. Quando queremos falar com alguém pensamos na pessoa e falamos. – E se aproximou como quem conta um segredo. – E não precisamos nem ver a pessoa. Pensamos nela, falamos e ela nos fala. Assim...

Ludmila se sentiu mais tranquila. Deu um sorriso e perguntou se voltaria à Seleção de Vôlei.

– Vai depender apenas de você. Quanto mais cedo você se desligar daqui, melhor. Você ficará presa ao corpo e, assim, poderá jogar à vontade.

Ludmila se soltou e saiu andando. Sentiu-se só e achou que voltaria ao seu corpo, mas nada aconteceu. Seguiu o conselho da senhora simpática e pensou nela. Estava sozinha. E ficou triste. Não sabia aonde estava e queria voltar para perto da família. Queria os beijos do namorado, o abraço gostoso do pai e os carinhos da mãe. E riu da ordem que deu às prioridades. Pensou em voltar. Em vão. Então, sentou-se ali, no meio do nada, e chorou. Ficou quieta, triste e chorando.

CONVERSANDO

O ar estava abafado e Ludmila sentia a mão de alguém a acarinhar-lhe a cabeça. Abriu os olhos e viu sua mãe. O sorriso era franco e um pouco ansioso.

– Você estava chorando? – perguntou.

– Estava sozinha. Chamava e ninguém respondia – explicou Ludmila, com medo de que a mãe fizesse alguma pergunta mais indiscreta.

A mãe afagou seu rosto, dando-lhe um sorriso franco.

– Quando terei alta? – perguntou-lhe, na esperança de que a resposta lhe fosse favorável.

– Não sei – disse ela, antevendo uma reação contrária da filha.

– Eu tenho de treinar. Estamos a poucos dias de um jogo decisivo pra nós.

– Eu sei. Hoje teve uma repórter da TV aqui para te entrevistar. Queria

saber detalhes da sua internação. Sorte que seu pai estava aqui e...
— Papai? Aqui? E eu não falei com ele!
— Você estava dormindo, Ludmila!
— Dormindo, porra nenhuma! – e olhou para a mãe surpresa – Desculpa mãe. Mas eu quero papai...
— Ele vai voltar aqui. Fica tranquila.
Um enfermeiro entrou no quarto e vinha com uma seringa na mão.
— Não vai me apagar, não – gritou Ludmila. Quero ficar acordada.
Após olhar para a mãe, ele acabou saindo.
— Filho da puta! – exclamou Ludmila.
— Minha filha, ele veio aqui porque eu pedi. Eu fico preocupada com a sua reação. Nós estamos em um hospital!
— Quero ir para casa. Chama o médico e diz que eu estou melhor e que quero ir para casa.
Nisso a porta abriu e o médico do clube colocou seu rosto redondo, risonho, dentro do quarto.
— Se você se comportar eu te mando para casa. Você promete?
— Sim, sim... Mil vezes sim – disse Ludmila, sorrindo.
Gastão Bezerra, o chefe dos médicos do clube, conhecia Ludmila desde os sete anos, quando ela entrou para a escolinha de vôlei, e tinha por ela muito carinho. Carinho, aliás, que dedicava a todas as atletas do clube. E eram muitas.
Aproximou-se da cama, segurou suas mãos e ficou sorrindo para ela.
— Libera **dotô** – disse Ludmila. – Vou me recuperar. Paro até de viajar, prometo.
Nem o médico nem a mãe compreenderam o significado da expressão "viajar". Mas a experiência ensinara a ele não levar a sério o que os pacientes falam nas horas que cercam a alta.
— Eu sei que você vai se comportar. Mando você para casa assim que eu te examinar. Depois, você vai ao meu consultório para conversarmos com calma.
— Sozinhos?
— Sozinhos.
— Então, me manda pra casa. Por favor.
E Gastão Bezerra começou a examiná-la. Os exames eram mais profundos do que os que ela fizera até então – ao menos apareciam.
— Vou te mandar fazer muitos exames. Clinicamente está tudo bem – disse o medico, olhando para a mãe. – Mas há a parte neurológica. Essa, sim, preocupa.
O médico se sentou ao lado da cama e começou a fazer perguntas que Ludmila não queria responder na presença da mãe. Esta, percebendo o embaraço da filha, deixou o quarto. O médico a acompanhou com o olhar e se voltou para Ludmila.
— E aí? O que é que sua mãe não pode saber?
— Como é que o senhor sabe?

— Eu também já tive 16 anos...

— Dezessete, por favor, quase 18...

— Eu também já tive 17, quase 18 anos, minha filha – e segurou a mão de Ludmila, que sorria feliz. – Essas viagens continuam acontecendo? – perguntou.

Ludmila olhou para ele e se mostrou preocupada. Lembrava-se das palavras da senhora simpática, que a alertara para a possibilidade de ser enviada para o hospício.

— Podem ser sonhos?

— O problema dos sonhos é você começar a acreditar neles. Mas diz: você continua viajando?

Ludmila contou ao médico a experiência que vivera e queria continuar a conversa, mas sentiu cansaço e fechou os olhos. Tentou manter-se acordada, mas o cansaço começou a ganhar. Resolveu relaxar e ficou ouvindo vozes e de repente se viu frente a frente com a senhora simpática.

— A senhora não tem nome?

— Não – respondeu rindo a única interlocutora de que Ludmila dispunha naquele lugar.

— Posso chamá-la, então, de tia?

— Por que tia?

— Não sei – e repetiu: – Tia Elza – e sorriu.

E ela lhe apontou o dedo indicador, dizendo:

— Eu não disse? Já estão querendo fazer exames em você.

— Eu fiz o quê?

— Não devia ter falado das viagens, só isso!

— Mas falei com um médico – tentou argumentar.

— Ludmila, você vive uma situação complicada. Daqui a pouco, vão querer você aqui. Você não pode ficar indo e vindo e se valendo disso...

— Olha, eu não me valho de nada. Quero voltar a jogar vôlei... Puxa! Você poderia me ajudar, tia.

— Não, não posso. Aliás, volta pra lá e vê se fica mais tempo. Mantenha-se acordada. Diz a você, com força e fé, e fica acordada, tá bom?

Ludmila ia responder, mas acordou de novo no quarto. Ao lado do pai.

— Vamos para casa. Tá na hora de você voltar a viver, não é? – disse ele. Ludmila ficou feliz com o carinho paterno e praticamente ignorou as demais pessoas que estavam ali: sua mãe, seus irmãos e até Bruno, o namorado. Sentou-se, abriu os braços para o pai e o abraçou amorosamente. E confiante foi para casa no carro do pai. Que a todo o momento a olhava, sempre sorrindo.

De repente, ela se surpreende com a pergunta:

— Que história é essa de viajar?

Assustada, Ludmila não respondeu de início. Mas tendo em mente o conselho de tia Elza acabou tentando convencer o pai a relevar a história.

— Quando a gente dorme, sonha, não é?

— Mas que sonhos são esses em que você sempre enfrenta uma fila?

— Não é nada disso, papai. Sonhei uma vez só. Já sei: o dr. Gastão falou pra mamãe, que falou com você, não foi? — E ante a aquiescência do pai, reclamou: — Ela só fala coisas que não são importantes.

— E o que é importante e que ela não fala?

— Que eu te amo e que quero morar com você.

— Isso é mais complicado, minha filha. Você não quer morar comigo, quer ficar longe do Samuel, não é?

Ela sorriu e encostou a cabeça no braço do pai, feliz por ele mostrar que a entendia.

— É isso aí. Quero meu pai do meu lado e não o marido da minha mãe.

— Ele é um bom marido para ela, Lu. E trata você e seus irmãos com carinho. Se meu casamento com sua mãe não deu certo, ele não tem culpa de nada.

Ludmila respirou fundo e ficou quieta. O pai sempre dava a mesma resposta ao falar do fim do seu casamento. Ela não acreditava que as coisas tivessem acontecido de forma tão civilizada quanto ele dizia. E resolveu dar a sentença:

— Quero meu pai perto de mim. Fazendo carinho e me dando beijos. Meu pai e não o marido de minha mãe, tá bom? — e olhou para ele sorrindo, ganhando um sorriso como resposta.

Ao chegar a casa Ludmila sentou no sofá da sala e viu que havia uma foto sua, grande, em cima da mesa central. Ela estava com a camisa amarela e branca da Seleção, ao lado de Sheila, a maior jogadora do vôlei brasileiro. Ao fundo da foto, também sorrindo, apareciam, Paula Pequeno e a capitã do time, Fabiana.

Ela se lembrava do dia em que fizera a foto. A Seleção estava treinando em sua cidade e ela participou de um treino, ao fim do qual cada jogadora ganhou uma camisa da Seleção. Ludmila, entretanto, queria mais: vestiu a sua e pediu uma foto ao lado de Sheila.
Feliz, pegou a foto e olhou para o pai.

— Mandei fazer anteontem. Era para fazer uma surpresa para você. A foto é linda. E você está linda na foto. Você é linda — disse ele, aproximando-se dela e lhe dando um beijo prolongado na bochecha.

— O médico disse quando vou voltar a treinar?

— Disse que amanhã você deve ir ao consultório dele e dependendo do que ele observar você volta a treinar na semana que vem.

— Só semana que vem? Porra!

— Você está muito desbocada, minha filha! Para de falar palavrão, tá bom? — disse o pai rispidamente.

— É que na quadra a gente fala muito — disse, desculpando-se.

— Mas você não está na quadra agora. Está na casa de sua mãe
Nisso a mãe interrompe a conversa.

— Na casa da mãe dela, não. Está na casa dela.

Ludmila ficou feliz com aquelas palavras e com os braços fez um gesto chamando os pais para se aproximarem. A mãe veio logo, mas Elias relutou em abraçar as duas. E antes de, enfim, abraçar a ex-mulher e a filha, olhou em volta. Mas Samuel, estrategicamente, já tinha deixado a sala para os três.

A QUASE MORTE

Os dias foram passando e Ludmila estava se sentindo cada vez melhor. Desligara-se da tia Elza e começava a pensar apenas em jogar vôlei. Só a mãe se mostrava preocupada. Mas ela duvidava da preocupação materna, achando que era resultado da presença diária do pai em sua casa. Mas resolveu curtir a situação. "Samuel não gosta? Azar do Samuel", pensava.

As consultas com Gastão Bezerra transcorreram da forma prevista. Ludmila gostava das conversas e como confiava naquele médico de cabelos brancos e sorriso franco, não teve dúvidas em contar a ele, apesar de sentir certo constrangimento, a conversa de Carol com Jussara e a descoberta de que suas colegas eram lésbicas.

— A Carol gosta de mim? O senhor sabia disso?

O médico a olhou sério:

— Esta conversa não pode ser divulgada. Eu não conto a ninguém que você viaja. E você não conta a ninguém que eu confirmei a você que Carol e Jussara são lésbicas, tá bom?

Ludmila começou a rir.

— Não precisa me ameaçar! É claro que não vou contar. Mesmo porque ninguém vai acreditar que viajei. Ou vai?

Foi a vez de o médico rir.

— Não. Ninguém.

Na segunda ou terceira consulta, após relatar suas viagens, olhou para Gastão Bezerra:

— To ficando íntima das pessoas de lá – disse, tentado fazer graça. – O senhor acha que é loucura?

O médico disse com calma.

— Não. Não acho que seja loucura. Acredito na existência do espírito, embora não consiga me enquadrar em nenhum tipo de religião. Sou católico por formação, fui casado com uma espírita e até com uma budista. Vi tanta coisa na vida que não acho que haja apenas um caminho. Deus traçou vários para que nós escolhêssemos um para trilhar. Há uma frase atribuída a Jesus Cisto que, a meu ver, exemplifica bem o que penso: "Muitas serão as casas de meu Pai".

Ludmila estava realmente impressionada com o relato do médico. Achara curiosa a expressão "atribuída a Jesus Cristo". Jamais imaginara que aquele doutor, que vivia fechado em suas consultas, sempre tratando as atletas como filhas, tivesse tanta coisa a contar na vida.

E o médico continuou.

– Que você foi para esse lugar, que cada religião chama de forma diferente, eu acredito. O que me preocupa é essa história de você ir e voltar. E se você se perder em meio à viagem?

E se levantou. Ludmila o viu olhar para os quadros da parede, olhar para ela e de novo para a parede.

– Você viveu uma experiência que já foi relatada. Há até estudos sobre isso. Portanto, não pode ser considerada loucura. Eu tenho aqui – disse ele, mostrando a ela um livro, no qual havia um título: **Experiência de quase morte – EQM**.

E desdobrou uma folha de papel e leu para ela um texto:

"O termo **Experiência de Quase Morte** (EQM) se refere a um conjunto de visões e sensações frequentemente associadas a situações de morte iminente, sendo a mais divulgada a projeção astral (experiência fora do corpo, desdobramento espiritual, emancipação da alma). Muito se estuda sobre essa experiência, embora não exista prova científica e nem consenso científico sobre seus significados. Em geral essas experiências são interpretadas como provas ou evidências da projeção da consciência e da vida após a morte. Mas muitos médicos e cientistas as apontam como alucinações. Até 2005, foram documentadas menções à EQM em 95% das culturas do mundo. Um dos mais antigos registros está no Livro X d'**A República**, de Platão".

Ludmila logo se interessou pelo livro.

– Experiência de quase morte? Bem, se há estudos sobre isso a experiência que eu vivi pode ser real, não pode?

– Leve este livro com você. Leia e depois a gente volta a conversar, está bem?

E foi o que ela fez. Chegou a casa e a mãe logo quis saber da consulta. Mas Ludmila não deu atenção a ninguém e se fechou no quarto para ler a chamada experiência de quase morte.

– Tia, estou me armando para a próxima vez que encontrá-la – disse, pensando pela primeira vez que as viagens estavam rareando e, mais importante, estavam durando apenas instantes e não mais o tempo durante o qual ela conversava com aquela senhora simpática.

AINDA A QUASE MORTE

Ludmila praticamente não dormiu naquela noite, querendo saber tudo sobre a experiência de quase morte. E após ler o livro que Gastão Bezerra lhe emprestara, e de posse das informações, ao menos as mais importantes, tranquilizou-se. Mas como só fora dormir pela manhã e se recusara a tomar café, provocou na mãe um telefonema aflito para Gastão Bezerra. E ele atendeu ao chamado. Mas Ludmila não acordou. E não gostou de ver o rosto de Gastão Bezerra tão logo abriu os olhos. E reagiu.

— Calma — lhe dizia o médico, sorrindo e apertando sua mão. — Você ficou lendo o livro a noite inteira e não queria acordar, não é?

Ludmila sorriu e concordou. E se assustou com a pergunta:

— Viajou?

Ela olhou assustada, mas percebeu que estavam sozinhos no quarto.

— Não. Estava dormindo mesmo — e olhou para ele dando um sorriso triste. — Não viajo mais.

— Que bom. Quanto mais perto da razão ficamos, menos erros cometemos — disse ele se levantando e juntando seus apetrechos para ir embora.

— Quando volto a treinar?

Após pensar um pouco, olhou para ela e respondeu:

— Amanhã. Mas vá com calma. Voltar aos treinos fará bem a você... E meu livro?

— Posso ficar com ele mais um pouco?

— Claro. Mas tem dono, ouviu? — E se despediu dando-lhe um beijo na testa. — Se cuida, menina — disse ele, antes de fechar a porta.

Ainda cansada da noite passada em claro, Ludmila dormiu. E viajou. E ao se ver ao lado da tia, não resistiu e perguntou.

— Você conhece a Experiência de Quase Morte?

— Claro, minha filha. Volta e meia algumas pessoas passam por aqui. E têm as reações mais curiosas. Umas olham para nós com confiança, como se dissessem "eu não disse?". Outros, não creem: "Isso é alucinação". Mas elas logo voltam. Não são como você.

— Mas eu não estou vindo tantas vezes assim. A senhora não vê que faz muito tempo que não venho aqui?

— Minha filha, tempo é uma coisa que só existe para você. Para nós, o que é o tempo? Se as coisas demoram a acontecer ou se acontecem logo, tanto faz. Elas acontecem ou não acontecem. Nada têm a ver com o tempo.

— Eu comecei a estudar esta experiência que estou vivendo, mas ainda há muita coisa a ser pesquisada. As pessoas, quando voltam, lembram o que acontece aqui?

— De algumas coisas, sim, elas lembram. Mas a maior parte nem fala do que viu ou viveu. Você, por exemplo, não contou para sua mãe...

— Eu queria contar para meu pai — interrompeu-a Ludmila. — Ele merece saber de tudo sobre mim...

— Tudo? Tem certeza? — disse, olhando-a no fundo.

Mas Ludmila não pode responder, pois acordou em casa, sozinha. E ficou pensando na conversa que tivera. "O que poderia deixar papai chateado? Meu namoro com um homem casado? Mas ele disse que me quer, porra!" Mas teve de mudar de atitude, porque sua mãe entrava no quarto, sorrindo e dizendo, feliz, que ela voltaria a treinar no dia seguinte.

– Parece que as pessoas adivinharam. Sabe quem está aí? – E antes mesmo de Ludmila falar, anunciou: – Bruno e Carol... – E abriu a porta para que os dois entrassem.

Carol deu um grito de alegria e pulou em cima de Ludmila, não parando de beijar seu rosto. Bruno a olhava sorrindo feliz. Ludmila afastou Carol e intimamente se repreendeu. Desde que presenciara a conversa com a Jussara estava com receio de encontrá-las. Mas Carol nada percebeu e até pediu desculpas por se emocionar.

– Eu tava morrendo de saudades – justificou-se.

Bruno se aproximou e, para alegria de Ludmila, beijou-lhe os lábios mesmo na presença de sua mãe e de Carol. Ela, então, puxou-o em sua direção, dizendo "quero mais". E o segundo beijo foi demorado, molhado...

Carol ficou constrangida, mas a mãe de Ludmila, não. Saiu do quarto e deixou os três sozinhos. Bruno foi logo falando da volta aos treinos, enquanto Carol, sempre olhando para Ludmila, agora estava menos feliz, pois ignorava o namoro entre os dois.

– O Gastão me disse que você pode voltar ao treino. Mas com calma. Nada de forçar demais.

– Você tem de ter cuidado, menina – acrescentou Carol.

Mas o casal queria ficar a sós. E Carol, percebendo isso, deixou os dois. Inventou uma desculpa e se despediu. Em Bruno deu um beijo no rosto, mas em Ludmila aproximou sua boca e quase deu um selinho.

Quando ficaram sozinhos, Ludmila chamou o namorado para sentar na cama, perto dela.

– Saudades, sabia? Quando vamos assumir este namoro? Agora, a Carol já sabe e vai contar para as outras meninas. Como vai ser?

Bruno a abraçou, beijou-a na boca e anunciou:

– Podemos dizer para todos que somos namorados. Já conversei com a Stella e ela diz que entendeu. Disse que estou apaixonado por você. Disse que quero você – e voltou a beijar a namorada. E Ludmila ficou feliz em saber que Stela, também atleta do clube, agora, ex-mulher de Bruno, já sabia de tudo. Mas o beijo foi interrompido pela mãe.

– Mãe! Deixa eu conversar com o Bruno um pouquinho, deixa?

– Deixo minha filha. Desculpe – e saiu do quarto.

Ludmila tinha dúvidas se deveria ou não contar a Bruno que viajava sempre que, aos outros, dava a impressão de dormir. Ele notou que ela não estava à vontade. E ela, na tentativa de contar a ele a experiência que vivia, disse:

– Sonhei que conversava com uma senhora e ela me falava que papai não iria gostar de saber que namoro um homem casado.

– Descasado – corrigiu ele e a abraçou.
– Fica abraçado comigo. Você não sabe o quanto eu gosto disso. – E olhou para ele, oferecendo seus lábios para um beijo.

O NAMORO

Quando começou a treinar o time principal de vôlei, que ainda não contava com Ludmila, Bruno estava casado com Stella, nadadora sempre convocada para os Campeonatos Mundiais e que já disputara duas olimpíadas. O casamento começava a viver a crise tão comum aos relacionamentos, mas a impressão que as pessoas que conviviam com a dupla tinham era de que Stela tudo fazia para mantê-lo. Ela até contava com a boa vontade dos amigos. Mas tudo mudou no dia em que Ludmila foi promovida.

Ela se adaptou com facilidade ao grupo principal do clube. Até ficou amiga de Jussara – ambas jogavam na mesma posição. Mas a amizade acabou no dia em que Bruno a efetivou no time. A efetivação, aliás, contou com o apoio da croata Brankila, considerada uma das melhores jogadoras do mundo e que não tinha motivos para concordar ou discordar do treinador.

Ludmila não teve problemas de relacionamento, principalmente com o treinador. Era visível o interesse que ambos tinham no outro. Ludmila, sempre que ouvia suas instruções, não parava de olhar para sua boca. E ele, para seus olhos. Jussara, aborrecida por ter perdido a posição, não se constrangia em chamar a atenção das colegas para o interesse de Bruno por Ludmila. Carol, que estava verdadeiramente encantada com a nova jogadora, discordava. E as duas pareciam ter um só assunto. Carol em razão da paixão. Jussara, da raiva.

Conforme a temporada foi passando, Bruno provava que tivera razão em escolher Ludmila para ser a oposto titular. Brankila era quem mais elogiava o novo reforço do time, o que deixava Jussara ainda mais ressentida. As **meninas** – como se chamavam as jogadoras – sabiam o quanto a ligação entre Bruno e Ludmila caminhava para se concretizar. E um dia em que ela ficara no clube até mais tarde, o inevitável aconteceu. Ela esperava pela mãe, que acabou não indo buscá-la. E Bruno lhe ofereceu uma carona e a levou em casa.

Ludmila não acreditava que estava no carro de Bruno. Ela fixava seu olhar na boca do treinador. Ele, por sua vez, procurava olhar para ela enquanto dirigia. E quase provocou um acidente. Foi ela quem chamou sua atenção. Felizmente nada aconteceu, mas foi a oportunidade para que ele comentasse:

– A culpa é sua. Eu quero sempre olhar para você.

Ludmila não se intimidou e o desafiou:

– E sua mulher?

Bruno ficou em silêncio e não disse mais nada até chegar à casa de Ludmila. Mas ao se despedir, não se constrangeu eu lhe dar um beijo nos lábios, beijo que não deixou Ludmila sem ação.

— E sua mulher? — perguntou ela novamente.

— To saindo de casa — limitou-se a dizer ele.

Os dois se olharam por um tempo, até que Ludmila se aproximou:

— Eu também te quero. Mas não quero te dividir com ninguém — disse ela, voltando a lhe beijar. — Quando você sair de casa me beija outra vez, tá?

PASSO PARA TRÁS

Bruno estava sendo sincero com Ludmila quando afirmava que seu casamento estava no fim. Sua relação com Stella estava de fato por um fio. Mas havia um problema: ela ainda o queria e tudo fazia para mantê-lo a seu lado. E para isso era capaz de usar qualquer arma. Principalmente a mais antiga delas: a sedução.

E enquanto a paquera dava firmes passos rumo a um namoro, Stella, avisada por amigas, passou a frequentar os treinamentos do vôlei. Ludmila não a conhecia e foi alertada para a sua presença por Brankila, que se aproximou da colega e lhe disse, com quem estivesse lhe dando uma dica do jogo.

— *That blonde in the bleachers is the Bruno's wife.* (**Aquela loura na arquibancada é a mulher do Bruno**)

Ludmila agradeceu a dica e passou a se dedicar com mais afinco aos treinamentos. Era a forma de chamar a atenção de Bruno e de fazer com que ele ficasse mais tempo próximo dela. Até que certo dia, ele chegou mais cedo ao treino e pediu para conversar com ela em particular. E não se fez de coitado: foi direto com ela.

— Deu tudo errado — disse ele, provocando a surpresa em Ludmila. — A Stella está grávida.

— O quê? Mas... Como isso aconteceu?

— ....

— Quer dizer que você me dizia que o casamento estava no fim e chega agora com a notícia de que trepou com a sua mulher? Porra!

Bruno se manteve em silêncio. Não pediu desculpas nem lhe fez promessas que, sabia, seriam mal vistas.

Irritada com a notícia que acabara de receber, Ludmila olhou séria para ele e avisou:

— Inventa uma desculpa lá... To indo embora — e deixou o clube retornando para casa onde, após se trancar no quarto, chorou muito.

No clube, Stella fez questão de anunciar a todos sua nova fase. Até mesmo à Imprensa. E foram muitos os repórteres que queriam entrevistá-la, já que ela não disputaria as próximas competições pelo Brasil. Claro que todos queriam imagens dela com o marido que, mesmo visivelmente constrangido, teve de posar a seu lado.

Entre as **meninas** do time, as reações eram variadas. Brankila não defendeu Ludmila, mas não deixou de criticar Bruno nas conversas com as colegas.

– Son of a bitch! – dizia ela, enquanto Carol ficava com pena de Ludmila e Samara mostrava-se feliz com o afastamento de sua principal concorrente no time. As demais se sentiam incomodadas com o caso, mas não queriam tomar partido.

Bruno estava visivelmente incomodado com a novidade. Seu mau humor era tão evidente que até mesmo os amigos do casal não ousaram se aproximar para cumprimentá-lo. Para piorar a situação, Ludmila, alegando uma gripe forte, deixou de comparecer ao clube por uma semana. Só voltou quando sua mãe entrou no seu quarto e lhe disse, sem medo de assustá-la.

– Você achava que o Bruno, casado, iria sair de casa sem que a Stella lutasse por ele?

Assustada com o conhecimento da mãe, Ludmila nada conseguiu dizer, enquanto a mãe insistia:

– Todo homem casado conta essa história para a mulher que se interessa por ele – disse ela, fazendo despertar em Ludmila a suspeita de que seu pai traíra a mulher.

– Foi o que aconteceu com você? – perguntou ela, tentando colocar a mãe na defensiva.

– Não mude de assunto – reagiu a mãe. – Como você acreditou nessa história da carochinha, minha filha? Ele é casado e mesmo se estivesse separado dela você não poderia acreditar nele, assim...

A mãe só parou quando percebeu que Ludmila estava chorando.

– Eu não aguento mais chorar, mãe. No colégio e no curso de inglês todo mundo quer saber o que houve. E logo perguntam por você e pelo papai... Como você soube?

– Uma funcionária do clube veio me dizer. Quer dizer que todos lá sabem do seu namoro.

Ludmila se assustou.

– Como meu namoro? Nós nunca fizemos nada que levasse alguém a pensar isso.

– Tem certeza? Nunca aceitou uma carona dele? Nunca saiu abraçada com ele? Nunca ficou na lanchonete conversando e rindo de tudo o que ele falava?

Ludmila ficou muda. Claro, fizera exatamente aquilo. E não fora apenas uma vez. As caronas se sucediam. E ainda dissera à mãe, feliz, que não precisaria mais buscá-la nos treinos à noite, hora em que as atividades no clube terminavam. Ria do que ele falara. Gostava de ser abraçada por ele. Mas agora tudo estava terminado.

VIRGINDADE

A conversa com a mãe não teve um final feliz. Ludmila foi repreendida e teve de ficar quieta quando a mãe lhe chamara de "burra".

— Vai ficar em casa até quando? Você acha que suas colegas ou ele vão ter pena de você? Elas vão ficar satisfeitas em saber que terão menos uma concorrente no time. E ele porque se livrou de uma bobona apaixonada – e esperou para ver o efeito de suas palavras na filha.

Ludmila nada disse.

— Vocês fizeram mais do que namorar? Dormiu com ele?

— Claro que não! – respondeu ela – Não fizemos nada disso – e, após conversar com a mãe, tomou a decisão de voltar aos treinos e se mostrar superior aos problemas para que sua vaga no time não sofresse nenhuma ameaça.

E no dia seguinte sentiu a receptividade tão logo chegou à portaria. As pessoas lhe sorriam e perguntavam se estava melhor. Para todos tinha uma única resposta.

— Melhorei. Mas o antibiótico acabou comigo...

Ao chegar à quadra, foi saudada por palmas. Até mesmo Jussara sorriu ao vê-la. Carol correu e a abraçou com visível satisfação. Brankila andou calmamente até ela, segurou suas mãos e lhe disse baixinho, de forma a apenas ela ouvir:

— Let's turn it up? (**Vamos lá?**)

— We will (**Vamos**).

O restante do time a recebeu com alegria e o técnico sorriu ao vê-la, perguntando como ela estava. E Ludmila repetiu a resposta dada anteriormente.

— Melhorei. Mas o antibiótico acabou comigo...

A partir desse dia, o que se via era uma Ludmila treinando melhor e um Bruno que não escondia estar mais atraído por ela.

Certo dia, sentindo dores nas costas, Carol pediu que Ana, a massagista lhe desse uma atenção especial. E vendo que estava sozinha no vestiário, não teve dúvidas em tirar a camiseta e deitar-se na maca apenas de short. O tratamento foi bom e ao se levantar, Ana, continuou a massagear seus ombros. Sentada de costas para a massagista, ficava com os seios à mostra e de frente para a porta do vestiário.

— Em casa, tome um banho quente e deixe a água cair em seus ombros e nas suas costas – disse Ana.

Ludmila aquiesceu, mas nada disse. Percebendo-a triste, Ana perguntou como ela estava. Pela primeira vez, desde que soubera da gravidez da mulher de Bruno, admitiu estar mal.

— To péssima. Nunca imaginei ser enganada assim.

— Liga, não. Toda mulher já sofreu este tipo de desilusão.

— Você também?

— Comigo foi pior. Ele me disse que era solteiro e, um dia, descobri que ele tinha uma porrada de filhos...

Nisso, as duas foram surpreendidas com a entrada de Bruno que ao ver Ludmila sem sutiã se assustou. Aliás, o susto também foi delas.

— Desculpe – disse ele e saiu do vestiário.

Ana cobriu Ludmila com uma toalha, olhou para ela, e a deixou sozinha. Bruno voltou logo depois, viu-a coberta e voltou a pedir desculpas.

— Não sabia que você estava aqui.

— Tudo bem.

Bruno pegou uns papéis que estavam sobre uma pequena mesa no canto do vestiário, conferiu-os e viu que Ludmila permanecia enrolada à toalha, olhando para ele.

— Você ainda está com raiva de mim?

— Muita. Mas já parei de chorar. No princípio, chorava por ter sido enganada. Agora, tenho raiva de ter sido enganada. Um dia vou ter coragem de te abraçar na frente da tua mulher e te dar um beijo na boca... – E olhou para ele, séria: – É uma questão de tempo.

Surpreso com o comentário, Bruno se aproximou dela e sem nenhum tipo de dúvida a abraçou e lhe deu um beijo na boca, plenamente retribuído. A primeira cena que veio à cabeça de Ludmila, enquanto Bruno lhe sugava os seios, foi a de **Capitães da areia**, o clássico de Jorge Amado, que lera aos 12 anos. E começou a se recordar da sensação que tivera ao ler a história, a primeira em que lia alguma coisa parecida com erotismo. E era capaz de repetir o diálogo dela com Pedro Bala:

— **Tu sabe que já sou moça?...Foi no orfanato... Agora posso ser tua mulher.**
— **Não, que tu ta doente...**
— **Antes de eu morrer. Vem...**
— **Tu não vai morrer.**
— **Se tu vier, não."**

Ludmila se livrou da toalha ao mesmo tempo em que, tirando o short, ficava nua, abria as pernas e dizia, com voz rouca:

— Vem...

— Tem certeza?

— Vem...

— Você quer?

— Porra! Vem...

— Lu...

— Pu-ta que pa-riu... Vem!

E como Dora, o recebeu com amor...

POR AMOR E SEM DOR

Ao chegar em casa, mais tarde do que costumava, Ludmila foi confrontada pela mãe, com a clássica pergunta sobre a razão do atraso. Na mesma hora falou sobre a massagem e entrou no quarto. A mãe a seguiu, mas pareceu se acalmar ao perceber suas costas e seus ombros ainda com restos de algum creme de massagem. Sorriu e a deixou sozinha.

    Ludmila pegou uma camiseta e uma calcinha na gaveta e foi para o banheiro. Tirou a roupa e se olhou no espelho. Para cada parte do corpo que olhava se lembrava dos beijos que Bruno lhe dera. Gostou de sentir os seios sugados por ele. Gostou de sentir suas coxas beijadas por ele. E gostou de perder a virgindade com ele. E se lembrava de suas amigas que, ao perderam a virgindade, falavam sempre em um processo doloroso. Tornou a se olhar e se tocou. "Será que com amor não dói?", perguntou-se. Mas afastou a ideia da cabeça. Afinal, as amigas também amavam seus namorados.

    Passou, então, a se lembrar das palavras de carinho e das lágrimas de Bruno.

    – Não me pergunte o que eu vou fazer da minha vida. Mas eu te amo muito e te quero muito. Eu vou resolver meu caso com a Stella, mas não quero que você fique no meio disso tudo – e olhou para ela, enquanto segurava seu rosto. – Você tem de se preservar.

    A ela restaram os muitos beijos, mas só lhe pedia para que ficassem abraçados, "juntinhos". E ficaram. O tempo? Não pareceu muito. O suficiente para que juntos voltassem a chorar, enxugassem as lágrimas do outro e se prometessem amar infinitamente.

SONO E VIAGEM

Bruno queria Ludmila em forma. O acidente, entretanto, fez com que ele levantasse algumas dúvidas pertinentes. A maior delas, a possibilidade de ela perder a posição no time que, em menos de uma semana, enfrentaria um adversário fortíssimo pelas semifinais da Superliga Feminina. E parecia tranquilo quanto à mentira que sustentava: à mulher prometera terminar com o namoro; à namorada, com o casamento.

    Mas Ludmila só pensava no treino do dia seguinte. E se surpreendeu. Teve a impressão de tão logo deitar, dormir. E tão logo dormir, viajar. E após viajar, ficar andando por um salão amplo, no qual não havia ninguém. Pensou em tia Elza e ela logo surgiu.

    – Feliz? Perguntou ela.

    – Muito.

— E o amor?
— Ele vai terminar o casamento.
— Então, tá tudo bem?
— Você sabe de alguma coisa, tia Elza? Se souber, me diz logo, vai.
— Não minha filha – disse ela com carinho e segurando o braço de Ludmila. – Eu não sei de nada. E mesmo se soubesse, não diria, não é?

Ludmila não acreditou no que ouvia, mas não perdeu a oportunidade de provocar.

— Ainda preocupada com a minha virgindade?

Surpresa com a pergunta, tia Elza ficou em silêncio olhando para ela, até que sorriu.

— Não. Sua virgindade é problema seu...
— Era...
— Tá certo: sua virgindade era problema seu. E ninguém tem nada a ver com isso.
— Mas não ensinam que a virgindade deve ser mantida até o casamento?
— Quem disse isso?
— Ué... Todos dizem. Todas as religiões pregam isso, não pregam?
— Minha filha, aprenda uma coisa: tudo que é feito com sinceridade e, principalmente, com amor, é bem feito.

QUADRAS OPOSTAS

E foi com essa frase na cabeça que Ludmila acordou no dia seguinte, e se preparou para mais um treino. O problema é que ela ainda estava fora de forma. Participou de um jogo-treino, pediu para descansar. E, sentada ao lado de Bruno, viu Jussara acertar todos os bloqueios e colocar todas as bolas no chão. E teve a impressão de que a colega fazia questão de lhe olhar para ela após cada acerto.

Brankila, sempre eficiente, estava feliz com os acertos. Mas no primeiro intervalo, quis sentar ao seu lado. Pôs a mão em seu ombro, abraçou-a com carinho e tentou animá-la.

— Time goes fast. (**O tempo passa rápido**)
— I know. But she plays well, is not it? (**Eu sei, mas ela joga bem, não joga?**)
— But you are better (**Mas você é melhor**) – e se levantou e voltou à quadra, mantendo o mesmo rendimento, que impressionava a todos.

Bruno, com a desculpa de que teria de preservar Ludmila, não lhe deu atenção durante o treino, embora estivesse preocupado com a sua má forma. Até discutiu com o preparador físico, mostrando-se pessimista na recuperação da namorada. O preparador, entretanto, ao contrário do que acontecia com os demais membros da Comissão Técnica, enfrentou-o.

— Ela é uma menina, Bruno. Não tem 18 anos e você quer que ela tenha a forma de Brankila? — perguntou, vendo Ludmila se aproximar da dupla.

O preparador físico insistiu:

— Ela só tem 17 anos, cara...

Ludmila teve vontade de dar uma gargalhada ao ver a cara do namorado. E quis provocá-lo.

— É... Eu só tenho 17 anos — e saiu andando em direção às colegas.

Consciente de que o clube não era o melhor local para conversar com o namorado, Ludmila ficou com as demais jogadoras a tarde toda. À saída, ladeada por Brankila e Carol, viu Bruno e Stela conversando com uma jornalista da televisão. A penumbra do ginásio era quebrada pela luz forte da TV. E as três ouviram a repórter perguntar se o filho que o casal esperava era apenas o primeiro.

— Claro! — disse Bruno. — Quero ter um time de vôlei completo, inclusive com líbero — e todos riram em seguida.

Ludmila não sabia o que pensar. Mas foi vista pela repórter que imediatamente quis entrevistá-la. Brankila percebendo seu constrangimento, pediu que Carol a levasse para longe e se colocou à disposição da repórter para conversar.

As duas seguiram rápido para a porta do clube, e Ludmila soube por Carol que Stela armava diariamente um circo, falando sobre sua gravidez. E acabou chorando.

Carol a abraçou, com carinho, e a levou para um banco da praça que ficava em frente. E nada disse durante o tempo em que Ludmila chorou. E fez mais: ouviu Ludmila revelar que acreditara em Bruno e se entregara a ele. Levou um susto com a revelação, mas conseguiu manter a serenidade e até a consolou.

— Você está chorando porque ele te enganou ou porque se entregou a ele?

Ludmila a olhou e como balançou a cabeça dizendo que não sabia, Carol disse:

— Olha, o amor vale mais que o cabaço.

— Eu me entreguei a ele na esperança de que ele ficasse comigo. Mas ele só queria me comer. Fez mil promessas. Inclusive de acabar com o casamento. Vai ver fez uma promessa igual àquela puta.

— Lu, ela está lutando pelo homem dela. Você tem de compreender — e tentando fazer humor, acrescentou: — Quem não tem de entender sou eu, né? Sorriu-lhe e se ofereceu para levá-la em casa. Mas Ludmila argumentou que sua presença despertaria suspeitas na mãe e ela achava melhor chegar sozinha.

— E essa cara de choro?

— To fora de forma e a Jussara vai tomar a minha vaga no time — e sorriu.

Carol também sorriu.

— Não sei se serve de consolo, mas a minha situação é muito pior que a sua. Você pode até chorar na frente de todo mundo, que ninguém vai estranhar. Mas e eu? Vou chorar porque gosto de uma menina que não quer nada comigo. Posso?

Ludmila a olhou e disse compreender. Mas Carol, certa de que se revelara naquele momento, segurou sua mão e lhe disse, com um ar de profunda tristeza.

– Não compreende não, Lu. É complicado. Muita gente me acha estranha. Só duas pessoas sabem que sou lésbica: você e a Jussara, que também é.

– Eu nunca imaginei...

– Nunca prestou a atenção na maneira como eu olho para você... – e tornou a segurar sua mão para que ela mantivesse o silêncio. – Olho te querendo, Lu, é duro, minha amiga. – e abraçou a colega.

– E a Jussara?

– Ela sabe de tudo. Nunca escondi nada dela. Sabe que eu te amo...

Ludmila ficou abraçada e gostou do carinho que Carol lhe dedicava. E a amiga continuou.

– Sabe o que mais me faz falta? Participar da bagunça que vocês fazem no banheiro, jogando água uma na outra, todas nuas, na maior alegria.

– É mesmo. Você nunca participa das nossas brincadeiras. Por quê?

– Porque tenho medo de que você perceba o meu desejo. Não é fácil para uma lésbica ficar olhando para as meninas, entre elas uma que ama, todas nuas...

Ludmila abraçou Carol, aproximou seu rosto da colega e lhe deu um selinho. Em seguida, um beijo, carinhoso. Carol se assustou, mas logo tratou de corresponder. Ficaram abraçadas o tempo suficiente para que Bruno e Stela, sempre acompanhados por uma equipe de TV, deixassem o clube.

Ludmila sorriu para Carol e disse:

– Eu o amo muito... Acho que vou embora – e percebeu que Carol ficou frustrada. Despediram-se e cada uma seguiu seu caminho.

A FILA

A fila era grande. Tinha muita gente na frente de Ludmila. Ela achou curioso estar ali e quando chegou à frente, não encontrou tia Elza, como esperava.

– Nome?

– Ludmila Teixeira.

– Você pode entrar – disse uma moça que ela nunca vira e que lhe apontou para a porta que ficava à frente.

Ludmila se assustou. Se seu nome estava na lista é porque morrera. E tentou voltar, mas logo foi segura por outra moça, que, firme, mas sem ser bruta, empurrou-a. Numa sala na penumbra, na qual todos olhavam para uma luz muito intensa, Ludmila estava mais preocupada em procurar tia Elza do que em saber o que aconteceria com ela. E tentou retornar sem chamar a atenção. Mas novamente foi impedida.

– Qual é? Tenho de obedecer a você? – perguntou à mesma moça que, antes, impedira seu retorno. – Por quê? – e a moça não respondeu. Ficou esperando por alguém que lhe ajudasse, mas ninguém se aproximava. Ludmila insistiu em retornar ao local da fila e a moça apertou seu braço.

– Minha filha, eu jogo vôlei. Dou porrada em bolas para que ninguém pegue. Sua mãozinha – e soltou a mão da moça com facilidade – não vai me impedir de ir a lugar algum, tá legal?

Nisso, tia Elza apareceu.

– O que está acontecendo?

– Ela não quer...

Mas foi interrompida por Ludmila.

– Qual é, tia Elza? Ela fica apertando meu braço e não me deixa ir a lugar algum! – reclamou Ludmila que imediatamente se viu em outro ambiente, mais tranquilo. Todas as outras pessoas desapareceram.

– Sumiu todo mundo outra vez – disse Ludmila, sentindo-se mais tranquila.

– Você percebeu o que aconteceu?

– Morri, não é? – perguntou ela, achando curioso não estar abalada pela notícia.

– É. Agora, você morreu – disse tia Elza e sorriu.

– Como foi que morri? Desmaiei outra vez?

– Não. Foi atropelada. Você se lembra do que aconteceu quando deixou o clube?

– Lembro. Estava com a Carol e atravessei... – e a olhou assustada. – Pera aí! Eu não atravessei. Tava esperando o sinal fechar, quando...

– Você não esperou o sinal fechar. E o rapaz que dirigia a moto não teve culpa nenhuma. Ele te jogou longe e você bateu com a cabeça no chão. Morreu na hora.

Ludmila teve vontade de sentar. Logo uma cadeira surgiu.

– Nossa! Eu tava com a cabeça tão longe! E daí? E papai?

– Todos sentiram muito. Seu pai e Carol choraram mais do que todos. Sua mãe queria saber o que você fazia na praça, mas ela não teve coragem de dizer. E perguntou a todas as meninas onde você tinha ido, mas só ela sabia, né? E não disse.

– Não disse que eu estava na praça chorando pelo Bruno...

– É, com a Carol...

Ludmila riu.

– Tadinha, ela me queria tanto. Lembro-me do dia em que a vi no vestiário...

Mas parou de falar. Era claro que a tia Elza sabia do que ela estava falando.

Nisso, um rapaz que Ludmila teve a impressão de já ter visto ali, apareceu e, sorrindo, perguntou se havia algum problema.

– Ela ainda está se ajustando à ideia da morte – disse tia Elza.

– Poxa, foi tão de repente. Segundo você – disse apontando para tia Elza

– eu ainda tinha muito o que viver. Lembra?

– O tempo. Já te expliquei que o tempo aqui é muito diferente, não existe como existe para você.

– É verdade – disse Ludmila. – Mas me diga, e o time?

– Vai bem. Tá na final...

– Na final? Como? O jogo da semifinal já aconteceu? E nós ganhamos?

– Ganharam por 3 x 0.

E Ludmila ficou feliz andando em círculos.

– Uau! Caraca! Três a zero, porra!

De repente parou e olhou para tia Elza. Mas antes mesmo de perguntar, ouviu.

– Jussara jogou no seu lugar. Foi a maior pontuadora e a melhor jogadora em quadra. Mas todas falaram de você e te dedicaram a vitória.

Ludmila sorriu outra vez.

– A Brankila diz que sou melhor que a Jussara, mas não sou. Posso vir a ser... Não, não posso mais ser melhor do que ela.

De repente ficou séria e disse:

– Pera aí! Eu posso ver a final, não posso? Ela ainda não aconteceu!

– Não. Não aconteceu e você não pode ir.

– Mas tia Elza. É a final da Superliga... Deixa eu ver a final, deixa eu ver meu time campeão!

Tia Elza olhou para o rapaz que estava a seu lado, mas não disse nada. Após um tempo em silêncio, em que Ludmila olhava ora para um, ora para outro, ele disse.

– Você se comporta? Não vai querer interferir no jogo? Nós não sabemos qual será o resultado e não podemos interferir em nada.

– Eu juro que fico quietinha, sentadinha na arquibancada. Ou no colo de alguém – e deu uma gargalhada.

O rapaz também riu, sentou-se – uma cadeira apareceu, de repente – e fez Ludmila sentar.

– Olha só. Se eu der esta oportunidade a você, muita gente vai querer voltar também.

– Mas vocês me devem isso.

– Por quê?

– Porque eu vim aqui várias vezes por erro de vocês. Não era para vir antes, não é tia Elza?

Ludmila viu os dois interlocutores se olharem durante algum tempo, até que tia Elza resolveu falar.

– Tá certo. Mas você não vai sozinha. Vamos mandar alguém com você para que nada saia do lugar, tá bom?

– Claro, tia Elza – e Ludmila correu para abraçá-la. – Nossa, vou ver meu time...

— Você vai ver muita gente, Ludmila. Pode ser que veja seu pai, sua mãe. Vai ver a Carol, a Jussara... Você vai ver o Bruno. Vai ver a mulher dele. E como vai ser?

— Eu me comporto, prometo. Não tenho mais problemas com o Bruno. Ele não merece que eu sofra por ele. Tenho pena é da Stela. Ainda vai ver muita jogadora apaixonada dando pra ele.

COMPROMISSO

Falar de Bruno e na possibilidade de revê-lo só teve um resultado: Ludmila queria saber por que não sentia mais saudades.

— Eu o amava muito, entreguei minha virgindade a ele e por que não sinto mais nada?

— Por que você está se desligando das coisas de lá — disse tia Elza. — A tendência é essa. O caminho aqui também é longo Ludmila. E só podemos fazê-lo se estivermos despidos de tudo aquilo que tínhamos lá em baixo.

— E demora muito?

— Depende. Para uns é rápido. Mas há gente que tem muita dificuldade de se livrar de tudo aquilo.

— Não sentimos saudades? Esquecemos as coisas que aconteceram?

— Como o tempo, sim. Mas não porque essas coisas não sejam importantes. São importantes, claro. Mas vamos nos ligando a outras...

— Nossa memória passa a ser seletiva? Como nos livros de Sherlock Holmes?

— Nunca li Sherlock Holmes. Nem sei quem escreveu.

— Arthur Conan Doyle. Nossa! Eu li tudo! E o Sherlock Holmes defendia a tese da memória seletiva. Deveríamos ocupá-la apenas com coisas importantes.

Tia Elza riu e logo o rapaz que conversara com as duas — "Nossa! Eu nem notei que ele tinha sumido", pensou Ludmila — reapareceu e trazendo uma menina pelas mãos.

— Ela vai com você. E não se iluda com o tamanho dela. Tem conhecimento suficiente para te orientar. E pode trazer você de volta, caso alguma coisa fora de ordem aconteça, está bem?

Ludmila olhou para a menina, morena e com feições de índia. Tinha na pele alguns sinais que lhe pareceram tatuagens. Mas reclamou:

— Eu já disse que vou me comportar. Não vou atrapalhar o jogo, nem criar nenhum tipo de embaraço. Não basta?

Tia Elza ia falar, mas o rapaz a segurou pelo braço e disse, com voz firme.

— Não. Não basta. Você vai com ela ou não vai. O que escolhe?

Ludmila ficou pensativa, dando a impressão de que desistiria. Olhou para tia Elza, para o rapaz "bonito" e para a menina. Acabou por dar um sorriso e disse que aceitaria as condições e que se comportaria.

E logo se sentiu flutuar. Refeita do susto, viu que a menina estava a seu lado. Puxou-a pela mão e, calmamente, pisou a quadra do Maracanãzinho, onde se realizaria a final da Superliga.

Ludmila e a menina saíram andando pela quadra e chegaram próximo ao time, que se preparada para iniciar o jogo. Bruno, com uma prancheta na mão, conversava com Brankila, em inglês. A croata, que se mostrava tranquila, de repente olhou espantada para Ludmila e lhe deu um sorriso. Das companheiras, só Jussara pareceu ter entendido o que estava passando e também olhou para o lugar em que Ludmila estava. Mas nada viu.

Mal o jogo começou, Ludmila se colocou ao lado da quadra, incentivando as meninas, como se elas estivessem ouvindo o que ela dizia. De vez em quando Brankila olhava para ela e parecia reclamar das dificuldades que o time estava encontrando. E eram muitas. Tanto que o primeiro set terminou com a derrota por 25 a 11.

No intervalo, Ludmila foi até o banco de reservas do adversário e viu sua principal jogadora conversando com o técnico sobre uma dor no braço direito, que a impedia de fazer o bloqueio com eficiência. Ludmila sorriu e lamentou que a informação não pudesse ser dada a suas colegas.

O jogo prosseguiu e o panorama não era bom. Ludmila olhava para os lados, como que procurando alguém com quem pudesse conversar, e estava quase chorando.

– Vamos perder assim, porra! – disse Ludmila, não se intimidando com a presença da menina ao seu lado. Brankila olhou para ela em silêncio, oportunidade usada por ela para incentivar a colega. Mas Brankila, embora desse a entender que a via, não conseguia ouvi-la. O set caminhava para o fechamento, quando a menina puxou-a pela mão e lhe disse:

– Fala com a Jussara. Ela vai te ouvir.

– Ela ta me vendo?

– Não. Quem te vê é a Brankila, mas não te ouve. A Jussara não te vê, mas vai te ouvir. Fale com calma, para não assustá-la. Diga que é você.

Ludmila esperava o pedido de tempo para falar, mas Bruno acabou ajudando, pois tirou Jussara do time. A jogadora se sentou no banco de reservas com visível mau humor. Era a deixa para Ludmila agir. E sentou ao seu lado e disse:

– Jussara. Sou eu, Ludmila. Eu to aqui ao seu lado. Presta atenção no braço direito da Marisa e joga a bola em cima dele. Ela ta jogando no sacrifício e esse braço incomoda muito. Joga com força. Acredita em você. Vamos ganhar, porra!

Logo Bruno a chamou para voltar à quadra. E antes mesmo que o técnico dissesse alguma coisa, Jussara olhou para ele e disse:

– Já sei o caminho. Vamos ganhar.

Ludmila sorriu feliz e olhou para a menina que também sorria. E na primeira bola que recebeu, Jussara jogou-a com força no braço direito de Marisa, que não pode evitar o ponto. A partir daí, o time se recuperou, mas a diferença era grande e houve outra derrota: 25 a 22.

Ludmila não deixou mais Jussara sozinha. Caminhava ao seu lado e lamentava não poder ajudar mais. Em determinado momento, Jussara sentou no banco de reservas, pôs as duas mãos no rosto e falou baixinho:

– E agora, Ludmila?

Assustada, pois não imaginava que a colega ficasse tão tranquila, Ludmila olhou para a menina como que pedindo instruções. Ela sorriu e lhe fez um sinal para que prosseguisse.

– Pede todas as bolas para a Brankila. E diz a ela que eu te falei para fazer isso.

Jussara levantou e foi em direção às colegas, que aguardavam o fim do intervalo da televisão para recomeçar o jogo. O time já estava formado na quadra quando ela se aproximou de Brankila e disse, sem nenhum constrangimento.

– Ludmila told you to give me all the balls. Throws at me. Let's win this shit! (**A Ludmila disse para você me dar todas as bolas. Joga em mim. Vamos ganhar essa merda!**)

Carol, que ouviu o que Jussara disse, arregalou os olhos e olhou para Brankila. A croata olhou em volta, como que procurando alguém. Parou, olhou em frente e acenou com a cabeça, dizendo que entendera o recado. Carol sentiu as lágrimas chegarem, mas fechou a cara e se disse: "Vamos!"

A partir daí, o que se viu foi um massacre. Brankila deixou de errar os passes e deixou as atacantes sempre em condições de pôr a bola no chão. Jussara, especialmente, acertava tudo. Mandou bola no rosto, na barriga e nos braços das adversárias, que não conseguiam contê-la. O resultado foi uma virada que fez o ginásio inteiro vibrar e a vitória por três sets a dois. E quando o jogo acabou Brankila e Jussara se abraçaram e acabaram encobertas pelas demais companheiras. Ludmila, ao lado do grupo, pulava e comemorava. E reparou no olhar que Brankila lhe dava. Ainda abraçada a Jussara, disse "thanks" (**obrigado**). Jussara olhou para a mesma direção, e repetiu: "Brigada, amiga".

No momento da premiação, após os dois times receberem suas medalhas, Ludmila se sentiu puxada pela mão. Era a menina que lhe dizia para irem embora.

– Vamos esperar a Brankila receber a taça. Só mais um pouquinho – pediu e a menina concordou.

Era o momento áureo da festa. A quadra ficou às escuras, com luzes que apenas orientavam as pessoas na quadra. De repente, as luzes do meio se acenderam. E o locutor chamou Brankila para receber a taça. Curiosamente, o ponto da quadra em que Ludmila estava também ficou iluminado. E após receber a taça, a croata pediu o microfone, olhou para o ponto iluminado da quadra e disse:

– Ludmila, I know you're here! Thank you!

O DESTINO

E Ludmila se sentiu flutuar. Mas estava tão feliz que não percebeu o que acontecia. Quando se viu novamente no amplo espaço, perguntou a sua companheira.

– Acabou?

– Acabou. Mas mantenha segredo, tá bom?

– Ludmila a abraçou e agradeceu.

– Só a Brankila me viu?

– Só. Mas ela não vai falar com ninguém. Você sabe, ela tem medo do que vão falar dela. Mas a frase vai chamar a atenção de muita gente. Alguns vão acreditar que você estava lá mesmo. Outros, que foi uma maneira de ela dedicar a vitória a você. – E desapareceu.

Ludmila, apesar da felicidade pelo título, admitia ter vontade de estar ao lado das meninas. De festejar com elas. De lhes dizer da felicidade que elas lhe proporcionaram. Ficou andando pelo amplo salão, sem se dar conta de que era observada. De repente, viu que o moço bonito e tia Elza, esta, com um sorriso nos lábios, a olhavam.

– Estavam me observando?

– Vendo que você não cumpre com o que promete...

– O que eu fiz agora?

– Não podia falar com a Jussara.

– A culpa não é minha. Eu só falei porque ela me ouvia. Só isso.

– Mas nós pedimos que você não interferisse em nada...

Ludmila os interrompeu, com certa raiva.

– Olha aqui! O time é muito bom, tá legal! Não foi porque a Brankila me viu ou porque falei com a Jussara que nós ganhamos. Nós ganhamos porque jogamos pra caralho! – E sentiu certo incômodo pelo palavrão. Certo estava seu pai: não era sempre que ela estava na quadra. Não era sempre que ela estava jogando vôlei.

Tia Elza riu e fez um sinal para que ela se acalmasse. Em seguida se aproximou, enlaçou-a pela cintura e foi falando, com a voz calma.

– Tudo vai mudar a partir de agora. Seu pai, sua mãe, seus irmãos, as meninas e até mesmo Bruno... Tudo vai ficar para trás. E você não volta mais lá, tá bom?

– Não posso reclamar de nada, tia Elza. Vi meu time ser campeão. Era tudo o que eu queria. Agora, vamos ao sul-americano. E...

Antes que Ludmila fizesse outro pedido, tia Elza a levou para o outro salão. Ludmila começou a rir, mas parou de repente, ao sentir uma luz intensa no fim de um caminho que parecia um túnel. E, levada pela mão por tia Elza, dirigiu-se a ele.

Por isso, não viu que Carol, Jussara e Brankila, no dia seguinte, foram fazer uma visita ao seu túmulo. A croata estava emocionada. Jussara e Carol, abraçadas,

mantinham-se quietas e com a fisionomia séria. Mas Carol não resistiu.
– Vocês a viram lá mesmo?
Brankila aquiesceu, mas Jussara explicou que apenas a ouvia.
– Foi uma experiência incrível. Ela falava como se estivesse a meu lado.
Brankila sorriu pela primeira vez.
– My mother says that when he died, one is led to somewhere. My brother died in the war (**Minha mãe diz que, ao morrer, a pessoa é levada para algum lugar. Meu irmão morreu na guerra**). – E olhou para as duas colegas, tornou a sorrir e olhou para o céu: – Ludmila is there. Driven by Urania...(**Ludmila está por aí. Levada por Urânia**).
– Urânia? perguntaram ao mesmo tempo Jussara e Carol.
– Yes! Urania, Muse of astronomy – (**Sim! Urânia, Musa da astronomia**) e apontou para o céu.

LUCIANA

TUA GLÓRIA É LUTAR

Eu começava a sentir a cabeça doer. Claro, era o excesso de bebida. Pudera! Estava bebendo desde as duas horas da tarde, quando saí de casa para aquela jornada inesquecível. Agora, quase meia noite, eu só sentia o coração bater junto aos meus ouvidos. Olhei em volta e vi que não encontraria solidariedade junto às pessoas que estavam à mesa. Peguei o copo gelado e passei na testa, à procura de alívio. Em vão.

Meu xará, Alberto, percebeu meu gesto e riu.

– Não adiante nada – disse. – Ele está com dor de cabeça! – avisou, gritando. Eu fiquei com raiva e o mandei calar a boca. Mas não adiantou. Alberto continuava rindo. – Ele está bebendo desde a hora do almoço. Não fica bêbado, mas da dor de cabeça ele não escapa – completou, rindo, feliz.

Estávamos juntos desde o momento em que nos dirigimos ao Maracanã. O grupo era grande. Além de Alberto e eu, havia umas amigas dele – todas bonitas, aliás – e uns três casais muito antipáticos. Fomos todos juntos, ocupamos nossos lugares e curtimos a vitória. O Flamengo era novamente campeão brasileiro.

Todos nós ríamos felizes após aquele gol do Angelim. As amigas de Alberto sorriam felizes. Abraçavam Alberto, a mim e se abraçavam, não sabendo direito o que dizer. E foi com alguma dificuldade que saímos em direção ao carro. E lá fomos nós em direção ao carro, estacionado na Uerj. A distância era grande. Mas na ida ao estádio, a ansiedade diminuiu a distância. Agora, a felicidade.

PIANO DA NOITE

As amigas de Alberto queriam continuar com a festa e seguimos, então, em direção à Copacabana. Fomos a um barzinho próximo à Praça do Lido e ali ficamos bebendo. Logo, outros amigos nos encontraram e a animação só aumentou. Tudo aquilo acontecera há algum tempo. Para mim, parecia uma eternidade. Conferi as horas no relógio e vi que era hora de ir embora. Mas eu ia ficando.

Em determinado momento, as meninas se despediram de Alberto, abraçando-o carinhosamente. Uma delas veio à ponta da mesa onde eu estava e me deu um beijo na boca. Ante a minha surpresa, disse que era para comemorar o gol do título. E sorriu na esperança de que eu tomasse alguma atitude. Mas eu nada fiz. E ela, decepcionada, voltou a sorrir e se despediu.

Ficamos à mesa apenas Alberto, Eduardo, um amigo comum, e eu. E foi de Eduardo, a ideia.

– Vamos entrar na boate – e apontou para a Praça do Lido. – Vamos às mulheres! – proclamou. No que foi apoiado entusiasticamente por Alberto.

Eu, claro, acompanhei os dois. Propus, então, que fôssemos a um piano-bar. Minha justificativa era conhecer o proprietário. Na verdade, queria ir a um lugar sem música alta, para não piorar a dor de cabeça. Fiz a proposta convencido de que seria rejeitada. Mas, para minha surpresa, eles concordaram. E para lá caminhamos. E na curta distância entre o barzinho e o piano-bar tivemos de confraternizar com uma grande quantidade de rubro-negros e até com algumas moças, profissionais da noite.

Alberto fez um comentário preconceituoso quanto a elas e entrou rindo no **Bar Men Club**, onde fomos recebidos por Rocha. Não precisei dizer nada. Dei-lhe um abraço e fui levado a uma mesa próxima do bar, onde algumas pessoas, sozinhas, bebiam e observavam o ambiente.

Rocha era o proprietário do piano-bar. Seu nome verdadeiro ninguém sabia. E fazia questão de ser chamado de **Rochá**, à francesa. Contava ser filho de um membro da Resistência aos nazistas na II Guerra Mundial. Mas teve de fugir para o Brasil logo após a vitória dos aliados. Ninguém sabia a razão, e ele, quando perguntado, desconversava. Era brasileiro, embora procurasse manter certo sotaque na pronúncia. Conhecia como poucos os segredos da noite do Rio e não escondia de ninguém que gastava "beaucoup d'argent" para manter sua casa em ordem, com algumas profissionais escolhidas a dedo. Nunca se envolvera com nenhuma delas. E se justificava. "Quando misturamos dinheiro e sexo, nada dá certo."

Para que déssemos razão a ele, contava sempre a história de um dono de jornal que se apaixonara por uma dessas moças de sua casa e que acabara perdendo tudo.

– Ele teve de vender **tout** – pronunciava com um tom de voz que lhe parecia de filme de terror.

Eu já ouvira aquela história não sei quantas vezes. Mas gostava do Rocha. Era amável, e até trocava cheques para os fregueses mais próximos. E dizia que eu tinha um lugar cativo no bar. Era o banco perto da caixa registradora. Dali eu observava as meninas da casa. Nunca tinha saído com nenhuma delas, mas gostava do afeto com que me tratavam, sempre esperançosas de conseguir me arrastar para algum motel. "Hoje", pensava eu, "elas não vão olhar para mim". No estado em que Alberto e Eduardo se encontravam, não seria difícil conseguir uma companhia disposta a gastar com elas.

A BELA DA NOITE

Enquanto Alberto e Eduardo procuravam no ambiente uma companhia para o restante da noite, fui conversar com Rocha. Mal sentei junto à caixa registradora, ele mandou servir um chope "bem tirado". Agradeci e fiquei em silêncio. Tive, então, minha atenção despertada para uma morena que, sozinha a um canto e de olhos fechados, cantava baixinho a música que era interpretada ao piano. Olhei para a morena e, em seguida, para Oceano, o pianista que parecia ter a idade da noite. Simpático, com poucos cabelos numa vasta cabeça que lhe valia apelidos que o irritavam bastante, ele tinha sua atenção voltada para a moça.

Ele começou a tocar uma música e ela o acompanhou. Pude, então, ver o seu sorriso. Lindo, com dentes certinhos, cercados por lábios carnudos, sensuais. Desligada do que acontecia ao redor, ela se ajeitou melhor ao pequeno sofá e, distraída, não percebeu que sua saia subia, permitindo a visão de parte de suas belas coxas.

– Bonita, hein! – disse Rocha, ao perceber meu interesse. – É nova, aqui. **Caroline**.

Olhei-o, então. Deveria ser alguém especial, pois ele nunca se referia a elas pelo nome. E por conhecer a maneira como ele se comportava, estranhei aquele conhecimento.

– De onde ela veio?

– Apareceu ontem. Gostou dela?

Não respondi e tornei a olhá-la. A esta altura, Eduardo já estava conversando com uma moça da casa. Alberto falava muito alto e três moças o olhavam com aquele sorriso profissional que elas costumam ter. Ele queria escolher bem e as fazia rodar, avaliando-as. Elas riam. Mas, positivamente, era uma posição humilhante.

Balancei a cabeça. "As escolhas devem ser feitas de maneira mais discreta", pensei. Abaixei os olhos para minhas mãos, e voltei a procurar por Caroline. E me assustei: ela olhava para mim, parecendo fazer as mesmas perguntas que eu:

quem é ele? Qual o nome? É freguês? Ficamos nos olhando por um tempo que me pareceu ser uma eternidade. Até que ela sorriu e se ajeitou no sofá.

BONS COMPANHEIROS

De posse da informação de Rocha, dirigi-me à mesa de Caroline. No caminho vi meu xará e Eduardo tentado convencer suas companhias de que estavam apaixonados. Não pude deixar de sorrir. Era a típica conversa de final de noite. E pior: de bêbado em final de noite. Não parei para ouvir as respostas. E fui em frente.

Quando me aproximei, ela me fitou com um olhar interrogativo. E à clássica pergunta "sozinha?", respondeu com o clássico "não mais". Sorrimos um para o outro e ela, então, bateu com a mão no sofá, indicando onde eu deveria sentar.

Obedeci, mas fiquei em silêncio, tomado por uma timidez que não se justificava. Ela continuava me olhando. Depois de algum tempo esperando a minha iniciativa na conversa, perguntou meu nome.

— O meu é Alberto. E sei que o seu é Caroline.

Ela me interrompeu, como se eu estivesse dizendo o maior dos absurdos.

— E quem disse tal mentira? O Rocha? – perguntou.

— É mentira? Foi ele mesmo quem disse...

— Meu nome é Luciana – disse ela.

Eu a interrompi e repeti o nome que Rocha me dissera antes. Ela sorriu e eu disse.

— Ele costuma afrancesar o nome das pessoas.

— Só sei que quando cheguei aqui ele foi logo me dizendo que eu tinha olhos de **Caroline**. – E voltou a mostrar os dentes perfeitos. – Ele não te chama de **Albert**? – perguntou.

— Nem sei do que ele me chama – disse, com sinceridade. Não queria que ela soubesse meu sobrenome, Abreu e Silva, forma pela qual eu era conhecido na casa. – Quando estou aqui, costumo ouvir mais do que falar.

— E o que você ouve?

— Que o seu nome é **Caroline**...

— E o seu é **Albert**...

A conversa foi interrompida pelo xará, que vinha abraçado a uma lourinha pequenina, com sorriso de menina. Ele disse alguma coisa que não consegui entender, mas soou como uma despedida. Apertou a bunda da lourinha e foi embora. Olhei para Eduardo e ele estava aos beijos com uma mulata e saiu sem se despedir.

— Seus amigos estão animados – disse ela, olhando para os quatro que deixavam a casa e reduziam a frequência a mim e a ela.

— Vamos ser expulsos – disse eu. E toquei em sua mão, sentindo-a quente e sedosa.

Ficamos de pé e propus:
– Vamos acabar a noite em outro lugar?
Ela me olhou muito séria, mas, de forma carinhosa, disse.
– Eu não estou trabalhando hoje. É minha noite de folga.
Eu fiquei desconcertado. E pude ver, então, que ela era da minha altura, tinha, de fato, olhos de **Caroline**, como descrevera Rocha. Ela apertou meu braço, soltou um "desculpe" encabulado e perguntou.
– O que você quer comigo?
– Companhia. Não basta?
Ela tornou a me olhar, sorriu e disse, em voz baixa, algo que não pude ouvir.
Tão logo eu perguntei o que ela dissera, pegou-me pelo braço e se encaminhou à porta de saída. Eu tentei detê-la – afinal, tinha de pagar a conta –, e ela seguiu em frente. Mal tive tempo de olhar para Rocha e vê-lo acenar para mim numa despedida.

RAINHA DO MAR

Voltei a procurar Luciana e ela já tinha saído. Fui correndo atrás dela e a encontrei na praça, placidamente sentada em um banco, olhando para frente, em direção à Avenida Atlântica. Mas eu tinha certeza de que nada via. Seu olhar, triste, era de quem estava longe dali. Sem se preocupar com o pouco movimento a sua volta, apenas esfregava os braços, dando a entender que sentia frio. Aproximei-me e perguntei aonde iríamos e ela, sem responder, reclamou do frio. Como estava com uma camisa por cima da camiseta do Flamengo, ofereci-lhe. Ela aceitou e esticou o braço.
– Você não vai sentir frio? – perguntou, sem recusar a camisa e vesti-la com prazer. Sorriu para mim, abraçou-se, tentando se esquentar, e perguntou onde eu morava. Dei uma resposta qualquer e perguntei pelo seu endereço. Ela voltou a olhar para o mar e respondeu baixinho.
– Prado Júnior. – Olhou para mim com ar desafiador e perguntou: – Aonde uma mulher como eu pode morar? Prado Júnior. Este é o endereço das putas de Copacabana.
Aproximei-me e pus minhas mãos em seu ombro.
– Você conhece a noite. Aonde podemos ir?
– Há um bar que nunca fecha aqui perto. É um bar de motoristas de táxi. Vamos lá?
Fiz que sim com a cabeça e saímos andando abraçados, como dois namorados. Ela quebrou o silêncio.
– Você não gosta de falar muito, não é?
– O que você quer saber? – perguntei, sorrindo.

— Você faz o quê?

Falei, então, do meu trabalho como jornalista e ela disse que conhecia alguém do meu jornal, mas omitiu o nome. Com olhar desafiador se referiu a ele apenas como "um freguês". Na tentativa de não ficar calado, nem mostrar que ela me desconcertava, perguntei pelo bar.

Chegamos e provocamos um silêncio constrangedor. O proprietário a conhecia e ela pediu uma cerveja. Mostrei minha surpresa em vê-la bebendo cerveja, após o vinho da casa de Rocha. Ela se limitou a dizer que o vinho dali era muito ruim. E sorriu, provocando, de minha parte, o clássico, "seu sorriso é lindo". Ela ficou séria imediatamente. Eu pedi desculpas.

— Por quê?

— Não quero dar a impressão de que estou te cantando...

— E não está?

— Já disse que quero apenas companhia. Sou tão chato assim, que você me vê apenas como um freguês? – perguntei, com certa dose de irritação.

Foi a vez de ela pedir desculpas. Em seguida me abraçou com alguma coisa parecida carinho e me ofereceu os lábios para um beijo rápido. Eu não recusei, mas fiquei frustrado com o selinho. Eu queria mais e ela percebeu. Olhou no relógio de pulso e disse que adorava o verão, pois o dia amanheceria logo.

— Eu não gosto do sol. Por mim, só haveria a noite.

Ela olhou para mim estranhando o comentário e disse lamentar minhas preferências, pois pretendia me convidar para ver o nascer do sol, dali a duas horas.

— De vez em quando eu vou. Mas me sinto mal com o calor. O sol, então, arrasa – disse, tentando sorrir.

Luciana tornou a me abraçar e disse com o rosto bem próximo do meu.

— Sol é vida. Eu e meu filho adoramos.

Imediatamente me largou, parecendo arrependida do que dissera. Bebeu a cerveja que deixara esquentando e perguntou se eu queria mais. Eu concordei, pensando ser aquela a única forma de mantê-la perto de mim. E depois de algum tempo, que me pareceu uma eternidade, perguntei.

— Quantos anos ele tem?

— Quem?

— Seu filho.

— Dez. Fez semana passada – e deu um sorriso rápido.

— Ele mora com você?

— Claro que não. Ele é criado por uma família em Friburgo. Nem sabe que eu sou a mãe dele...

— E como você sabe que ele gosta de sol?

— A família que o adotou escreve sempre, dando notícias. Quando ele nasceu, fizemos um trato: eles me dariam notícias dele, mas eu não poderia procurá-lo...

— Deve ser uma barra — limitei-me a comentar.

Ela fez que sim com a cabeça e permaneceu em silêncio. De repente, pegou minha mão e propôs irmos à beira do mar. Paguei a despesa e me senti levado por ela para ver o que a rainha do mar teria a nos dizer.

VIVA O SOL

Luciana caminhava à minha frente, de forma que eu podia apreciar seu andar, bem brasileiro, e sua — por quê não? — elegância. Apressei o passo e me coloquei a seu lado. Ela me olhou, sorriu e perguntou se eu perdera o medo do sol. Limitei-me a responder que ainda era muito cedo. Ela tornou a sorrir. Mas não quis dar a mão para que eu a segurasse. E continuou caminhando ao meu lado.

Chegando à beira-mar, sentou-se no banco junto à areia e me olhou, como se me convidasse a fazer o mesmo. Imitei-a e fiquei observando um casal que se abraçava e se beijava.

— Não entendi uma coisa — disse eu, quebrando o silêncio. Esperei que ela me olhasse e continuei. — Você me convidou para sentar ao seu lado, na boate, e, depois, me disse que não estava trabalhando...

— Primeiro, achei que você queria conversar. Depois, que você estivesse me chamando para um motel. Foi isso... Aliás, você quer ir?

Estranhei a pergunta, pensei e balancei a cabeça negativamente.

— Quero sua companhia... É verdade! — disse eu, ante a sua incredulidade. — Talvez seja este o meu maior problema — disse em voz alta.

— Você é solteiro? — perguntou ela, fazendo com que eu me arrependesse de ter falado em solidão.

Em resposta, disse sim com a cabeça, novamente, e fiquei mudo, tentando descobrir onde se metera o casal que vira antes. E me assustei quando ela deitou a cabeça em meu ombro. Abracei-a com carinho e gostei daquele contato. Enfiei minha mão por baixo de seu braço e fiquei a poucos centímetros de seu seio. Ao perceber que poderia ser mal interpretado, tentei tirá-la. Mas ela segurou minha mão e trançou seus dedos nos meus.

Ficamos um tempo indefinido quietos. Fazia tempo que eu não namorava. Cláudia, àquela altura, era mais do que passado. Mas aqueles carinhos me traziam à lembrança o namoro fracassado. E comecei a acariciá-la. Mas ela não teve a reação que eu esperava. Tirei a mão e, meio sem ter o que fazer, beijei seus cabelos e esfreguei neles meu rosto, num gesto quase sensual. Ela se apertou ainda mais comigo e, de repente...

— Olha o sol! — gritou, abandonando o banco. E como se percebesse a gafe, voltou-se e me ofereceu as duas mãos. — Vem, moço bonito! O sol não vai te fazer mal!

Acreditando nela, levantei-me e tornei a abraçá-la – no que fui correspondido – enquanto me rendia à beleza do sol nascendo na praia.

Luciana se soltou de mim, tirou e me jogou a camisa, e ficou a andar para frente e para trás, oferecendo-se ao calor daquela manhã que nascia. Sempre sorrindo, olhou para mim e sentenciou:

– Não sei como alguém pode não gostar do sol – e caminhou em minha direção. Pôs seus braços em volta do meu pescoço e me beijou.

Não consegui esconder a surpresa, mas Luciana parecia nem estar aí para mim. Sorriu e me deu um selinho, dizendo ainda que eu beijava bem. Comecei a rir, não pelo elogio, mas porque, na verdade, era ela quem beijava bem. Fiquei sem saber o que fazer, como sempre acontece nessas horas. Sentei-me no banco da praia e continuei a observá-la. Conforme havia mais luz, eu podia ver seu corpo, coberto por um vestido que, agora eu percebia, era transparente. Era um belo corpo. Disse isso a ela, que pareceu não me ouvir ou não se importar com o que eu dizia. Cheguei perto dela e pude vê-la, com os olhos fechados, braços abertos, fazendo uma cruz, recebendo os raios de sol com prazer. No buço, gotículas de suor, o mesmo acontecendo com a faixa de pele junto aos cabelos. Aquele aspecto suado me causou repugnância e acabei me colocando ao seu lado. Mas o calor começou a incomodar.

Fechei os olhos e me voltei na posição contrária ao sol. Foi então que a percebi olhando para mim e rindo.

– Você e o sol são mesmo inimigos – disse ela. De repente, vendo que eu nada dizia e apenas olhava para ela, esticou a mão para mim e propôs irmos embora. – Ta na hora, né?

Acenei com a cabeça e ofereci carona.

– Eu ainda tenho de trabalhar hoje – disse eu.

Saímos caminhando em direção ao meu carro, parado próximo à Praça do Lido e nos demos as mãos. Luciana as tinha pequenas, gordinhas. Olhei-as de perto e ri. Ela, fazendo graça, as escondeu debaixo dos braços, não permitindo que as pegasse mais e saiu correndo pela rua, sem medo de ser atropelada. Um motorista usou a buzina tentando assustá-la, em vão. Com isso, ela chegou ao outro lado da Avenida Atlântica antes de mim. Mas como não sabia onde estava o carro, teve de me esperar.

Passei por ela sem nada dizer, sem dar importância aos seus gritos.

– Ei, moço bonito...! Aonde você vai...? Vai me deixar sozinha aqui? Abandonada? – e ao ver que eu parara para olhá-la, acrescentou: – Qualquer um pode vir aqui e me levar? – e abriu os braços.

Fiquei parado na esperança de que se aproximasse. Mas ela nada fez. Continuou com os braços abertos e só se movimentou quando eu fiz um sinal para que me acompanhasse. Eu segui em direção ao carro – sabendo que ela vinha junto – e amaldiçoando o sol, por estar bem sobre o vidro da frente do carro, esquentando os bancos dianteiros.

— Você vai me levar em casa? – perguntou ela. Sentei-me ao volante e abri a porta para ela, que se sentou, me olhou e disse, como se estivesse emitindo uma sentença. – Você é muito esquisito, sabia? – E deitou a cabeça no meu colo, ficando com parte das pernas e os pés do lado de fora. Nessa hora não me omiti e fiquei massageando seus seios, que estavam marcados pela roupa que ela usava. Ela não reclamou, nem fez gesto algum para que parasse. E dava a impressão de estar gostando daquele carinho, não se importando com o fato de me excitar – excitação, aliás, que ela percebera sem dificuldades. Depois de um tempo ficou séria e como se quisesse dar um fim à brincadeira, repetiu a pergunta: – Você me leva em casa?

Disse que sim e pedi que ela fechasse a porta do carro. Ela novamente se deitou em meu colo e fechou os olhos. Durante o curto trajeto em direção à Rua Prado Júnior, ficou em silêncio, pare-cendo dormir. Ao menos a respiração era pausada... Tranquila...

Ao chegarmos, perguntei em qual prédio morava. Ela disse para deixá-la em qualquer lugar. Estacionei o carro, ela me olhou séria, enxugou o rosto com a saia erguida, o que me permitiu ter uma vista total de suas pernas e de sua calcinha pequenina, aproximou-se, beijou minha boca e disse, apenas:

— Até a próxima vez – E deixou o carro, caminhando em direção oposta ao trânsito. E desapareceu.

DOCE CONSTRANGIMENTO

Nos dias que se seguiram, evitei aparecer no **Bar Men Club**. No fundo, no fundo, eu queria muito rever Luciana, sentir de novo o seu carinho. Mas ficava me per-guntando se ela teria tempo para mim. Afinal, não era sempre que uma **menina da noite** podia conversar com alguém. Algumas vezes me surpreendi pensando nela. Uma noite cheguei até a parar o carro perto da Praça do Lido. Mas desisti em seguida, o que provocou reações pouco educadas do guardador de carros, que teve de empurrar uma camionete para que eu parasse.

Toda esta estratégia ruiu no dia em que Alberto, o xará que estava comigo no domingo em que conheci Luciana, procurou-me propondo voltarmos à boate.

— Estou comemorando uma promoção – justificou-se, acrescentando: – Vamos ver se aquela lourinha linda está hoje lá. Ela é divina...

Pensei até em recusar o convite, mas ele insistiu. O que eu teria a perder, perguntou ele, acrescentando que já era tempo de conseguir uma namorada.

— Faz tempo que o amigo está sozinho – disse ele, usando uma forma toda própria de se comunicar. – Vamos lá! Quem sabe o amigo não consegue uma companhia? – perguntou, dizendo que eu poderia deixar o carro no jornal, pois iria com ele.

Recusei a carona, pois não gosto de ficar dependendo de ninguém. Mas **docemente constrangido**, aceitei o convite e fui à boate, torcendo para que Luciana estivesse por lá. No trajeto, pensei no que deveria dizer. "Estou com saudades", mas logo descartei esta hipótese. Como poderia ter sentido saudades se nem apareci por lá? "Queria muito te ver" foi outra frase abandonada. Queria vê-la, mas desapareci. E quando menos esperava, já estava atravessando a Praça do Lido.

ESPELHO DA VIDA

Rocha não estava, mas o gerente me recebeu com a fidalguia costumeira. Alberto escolheu uma mesa perto do piano e logo pediu uma dose de uísque. Eu fiquei no chopinho gelado e tentava parecer despreocupado enquanto olhava em volta. De repente, ouço a frase dita junto ao ouvido.

– Ela saiu com um freguês. Mas pode ser que volte.

Sorri e agradeci a informação. E pensei ser lógico que o gerente imaginasse que meu fim de noite, naquele domingo, tivesse sido com Luciana. E até consegui conversar com Alberto sobre a promoção e, principalmente, conhecer os detalhes – que ele fazia questão de contar – de sua saída com a lourinha com cara de menina.

– Você tem de sair com ela – dizia, empolgado. – Não hoje, claro – E ria alto. – Hoje ela vai ser minha – garantia.

As histórias de Alberto eram constantemente interrompidas por ele mesmo. Todas as meninas que passavam perto da mesa eram provocadas por ele. Depois de fazer muitas gracinhas absolutamente sem graça, perguntou a uma delas por Rose – o nome da lourinha com cara de menina. E ficou irritado quando soube que ela saíra com um freguês.

Enquanto ele começava a irritar os demais fregueses, eu tentava me comportar de maneira absolutamente descontraída. Mas qualquer movimento junto à porta despertava minha atenção. Com isso, eu não conseguia enganar ninguém. Era evidente que eu vigiava a porta. Estava de tal maneira envolvido com os meus problemas que não percebi que Alberto ia ficando com raiva, conforme o tempo passava. A lourinha não aparecia e ele conseguia misturar frustração com bebida. Até que resolveu ir embora.

– Você vai ficar? – perguntou. – A vagabunda não vem hoje. – Parou, olhou em volta e per-cebeu ser o centro das atenções. – To bêbado – admitiu. – Vou dormir. Tchau! – e saiu.

Eu pretendia segui-lo, mas logo depois Rocha chegou. Ao me ver, veio em minha direção e mandou transferir a despesa para o balcão. Mas não havia despesa alguma, pois Alberto cumprira a sua parte. Segui-o por entre as mesas e ocupei meu lugar costumeiro. Ele sorriu e perguntou quem eu estava esperando. Disse que ninguém, mas ele olhou para mim com uma fisionomia de quem não acreditava. Riu baixinho e reclamou a minha presença.

– Você está sumido, disse ele. – Muito trabalho? – perguntou.

Disse que sim, sem dar importância à pergunta, tentando demonstrar certa descontração. Mas olhava para a porta, na vã esperança de que Luciana entrasse por ela. Numa atitude rara, Rocha me convidou para sentar com ele à mesa e lhe acompanhar em um vinho. E justificou o convite:

– Você merece...

Sentar à mesa com Rocha dava a qualquer um a impressão de ser o dono da noite. Os garçons olhavam para você com respeito e as meninas, com simpatia. Mas a minha posição era ingrata. Eu estava de costas para a porta de entrada o que me obrigaria a me virar constantemente. Fiquei irritado até perceber um espelho estrategicamente colocado na parede que dava acesso aos banheiros. Ri intimamente. Era evidente que aquele espelho ali estava para permitir que Rocha, de qualquer posição que ocupasse à mesa, visse quem saía e, principalmente, quem entrava na casa.

Comecei então a me sentir mais tranquilo e até ri um pouco. Olhando para o espelho, comecei a controlar a freguesia. A lourinha que Alberto esperava apareceu. Não tinha uma boa aparência e fez menção de falar com Rocha. Ele nada disse, mas ela entendeu que deveria esperar. E se sentou a uma mesa próxima e ficou olhando para nós.

Sorri para ela, que me retribuiu o sorriso, que era bonito, de menina, mesmo. Olhei em seguida para Rocha, mas ele mantinha a fisionomia impenetrável de sempre. Pensei em propor que a menina sentasse conosco. E quando ia falar alguma coisa, ele me perguntou.

– Você se incomoda se a menina do seu amigo sentar aqui?

Disse que não e até me afastei para dar lugar a ela no sofá que substituía as cadeiras costumeiras. Ela se sentou entre mim e ele. Eles se olhavam sem nada dizer. Aquilo começou a me deixar constrangido e resolvi ir ao banheiro, para deixá-los a sós. Levantei-me, tornei a sorrir para ela – que não me sorriu de volta – e caminhei até o banheiro. Na saída, encontrei o gerente que me pegou pelo braço e contou.

– O Rocha está puto da vida com a Rose. Ela saiu com um amigo dele, cara da Prefeitura que trata dos alvarás, e ela o deixou dormindo no motel e sumiu... Menina maluca! – disse. Em seguida, virou-se para mim e perguntou: – Você está esperando a Luciana? Ela deve estar chegando. Saiu com um cara aí – disse ele, batendo no meu ombro como que me animando.

Eu nada disse. Concluí que todos sabiam a razão da minha estada ali naquela noite. Seria perda de tempo tentar convencê-los do contrário. Voltei caminhando para a mesa do Rocha e, quando cheguei perto, percebi que a menina estava chorando e o Rocha falando sério, com o dedo na cara dela. Tentei voltar, mas eles viram que eu percebera a bronca. Rose tentou enxugar as lágrimas e ele sorriu para mim, fazendo sinal para que eu sentasse.

Ficamos em silêncio uns poucos minutos, quando o gerente chamou Rocha para resolver um problema qualquer. A menina, então, sorriu para mim, em silêncio. Disse a ela que Alberto a procurara.

— Ele esteve aqui. Queria comemorar uma promoção no emprego. Mas não esperou.

Ela sorriu para mim e, ainda tentando esconder as lágrimas, disse:

— Nossa! Ele é muito maluco! — e riu, parecendo estar mais descontraída. — E você? Esperando a Lu?

Resolvi assumir que, de fato, estava esperando por ela. Bati com a cabeça e lamentei que ela estivesse demorando.

— Ela saiu com um cara, mas deve estar voltando. Ela não fica a noite toda com ninguém — e olhou para mim, como que me avisando que ela também sabia que nós passáramos a noite juntos e que eu era um felizardo.

Nisso, como se houvesse uma combinação prévia vi, pelo espelho, Luciana entrando na casa. Olhei para Rose que fez um sinal para ela. Nervoso, fiquei olhando para o copo de vinho, àquela altura vazio, esperando... Ela parou ao lado da mesa e falou:

— Não acredito. Você, aqui? — e se aproximou de mim. Sorrindo, beijou-me a boca, esperou que eu me levantasse, abraçou-me apertado e disse no meu ouvido. — Que saudades, moço bonito!

Eu retribui seu beijo, abracei-a com volúpia e me entreguei.

LOUCURA DE AMOR

Somente após retribuir o carinho de Luciana percebi o quanto ela me fazia bem. E olhei-a sorrindo. Era evidente que ela também estava feliz. Fiquei em silêncio olhando seus lábios carnudos. Passei os dedos sobre eles, e admirei seu corpo. Ela usava uma calça comprida justíssima, que realçava suas formas, e uma blusa leve e estava sem sutiã. Passei as mãos por suas costas e cheguei até a bunda, dando um apertão de leve.

Ela sorriu, mas reclamou:

— Você não fala nada? Diga que estava com saudades também, poxa!

Não pude deixar de rir.

— Estou aqui, não é?

Foi o suficiente para ela ficar séria, pedir licença e me deixar sozinho.

Fiquei surpreso e olhei para Rose à procura de uma explicação. Ela me olhava espantada. E perguntou:

— Você é maluco como aquele seu amigo? Eu, hein!

E se levantou indo atrás dela. Rocha voltou à mesa naquele momento e, rindo, perguntou:

— Brigou com a namorada?

Foi a minha vez de ficar com raiva.

— Olha aqui, ela não é minha namorada. Eu não passei a noite com ela e vou embora porque eu trabalho em horário normal e não na noite, ta legal?

E saí sem me despedir de ninguém. Estava com raiva, mas de mim mesmo. Luciana sorrira para mim, ficara feliz em me ver. Ora, por que eu estragara tudo? Fui andado pela Praça do Lido, diminuindo os passos e parei, voltando a olhar para a boate. Só havia o porteiro a olhar para mim. "Ele também deve achar que sou maluco. E sou mesmo... A Cláudia é que tem razão... Eu mereço estar no Pinel".

Sem saber o que fazer, sentei-me em um banco. Só depois é que vi ser o mesmo banco onde Luciana sentara no domingo. E tive uma vontade doida de chorar. Apoiei meus braços sobre os joelhos e segurei o rosto com as mãos. Mas não chorei. Era sempre assim. Quando eu mais precisava jogar minhas mágoas para fora, as lágrimas desapareciam. Pior: voltavam em horas absolutamente impróprias.

Não sei quanto tempo fiquei ali olhando as pessoas passarem na praça. Meninas da noite, travestis. Todos olhavam para mim e alguns diziam: "meu amor, vem cá...". Minha vontade era dar porrada em todos eles. Mas sou covarde demais para encarar quem quer que seja.

Olhei novamente para a boate e vi a Rose parada olhando para mim. Ela tornou a entrar e voltou, pouco depois, em companhia de Luciana. As duas ficaram esperando eu tomar uma atitude qualquer. A iniciativa foi de Luciana, que veio em minha direção e se sentou ao meu lado.

— O que você quer falar comigo? — disse ela, de forma ríspida.

— Eu? Pensei que você quisesse falar...

Ela, então, surpreendentemente, começou a rir. Olhou para mim e disse:

— Foi a Rose que me disse que você queria falar...

Eu a interrompi:

— Perdão!

Ela me olhou surpresa, passou a mão em meus cabelos, pelo lado do meu rosto e, carinhosamente, perguntou:

— Por que você fez isso? Eu tava feliz por te ver... De verdade... E você me agrediu daquela maneira. Por quê?

Eu nada disse. Olhei para ela e retribuí o carinho. Puxei-a para mim e a beijei, apaixonadamente, como devia ter feito desde o início.

— Eu sou um idiota. Não sei o que deu em mim. Queria muito te ver, mas

não queria dar o braço a torcer, sabe?
– Sei. Não pode gostar de uma puta. Só a puta é que deve gostar de você, não é?
– Você não é puta – rebati imediatamente.
Ela deu um sorriso triste e começou a falar...
– Você é igualzinho ao pai do meu filho. A diferença é que ele não vale nada. Nunca procurou o menino... Mas ele era assim também. Achava que não tinha de gostar de mim. Só eu gostar dele. Coitado... Nunca admitiu isso e deve estar longe daqui, casado com uma mulher igual a ele. Se é que ainda está vivo...
Eu não sabia o que falar. Fiquei quieto, com medo que ela se levantasse e me deixasse sozinho ali. E depois de um tempo, tentando ser engraçado, disse:
– Todo mundo na boate pensa que nós dormimos no domingo. Acham que nós passamos a noite juntos...
Ela se levantou, me olhou e perguntou:
– E não passamos? Para mim foi uma noite maravilhosa – e levantou. – Pena que você não tenha achado bom. E voltou para a boate.
Eu fiquei sem saber o que fazer. Esperei um tempo para ver se ela ou Rose voltavam. Nada aconteceu. Parecia que o tempo parara. Tudo era silêncio, vazio e solidão.
E triste – muito triste – fui embora.

ESCURIDÃO

As pessoas logo perceberam que eu não estava bem. Paulo, que dividia comigo a editoria no jornal, tentou arrancar alguma informação. Mas eu nada dizia. Até mesmo Cláudia, com quem encontrei no chope após o trabalho, me achou estranho. Tentou ser simpática e se mostrar preocupada. Mas a ninguém dei brechas para uma conversa. Passava o tempo todo triste, tentando entender o que tinha acontecido. Ou melhor, tentava entender o que eu fizera a Luciana.

A todo momento eu olhava para o celular. Poucas pessoas me ligaram aquele dia. Mas nenhuma delas era Luciana. "Ela nem tem celular", pensei eu. "Como poderia ter o meu número?"

O pior de tudo é que meu rendimento profissional começou a ser afetado pelo descontrole. E Paulo logo me alertou.
– Bicho, o que está havendo? Você parece com a cabeça longe! É a terceira cagada que você faz esta semana! Ninguém tá entendendo nada!
– Não sei o que está acontecendo – disse eu, mentindo descaradamente. – Virei para ele e pedi. – Segura essa? Eu vou embora.
Ele disse "sim". E me viu sair pela redação. As pessoas que ouviram a conversa nada disseram. Apenas me acompanharam com os olhos.

Sai do jornal e fui direto para Copacabana. Eu sabia o que estava acontecendo comigo. Estava apaixonado por Luciana e tinha de resolver logo aquele problema. Olhei no relógio e vi que era muito cedo, ainda. Às 8 horas da noite não haveria ninguém no **Bar Men Club**. Mesmo assim, fui para lá. Parei o carro na Avenida Atlântica, um pouco afastado da Praça do Lido e me sentei em um dos muitos bares do calçadão.

Eram poucas as pessoas por ali. Mal sentei e vi que, numa mesa próxima, havia um grupo de pessoas conhecidas. Educadamente, fizeram um gesto me chamando, mas dei a entender que esperava alguém. Felizmente me ignoraram. Pedi um chope e um maço de cigarros. E fiquei quieto, esperando o tempo passar. Conforme o chope foi acabando, ia pedindo mais. Quando dei por mim, já estava meio tocado. Até mesmo o grupo que eu vira ao chegar já tinha saído. Paguei a conta e, decidido, fui ao **Bar Men Club**.

Conforme ia andando, fui me enchendo de coragem. E pensava na atitude que teria ao chegar e dar de cara com a Luciana. A decisão de falar com ela, "acabar com aquela palhaçada", foi me fazendo bem. Cheguei à porta da boate e tive uma recepção fria por parte do porteiro. Não dei importância e passei por ele sem ao menos cumprimentá-lo.

Mal entrei, percebi que as poucas pessoas na casa – passava um pouco das 10 horas – imediatamente olharam para mim. Procurei Luciana com o olhar, mas ela não estava. Rocha também não. O gerente chegou perto de mim, segurou-me pelo braço e me ofereceu uma mesa, bem distante das demais.

– Qual é? Por que está preocupação comigo?

Mas ele não me deu bola. Puxou-me pelo braço e disse secamente: – Ou você senta aqui ou te coloco para fora.

Tentei puxar meu braço, mas não consegui. Tentei fugir dele e fui logo agarrado. E mergulhei na escuridão. Curiosamente, aquela escuridão me confortava. Sentia-me leve, sem culpa ou preocupações. Ouvia vozes ao longe, mas não conseguia entender o que elas diziam.

BELA ADORMECIDA

Sentia a cabeça oca e a boca inteiramente seca. Olhei em volta e me vi em uma sala desconhecida. No fundo, havia vozes de duas pessoas que conversavam baixo. Só então percebi que estava deitado no sofá da sala de Rocha, na boate. Sentei-me e olhei para ele, que conversava com seu gerente. Tão logo me viu, ele comentou:

– Alors, la belle au bois dormant se réveille (**Então, a bela adormecida acordou**) – e sorriu para mim. Mas eu não tinha motivo algum para me mostrar feliz. Levantei-me e fui até o frigobar e abri uma lata de refrigerante e bebi sofregamente. Sentia-me totalmente sem líquido no corpo. Quando esvaziei a lata, olhei para os dois, que acompanhavam tudo o que eu fazia. Rocha, então, levantou-se veio até perto de mim e perguntou como me sentia. De início, não entendi a pergunta. E minha fisionomia devia dizer isso. Ele me olhou sério e voltou para sua mesa.

    Retornei ao sofá, apoiei a cabeça nas mãos e comecei a entender o que tinha acontecido: do chope no calçadão, da entrada na boate e...

    – Você estava completamente bêbado – disse Rocha, entendendo as minhas dúvidas. E ele continuou: – E não é a primeira vez. O que está acontecendo? Você nunca fez isso antes...

    Sem ligar à preocupação dele, levantei-me e disse que ia embora.

    – Você não pode dirigir – disse ele, secamente. – Um taxi vai levá-lo em casa – e fez um sinal para o gerente providenciar o transporte.

    – E o meu carro?

    – Amanhã você passa aqui e pega.

    Saí da sala dele sem ao menos agradecer e entrei no amplo salão. A música de Oceano era alegre, o que contrastava com a maioria de seu repertório. Um grupo de estrangeiros cantava as músicas e várias meninas cantavam junto. Olhei para elas. Mas Luciana não estava lá. Fui até o bar e pedi um chope. O garçom olhou para o gerente e me serviu. Dei apenas um gole quando me avisaram que o táxi chegara. Fiz um sinal de despedida para todos e fui para casa.

PORQUE SE PROSTITUIR

Não sei quantas horas dormi. Lembro-me que cheguei em casa e que o passo seguinte foi ouvir um insistente toque do telefone. Irritado, fui até ele. Mas quando peguei o fone, a ligação caiu. Soltei um palavrão e o botei no lugar. Ele tocou outra vez. Tornei a atender e reconheci a voz do Paulo. Antes que ele dissesse qualquer coisa, avisei que não iria trabalhar.

    – Estou doente. Diga qualquer coisa. Mas vou desaparecer por uma semana.

    O passo seguinte foi desligar os telefones fixo e celular. Pouco depois tocaram a campainha. Abri a porta pronto para discutir. Mas me assustei. Era Rocha. Ele estava em companhia de uma mulher que já vira no **Bar Men Club**.

    – Podemos...? – perguntou ele, fazendo o gesto próprio de quem pedia licença para entrar.

    Nada disse e me afastei, abrindo espaço para os dois.

Rocha entrou e observou o ambiente. A casa estava relativamente arrumada, mas eu não estava pronto para receber ninguém. Sua acompanhante nada disse e também observava o ambiente.

Rocha perguntou se podia sentar. E antes que eu respondesse, puxou uma cadeira e olhou para sua acompanhante, dando a entender querer que ela o imitasse. Em seguida, vendo que nem eu nem ela nos movíamos, acendeu um cigarro, deu uma longa tragada, olhou para mim e disse, em tom acusatório.

– Você se apaixonou por ela. Mas acabou por ofendê-la...

Eu o interrompi.

– Não ofendi ninguém. Não a vejo há muito tempo... Você tá maluco... – e fiquei quieto, pois não gostei de ouví-lo falar de Luciana.

– Você foi lá à boate e, na frente de muita gente – muita gente mesmo – a chamou de puta. Isso não é ofender?

Eu estava aturdido. Como iria chamar Luciana de puta? Eu? E tentei argumentar.

– Você está enganado – disse eu, procurando apoio na acompanhante de Rocha. Mas para minha desilusão, ela fez um gesto com a cabeça, dizendo que, de fato, eu fizera tudo aquilo.

– Quando eu fiz isso? – quis saber.

Foi quando ela falou.

– Anteontem. Você estava inteiramente fora de si. Já chegou bêbado à boate. Agarrou-a na frente de todos e disse alto que queria sair com ela. Quando ela disse que tinha um freguês, você a ofendeu.

Conforme ela ia contando, as cenas iam passando em minha cabeça. Nesse dia, a casa estava cheia. E dei o vexame, mas fui convidado a sair. Nas vezes seguintes, não vi Luciana. Estava louco querendo falar com ela. Mas as pessoas pareciam me evitar. Eu dizia que queria vê-la e todos davam a mesma resposta: "Ela não veio hoje". A frase era repetida pelos garçons e pelas meninas suas colegas. Tentei falar com Rose duas vezes. Na primeira ela me disse, de forma educada, que "a Lu não tem vindo. Está trabalhando em outra boate", mas não sabia qual. Na segunda, ela estava com Alberto, o xará, e foi ele quem me deu uma bronca. Pegou meu braço e me falou num tom que achei ameaçador.

– Cara, a Rose é minha, ta legal? Você está enchendo o saco – e me empurrou. Só não brigamos porque fui colocado para fora da boate. O gerente procurava me tratar com educação. Mas era firme: eu tinha de sair...

Olhei aturdido para a mulher que acompanhava Rocha. Aliás, ambos me olhavam sem dizer nada. Sem saber o que fazer, fui procurar uma cerveja. Mas na geladeira havia apenas uma garrafa de água mineral. Bati a porta com raiva e voltei à sala. Foi quando ela começou a falar.

– Você sabe por que a mulher se prostitui?

Ninguém disse nada, à espera da resposta. Ela sorriu e olhou para Rocha de forma carinhosa. Olhou para ele esperando reciprocidade, mas ele mantinha a fisionomia fechada de sempre. Ela não deu importância, sentou-se em uma poltrona próxima a ele e acendeu um cigarro. Deu uma tragada, olhou para mim e falou:

— As pessoas se prostituem pela liberdade. Não a sexual. Mas a liberdade de conquistar o direito de ir e vir e de fazer o que quer. Direito que se adquire com dinheiro. Quer comprar? Compre. Quer ir? Vá. Quer só dormir hoje? Durma. Não quer transar? Tire o dia de folga. Mande tudo para o espaço. Principalmente o conceito moral. Mandar para o espaço pessoas que acham que ela tem de transar porque são putas e putas não têm direitos.

Durante o tempo em que falou, ela não olhava nem para mim nem para Rocha. O cigarro queimava em seus dedos e ela parecia não sentir. Então, levantou-se e foi apagar o cigarro junto ao cinzeiro que Rocha usava. Fez um carinho em sua cabeça e tornou a lhe sorrir. Desta vez, ele retribuiu. Vi, então, que ali havia muita coisa entre eles. E me surpreendi. Eu imaginava que Rocha tivesse uma vida meio secreta. A fachada de empresário da noite deveria ser tão falsa quanto o sotaque de francês da Resistência com que ele se apresentava. Mas não imaginava que ele vivesse com uma ex-menina da noite. Sim, porque era evidente que ela sabia do que estava falando ao me explicar as razões que levam uma mulher a se prostituir. Estava claro que ela sabia o que Luciana estava sentindo.

Ficamos em silêncio um longo tempo. Ela então propôs a Rocha ir embora. Ele acenou com a cabeça, levantou-se, virou-se para mim e disse:

— Desapareça uns dias e deixe a coisa acalmar. Você está apaixonado. E amor é uma coisa que sempre atrapalha os negócios — disse ele, sem forçar o sotaque.

A mulher acrescentou:

— Ela também gosta de você. Mas te quer sóbrio. Se você aceitá-la como puta, tudo ficará mais fácil — Olhou para Rocha deu-lhe a mão e os dois saíram.

EU, APAIXONADO?

Quando Rocha e a mulher saíram, eu me sentia como se tivesse levado um soco na boca do estômago. Fiquei pensando em tudo aquilo que ouvira antes e fiquei com raiva de mim mesmo. Logo eu, que sempre me valorizava por não ter preconceitos, chamara Luciana de puta e me sentira com poderes sobre ela. Inacreditável! Era o fundo do poço. A solidão acabara comigo. A solução era eu tentar reencontrar Cláudia. A reconciliação, com toda a certeza, seria o melhor caminho para o equilíbrio. Não pensei, na hora, que estava mais uma vez adiando a busca pela solução do problema. A solução era procurar Luciana. Mas isso eu não fiz.

Mas tratei de me cuidar e, mesmo tendo dormido pouco, fui trabalhar. Pelo celular, avisei ao Paulo que estava indo para a redação. Se ele estranhou minha decisão, nada disse. Procurei trabalhar normalmente e acho que consegui. Não fui o autossuficiente de sempre e para tudo o consultava. Cheguei até a rir de umas piadas sem graça que ele contou. Só não consegui falar com Cláudia. Estava viajando, segundo informaram. Desliguei o telefone e achei graça. "Ninguém quer me encontrar. Vai ver, ela também já soube do meu affair e quer evitar minha companhia."

Trabalhei e, na saída, fui convidado para um chopinho. Mas ainda estava de ressaca e polidamente recusei o convite. Estava disposto a ir direto para casa. Passei na Praça do Lido. Não estacionei, mas dei umas voltas no quarteirão, na esperança de ver Luciana. Não vi. Em certo momento, achei que fosse ela. Até buzinei. Mas era um travesti.

Os dias se passaram e as coisas pareciam entrar nos eixos, novamente. Conversei com Cláudia e ela foi carinhosa e compreensiva. Não entrei em detalhes sobre Luciana, mas em determinado momento ela me olhou nos olhos e disse:

— Você está apaixonado.

Eu deveria rir do comentário. Mas era a segunda pessoa que me dizia isso. Então, deveria haver alguma verdade na frase.

— Você nunca soube definir seus sentimentos — disse Cláudia. E ela tinha razão no que dizia. Ao nos conhecermos, eu também custei a entender o que sentíamos um pelo outro. Foi preciso que ela se dissesse apaixonada por mim para que eu percebesse que o sentimento era recíproco.

A conversa teve um ótimo efeito e durante muitos dias seguidos eu até saí com o pessoal do jornal, sem ficar bêbado e sem querer passar na Praça do Lido. O Lido, aliás, passou a ser uma praça a ser evitada. Mas um dia, ao levar uma colega em casa, na Rua Barão de Ipanema, resolvi passar por lá. E vi Luciana parada na calçada, ao lado de um homem alto, parecendo cafetão. Achei estranho aquilo. Por que ela não estava na boate? Estacionei. Mas ela entrou num carro, cujo motorista acelerou rápido, e fiquei sozinho na calçada.

Uma menina se aproximou e tentou me convencer a sair com ela. Tinha traços revelando uma antiga beleza, maltratada pela vida e pelo tempo. Sorri para ela, agradeci e fui embora. E pensei: "Alguém, lá em cima, quer me ver longe daqui". E mesmo sendo cético quando à existência d'Ele, fui para casa dormir.

A NOITE MUDOU

A imagem de Luciana à procura de um cafetão não saía da minha cabeça. E não encontrava a razão de tudo aquilo. Pensei em procurá-la e, pessoalmente, esclarecer tudo. Mas fiquei com medo de ser mal recebido e, em lugar de me reaproximar, acabar me afastando dela definitivamente. O melhor caminho, com certeza, seria procurar Rocha e a mulher que o acompanhara em minha casa e saber por eles o que de fato estava acontecendo.

À noite voltei à Praça do Lido. O porteiro sorriu e comentou que eu estava sumido. Gostei da recepção. Parecia que, aos poucos, as coisas iam voltando aos seus devidos lugares. O salão tinha o movimento de costume e algumas meninas me olharam, sorriram em minha direção e me acompanharam com os olhos, enquanto eu me encaminhava para a mesa de Rocha. A mulher estava com ele, com algumas notas fiscais na mão. Ao me ver sorriu um sorriso sincero. Ele, como sempre, foi seco. Mas me convidou a sentar.

Mal me acomodei ao lado deles, um copo cheio de vinho como que se materializou a minha frente. Tomei um gole. Nunca fui fã de vinho. Mas aquele era muito bom. Rocha acompanhava meus gestos e informou: "É chileno". Sorri agradecido e fiquei à espera que a mulher o liberasse para conversarmos. Corri os olhos pela casa e vi que Rose estava em companhia de uma mulher loura, cheia de corpo, que ria sempre muito alto. Como ela não parecia ser uma colega de trabalho, olhei para Rocha. Ele entendeu e foi logo informando.

– É uma freguesa. Tem vindo sempre aqui. Diz ser mal recebida nas outras boates – e riu. Em seguida olhou para mim e disse sério: – As coisas aqui estão mudando, meu amigo. Mas não sei dizer se é para melhor.

Olhei para a mulher à espera de uma explicação. Ela pegou Rocha pelo braço e disse, tentando acalmá-lo.

– Bobagem dele. Só esta mulher é que é a novidade aqui. Prefere ficar com nossas meninas a tentar a sorte nas outras boates – disse ela, olhando para o casal que Rose e a loura formavam. Aliás, as duas se beijavam com gosto. Não pude deixar de rir, enquanto ela, olhando para mim, completava: – O resto continua da mesma maneira.

Era a deixa de que eu precisava.

– E a Lu? Eu a vi outro dia na calçada com um cara que mais me parecia um cafetão. É isso mesmo?

Ela ficou em silêncio um tempo, enquanto olhava para Rocha. Pensou um pouco e se acomodou na poltrona.

– Olha, ela tinha um cafetão, que inclusive batia nela. Esse cara foi assassinado, numa dessas brigas de rua. Foi quando ela, com medo de ser perseguida pela polícia, veio pedir refúgio aqui – e olhou para Rocha, como que pedindo autorização para continuar.

Ele continuou impassível. Acendeu um cigarro e tornou a encher meu copo. O gerente tentou se aproximar, mas ele fez um gesto com a mão, e o empregado desistiu de lhe falar.

A mulher prosseguiu.

– Aqui elas não pagam nada. A única exigência é que façam o freguês consumir e que tenham um comportamento tranquilo. Ela estava indo bem até você aparecer.

Rocha prosseguiu:

— Depois que você passou aqui naquele dia ela voltou para o calçadão. Jane — então, eu já sabia o nome dela — tentou fazê-la mudar de ideia, mas não conseguiu.

Jane continuou como se estivesse fazendo um jogral com Rocha.

— Ela não queria ficar por aqui com medo de que você aparecesse. — E me olhou séria: — Ela está com medo de que você faça outro escândalo. Isso para ela é péssimo. Quem quer uma menina que sempre arruma confusão nas boates? — perguntou ela, sem querer uma resposta.

Tentei, então, justificar-me.

— Eu não sabia de nada disso. E até desapareci daqui para ver se eu a esquecia.

— O que você quer com ela? — perguntou Jane.

Eu nada respondi. Agradeci pelo vinho e saí para a praça. Eu estava realmente surpreso com todas aquelas informações. Cafetão... Confusão... Fugindo de mim... Fiquei andando sem rumo, pensando no que Jane e Rocha tinham dito.

Não peguei o carro e saí caminhando. Quando dei por mim, estava quase no Leme. Fiquei olhando o movimento, parado no meio do calçadão e vi umas meninas na esquina, à espera de interessados. Luciana não estava ali. Mas havia um homem entre elas. Fiquei imaginando se seria um cafetão, quando um carro parou. Elas foram todas para cima dele. O motorista falou alguma coisa e elas chamaram o rapaz. Ele colocou o rosto na altura do motorista, conversou e entrou no carro. As meninas, então, foram caminhando pela beira da rua, oferecendo-se aos fregueses.

Fui andando, acompanhando as meninas de longe. Pude ver várias negociações. Já na altura da Praça do Lido, um carro cheio de rapazes barulhentos parou e elas entraram falando alto. E fiquei sozinho de novo. Continuei caminhando e pensando na decadência que eu estava vivendo: solitário à espera de um amor com preço fixo.

PUTA APAIXONADA

Não sei quanto tempo fiquei sem ver Luciana. Mas sempre **sonhava** com ela. Ficava revivendo os bons momentos daquela única noite que tivemos. Meu ânimo piorou no dia em que resolvi rever o filme **Romeu e Julieta**, de Franco Zeffirelli. Era o relançamento de uma cópia restaurada. Segundo informavam, até o som fora recuperado em sua plenitude. Mas a história dos amantes de Verona que tiveram apenas uma noite de amor antes da morte me abateu ainda mais. Afinal, eles eram mais felizes do que eu, que não tivera nem mesmo uma noite de amor.

Sai do cinema e recusei o convite para uma esticada. Desvencilhei-me de uma colega, que parecia sinceramente interessada. Inventei uma desculpa qualquer e sai andando em direção ao meu carro, quando percebi que, na verdade, queria procurar por Luciana. E foi o que fiz. Mal cheguei à Praça do Lido, vi Rose de longe. Ela estava saindo da boate apressada, abraçada a sua freguesa loura.

Olhei para as duas e achei que elas viviam mais que um caso. Fiquei olhando e, mesmo de longe, dava para perceber a forma carinhosa como se tratavam. E isso me fez muito mal. A comparação era inevitável. Continuei meu caminho e, logo que entrei, fui empurrado para um canto. Antes que eu pudesse entender o que estava acontecendo, o gerente recomendou:

– Some daqui.

Um dos seguranças me pegou pelo braço e me levou para fora. Deixei-me levar sem entender o que estava acontecendo. Ele largou meu braço e me abandonou na praça, mas, curiosamente, não entrou. Era um assalto. Tão comum naqueles dias. Logo chegou a PM. E muita gente se aproximou da boate para ver o que estava acontecendo.

Só então percebi que Rose e sua acompanhante estavam perto de mim. Olhamo-nos e não foi preciso que ela me dissesse alguma coisa. Pelo seu olhar, entendi. Mas perguntei, esperando estar errado.

– A Lu está lá? – E ela limitou-se a balançar a cabeça afirmativamente. Foi o bastante para que eu tomasse a decisão de entrar. Mas o mesmo segurança que me pusera para fora me agarrou pelo braço. Olhei para ele e disse que estava preocupado com Rocha e Jane. Ele sorriu e disse que os dois estavam bem.

– Ninguém vai se machucar. A coisa está sob controle – disse ele, batendo em meu ombro, de forma amistosa. Foi o suficiente para que eu perguntasse por Luciana. Ele sorriu e disse que não a conhecia.

Afastei-me dele à procura de Rose. Ela continuava no mesmo lugar, mas sozinha. Aproximei-me dela e perguntei o que acontecera. Ela, rapidamente, contou que dois assaltantes entraram na casa, bateram em alguns fregueses, ma foram neutralizados pela segurança. Ela saíra, mas sabia que muita gente ainda estava lá dentro. Olhou para mim, sorrindo, e disse:

– Ela está bem...

– ....

– E seu amigo? Ele sumiu!

Eu continuava olhando para a boate e antes que eu pudesse falar qualquer coisa, vi Luciana saindo, amparada por um PM. Corri em sua direção e a abracei, tirando-a da proteção policial. Ela olhou para mim, sorriu e se deixou levar. Fui com ela até Rose e percebi que ela tremia. Então, fomos os quatro em direção a um bar do calçadão para sentarmos.

Eu, na verdade, não sabia o que dizer. Limitava-me a ampará-la. Logo vi que estava sendo babaca. Então, abracei-a com força, mostrei-me a ela e a levei até o bar. Sentei-a à mesa e pedi ao garçom uma dose de uísque. Ele foi rápido no atendimento. Dei o copo para Luciana e a mandei beber. Ela obedeceu. A bebida fez o efeito que eu esperava e ela logo se recuperou, olhou para mim, sorriu um belo sorriso e, surpreendentemente, começou a chorar.

 Chorava e a maquilagem fazia um risco uniforme em seu rosto. Eu a abracei e senti a minha camisa molhando. Luciana não parava e eu comecei a ficar incomodado com aquilo. As pessoas próximas nos olhavam e nada diziam. Rose também estava muda. A loura acendeu um cigarro e apenas nos olhava séria. De repente, Luciana parou de chorar, puxou meu rosto e me deu um beijo. Um beijo apaixonado, gostoso. Retribuí... Afinal, era uma coisa da qual eu tinha saudades. Ela sorriu para mim, abraçou-me e manteve o silêncio.

 – Fica calma – disse eu, na tentativa de dizer alguma coisa. – Aqui, ninguém vai machucar você.

 Ela me olhou com um ar de surpresa.

 – Você não entende, não é? Você é burro ou é o quê?! – E se levantou me deixando aturdido. Chamou Rose e pediu que a amiga a acompanhasse. Rose chegou a levantar. Mas olhou para mim, para a loura e resolveu ficar. Luciana, então, foi sozinha.

 Olhei para Rose e fiz o gesto de quem não estava entendendo. Ela riu de mim.

 – Você é pior do que o seu amigo, sabia? – perguntou ela, com um ar divertido. – Ele, ao menos, assume ser machão. Acha que puta é tudo igual. Que nós só devemos dar prazer a ele e ir em frente. Você, não. Esconde o preconceito se passando por educado. – Afastou-se, sempre seguida pela loura, e me deixou sozinho.

 Mais uma vez eu não entendia nada. Mas não pensei nisso, porque começou o movimento na porta da boate e resolvi ir até lá, saber o que acontecera. Conforme me aproximava, percebia que estavam todos do lado de fora. Rocha estava no meio de uma roda, com a Jane à tiracolo.

 Não parei para falar com eles. Queria ver Luciana. Fora por isso que deixara meus colegas após o cinema. Era por isso que eu estava ali. E eu ia falar com Luciana. Decidido, entrei na boate. O clima era de fim de festa. Um PM dava uma última olhada em tudo e conversava com o gerente. Ele me olhou, como que perguntando o que eu fazia ali. Eu nada disse e entrei no salão. Luciana estava sentada com Rose – agora sozinha – a um canto.

 Eu me aproximei e, quando elas me olharam, falei.

 – O que eu fiz de errado dessa vez?

 Elas nada disseram. Então, me sentei ao lado de Luciana. Peguei-a pela mão. Ao menos ela não a retirou e continuou muda, olhando para lugar nenhum. Fiz um sinal para Rose, para que ela nos deixasse sozinhos. Ela se levantou e foi em direção à loura, que a esperava.

 – Lu...

 – Eu não estava preocupada comigo... – disse ela. E me olhou com os olhos mostrando uma profunda mágoa. – Eu não estava chorando por ter sofrido alguma violência aqui dentro. – E voltou a olhar para o nada. – Eu estava preocupada com você, porque tive a impressão que você tinha levado um soco de um dos assaltantes. – Olhou bem nos meus olhos, apertou minha mão e concluiu. – Quando vi você lá fora, inteirinho, fiquei feliz. E relaxei. Foi por isso que chorei. – Largou minha mão, levantou-se, olhou para mim, deu um sorriso triste e disse: – Eu estava chorando por você... Eu te amo, sabia? Sou mais uma puta apaixonada.

Eu, então, levantei, puxei-a para mim e tentei falar, mas ela pôs a mão aberta em minha boca e disse.

– Não. Não fala nada.

E foi andando. De repente, parou, e disse:

– A Rose diz que você me ama. É verdade? – E ficou esperando uma resposta. Mais uma vez, fiquei quieto e nada disse. Ela, então, voltou para perto de mim, deixou-se soltar junto ao meu peito e disse pertinho da minha boca.

– Vou dizer uma coisa que uma puta nunca diz a ninguém: eu quero você só para mim. Não quero dividir você com ninguém. Eu to aqui, ta bom? – Deu-me um beijo demorado, ao qual retribuí com toda a paixão que eu sabia dar, e foi embora. Em linha reta, sem olhar para mim. E me deixou sozinho, no meio do salão.

DESPEDIDA SOLITÁRIA

Dias depois do meu encontro com Luciana, minha vida mudou completamente. Fui convidado para trabalhar em São Paulo, em uma emissora de televisão que decidira abrir um amplo espaço ao esporte. O autor da ideia era o radialista José Falcão, locutor dos bons, que se associara a um empresário e arrendara o horário de uma rede de TV para mostrar as mais variadas modalidades de esporte. E para tirar o sotaque paulista dos programas estava contratando um grupo de cariocas. Além de mim, Paulo, meu colega de jornal, e mais uma meia dúzia de repórteres.

– Quero uma equipe de jornalistas – disse ele, justificando nossas contratações. Era uma oportunidade de ouro para mim. Deixaria a noite do Rio – poder-se-ia dizer, Luciana – e de fato daria início a uma nova fase da vida.

Paulo, meu colega, era mais cético. E me explicava que ia para ganhar dinheiro.

– Nada me tira de Ipanema – dizia ele, feliz. Sua namorada ia junto, o que tornaria as noites de São Paulo mais tranquilas.

Antes de embarcar, claro, fui ao **Bar Men Club** fazer uma despedida em grande estilo. Para tal, convidei muita gente do jornal. Alberto me encontrou lá e logo fez Rose deixar sua loura para ficar com ele. Achei curioso o comportamento da tal loura, que pareceu não reclamar e até entender o que estava acontecendo. Mas não achei Luciana. Perguntei a Rose onde ela estava e a menina pareceu sincera ao dizer que não sabia.

Mas foi uma boa noitada. Alberto e Rose pareciam felizes reatando um caso, ou namoro. Rocha e Jane me fizeram muita festa, ofereceram um bom vinho e até um tira-gosto honesto. Jane fazia as honras da casa e pelos olhares trocados entre o casal – carinhosos, apaixonados, até – percebi que a aposentadoria do meu amigo estava próxima. Afinal, ele sempre dissera que, "Un jour, je serai parti" (**um dia, eu vou embora**). Só não dizia para onde.

A noitada foi boa. Muita gente parecia feliz com a oportunidade que eu passara a ter. Havia, claro, os que estavam felizes com a abertura da vaga. E até os indiferentes. Eu conseguira não me embebedar e a música era especial. Dancei a noite toda com uma colega – feiosa e muito sensual – mas, em alguns momentos, admito, tive medo de que Luciana aparecesse. Não queria magoar ninguém e sabia que se eu a visse tudo estaria perdido.

As pessoas foram embora e minha **partner** – que era casada – despediu-se de mim dando um gostoso beijo na boca, saudado com aplausos e gritos por todos. Conforme a casa foi esvaziando e, principalmente, depois de Alberto e Rose saírem para acabar a noite juntos, sentei-me quieto perto do piano, disposto, sinceramente, a curtir o talento de Oceano, inspirado naquela noite.

Foi então que a loura se aproximou, com uma garrafa de vinho na mão. Pediu licença e depois de ver meu sorriso, sentou ao meu lado. Oceano, como todo homem da noite, nada disse: continuou tocando jazz como se nada tivesse acontecido.

– Acabamos sozinhos – disse ela, tentando iniciar uma conversa.

– A Rose te deixou sozinha, hoje?

– É... Mas quem namora uma mulher da noite passa sempre por isso... Você sabe, não é? – perguntou ela, olhando-me com um meio-sorriso nos lábios.

Resolvi concordar. De nada adiantaria, àquela altura, eu tentar explicar que entre mim e Luciana nada havia, de fato. E já cansado de beber vinho, pedi um chope ao garçom mais próximo. Dei um grande gole no chope gelado e bem tirado, olhei para ela e perguntei:

– Você vai esperar por ela. Sempre espera?

– Sempre. Mas acho que hoje vai demorar. Aquele seu amigo mexe com ela, sabia? – disse, com um olhar cheio de mágoa. – Ela gosta de mim, eu sei. Mas gosta mais dele.

– Eu jamais imaginei que a Rose fosse lésbica...

– Não é. É bissexual... É isso que me impede de ser a pessoa mais feliz do mundo – explicou, emocionada. Calmamente, enxugou as lágrimas que não queria que caíssem e sorriu. Um sorriso triste, muito triste.

Pus minha mão sobre a dela e tentei sorrir. Ela não retribuiu o sorriso. Continuou olhando para mim em silêncio. Esvaziou a garrafa de vinho que estava sobre a mesa, acendeu um longo cigarro, cantou um bolero que Oceano tocava e, só então, levantou.

Aproximou-se de mim, beijou-me os lábios e disse:

– Sucesso em São Paulo. Para quem gosta da noite, é o paraíso. Divirta-se. E posso dizer à Luciana que você esteve aqui procurando por ela?

Eu assenti com a cabeça e ela se afastou. E deixou o **Bar Men Club** como uma derrotada. E senti pena dela.

"VOLTA PRA ELA"

Minha estada em São Paulo durou mais tempo do que eu imaginava. Certo dia, a chefe do RH me convocou a sua sala e disse que eu precisava tirar férias, pois já acumulava dois períodos vencidos e um prestes a vencer.

– Ajuda a gente. Tira um mês e nós compramos o resto. Dá até para você ir à Copa do Mundo no ano que vem – disse ela.

Só então percebi que estava há muito tempo longe do Rio e fiquei pensando em tudo o que acontecera desde aquela noite em que conhecera Luciana. Olhei para a secretária e pedi um tempo para pensar. Estava sendo sincero. Queria conversar com Cláudia, que também fora para São Paulo. Lá, o reencontro foi natural e acabamos reatando aquele caso que tivéramos antes. Ela parecia feliz, ilusão que eu não tinha mais. Entretanto, fingia bem e ela parecia acreditar na minha felicidade.

Dias depois, procurei a secretária disposto a voltar para o Rio. Ela ficou assustada com a minha decisão. Não tentei explicar a ela, pois teria de fazê-lo ao próprio Falcão. E ele exigiu que eu contasse até os detalhes. Mas não contei. Disse apenas do meu cansaço de estar tanto tempo longe do Rio. Ele fingiu que aceitou meus argumentos e, ao se despedir, disse apenas que eu tratasse de descansar, pois a casa estava sempre de portas abertas.

Eu não sabia exatamente o que me levava a querer voltar para o Rio. E no dia em que resolvi voltar, li uma notícia que assustava: Alberto fora eleito deputado federal. Conseguira a proeza de ser o mais votado do Rio e passara a ocupar espaços em jornais e revistas. Ao ler a longa entrevista que ele concedera aos jornais, vi sua foto ao lado da mulher – uma morena que eu não conhecia – e da equipe de assessores. Eram quatro pessoas: três rapazes com aspecto de executivos e uma moça, na qual reconheci, imediatamente, Rose, amiga de Luciana. Fiquei rindo muito tempo, principalmente ao saber que todos iriam para Brasília com ele.

Minha demissão se deu de forma ainda mais fácil do que eu imaginara. Falcão comprara não três, mas quatro períodos de férias e me deu uma bela indenização. Ao ver o depósito, senti-me logo um novo rico. E me preparei para a pior parte de todo o processo. Como insistia em não verbalizar as coisas, fui para casa esperar por Cláudia e acabar, assim, de repente, com nosso namoro. Quando ela chegou, minha mala já estava pronta e colocada no meio da sala. Ela sentou, ouviu o que eu tinha para contar, chorou e disse que entendia o que estava acontecendo. Só acreditei quando ela sentenciou.

– Você vai atrás da Luciana, não é?
– Você está maluca!!!
– Não, não estou. Você não a esqueceu. Quando fica quieto aqui na sala, pensa nela. Eu sei... Vim aqui muitas vezes te ver bebendo cerveja e pensando nela. É visível a saudade que você sente.

Ficamos um longo tempo em silêncio. Como sempre, Cláudia sabia o que estava dizendo. Eu é que não sabia o quanto ela estava certa. Ela se levantou, abraçou-me, beijou-me demoradamente e disse:

– Vai! Procure o seu amor. Mas olha, dessa vez, não tem volta, tá?

Eu nada disse. Peguei minha mala, olhei rapidamente em volta e sai. Bati a porta e não levei a chave. E só no avião, ao lembrar as palavras de Cláudia, percebi que era Luciana a razão da minha volta.

MOÇO BONITO

"Já estou no Rio há quatro anos. E as coisas caminharam de forma bastante diferente das que Falcão, Cláudia e, principalmente, eu pensávamos que fossem caminhar. Não voltei para São Paulo. Acabei indo trabalhar com o principal concorrente de Falcão e conseguimos sucesso, pois ele, hoje, já não tem mais o canal dedicado ao esporte. Limita-se a narrar jogos e a comandar uma animada mesa-redonda nas noites de domingo.

"Cláudia se transferiu para Nova York. Hoje, é correspondente de uma emissora de televisão. Antes de viajar, procurou-me dizendo que ficaria se eu pedisse. Mas não pedi, ela viajou e se casou com um americano, filho de um cubano que fugiu da revolução comunista de Fidel Castro.

"Alberto, hoje, é um dos deputados mais influentes do Congresso. Diariamente é entrevistado por jornalistas dos mais variados veículos. Continua casado e Rose, sendo sua principal assessora. Quanto à loura, mudou-se para a Europa. E tem uma galeria de arte em Barcelona, na qual costuma recepcionar os brasileiros que vão à Espanha. O deputado e sua assessora entre eles, claro!

"Com o dinheiro que o Falcão me deu, mais a venda do meu pequeno apartamento em Copacabana, comprei uma casa em um condomínio na Barra, para onde levei minha mãe, que ficara viúva na época em que voltei para o Rio.

"*O **Bar Men Club*** *não existe mais. Rocha vendeu a casa e se mudou para Angra dos Reis. Mora numa ilha próxima à do cirurgião plástico Ivo Pitanguy. Já vi fotos suas e de Jane até na revista **Caras**. A boate, hoje, é como as demais casas noturnas de Copacabana. Com música em altos decibéis e muitas meninas – a maioria loura – dançando nuas em frente a espelhos. Seus frequentadores são turistas, principalmente.*

"*Entre essas meninas não está Luciana. Eu a reencontrei uma tarde no Barrashopping. Levamos um grande susto ao nos vermos. Estava linda! Bem vestida, empurrando um carrinho, onde uma menina, morena como ela, sorria.*

"*Ficamos longo tempo nos olhando. Foi ela quem quebrou o gelo me chamando de **moço bonito**, o que me fez sorrir, feliz. Soube, então, que casara com um freguês, que a tirara da noite. Falou da vida de madame que levava e dos ciúmes do marido, sempre a suspeitar de alguém que a olhava na rua, na praia, nas compras...*

"*Perguntei se era feliz. Ela disse que sim. Não tinha a felicidade que queria. Mas estava satisfeita com a que conseguira. Não sabia do filho e queria saber de mim. Fui sincero. Disse que não era feliz, mas que conseguia viver bem, apesar da solidão.*

"*Esse comentário a fez sorrir tristemente. Mas nada disse e se despediu, beijando meu rosto. Ficou à espera de alguma queixa minha. Mas, novamente, emudeci. E ela se foi. Fiquei parado, vendo-a se afastar. Então, segui meu caminho, tendo a impressão de que ela se virara para me olhar. Fui conferir, mas ela já se perdia naquele vai e vem de pessoas apressadas.*

"*Às vezes eu a revejo.*

"*Com o marido, que a segura pela mão como que a mostrar que ela lhe pertence.*

"*Ou sozinha, olhando as vitrines. Nessas horas, ela me olha carinhosamente e me chama de **moço bonito**".*

MARIANA

A DESCOBERTA

Mariana tocou a buzina do carro com impaciência. Também pudera! Estava há três horas naquele engarrafamento e não via como dele sair. Tudo porque a chuva que caíra na véspera causara os costumeiros problemas. Havia, pela pista da velha Estrada dos Mineiros, muita lama e o vestígio de algum desabamento. Tentando se distrair, olhava para os casarões, imaginando como teriam sido nos tempos antigos. "Há cem anos", datou. E sorriu, imaginando o irmão, tão moderninho, vivendo naquelas casas "com apenas um banheiro", o pé-direito elevado, à beira da calçada e – suprema heresia! – sem lugar para estacionar os automóveis. Aliás, não entendia a razão de se dar à distância entre o piso e o teto o nome de pé-direito. Por que não pé-esquerdo?

      Depois de muito esperar, conseguiu andar cerca de 50 metros e – surpresa! – encontrou uma vaga para seu carro. O tal casarão que procurava ficava um pouco mais à frente e foi com certo desconforto que viu o esgoto correndo pela rua. Além do mau cheiro, havia a dificuldade de caminhar. Lamentou intimamente estar com uma sandália absolutamente imprópria para aquela via. E percebeu os trabalhadores acompanhando o doce balanço da leve blusa que colocara antes de sair de casa. Tentando ignorar os olhares – mas, intimamente, satisfeita em se saber admirada –, seguiu em frente e conseguiu chegar à construção.

      Era um imponente e velho casarão. Aliás, "mais velho que imponente", pensou ela. No primeiro andar, duas lojas – fechadas – com portas antigas, já bastante desgastadas pelo tempo. Entre as duas, outra, residencial, com o mesmo aspecto de abandono. Afastou-se para perto da pista e olhou para o alto. Havia uma fileira de janelas. Em cima de tudo, outra janela, pequena, que parecia ser de um sótão. Todas muito estragadas. Mariana tentava imaginar, pelo que via, como estaria aquela casa por dentro.

Ficou observando o movimento da velha estrada enquanto aguardava seu irmão que logo chegou. Cumprimentaram-se friamente. Em seguida, olharam para a casa e o silêncio foi quebrado pela curiosidade de Mariana;

– Como é que esta casa veio parar na família? – perguntou, olhando para a fachada.

– Era de uma viúva que deixou muitos herdeiros que não chegaram a um acordo quanto ao seu destino. E acabaram por deixá-la quase que caindo. A Prefeitura pediu a penhora por atraso no pagamento do IPTU. Fez o leilão e o papai a arrematou. Mas não teve tempo para mantê-la – e olhou para a irmã. – Foi pouco antes de ele morrer – explicou o irmão, que acompanhava de perto a evolução dos bens da família. – Então, vamos entrar?

Ela foi a última a subir a escada que, curiosamente, estava em bom estado. Mas a boa surpresa logo deu lugar à desolação, ao se deparar com o que parecia ser o hall de entrada. Havia muita poeira, teias de aranha em profusão e o ar estava muito abafado. O irmão empurrou uma porta lateral, que dava acesso a uma sala que parecia ser ampla. Eles só tiveram certeza quanto ao seu tamanho quando ele arrancou a madeira que prendia uma das janelas e a luz e o calor puderam ser sentidos. O aspecto era o mesmo do hall.

Enquanto Rafael observava a casa e conferia uns papéis, Mariana seguiu por um corredor que terminava numa escada que, provavelmente, fazia a comunicação com o sótão cuja janela ela vira da rua. Pisando cuidadosamente, subiu a escada em caracol e encontrou uma porta. Curiosa, não teve dificuldades em abri-la. E se surpreendeu com o que viu: era apenas um cômodo – habitado, sem dúvida –, no qual havia uma cama antiga, alta, bem arrumada, um criado mudo, uma pia e mais nada. Tocou de leve os lençóis da cama e percebeu se tratar de um linho muito bem lavado e passado, a cobrir um colchão macio. "Quem estaria morando aqui e usando essas coisas em um lugar tão sujo?", perguntou-se, ao mesmo tempo em que se sentava no colchão e sentia sua maciez. "Preciso trazer alguém aqui e experimentar esta cama. Deve ser ótima", pensou rindo.

Viu que havia um armário muito alto em um canto. Foi até ele e, como nada encontrou em seu interior, fechou a porta – "pesada". Chegou à janela e, lá de cima, viu a Estrada dos Mineiros abarrotada de automóveis e caminhões. Em seguida, virou-se para descer a escada. O susto foi inevitável: sem que soubesse como, estava no mesmo corredor, mas seu aspecto era diferente: limpo e com paredes caiadas de branco. Começou a descer a escada e sentiu o cheiro de comida sendo feita na cozinha. Ao olhar para a direção de onde vinha o cheiro bom, viu o que parecia ser a área de serviço e roupas dependuradas. Ficou ainda mais assustada ao ouvir vozes vindas de um dos quartos. Não conseguiu, entretanto, entender o que a pessoa falava. Assustada com tudo aquilo, sentiu o corpo fraquejar e fechou os olhos.

Quando acordou, deu com o irmão, assustado, chamando por ela e segurando sua mão. Mariana se levantou e se deparou com o mesmo casarão sujo e abandonado que vira antes. A casa limpa e com o cheiro de comida desaparecera. Com o coração quase a lhe saltar do peito – "fora uma alucinação?" –, empurrou o irmão e saiu correndo em direção à porta de entrada. Queria chegar rapidamente à calçada, não se importando com os gritos de Rafael, que vinha correndo atrás dela. Ele a alcançou e, segurando-a pelos braços, tentava saber o que acontecera.

– Nada! – disse ela, querendo continuar em frente.

– Menina! Fala! – insistiu ele. Mas acabou se rendendo ao desejo da irmã e foi com ela, quase correndo, em direção à calçada. Mas sair da casa não acalmou Mariana. Ao contrário de pouco tempo antes, quando procurava caminhar olhando cuidadosamente onde pisava, desta vez correu em direção ao automóvel, tropeçando nos entulhos e até sentindo uma leve torção no pé direito, fruto de uma pisada de mau jeito. E deixaria o irmão para trás, caso ele não se atirasse na sua frente, impedindo sua saída com o automóvel.

Rafael abriu a porta do motorista e a empurrou para o banco do carona. Mas ao contrário do que Mariana desejava, não deu partida ao motor. Ficou olhando para ela, assustado, como que a lhe perguntar o que acontecera. Ela, porém, nada dizia. Apenas respirava apressadamente, como que se estivesse sofrendo de um ataque de dispneia, olhando assustada para frente, mas sem ver coisa alguma.

Convencido de que ela nada diria Rafael, então, deu partida ao motor do automóvel e, tentando manter a calma, deixou o local, seguido por seu motorista. Durante o trajeto até a casa da irmã, limitou-se a olhá-la de soslaio, receoso de fazer qualquer comentário. Conforme foi chegando ao Rio, em direção à Zona Sul, a irmã se acalmou.

Ao chegar à Gávea, Mariana já respirava normalmente e estava com a cabeça recostada ao banco, de olhos fechados. Rafael estacionou o automóvel na garagem e lhe perguntou se queria ajuda. Ela balançou negativamente a cabeça, mostrou um sorriso forçado e pediu a chave. Deixou Rafael ainda ao volante e foi caminhando em direção ao elevador.

A LIÇÃO

Mariana, após a experiência vivida em Petrópolis, trancou-se em casa, desligou os telefones, não acessou a internet e ficou sozinha, tentando entender o que vivera. Retomava passo a passo o que fizera e, volta e meia, concluía: "Estou ficando maluca". Pensou em procurar ajuda profissional. Mas logo desistiu. "Meu caso não é psiquiátrico", concluiu.

— Mas então, é o quê? – perguntava-se, olhando pela janela, vendo o dia acabar. E nem sentiu o sono chegar. Foi uma noite mal dormida, na qual sonhava com casarões caindo sobre ela e com dinossauros escondidos nas ruínas de casas moderníssimas. Acordou assustada, suada, com as roupas coladas ao corpo e deitada no tapete da sala. Engatinhou até o abajur e viu então que já era madrugada. E continuou sentada próximo ao sofá pensando no estranho sonho que tivera.

De repente, teve um estalo.
— Puta que pariu! Por que não pensei nisso antes!

E saiu correndo em direção ao chuveiro. E após o banho e a troca da roupa suada e amarrotada, iria a uma locadora. E enquanto sentia a água morna do chuveiro cair sobre seu corpo, lembrou-se de uma, no Leblon, que funcionava em um posto de gasolina e que, por isso, não fechava nunca.

O porteiro não estranhou Mariana sair de casa às quatro horas da manhã. E para o funcionário da locadora, receber cliente de madrugada era habitual. Mariana caminhava entre as prateleiras da loja à procura dos filmes que, segundo ela, poderiam lhe dar as respostas procuradas. Estava com sorte. A dificuldade maior foi se lembrar da senha que catalogara na loja. Depois de algumas tentativas, lembrou-se da combinação de letras e números, e pôde, então, voltar para casa, decidida a esclarecer aquele assunto.

No apartamento, pegou o primeiro filme que queria ver. Na capa do DVD, as fotos de Jane Seymour e de Cristopher Reeve. O filme **Em algum lugar do passado**, ela esperava, lhe daria as respostas procuradas. Se a história de amor imortalizada no cinema não fosse suficiente, ela tinha a opção de **Efeito borboleta** e de **Déjà vu**. Caso nada disso resolvesse, poderia ver **O exterminador do futuro**. E ao lado da pipoca preparada no micro-ondas, sentou-se para viajar no tempo.

O cansaço, evidentemente, só permitiu que assistisse a um filme. E como o dia já estava nascendo, resolveu dormir para vê-los mais tarde. Ficou insatisfeita com algumas respostas e plenamente feliz com outras. **O exterminador do futuro** falava de um portal através do qual se viajava no tempo. Mariana fez a associação imediata: o quarto ao final da escada em caracol era, então, um portal. E por ele conseguira viajar. A pergunta que se seguia era se ela teria condições de viajar outra vez. E sabia, de antemão, que não poderia sair perguntando de que forma se viaja no tempo. Sentou-se ao computador e saiu digitando perguntas. E chegou a algumas conclusões interessantes.

À pergunta 'estou ficando maluca?' teve como resposta que, positivamente, não. Mas a pergunta básica – pode-se viajar no tempo? – ficou sem resposta. Conseguiu, no máximo, saber que algumas pessoas acreditavam nesta hipótese. Descobriu até uma comunidade que trocava ideias sobre esta teoria, que Einstein admitia. Segundo a maior autoridade em física de todos os tempos, "o tempo seria igual a zero", o que contrariava a tese mais aceita, segundo a qual o tempo tinha seu próprio ritmo e tudo tinha princípio meio e fim. Einstein sabia das coisas, mas ele estaria certo quanto a isso?, perguntava-se Mariana.

Uma dessas pessoas, entretanto, advertiu-a de que a história teria de ser bem investigada. Mas pouco depois, navegando pela rede, achou um texto que dizia alguma coisa para ajudá-la:

"Para se viajar no tempo, foram propostos os buracos de minhoca, que foram criados de alguma forma... Uma de suas extremidades é acelerada até a velocidade próxima à luz, talvez com a ajuda de uma nave espacial sofisticada. Em seguida, desacelerada à velocidade original. Em razão da dilatação do tempo, na parte acelerada do buraco da minhoca o tempo passou mais devagar. E um objeto que entrasse no buraco, partindo da parte não acelerada, viajaria até a outra, no passado".

A animação de Mariana durou pouco:

"Porém, para se criar um buraco de minhoca seria necessária uma energia grande e estável para lá caber uma nave espacial. Além disso, mover uma de suas extremidades a grandes velocidades exige várias ordens de grandeza, maiores até que a energia que o sol produz ao longo da vida. A substância para criar esse buraco é conhecida por matéria negativa, cuja existência somente agora, em caríssimas e raríssimas pesquisas, está sendo provada. Com isso, começa a cair por terra a teoria segundo a qual não existe".

Mariana não quis saber de mais nada. Agarrou-se à última frase e tratou de traçar as diretrizes que seguiria a partir dali. Primeiro, estudar a época que visitaria e, depois, saber o que aconteceu naqueles dias para poder aproveitar a viagem. E, antes de tudo, pegar uma cópia da chave da casa sem que o irmão soubesse.

O DESAFIO

Poucos dias depois de viver a experiência de sentir-se viajando no tempo, Mariana voltou a Petrópolis. E tão logo chegou a sua herança – forma como passou a se referir ao imóvel – procurou comparar seu aspecto com o de outros casarões vizinhos. E logo concluiu que havia muitas ruínas. Mas a sua, positivamente, era a que estava em pior estado. Riu sozinha e se dirigiu à porta. Ela, agora, estava preparada. Embora não soubesse precisar de que tempo estava para se aproximar, usava um vestido marcado logo abaixo do busto e conseguiu até um sapato próprio para a ocasião, encontrado em lojas especializadas em roupas de época. E desta vez, não se assustou.

Entrou no sótão, viu que estava arrumado da mesma forma que vira na vez anterior e, calmamente, começou a descer a escada em caracol. A casa estava em completo silêncio. Caminhou pelo corredor, fracamente iluminado, e viu, junto à porta da sala principal, que dava para a rua, uma mesa cheia de correspondência. Pegou um envelope onde se lia: "Dr. Louis Durant". Sem o menor escrúpulo, guardou o envelope junto ao corpo e se deixou viver a excitação que a ocasião provocava.

Entrou na sala que tinha, ao centro, uma mesa à frente de duas cadeiras. Ao canto, uma maca escondida por um biombo hospitalar e um armário cheio de apetrechos que Mariana via com frequência nas farmácias homeopáticas.

Estava perdida em pensamentos quando, de repente, ouviu o barulho, que vinha da rua, de patas de cavalo batendo no cascalho. Aproximou-se de uma das janelas e viu um homem descer de uma Vitória. Deixou a sala apressadamente e atingiu o sótão. Lá, como por encanto e da mesma maneira que das vezes anteriores, voltou a sua herança. E ficou feliz ao rever a sujeira que cercava o corredor da casa.

Curiosamente, Mariana se sentia aflita, mesmo sabendo que nada poderia impedi-la de ler o documento que roubara. E leu a carta de uma pessoa, cuja assinatura não conseguia traduzir, que escrevia ao Dr. Durant contando de sua viagem à Europa e da alegria que ela e seu acompanhante desfrutavam ao caminhar pelas ruas de Paris, "todas tão largas". Mas o trecho que mais chamava atenção era aquele em que ela agradecia ao médico ter livrado "Manuel (o marido?) desta doença que poderia tirá-lo de mim tão cedo".

Mariana tomou o caminho de casa, pensando naquela doença a que a signatária se referia. E ao ver a data – 11 de dezembro de 1910 – teve a certeza de que se tratava de tuberculose, para a qual não havia cura, ao menos naqueles primeiros anos do Século XX. Sabia que a descoberta se daria mais tarde e a penicilina só viria a ter uso industrial após a II Guerra Mundial. "Manuel, infelizmente, não viveria muito tempo mais", pensou.

De posse de uma informação preciosa – o médico Louis Durant tratava de doenças do pulmão nos primeiros anos do Século XX –, Mariana se considerava pronta para manter contato com ele e as demais pessoas daquela casa.

A CORAGEM

Mas, no dia seguinte, Mariana foi surpreendida pela visita do irmão. Rafael resolveu procurá-la após deixar seguidos recados em seu celular e não obter resposta. Como sempre fazia, entrou no apartamento sem sequer cumprimentá-la.

– Rafael, eu tenho um compromisso – disse ela, tentando incentivar o irmão a ir embora. Mas ele não foi. Mariana não se irritou, pois já estava acostumada ao tratamento que o irmão lhe dispensava. Quinze anos mais velho, nunca tivera uma relação íntima com ela. Na verdade, nunca fez questão de entendê-la. Limitava-se a ser o seu fornecedor financeiro. E reconhecia que Mariana não gastava o dinheiro à toa. Tinha uma vida tranquila. O problema eram as filosofias diferentes e os amigos com estilo de vida reprovável.

Mariana suspirou e desistiu de sair àquela hora. Sentou-se, arrumando o vestido rodado e aguardou o irmão falar. Rafael, sem dar importância à roupa que a irmã usava, perguntou pelo seu comportamento no dia da visita a Petrópolis. Ela deu uma resposta qualquer e voltou a falar do seu compromisso.

– Eu sei! Mas precisamos pensar no que fazer com o casarão. Afinal, ele pode valer muito se nós soubermos negociá-lo.

Mariana mediu bem as palavras e disse:

– Quero reconstruí-lo. Quero que volte a ser uma casa de família como era.

Rafael se assustou com a resposta e tentou argumentar:

– Mariana, a casa está caindo aos pedaços.

Àquela altura, a irmã estava junto à janela olhando para a Pedra da Gávea. Rafael tentou despertar sua atenção, mas logo percebeu que seria inútil. Encaminhou-se, então, para a porta, virou-se para ela e perguntou:

– Tem certeza de que você está bem?

Pela primeira vez, Mariana sorriu e balançou a cabeça afirmativamente. E fez força para aparentar calma.

OS PREPARATIVOS

O passo seguinte de Mariana foi traçar cuidadosamente os caminhos que passaria a seguir, a partir dali, para fazer as viagens – tantas quantas fossem necessárias – ao passado. Estava disposta a percorrer o buraco da minhoca sem medo de se perder e, principalmente – **regra** descoberta nas conversas via Internet –, sem alterar o passado. A primeira coisa de que precisaria era de roupas próprias da época e, o mais importante, de dinheiro.

O vestuário foi fácil de ser conseguido com a sua costureira. Ante a curiosidade naturalmente surgida, explicou se tratar de uma brincadeira entre amigos, que promoviam festas de época em uma antiga fazenda de café. O mais difícil, ela admitia, seria a roupa de baixo de época. E para superar a dificuldade, assumiu-se o compromisso de não se desnudar. Também difícil foi conseguir o dinheiro. Teve de se valer de um colecionador de Porto Alegre, com quem entrara em contato. Para tudo isso, valeu-se de sua fortuna. "Pela primeira vez estou fazendo alguma coisa útil com este dinheiro!", pensou ela, feliz.

Finalmente, o último detalhe: teria de mudar de roupa longe dos olhares contemporâneos. Assim, decidiu que entraria no sótão, que escondia o buraco da minhoca, com roupas atuais. Lá dentro, vestiria as de época. E foi o que fez. Colocou as roupas novas em uma mochila, vestiu-se com bermuda e camiseta e foi para Petrópolis.

Ela não escondia sua felicidade. Ria a todo o momento, ansiosa por rever a casa de Louis Durant. Mal chegou ao sótão, colocou o vestido e caminhou para mais uma aventura que, esperava ela, só a faria feliz. E não pode deixar de sorrir quando viu o corredor claro e arrumado à frente.

O QUASE ENCONTRO

Sempre com medo de encontrar alguém na casa e, ao mesmo tempo, curiosa em conhecer seus moradores, Mariana caminhou pelo corredor o mais silenciosamente possível. Aproximou-se da sala e ouviu duas pessoas conversando. Pareciam íntimas, mas era evidente o clima de tensão entre elas.

— Isso é uma loucura!... Nesta altura da vida, você largar a Medicina e começar a pintar... Quem vai pagar suas contas?... Eu?

— Não é um sonho maluco, reconheça. Eu nunca quis ser médico... Papai insistiu nesta história, achando que eu ou você deveria seguir essa carreira. Você conseguiu convencê-lo, indo cuidar da fazenda. Mas e eu?... Tenho de cumprir uma promessa que não fiz? De realizar um sonho que não é meu?... É justo?

Ao ouvir a conversa, Mariana tentou se esconder e percebeu que estava na porta de um quarto. Empurrou-a e, após vê-lo vazio, entrou e se deparou com uma cama alta, com largura superior à de solteiro, e algumas roupas largadas em cima dela. Mas não havia nenhum armário. As vozes da sala, agora, estavam em um tom mais baixo. E o pintor, ao que parecia, conseguia convencer o fazendeiro.

— Veja bem. A Fazenda é lucrativa. Você compra a minha parte e fica com ela só para você. Eu fico com a casa e com algum dinheiro. É uma divisão justa, não é? E fique tranquilo: você terá sempre um quarto para você aqui.

— Aquele pequeno lá de cima – perguntou o outro, rindo em seguida.

— É aquele lá – ouviu Mariana, que achou curioso ouvir uma conversa entre duas pessoas e não saber que aspecto teriam. E continuou ouvindo: – A Zu mantém aquele quarto lá em cima para você. Não adianta eu dizer que, agora, a Julieta virá junto com você. Ela diz que o quarto lá de cima é seu.

Mariana, com medo de ser descoberta, permaneceu quieta no quarto. Àquela altura, os irmãos conversavam sobre depósitos no Banco do Brasil e sobre Libras Esterlinas que o pai deixara para ambos.

Tomando coragem, ela saiu do quarto e sentiu que a porta da sala se abria vagarosamente. Então, correu para o cômodo seguinte. Entrou e se fechou. Este parecia ser o quarto de vestir. Havia paletós cuidadosamente pendurados e calças caprichosamente passadas, assim como coletes guardados ao lado de camisas, colarinhos duros, ceroulas e demais roupas. Não foi difícil deduzir que elas eram do médico... Ou seria pintor?

Ouviu passos que pareciam descer as escadas. Logo, vagarosamente, alguém subia de volta. Ela ouviu os passos entrarem na sala e a porta ser fechada. Segura de que poderia deixar seu esconderijo, tirou os sapatos e correu em direção à escada em caracol. Chegou ao último degrau e entrou no buraco da minhoca.

O quase encontro com Louis Durant a deixou com medo. Ela sempre tentava imaginar o que poderia ter acontecido se o médico a tivesse visto. Qual teria sido a sua reação? E considerando que ele poderia estar a sua espera, relutou em fazer nova viagem, embora a curiosidade aumentasse dia a dia.

Apesar disso, deu o passo seguinte: descobrir quem fora Louis Durant. Essa pesquisa teria de ser feita discretamente, para não despertar nenhum tipo de desconfiança. Como conhecia um marchand, que lhe vendera os quadros que decoravam sua casa, foi a sua procura. No velho casarão da Urca, aos pés do Pão de Açúcar, decepcionou-se. Ele jamais ouvira falar de Durant. E comentou com alguns amigos, que estavam em sua galeria. Um a um, eles repetiam: "Durant? Não. Não conheço".

O desânimo começava a tomar conta de Mariana quando uma moça, que deveria ter a sua idade, pediu licença para entrar na conversa e deu a boa notícia: um quadro de Louis Durant ornamentava a parede da sala de jantar de uma pousada em Valença.

— Ele era meu tio-bisavô. E o quadro está na fazenda que era do meu bisavô. Hoje é uma pousada – explicou.

Mariana queria saber do quadro. E ficou sem saber responder à inevitável pergunta: como conhecia Louis Durant? Mas conseguiu inventar uma boa maneira de justificar seu interesse.

— Li um artigo sobre ele, em uma revista sobre tuberculose e diziam que ele, além de médico, era pintor – disse.

— Curioso... Ele só fez este quadro e nem mesmo se trata de uma pintura de grande valor artístico – disse ela. – Mas eu acho bonita. Aliás – acrescentou – os especialistas não acham. Mas quem, como eu, nada sabe de arte, acha um luxo, só!

Em seguida, olhou para Mariana e disse, rindo – Vai lá conhecer o quadro. Eu acho a modelo linda. Não sei de quem se trata... Você parece com ela.

Mariana começou a rir, na tentativa de esconder o constrangimento que sentia. E logo tratou de pedir informações sobre a pousada. Sua interlocutora, como que percebendo seu mal estar, passou a procurar no celular o número do telefone da pousada – ou fazenda – do bisavô.

Mariana obteve as informações necessárias para conhecer o quadro e reservou uma suíte para o fim de semana seguinte.

O QUADRO

Para Mariana, a distância entre Rio e Valença parecia gigantesca. E foi com o coração aos pulos que entrou na pousada e se deparou com um enorme quadro que ocupava grande parte da parede no fundo da sala. Sem atender às boas vindas da proprietária, caminhou em direção ao quadro. E, sem se dar conta, emocionou-se ao ver uma moça loura como ela, usando um vestido branco, cercada de flores e com o sol poente, cujos raios se confundiam com seus cabelos, ao fundo.

– Bonito, não é? – perguntou a proprietária, que estava parada atrás dela. Mariana se virou e viu uma senhora que, em tudo, fazia lembrar as avós de antigamente, com um sorriso simpático.

– Muito – disse em resposta. Tentando disfarçar, apresentou-se e se viu instalada em um quarto que em tudo lembrava os tempos de Louis Durant, com exceção de um moderno banheiro. Olhando, pela janela, procurava o cenário do quadro. Mas a pousada em nada lembrava o retratado na pintura que estava na sala. Ela tinha de concordar. "Pode ser que não valha nada. Mas é lindo", pensou.

Durante o resto do dia, Mariana se viu obrigada a passear pela pousada, instalada numa antiga fazenda de café. Não foi difícil para ela juntar as peças do quebra cabeças. Se aquele quadro fora parar em Valença, é porque a fazenda tinha alguma relação com o pintor. E mais tarde, enquanto aguardava o jantar ser servido, foi conversar com a proprietária.

E descobriu que Dora, que administrava a pousada, era bisneta do primeiro proprietário. Ao ouvir a história, Mariana começou a sorrir.

– Meu bisavô, Michel Durant, era filho de franceses e sempre viveu do café. Esse quadro – disse ela, apontando para a gigantesca tela – era de um filho dele, Louis, que era pintor bissexto. Na verdade – acrescentou – era médico. E dos bons.

E mirou o quadro.

– Nossa! – disse Dora. – Você parece com a moça do quadro! A gente poderia dizer que você serviu de modelo para meu tio-avô.

O comentário – o segundo, aliás, – foi recebido por Mariana com graça. Mas ao olhar mais detidamente a modelo, percebeu, de fato, alguns traços de semelhança.

– Meus cabelos são mais escuros – disse, no que foi interrompida por Dora.

– Não senhora! No quadro, os raios de sol se confundem com os cabelos. Você poderia ser a modelo, sim. Mas não se preocupe. Ele viveu há muito tempo. É claro que a modelo não é você – disse ela, pedindo licença para atender a outros hóspedes.

Era a oportunidade que Mariana precisava. Sozinha no salão se aproximou do quadro e começou a observar os detalhes da pintura. Sim, ela parecia com a modelo. Parecia até ser um retrato dela. E tratou de se afastar dali, temendo que a semelhança fosse percebida por outras pessoas.

Mais tarde, voltou a conversar com Dora e soube que Louis, de pinturas relevantes, só deixara aquele quadro. . Pouco depois passara a se dedicar à pesquisa da tuberculose. Por ironia, morreu vítima da doença. E não deixara descendência.

A COINCIDÊNCIA

Ao retomar o buraco da minhoca, dias depois, Mariana estava decidida a falar com Durant. Mas antes disso, queria conhecer todo o casarão e saber se o que restava dele era muito diferente do que ele fora um dia. Assim, ao entrar na sua herança, procurou observar todos os cômodos e, principalmente, o que hoje é denominado de dependências. A última porta do corredor dava para uma escada externa que levava à parte de baixo do prédio, possivelmente às lojas cujas portas davam para a estrada.

De volta ao corredor, viu uma porta que levava a uma pequena sala e, mais adiante, ao que parecia ser uma cozinha. Um fogão a gás, bastante estragado, estava a um canto. Não havia móveis. Só entulho. Ela tentou chegar ao fundo da construção, mas viu que o piso estava muito danificado e que poderia sofrer uma queda.

Satisfeita com o que vira, foi ao sótão, vestiu-se adequadamente e retornou à escada, ao buraco da minhoca. Caminhou pelo corredor e observou que a casa estava vazia. Despreocupadamente, entrou na sala que, agora, era um atelier, na qual viu alguns esboços de quadros. Estava tão absorta que não ouviu a porta da frente abrir e foi surpreendida por uma voz:

– O que a senhora faz aqui?

Mariana levou um enorme susto, virou-se e viu um bonito rapaz, com rosto bem escanhoado e com dois reluzentes olhos azuis. Mas a beleza dos olhos não escondia a contrariedade por ver uma desconhecida em sua casa. Ele insistiu na pergunta:

– O que a senhora faz aqui? Eu tenho direito a uma resposta – insistiu ele, caminhando em direção a ela.

– Desculpe, é que a porta estava aberta e eu soube que o senhor é pintor. Então, quis conhecer o seu atelier – disse ela, logo se arrependendo da mentira usada.

Durant olhou não acreditando no que ouvia, mas, tentando ser simpático, perguntou quem lhe dera a informação. Mariana disse que alguém em Valença lhe dissera que ele estava iniciando a carreira.

Aparentando mais calma Durant sorriu pela primeira vez e lhe ofereceu uma cadeira. Mariana, então, passou a olhar em volta e notou que a mobília que ornamentava o consultório fora retirada. Havia potes de tintas e pincéis espalhados por todo o chão, o que dava ao salão um ar de bagunça criativa. Estava tão distraída que Durant teve de perguntar duas vezes pelo seu nome.

– Mariana – disse ela. – O seu é Louis, não é?

Ele sorriu concordando e viu que ela olhava uns rabiscos que ele fizera na maior parede da sala. Retratava uma espécie de fada, com um vestido branco, longos cabelos, mas ainda sem fisionomia. Dava a entender que a modelo do quadro ainda não estava escolhida. Mariana lamentou não ter uma máquina fotográfica que lhe permitisse guardar para si o esboço da pintura que conhecera dias antes em Valença.

Louis percebeu o olhar de Mariana e tentou explicar:

– É apenas um esboço, mas ainda não há nada definido. Não sei quem é a musa, quem é a personagem e qual é o cenário – disse ele, sorrindo e olhando diretamente para ela. – Ainda não tenho nenhum grande trabalho pronto. Minha carreira está apenas começando.

Mariana, sem saber o que dizer, perguntou, embora já soubesse de antemão a resposta:

– Você ainda não pintou nada?

Durant ficou em silêncio e Mariana se sentou, meio sem assunto. Ela sabia que teria de ter a iniciativa da conversa, para evitar perguntas que não poderia responder. Mas mesmo com a iniciativa da conversa partindo de Durant, fluiu sem nenhum tipo de constrangimento. Soube então que ele era neto de um francês que chegara ao Brasil na época da Independência para investir no café.

– Na verdade, eram três casais, mas só um deles deixou descendência – e relatou as muitas divergências que tinha com o irmão mais velho. – Ainda vivemos em uma sociedade patriarcal, em que os irmãos mais velhos têm certos direitos sobre os mais novos. Mas um dia isso acaba – disse esperançoso. – Veja só. Quando poderíamos imaginar que uma mulher sozinha viria à casa de um homem solteiro, como você está fazendo!

Mariana se assustou com o comentário. Era pertinente. Esquecera-se deste detalhe: as mulheres no início do Século XX ainda eram muito dependentes dos homens. "A revolução sexual aconteceria 50 anos depois", pensou.

E Durant fez, ao final, a pergunta que Mariana temia:

– Quem é você e como veio parar aqui? Afinal, a porta não estava aberta.

Mariana se levantou, caminhou, nervosamente, sem direção pelo atelier e pensou na resposta que poderia dar.

– Olha, eu não posso dizer quem sou nem de onde venho. Poderia dar mil respostas que o satisfariam, mas não seria justo mentir para você. Vamos combinar uma coisa: eu virei sempre aqui, se você quiser me ver outra vez, mas sem dar nenhum detalhe de minha vida. Pode ser assim?

E esperou uma resposta negativa. Mas, surpreendentemente, Durant estava sorrindo.

– Está certo. Eu nada pergunto. Mas você me faz uma promessa: será a modelo do meu quadro – e apontou para o estudo, na parede. "Você será a minha fada". Promete?

Foi a vez de Mariana sorrir. Ela se aproximou do pintor, tão perto que poderia beijá-lo, e disse:

– Vou impor só uma condição: vou embora agora e você não me verá sair. Nem poderá chegar junto às janelas para ver a rua. Vou embora, mas prometo voltar para ser sua fada. Está bem?

Durant fechou os olhos. Mariana, então, deixou a sala e caminhou apressadamente para o sótão. Ainda olhou para trás, ficou tranquila por não estar sendo seguida, entrou no buraco da minhoca e desapareceu.

A AMIZADE

Nos dias seguintes, Mariana se limitou a ficar em casa, sempre lembrando detalhes da conversa que tivera com Louis. Como qualquer adolescente revivia o primeiro beijo. "Meu Deus! Um beijo! E eu não dei...".

Visita, só a de Jacqueline, amiga dos tempos de colégio, que vivia a maior parte do seu tempo na Europa. Como tinha certa necessidade de contar a alguém a experiência que estava vivendo, e como eram íntimas desde a primeira infância, teve a ideia de relatar a sua aventura. Mas ficou com medo de a amiga chamá-la de maluca.

Jacqueline a conhecia melhor do que Mariana imaginava. Achou-a com um bom aspecto e com um ar de mulher apaixonada, hipótese logo descartada.

– Apaixonada! Ora esta! E por quem? – mas logo se arrependeu da reação. Principalmente ao ver um sorriso estampado no rosto de Jacqueline. Então, humildemente, admitiu: – Conheci alguém que me envolveu – disse à amiga, que logo quis saber de quem se tratava.

     Mariana não teve coragem de revelar o nome e tentou mudar de assunto, perguntando pela vida na Europa. Na última vez, Jaqueline deixara o Brasil com um alemão. E ela queria saber o que resultara do affair com Guilherme. Mas sabia que o fato de ter viajado com alguém não fazia desse alguém uma companhia para quem costumava trocar de parceiros com frequência.

     – As coisas não iam bem. Na verdade, ele é um chato. A impressão que dava era a de que, na outra encarnação, fora general do III Reich. Dei a desculpa de que precisava ver minha mãe e o deixei lá. Prometi que voltava, aquela história, você sabe... Não quero mais saber dele – explicou.

     Jaqueline logo mudou de assunto e começou a perguntar à amiga sobre a causa daquela alegria que ela percebera tão logo a viu. E como se conheciam desde sempre e, mais importante, sempre foram íntimas, Mariana logo soube que não teria como esconder seu interesse pelo pintor – ou seria médico? – Louis Durant. O problema seria convencê-la de que a viagem pelo buraco da minhoca não era um exercício de ficção. Então, contou alguma coisa, escondeu outras, apenas para satisfazê-la.

     Após ouvir a história de Mariana, sem saber que parte fora ocultada deliberadamente, Jacqueline pediu para descansar. Foi para o quarto da amiga e se sentou ao seu lado na cama. Deitou em seu colo e comentou as saudades que sentia daquele carinho. Nada mais foi dito. Aconteceram apenas carinhos e pensamentos em Louis Durant.

O SEGREDO

A presença de Jacqueline – ao mesmo tempo em que lhe dava muita alegria – impedia Mariana de frequentar o buraco da minhoca. E ao final de duas semanas, começou a ficar preocupada com a possibilidade de não poder mais retornar. E como a amiga não dava mostras – nem havia razão para isso – de querer ir embora, teve de ter uma conversa séria com ela.

     Começou pedindo que ela mantivesse segredo absoluto de tudo que iria ouvir. E Jacqueline que, até então, levava a história da paixão da amiga de forma divertida, mostrou certa preocupação ante a seriedade com que a outra falava. Mariana começou a contar tudo desde o início. Da ida até a sua herança e da forma como conseguira fazer a viagem. Deu à amiga o texto que tirara da Internet e que falava no buraco da minhoca e a deixou ler a carta que roubara da casa de Durant. Contou que, intimamente, sempre imaginara poder viajar no tempo, principalmente até a mocidade de sua mãe, que morrera em consequência de seu parto. Reconhecia que muito daquele desejo poderia ter como causa à distância que se sentia de sua família, principalmente de seu irmão. Sem falar que não conseguia entendimento com ele. E para mostrar que tudo estava de fato acontecendo, falou do quadro que vira em Valença.

— Em criança eu sonhava que um dia iria ver minha mãe em plena puberdade, linda como meu pai a descrevia. Eu o ouvi falar pouco dela, porque ele sempre acabava triste e, muitas vezes, até chorando – e saiu andando pela sala. – Ele nunca me disse, mas tenho certeza de que me acusava pela morte de minha mãe. Hoje eu vivo esta história de ir e voltar no tempo. Mas quer saber? Gostaria de voltar apenas uns 30 anos e não quase 100 como está acontecendo. Será que se eu continuar a viver no tempo de Durant chego até os anos 70 e a conheço?

Mas Jacqueline via com ceticismo a história.

— Mariana, quem pode garantir, cientificamente que isso que você diz estar vivendo é real?

— Jaqueline, a carta que eu trouxe é real. Podemos até pedir uma análise da tinta e do papel. Podemos nos certificar que a pessoa que assinou a carta existiu...

— Mas quem assinou a carta? Você consegue identificar essa pessoa? Sinceramente, isso é ficção – e não acrescentou que temia ser demência. – É por esse homem que você está apaixonada? Você já tentou decifrar este enigma? Já pensou que você pode ter tido um relacionamento com ele em outra dimensão, em outro tempo, sei lá? Já pensou que pode ser você mesma neste quadro?

— Você está me confundindo – rebateu Mariana, chegando próximo à janela e mantendo silêncio. – Você pensa mesmo que pode ser loucura? Vamos a Valença ver o quadro. É antigo, de um antepassado da dona da pousada. E então?

Mas Jaqueline não se contentava com o que ouvia.

— Você mesma disse que não se pode interferir no passado. Temos de deixá-lo correr normalmente. Mas e se você é o passado de você mesma? Já pensou nisso? Ou então, conheceram-se, mas em virtude da distância no tempo, não puderam ficar juntos? E como você sumiu, ele casou com outra, não teve filhos, não é, e voltou a clinicar?

Olhou para a amiga que a encarava curiosa e continuou:

— Esta, a primeira hipótese. A segunda: e se você desobedecendo a essa regra – e apontou para o papel – interferiu no passado e ficou com ele? Já pensou nisso?

Mariana, com os olhos arregalados, disse, assustada:

— Então, eu me descobri em outra encarnação?

Jacqueline descartou a hipótese.

— Não. Não tem nada a ver com reencarnação. É outra coisa. Mas amiga, eu não acredito que você esteja mesmo viajando no tempo.

O FLAGRANTE

Mariana levou tempo para se recuperar do excesso de informações que ouvira.

— Olha, aqui — disse Jacqueline. — O que eu falei foram hipóteses que me vieram à cabeça tão logo você me falou nesta maluquice de viajar no tempo. E...

Mariana, furiosa, rebateu:

— Maluquice nada! Eu viajei no tempo mais de uma vez. Essa carta! Veja o papel, a data dela. Não é um documento antigo, é atual, olha! Não é culpa minha se você não acredita. Quer que eu te leve na próxima viagem?

Jacqueline não esperava aquela reação. Aquele tom de voz era mais do que veemência. Estava próximo ao desequilíbrio. E em tom de voz conciliador propôs:

— Olha Mariana, vamos imaginar que você e este pintor...

Mariana disse com raiva:

— Este pintor tem nome! Louis Durant!

— Você fala como uma mulher apaixonada. — E sorriu. — Vamos imaginar que você e o Louis Durant realmente ficaram juntos. O que eu queria saber é se a relação começa no momento em que vocês se encontraram. Se isso é fato, então, minha amiga, não é reencarnação. Podemos chamar isso de qualquer coisa, menos reencarnação.

Mariana ficou em silêncio, sem saber o que dizer. Caminhou pela sala e disse:

— Olha só. Esse pintor existiu. Há um quadro dele numa pousada em Valença — começou a dizer Mariana, no que foi interrompida por Jaqueline:

— Amiga, não duvido da existência dele. Duvido que você o tenha encontrado no passado. Isso, sim.

Mariana ficou em silêncio, sem saber o que dizer. Intimamente, estava triste. Afinal, tinha certeza de que não estava maluca, pois ia e vinha ao passado com roupas que estavam penduradas em seu armário. Da primeira viagem trouxera uma carta. Que Jaqueline leu. E a tristeza que sentia ficou clara em sua fisionomia, pois Jaqueline se aproximou dela e disse, escolhendo bem as palavras:

— Eu tenho de ir a Búzios ver mamãe. Ela vai reclamar que cheguei e vim direto para sua casa. Mas prometa uma coisa: você não vai nessa viagem enquanto eu não voltar. Está bem?

Para se livrar da desconfiança da amiga, Mariana fez a promessa, sabendo que não a cumpriria. E livre da vigilância, decidiu visitar Durant. E viajou...

Tudo correu como das vezes anteriores. Já caminhando pelo corredor, ouviu vozes. Uma era de Durant. A outra, de uma mulher, com forte sotaque português.

— Estou cansada — dizia ela. — Além disso, estou ficando com frio. Vais me deixar nua por muito mais tempo?

— Mais um pouco. Tenha paciência.

Mariana franziu o rosto. Afinal, quem era aquela mulher que tinha a petulância de frequentar o atelier do seu pintor? E com o coração cheio de ciúmes, abriu a porta violentamente.

Tanto Durant quanto a mulher olharam assustados para ela sem nada entender. Durante um tempo que Mariana não soube precisar, ficaram os três se olhando. Tempo no qual Mariana pôde observar o corpo da portuguesa e perceber, com alegria, que não era uma adversária à altura: mostrava uma barriguinha bem saliente, as coxas com celulites e – o melhor, para Mariana – seios caídos.

Tentando quebrar o constrangimento, Durant se levantou, pousou sobre a mesa um bloco em que havia alguns nus, tendo a portuguesa como modelo, e tratou de apresentá-las.

— Isabel Joveis... Mariana...????

Enquanto a portuguesa limitava-se a balançar a cabeça, Mariana, sem tirar os olhos de Isabel disse:

— Dias Lopes.

E como a visitante continuasse parada à porta. Durant foi até ela, tomou-a pela mão e a encaminhou ao um pequeno sofá que ficava próximo às janelas, enquanto a modelo, sem nenhum pudor, caminhava nua pelo atelier, à procura de algo para se cobrir. Durant, então, pegou um lençol que estava jogado ao chão e o entregou a ela. Isabel se cobriu e, sorrindo, saiu da sala.

Só então Durant olhou para Mariana à espera de uma explicação para o que estava acontecendo.

— Desculpe – disse Mariana. – Meu comportamento foi estúpido. Afinal, você está trabalhando, está na sua casa e faz da sua vida o que quiser – disse, com raiva.

Mas foi interrompido por Durant que, olhando para ela, pediu:

— Não se mexa. Quero pintar você exatamente assim...

E Mariana tentou ficar imóvel, para que Durant pudesse desenhar seu rosto. Quando o pintor deu por terminado o trabalho, a sala estava quase às escuras. Ele, então, foi acender o candelabro central. Só então os dois perceberam que Isabel estava sentada a um canto, sorrindo para ambos.

— Parece que já conseguiste uma modelo mais bonita – disse ela, despedindo-se. – O carro está à espera. Vou pegar o trem amanhã de manhã. Se precisares de mim, sabes onde me encontrar. – Fechou a porta e desceu as escadas.

Mariana foi até a janela e viu Isabel subir na Vitória e se afastar. Durant, ao seu lado, esperou que o carro dobrasse a esquina, virou-se para ela e perguntou:

— Você vai continuar mentindo para mim? Vai dizer outra vez que a porta da frente estava aberta?

Mariana estava visivelmente constrangida e torcia para que Durant não percebesse os ciúmes que ela sentira quando viu Isabel nua em seu atelier. Para ela, mais parecia uma cena de sedução do que de arte. E pensou: quantas modelos não acabavam seduzindo o pintor, após deixarem-se pintar, mostrando tudo a eles? E temendo perder o controle, afastou-se dele, tomou o bloco nas mãos e viu o desenho que ele acabara de fazer, usando o seu perfil, com o pôr do sol ao fundo. Com o ego afagado, perguntou-se: "Sou tão bonita assim"?

— Nós assumimos o compromisso de nada perguntar ao outro, lembra? Portanto, não vou responder.

Durant sorriu e replicou:

— Você impôs essa condição. Eu quero saber tudo sobre você. E tenho a impressão que você sabe tudo a meu respeito. É justo?

Mariana, visivelmente mais calma, concordou com seu interlocutor. Mas não podia deixar passar a oportunidade. Pegou o bloco com os desenhos da portuguesa e perguntou:

— Isabel... O que ela é sua?

Durant deu uma gargalhada.

— Minha? Ela é uma atriz. Eu a conheço há muito tempo. Por incrível que possa parecer, ela é apenas modelo vivo. É difícil encontrar alguém com disposição para isso. Muita gente considera este tipo de arte como pornografia, pura e simples. Já imaginou o que os europeus diriam disso?

Tirou o bloco das mãos de Mariana e disse:

— Agora, minha modelo mais bonita é você — e se aproximou dela. Mas Mariana recuou, dizendo baixinho um "não!", que Durant ouviu e o fez voltar à formalidade:

— Posso fazer um quadro com este seu perfil? Garanto que vai ficar muito bonito.

Mariana, então, olhou pela janela e se assustou com a escuridão.

— Nossa, é muito tarde! Tenho de ir embora — disse ela, encaminhando-se para a porta do atelier. Subitamente estancou e olhou-o nos olhos: — Você vai cumprir sua promessa de não me ver indo embora? — E como Durant concordasse, acenando com a cabeça, disse com o tom de voz mais doce que pôde fazer: — Faça o quadro. Bem bonito!

O MEDO

Dias depois, Jacqueline voltou de Búzios, prevendo encontrar Mariana mal humorada, a sua espera para viajar. Mas o que encontrou foi algo inimaginável. Mariana sorria feliz, cantarolava e a todo o momento se perdia em pensamentos que pareciam estar muito longe dali. Não foi preciso pensar muito para descobrir que ela não cumprira a promessa e fizera uma nova viagem ao passado.

— Ele me ama... Eu o amo... Nós nos amamos – disse Mariana feliz, agarrando a amiga e saindo com ela a bailar pela sala.

Jacqueline não pôde deixar de ficar feliz pela amiga. Mas quis dar um pouco de seriedade à conversa:

— Você não está cumprindo com o combinado. Ele sabe quem você é?

Caindo em si, Mariana parou de rodopiar.

— Não! Claro que não. Mas eu sei que sentimos amor um pelo outro", e voltando a abraçar a amiga, concluiu: – Ele quase me beijou. Chegou pertinho assim – disse, aproximando seus lábios dos de Jacqueline. – Quase aceitei. Mas lembrei de que minha melhor amiga não iria gostar disso e recuei. Mas olha que eu daria qualquer coisa para sentir aqueles lábios! – Virou-se para Jacqueline e perguntou: – Será que os homens daquele tempo sabiam beijar? – e deu gostosas risadas, jogando os cabelos para trás.

Em seguida, puxou Jacqueline pelos braços e a pôs sentada a sua frente, no chão. E contou tudo. O corpo da portuguesa – "com a bunda e os peitos caídos, imagina!" – e, principalmente, o ciúme que sentira. Contou, por fim, que era ela mesma a modelo do quadro de Valença que, agora, estava pendurado à parede.

— Se ele me pedisse eu tiraria toda a roupa para posar. Ora, se aquela portuguesa pode, por que não eu? – e olhando sério para a amiga, acrescentou: – Tirava a roupa minha e dele e caía em cima dele. Ele é um gato!

Jacqueline sabia que Mariana não iria gostar de ouvir o que ela tinha a dizer. Sentia-se na obrigação de alertar a amiga para os riscos que ela corria naquela viagem ao passado embora, no íntimo, não acreditasse naquilo. Seu maior temor era a possibilidade de Mariana se perder na viagem. Não no tempo, em si, mas na sua mente. Ela também fizera as suas pesquisas e descobrira que alguns que acreditavam nisso acabaram loucos. E se Mariana tivesse o mesmo fim? Mas não querendo quebrar o clima ou cortar o barato da amiga, resolveu adiar por umas poucas horas a conversa, deixando-a para o dia seguinte.

Mas no dia seguinte, ao acordar, não encontrou Mariana. E ficou apavorada. A amiga sabia que ouviria o que não queria. Por isso, ela tinha certeza, saíra cedo. E ficou pela casa procurando um bilhete, alguma informação que ela por ventura pudesse ter deixado. Achou pregado à geladeira, um aviso: "Para Jaqueline". Ela abriu a carta, sentou-se à mesa ali mesmo na cozinha e começou a ler. Quando acabou, sentiu uma profunda tristeza. E tomou a decisão de fazer a única coisa que jurara a si mesma não fazer sem a autorização de Mariana: procurar Rafael.

A TRISTEZA

O escritório de Rafael era extremamente luxuoso e ele recebeu Jacqueline com a mesma formalidade que receberia qualquer cliente. Ser íntimo das amigas de sua irmã era a última coisa que pretendia na vida.

— Rafael, eu não sei se estou agindo corretamente vindo aqui. Mas não seria justo eu esconder isso do único parente de sua irmã — disse ela, dando início à narrativa, sem esconder nenhum detalhe. Em seguida, entregou-lhe a carta que Mariana lhe deixara.

Rafael leu e ficou convencido de que a história da irmã poderia ter um mau final, disse a Jaqueline:

— Vamos para Petrópolis — e, sem ao menos saber se estava sendo acompanhado, pegou o paletó e determinou à secretária que o motorista o encontrasse na portaria.

Durante todo o tempo em que se deslocavam para Petrópolis, nem Rafael nem Jaqueline trocaram palavra. Ela estava aflita, temendo o pior. Ele, por seu lado, não sabia o que dizer. Começou a se lembrar de quando, nos seus 15 anos, ficou indiferente à felicidade da mãe, que curtia uma nova gravidez. E teve pena do pai que, pouco depois, não se conformava com a viuvez. Lembrou-se, principalmente, das lágrimas paternas durante o sepultamento da mãe. Também admirava sua coragem ao lidar com aquela filha. Mas não conseguia sentir amor por ela. Eram muito diferentes. Não deixava que nada faltasse à irmã, mas não a apoiava. E foi com absoluta indiferença, ao contrário de Jaqueline, que encontrara caído, no meio do corredor do casarão, o corpo da irmã. Não precisou nem mesmo tocá-lo para saber que estava sem vida.

O AMOR

Ao chegar ao casarão de Petrópolis, sem saber que Jacqueline e Rafael procuravam por ela, Mariana resolveu mudar sua postura e tentar entrar na casa de Durant pela porta da frente. Para isso, tão logo viajou, caminhou em direção à escada que dava acesso ao andar térreo. Quando chegava a ela, ouviu barulho na cozinha, onde duas pessoas conversavam. Uma delas era Durant.

— Ora, Zu! Eu mal a conheço e você já quer saber tudo sobre ela. O nome é Mariana. Mais eu não sei — disse ele, sem esconder o riso.

— E quem seria esta mulher que visita um homem solteiro, sozinha?

— Ela não fez nada imoral, Zu. Só queria conhecer meus quadros — explicou ele, levantando-se. — Na próxima vez que ela vier eu chamo você para conhecê-la, está bem?

Antes que Durant a surpreendesse novamente no corredor, Mariana desceu a escada em direção ao andar térreo e viu que, em 1910, ele não tinha apenas um ambiente, como vira em 2005. Ao contrário, eram vários cômodos, o que levou Mariana a imaginar o seu pintor explorando um cortiço. Mas logo afastou a ideia, uma vez que tudo aquilo parecia vazio. Com facilidade, chegou à frente do prédio e, na calçada, viu que não havia ninguém por perto. Com calma, tocou uma enorme sineta.

Após algum tempo de espera, uma senhora negra, com cabelos brancos e um ar bonachão abriu a porta. Mariana viu que só poderia ser a pessoa com quem Durant estava conversando momentos antes. Zu olhou-a de cima abaixo, mas sorriu, dando a entender que gostara do que vira. E antes que Mariana dissesse alguma coisa, perguntou:

— Você é a moça que gosta de quadros?

Mariana sorriu e acenou com a cabeça. Zu, então, afastou-se dando lugar para ela passar.

— Ele está na sala. Pode ir até lá.

Mariana subiu rapidamente a escada e bateu na porta. Intimamente, ria, pois não fosse a presença de Zu e ela abriria a porta com a mesma volúpia da última visita, em que flagrara Durant com a sua modelo portuguesa.

A recepção não poderia ser melhor.

— Você? Mas que maravilha – disse, puxando-a para dentro do atelier. Mas voltou ao corredor e pediu, aos gritos, um refresco. Em seguida, olhou para ela e perguntou por que ela ficara tanto tempo sem aparecer.

Mariana não entendeu a pergunta, já que estivera com Durant dias antes. Mas ele foi incisivo:

— Deve fazer uns 15 dias que não nos vemos.

A revelação pegou Mariana de surpresa. "Como assim?", pensou. Então, o tempo de Durant era diferente do dela? Mas como não podia esclarecer este assunto com ele, anotou-o mentalmente, para conversar com Jacqueline.

E, mudando o assunto da conversa, perguntou:

— Produzindo muito?

Durant, com uma fisionomia melancólica, admitiu:

— Estou sem inspiração. O único trabalho que fiz em todo este tempo, foi este aqui – e lhe mostrou um pequeno quadro, quase um estudo, em que ela aparecia de perfil, com o sol da Serra ao fundo. – Mas acho que não está à altura da modelo... Sabe, sou forçado a reconhecer que...

Nisso, foi interrompido por Zu, que trazia uma jarra com um líquido amarelo e copos.

— Refresco de maracujá – disse ela. – Para acalmar. Nada de dois solteiros aflitos e sozinhos nesta sala – disse sorrindo, enquanto oferecia um copo cheio a Mariana, que o aceitou e também sorriu para ela. Zu foi até Durant e lhe deu o copo. – Ela é mais bonita que aquela portuguesa... Cruzes! Nem falar direito ela sabe – e piscou o olho para Mariana. Em seguida, fechou a porta e deixou os dois sozinhos.

Mariana não poderia estar mais feliz. Mas nada disse, limitando-se a sorrir.

– A Zu me criou. Aliás, criou minha mãe e, depois, meu irmão e eu. Com isso, não há nada que tire dela o direito de fazer este tipo de comentário – disse ele, como que pedindo desculpas.

– Mas você dizia que estava sem inspiração...

– É verdade. E se aproximou dela. – Eu dizia que só sinto alguma inspiração quando você está aqui... Eu treinei um discurso para fazer quando você aparecesse... Eu não tenho ideia de quando você virá. Cada vez que alguém caminha no corredor eu fico na esperança de que seja você. Quando vejo alguma Vitória passando na rua eu penso que pode ser você. – Sentou no sofá ao lado de Mariana e continuou o monólogo. – Acho que estou apaixonado por uma mulher que tripudia de mim, aparecendo quando quer.

Durant estava tão seguro de que seria rejeitado que falava de cabeça baixa e não percebeu Mariana ajoelhando-se na sua frente.

– Louis, eu não sei o que pode acontecer. Sei apenas que quero muito estar com você. Mas tenho medo de magoá-lo, porque não posso dizer quem sou, onde moro... – Ergueu o rosto de pintor. – Acredite em mim. Se pudesse, eu ficaria aqui para sempre. Mas não posso prometer nada. Não posso dar nenhuma esperança.

Foi a vez de Durant tomar a iniciativa, tomá-la pelas mãos e erguê-la. Então, segurou seu rosto e beijou-a, apertando seu corpo, passando as mãos sedentas de amor por suas costas, enquanto Mariana, correspondendo ao beijo há tanto esperado, trançava seus braços em torno do seu pescoço e o puxava cada vez mais para perto de si.

Era loucura? "Que fosse!", pensava Mariana.

Mas Durant queria mais e começou a passar as mãos pelos seus quadris. Foi o suficiente para acender o sinal de perigo em Mariana: ela não tinha roupas de baixo apropriadas. E afastou-o, com carinho, mas resoluta.

– Vamos fazer um acordo: na próxima vez, eu serei sua, está bem?

– Eu tenho de aceitar suas condições, eu sei – disse Durant, visivelmente frustrado, afastando-se. – Ora, se você me ama – e parou a frase no meio. Assustado, olhou para ela e perguntou: – Você me ama, não ama?

E se tranquilizou quando Mariana sorriu e aquiesceu.

Então, continuou a discursar:

– Então, por que estes segredos? – e saiu a caminhar pela sala, como se estivesse falando sozinho. E olhando fixamente para ela, desabafou:

– Eu fico aqui, sozinho. Você volta para sua vida que, com certeza, é melhor do que a minha. Você deve ter família – disse ele, visivelmente emocionado. Seus olhos já brilhavam e o esforço que ele fazia para conter as lágrimas era evidente.

Tentando acabar com o mal estar entre eles, Mariana se aproximou da janela e ficou olhando o por do sol, o mesmo que servira de inspiração dias – ou seriam semanas? – antes. Enquanto isso, Durant falava.

– Você nunca deve ter sofrido de solidão. Nunca deve ter sido rejeitada. Por isso, para você, vir até aqui é apenas uma diversão. Claro! Vou até lá, brinco um pouquinho e, depois, pego o trem e volto para o Rio. É isso que acontece, não é?

Mariana não tinha coragem de olhar para Durant. Do mesmo modo que ele, que falava olhando para a parede que tinha o esboço daquela que – ele esperava – seria a sua obra-prima, ela permanecia muda a seu lado. Um queria esconder do outro a emoção. Ambos choravam. Mas o tempo passou e Mariana não rebateu os comentários de Durant. Já não fazia questão de esconder as lágrimas que corriam soltas por seu rosto.

E foram estas lágrimas que acalmaram o pintor. Ele voltou a se aproximar dela e a abraçou emocionado. Passou os lábios pelo rosto de Mariana, cobrindo de beijos os seus olhos e sentindo o gosto salgado das lágrimas. Beijou-a na boca, no pescoço, na orelha, dizendo baixinho, que a amava, como se fosse preciso.

Mariana não podia corresponder àqueles carinhos. Por isso, chorava ainda mais. Mas voltaram a se beijar. Agora, Mariana, embora tentasse, não queria se desvencilhar. Acabou por se entregar àquele beijo. E nem opôs resistência quando, com sofreguidão, ele tirou sua roupa e a levou, nos braços, para sua cama, no quarto ao lado.

A PROMESSA

Mariana acordou e estranhou estar sozinha na cama, sem noção das horas. A porta do quarto estava fechada e ela não tinha nada para se cobrir, já que seu vestido ficara no chão do atelier, no mesmo local em que fora jogado por Durant, na cena mais amorosa que vivera em seus quase 30 anos de vida. Não pôde deixar de dar um sorriso feliz. Tudo acontecera de forma inesperada. E riu mais ainda ao imaginar a reação de Jacqueline ao saber de tudo aquilo.

Sentou-se à cama e olhou o próprio corpo. Esperava ter agradado e tentava se lembrar dos detalhes. Queria guardar na memória os muitos beijos que Durant lhe dera, na sofreguidão demonstrada quando apreciou o seu corpo. Na brincadeira que fizera ao lhe ver depilada, já que se acostumara com mulheres mais peludas. Nas mãos aflitas que passara por suas pernas. "Que apertão gostoso na bunda", pensava, não deixando de anotar: também no Brasil do Século XIX, a bunda era a preferência nacional.

Voltou a olhar para o corpo e pensava não ser importante Durant gostar do seu corpo. "Eu gostei do dele", e riu satisfeita. "O que importa é que eu gosto dele. Será que ele gosta de mim?" perguntou, assustando-se com a voz de Durant, parado junto à porta.

— Sim, gosto. E muito.

Mariana se assustou.

— Não tinha reparado que estava falando alto — explicou ela, sem deixar de sorrir para Durant, que retribuía. Ergueu os braços chamando seu amante para perto. Voltaram a trocar beijos e ela, mais uma vez, ouviu promessas de amor.

— Eu também amo você. E acho que amo desde a primeira vez que te vi. Mas confesso que as coisas estão acontecendo de forma bem diferente do que imaginei. Só uma coisa está correta: eu estou muito feliz.

E agarrou Durant para beijá-lo novamente. Tentou pegá-lo na mão, pois queria dar continuidade ao sexo — ou seriam atos de amor? —, mas, agora, ele a puxava pelas mãos até o atelier, não se importando com a nudez de ambos. No meio do corredor, parou e a olhou de cima abaixo. E deixou escapar um "você é linda", que deixou Mariana orgulhosa.

— E a Zu? E se ela nos vir assim?

— Ela está lá embaixo — disse ele, apontando para o chão.

No atelier, ela pôde ver uma grande tela armada no meio da sala e o desenho que até então estava na parede como que se transportara. Havia uma diferença: agora a fada tinha suas feições. Dizer o quê? Olhava para o quadro — o mesmo de Valença, lembrou-se — e tentava saber como ele conseguira pintá-la, assim. Olhou, então, para Durant que, parecendo saber a sua pergunta, disse:

— Enquanto você dormia... — E mostrou a ela o rascunho. — Você estava tão bela, transmitindo tanta paz que não poderia deixar de retratar aquele rosto e fazer dele o da minha fada. Aliás, você prometeu que seria a modelo, lembra?

Mariana lembrava. E seria impossível, para ela, não se lembrar de cada momento que estava vivendo ao lado dele. Ainda sorrindo, caminhou até o sofá onde viu o seu vestido. Calmamente o vestiu e estava à procura da calcinha, quando Durant disse:

— Essa sua roupa é bem diferente da que as outras mulheres usam. Aliás, seu corpo é muito diferente do das outras mulheres.

A frase provocou Mariana que fingiu uma crise de ciúme:

— Quer dizer, então, que sou apenas mais uma que você traz para sua cama, seu tarado! Quem veio aqui antes de mim? A Isabel? E quem mais? — e apontava o dedo para ele, empurrando-o docemente em direção à parede. — Mas alguma delas te tratou melhor? Elas são melhores de cama do que eu?

Durant achou graça da fala de Mariana e tornou a abraçá-la.

— Tire a roupa. Vamos voltar para o quarto.

— Eu tiro a roupa. Mas você vai me comer aqui, tá bom?

—Tá bom. Vou te comer — disse ele, rindo.

Mas foram para o quarto. E após se despir e colocar Durant deitado, de barriga para cima. Mariana o cavalgou com prazer, deixou-se cair sobre ele, beijando seu peito cabeludo e dizendo que o amava. E ficou surpresa: fazer sexo no Século XX ou no XXI era a mesma coisa. Mas achou que era a hora de contar a ele toda a sua história. Levantou-se, tornou a se vestir e esticou a mão para ele, pedindo que a acompanhasse. Louis argumentou que estava nu e queria vestir a calça. Ela, calmamente, levantou o vestido e mostrou-se sem calcinha. E insistiu no pedido.

Foram ambos pelo corredor. Louis estava curioso sobre o que a amante pretendia lhe mostrar. Mariana, receosa de que ele não a entendesse. Ou pior, a mandasse para o manicômio. Mas se acalmou. Afinal, se tudo desse errado, voltaria ao buraco da minhoca. E com firmeza, foi subindo os degraus da escada em caracol.

AS PERGUNTAS

Após o velório e a cremação do corpo de Mariana, Jaqueline decidiu voltar ao casarão, à procura de algum indício que explicasse o que de fato acontecera desde que a amiga a deixara no Rio e se dirigira ao encontro com Louis Durant. Jaqueline queria, numa última tentativa, entender as circunstâncias da morte de Mariana. Rafael, por seu lado, queria demolir o casarão, com medo de que acabasse preservado pela Prefeitura. Por isso, ela obteve dele a autorização para visitá-lo, junto com a empresa responsável pela demolição.

— Eles podem levar tudo o que quiserem – explicou Rafael – e, em seguida, vão demolir a casa. Se alguma coisa te interessar, negocie com eles – disse.

Tão logo chegou ao cassarão, Jaqueline percorreu cada canto à espera de alguma pista para esclarecer o que considerava ser um mistério. E não conteve as lágrimas ao olhar para o corredor principal e se lembrar do corpo da amiga estirado, como se tivesse caído da tal escada que, segundo ela, levava ao buraco da minhoca. E, curiosa, subiu os degraus. Mas se entristeceu ao ver o cômodo vazio, sujo e com ar de abandono. Aliás, este era o aspecto de todo o imóvel.

Desceu a escada e se lembrou de um detalhe que omitira a Rafael: Mariana estava sem calcinha, com apenas um vestido branco sobre o corpo. O detalhe, aliás, fora contado pelo pessoal da funerária, que a vestiu com uma roupa mais apropriada.

Ela logo ouviu a buzina do caminhão da empresa de demolição. E enquanto os operários percorriam a casa, ela ficou olhando pela janela, apreciando o que restava da Mata Atlântica. E levou um susto quando lhe perguntaram:

— Moça, o que eu faço com esses quadros aqui?

Ela se virou para o operário e o viu com uma pilha de telas, de tamanhos os mais diversos, escondidas em uma parece falsa, na sala principal da casa. E ao se aproximar, viu Mariana, retratada em situações as mais diversas e em lugares os mais diferentes. Eram quadros dela sorrindo, tendo ao fundo a Serra do Mar ou a Torre Eiffel. Vendo os quadros, Jaqueline percebeu que ali estava a vida da amiga, ao lado do que pareciam ser filhos e netos.

Sem nada dizer, ela pegou os quadros e os levou para seu carro, com a ajuda dos operários, que pareciam surpresos com a descoberta. O responsável, apesar de ter direito a tudo o que fosse encontrado na casa, percebeu que aqueles quadros significavam muito para Jaqueline e determinou que os operários a ajudassem a arrumar as telas em seu automóvel.

Somente depois de chegar a casa e dispor os quadros pela sala, Jaqueline percebeu o que eles significavam. E, feliz pela primeira vez desde que a amiga morrera, sentou-se no chão e abriu a carta que Mariana lhe deixara no dia em que fora para Petrópolis. "Agora", pensou, "isso tudo faz sentido." Sorriu e percebeu que a amiga estava em paz.

A RESPOSTA

"Minha querida Jaqueline.

"Desculpe, mas não poderia esperar você acordar. Sei muito bem que você não permitiria que eu voltasse à casa de Durant. Este texto está sendo escrito para tentar explicar a você – e também a Rafael, por quê não? – o que me leva a ter certeza de que meu lugar é ao lado de Durant. Não tenho ideia de que reação ele terá ao saber de minha história. Nem sei mesmo como dizer a ele a verdade.

"Durant é o homem com o qual toda mulher sonha e que secretamente deixa atingir seu coração. Mesmo enquanto escrevo esta carta, posso vê-lo aqui, diante de mim.

"Nunca tinha conhecido este sentimento, o amor. Vivi sem ele por toda a minha vida. Durant o trouxe para mim, pela primeira vez.

"Estou aqui escrevendo para você e, ao mesmo tempo, me perguntando de que modo posso dizer a ele como a minha vida mudou. Se existe algum modo de fazê-lo saber da doçura que ele me deu. Há muito a dizer, eu sei, mas só consigo me lembrar de uma palavra: amor.

"Minha amiga, não fique triste com o meu desaparecimento. Sim, porque eu posso desaparecer nessa viagem à casa de Durant. O risco sempre há. Mas não se preocupe. Eu quero estar ao lado dele a partir de agora.

"Quero ser sua mulher, quero ser a sua musa, quero ser a mãe de seus filhos, quero envelhecer com ele. Quero que ele me retrate em todas essas situações. Quero estar com ele em lugares os mais diversos, tanto aqui quanto na Europa, onde os antepassados dele nasceram.

"Quem sabe vou poder até conhecer minha mãe? Ela morreu em 1987.

Será que vivo até lá?

"Sei que serei feliz ao lado do homem que amo e que me ama. Quero dizer isso no ouvido dele, bem baixinho.

"E não se preocupe. Eu darei um jeito de me comunicar com você. De tudo isso, eu tenho certeza, você saberá. E, quem sabe, verá. Afinal, não quero que se limite a um único quadro a obra do meu artista preferido.

"Com amor, Mariana."

VERA

MUDANÇAS

A luz caía forte sobre o rosto de Vera, que acordou preguiçosamente, reclamando da claridade e do calor. Sol era uma coisa que ela não queria naqueles meses de 40 graus. Olhou em volta e se descobriu em casa, ao lado de Augusto. Aparentemente, ele não se importava com o peso que a cabeça dela fizera sobre seu peito magro e sem pelos. Ela sorriu e deu um beijo carinhoso no namorado, que apenas se mexeu e continuou dormindo.

Sempre sorrindo, Vera caminhou em direção ao banheiro, à procura de uma ducha fria e forte que lhe tirasse o calor que sentia e as marcas de uma noite de comemorações. Parou no meio do caminho, olhou os seios e as coxas, e procurou o espelho. "Foi ótimo", disse a si mesma, baixinho, lembrando-se do prazer que sentiu ao se deitar com Augusto.

Cada gesto deveria ser guardado com carinho, pensou ela, relembrando a chegada em casa. Começaram a se agarrar no elevador e enquanto ele levantava a sua saia, ela lhe abria a braguilha. A porta do apartamento foi fechada com fúria, fazendo forte barulho em plena madrugada. Mas nada poderia contê-los. Ele se ajoelhou e entrou por baixo da saia. Mas foi puxado pra cima.

Vera ria e ia caminhando, deixando as roupas pelo caminho. No quarto, deitou-se na cama e se ofereceu a ele, sem nada dizer. Augusto deixou a roupa cair e se deitou, sentindo-se levado para dentro dela. Por ela. Olhou-a serenamente e lhe beijou a boca com prazer.

Enquanto a água refrescante caía sobre seu corpo, Vera tentava refazer o caminho percorrido. Fora uma mudança radical. Até conhecer Augusto, sua vida se limitava ao trabalho numa grande empresa de aviação, no contato com passageiros, em terra, e a umas poucas saídas, à noite, sempre com a amiga Rejane, que frequentemente lhe apresentava uma nova companhia. Mas também sempre acontecia a desilusão. E Vera colecionava namorados e fracassos nos relacionamentos, que deixavam sempre muitas mágoas e poucas lembranças agradáveis.

Certa vez, Rejane a encostou na parede e lhe perguntou:
— Você deixa seus parceiros na mão?
— Na mão?
— É, na mão – e fez o gesto. – Você trepa com eles?
— Rejane?!?!
— Você não é virgem, é?
E Vera deu uma grande gargalhada.
— Claro que não! Tá certo que não sou tão boa companhia quanto você. Mas pera lá! Virgem? Essa é muito boa.
— Vera. Alguma coisa acontece. Muitas vezes o cara gosta de você, conversa sempre e acaba ali. O que há?
— Se eu soubesse, garanto que já tinha solucionado isso.

Agora, no chuveiro, Vera ria da conversa. Mas no dia em que ela aconteceu, ficara aborrecida. Não por Rejane ter feito tal pergunta, mas porque a fez se lembrar de alguns fracassos sexuais. Ficou séria e se lembrou de da sua primeira vez. Tinha 19 anos e seu parceiro era tão inexperiente quanto ela. Não houve a penetração. Não houve tempo. E ela ficou frustradíssima. A perda da virgindade só aconteceu na sua segunda vez, com o mesmo parceiro. Mas de qualquer forma, fora horrível. Ele não se segurou e ejaculou anos-luz antes dela, que quase ficou a ver navios novamente.

O problema só foi solucionado quando se relacionou com um chefe no trabalho. Mais velho e casado – situação que ela escondera da mãe –, ele soube lhe dar prazer. Experiente, contava histórias e Vera percebeu que muitas delas eram inventadas e serviam apenas para mostrar que o prazer a dois sempre exige que os dois estejam querendo satisfazer o parceiro. A relação terminara, mas o carinho entre ambos permanecera.

VAI CLAREAR

Diariamente, Vera saía de casa cedo e voltava ao final da tarde. Mas tudo começou a mudar no dia em que, com Rejane, foi à Lapa, o velho e boêmio bairro carioca. O **Ponto de Encontro** estava lotado e ela teve de se sentar em um degrau da escada que dava acesso aos camarins. Apesar do desconforto, dali podia ver todo o palco e o rosto de todos os músicos da banda *Sururu da Noite*. Tinha a formação tradicional: sopros, bateria, baixo, piano e dois cantores.

Um deles chamou sua atenção. Tratava-se de um rapaz magro, de cabelos à altura dos ombros, que cantava e tocava cordas, revezando-se entre o violão e o cavaquinho. E com uma voz melodiosa, embora pouco potente, começou a cantar: *"Mais um pouco e vai clarear, vai clarear!..." (1)* Foi o suficiente para que as pessoas ficassem em silêncio, de início, e passassem a cantar num coral afinado: *"... Nos encontraremos outra vez...".*

Vera não podia garantir. Mas tinha a impressão de que o cantor olhava para ela. Chegou a se imaginar homenageada por ele. Mas logo afastou a ideia da cabeça. Passou, então, a olhar para as pessoas que cantavam em coro – *"... Com certeza nada apagará..."* – e percebeu que, na plateia, havia pessoas de idades bem diferentes. Sorrindo, voltou os olhos para o palco e levou um susto: agora, o cantor estava, sim, olhando para ela. O susto foi tão grande que fechou o rosto. Mas voltou a sorrir quando ele cantou *"... Boa noite para quem se encontrou no amor..."* olhando para ela.

A partir daí, não se **largaram** mais. Ela observava todos os seus atos e ele só cantava para ela, que se sentia a mulher mais homenageada do mundo. Os versos mudavam, mas pareciam ter o mesmo destino. Rejane, a amiga, só percebeu a química que rolava entre os dois quando propôs irem a outro local. Ante a veemente negativa de Vera, olhou para o palco, sorriu gostosamente e cantou: *"... Para quem só sentiu saudade, afinal..."*

E Vera ficou sozinha na escada, torcendo pelo intervalo, para que o cantor passasse por ali. E foi o que aconteceu. Mas, curiosamente, na hora H, viu-se tomada de pânico. E, antes mesmo de se dar conta, estava indo em direção de Rejane, enquanto o cantor a procurava sem entender nada. E quando conseguiu alcançá-la, após segurar seu braço, perguntou:

– Por que você está fugindo? Sou tão feio assim?

Surpresa com a abordagem, Vera sorriu e tentou se explicar. Entretanto, só gaguejou.

Augusto insistiu:

– Você tem medo de mim?

Ela tomou fôlego e respondeu:

– Tenho...

Surpreso com a reação, ele sorriu, no que foi acompanhado. E a conversa, apesar da timidez de Vera, só era interrompida quando ele tinha de voltar ao palco para se apresentar: *""Pra quem se encontrou no amor"*, cantava ele – sempre para ela.

SEM PARAR

Nos intervalos, o cantor tentava conseguir qualquer tipo de informação sobre Vera. E ela, apesar de tímida ao falar, estava receptiva ao carinho. Chegaram até a trocar carícias no rosto e ele lhe roubou um beijo – do que ela gostou. E muito.

De repente... A casa já ia fechar. Vera procurou por Rejane e a viu abraçada a um rapaz, também ignorando a hora de partir. Estava tão encantada com o cantor, que até lhe ofereceu uma carona. Ele nada respondeu, olhou para o palco e viu a banda arrumando os instrumentos e percebeu que a cantora o procurava.

– Espera só um minuto – pediu ele.

Antes mesmo de responder, Vera, num ato de coragem que jamais se imaginara capaz de ter, deu-lhe um beijo nos lábios e ameaçou.

– Vou marcar no relógio. Se demorar mais de 60 segundos eu vou embora – e sorriu.

E viu Augusto ir ao palco e falar alguma coisa com a cantora. Parecia uma discussão. Mas Augusto voltou e lhe sorriu.

– Olha, eu não sei o seu nome.

– Vera.

– Augusto – e quando Vera estendeu a mão, ele a puxou e lhe beijou a boca. Vera retribuiu e o abraçou com carinho.

Ele aceitou a carona, instalou-se no banco do carona e esperou Vera ligar o rádio.

"O tempo não para" (2), cantava Cazuza.

E perguntou:

– Você não fala nunca? Estou ficando sem fôlego – reclamou, pondo suas mãos sobre as dela.

Vera gostou do contato daquelas mãos quentes e macias sobre as suas. Sorriu, esperando ele tomar a iniciativa de beijá-la o que, de fato, aconteceu. Mas foi um beijo tímido, rápido e sem grandes atrativos.

– Não é justo, sabia! Eu falei todo o tempo e você se limitou a me olhar.

Era a deixa de que ambos precisavam. Desta vez, a iniciativa foi de Vera que segurou, com carinho, o rosto de Augusto e lhe abriu os lábios com os seus. E o beijou sentindo seus corpos se aproximarem. Só quando se viram sem fôlego se soltaram e se olharam, enquanto ele exclamava visivelmente satisfeito:

– Menina! – disse ele, dando um selinho nos lábios de Vera, que sorria. – Que beijo gostoso. Onde você aprendeu a beijar assim? – perguntou ele, puxando-a para perto dele e a beijando novamente.

Mas Vera, acima de tudo medrosa, temeu que a sua inexperiência pusesse tudo a perder. E achou melhor opor alguma dificuldade. Mas àquela altura, estava difícil contê-lo. Augusto a beijava com desejo e passava as mãos em suas pernas, tentando chegar ao alto das coxas.

– Olha – disse ela, empurrando-o, delicadamente. – Calma. Eu não sei quem você é, nem você sabe quem sou eu. Não é?

– É – respondeu ele, sem deixar de tentar abraçá-la. – Eu quero você – sussurrou ele. E recomeçou...

– Eu também te quero – disse ela, tentando olhar sério para ele. – Mas vamos com calma, está bem? Não vamos deixar que a nossa precipitação estrague este momento. – E o forçou a olhar para ela: – É um momento lindo... Ao menos para mim.

O que parecia ser apenas uma leve discussão entre duas pessoas enamoradas, tomou rumo diferente quando a conversa foi interrompida por uma moça que colocou o rosto dentro do carro e perguntou:

– Augusto, quer que eu te espere?

Era Karoline, a cantora da banda. E ela não estava ali apenas para se informar.

– Karoline – respondeu ele, visivelmente constrangido com a situação. – Eu vou embora com ela.

– Tudo bem, meu amor – respondeu a cantora, com um leve sorriso nos lábios. – Te vejo à noite. Tchau! – e se afastou do carro, seguindo sozinha pela Rua da Lapa.

Desanimado, Augusto fechou os olhos e soltou um palavrão. Vera ficou quieta em seu canto e se sentiu puxada por Augusto. Beijaram-se. E, novamente, Vera sentiu suas pernas serem tocadas. Momentos antes, ela talvez se deixasse levar. Mas o rosto de Karoline, quase colado ao deles, não lhe saía da lembrança. E o empurrou com as mãos.

– Espera, espera – dizia, enquanto ele tentava beijá-la de novo. – Espera... Qual é a da Karoline?

Augusto ficou em silêncio.

– Vocês estão juntos?

– ....

– Augusto. Eu preciso saber, né? – e pegou o rosto dele com as duas mãos. – Vocês estão juntos?

– Não. Juro. O problema é que a Karoline sempre acha que é minha dona.

Augusto se sentou de frente para Vera e cruzou seus dedos com os dela. E, antes de falar, olhou para as mãos e apertou seus dedos, provocando um leve gemido nela.

– Tivemos alguma coisa, há tempos. E ela sempre boicota as coisas que acontecem comigo.

— Ela está sozinha?
— Parece que sim, né?
De repente, Augusto largou-se no banco. Passou a língua nos lábios e disse:
— É melhor ir embora, — disse ele, já abrindo a porta do carro, no que foi impedido por ela
— Peraí! O que você está sugerindo? Que eu sou mulher de me esfregar em você a noite inteira, de ficar torcendo em ser beijada por você para, no final, você voltar para casa?

A voz de Tim Maia dominou o ambiente e, por instantes, os dois ficaram em silêncio ouvindo-o cantar: *"Fica, ó brisa fica pois talvez quem sabe/ o inesperado faça uma surpresa/ e traga alguém que queira te escutar/ e junto a mim queira ficar" (3)*. Augusto sorriu, pôs a mão sobre a boca de Vera, para que ela se calasse e disse:
— Eu te quero muito. Gostei de você, sabe? Mas é complicado... Tem a Karoline... E você? Tem alguém?
— Não. To sozinha, mas não quero ser a outra na vida de ninguém. Tá bom? – e deu a partida no carro. Mas não acelerou e os dois continuaram se olhando. – O que eu faço com você? Sou mais velha, peço um pouco de paciência a nós dois e sou tratada assim? Não tenho marido, não tenho filhos e tenho pouca experiência em namoros, tá legal?

Augusto, lentamente, saiu do carro. Mas pretendia dar a volta e falar alguma coisa. Mas Vera acelerou e o deixou ali.

A LONGA ESTRADA

A ressaca era tremenda. Augusto se virou na cama, tentando entender onde estava. Mas a dor de cabeça era demasiada. Gemeu e tentou se sentar. Só depois de se sentir seguro, sem tonturas, abriu o olho. Estava em casa. Viu sua roupa jogada no chão. Procurou o despertador e deu um salto.
— Quatro horas! – exclamou, apavorado. Àquela hora, deveria estar ensaiando para a apresentação da noite. "A Karoline vai me matar!", lamentou. Mas de repente se lembrou que ele e a colega de banda acabaram dormindo juntos. "Onde ela está?", pensou.
— Karoline!!! – gritou em direção à sala, mas não obteve resposta. E imaginou que ela já tivesse saído. Ela queria ensaiar algumas músicas dos Beatles. Mas sempre acontecia algo que os impedia de levar adiante a ideia.

Saiu do quarto e caminhou pelo pequeno apartamento, sempre vazio. Sempre. Pensou então em sua família. Eram todos músicos – exceção feita à mãe. Eram uma família cheia de talento, mas vazia de afeto. O silêncio parecia ser a tônica dos Sagúlem. Seu pai, Augusto Sagúlem, como ele, era pianista aclamado internacionalmente. Por isso, vivia viajando, com apresentações marcadas para as mais importantes salas de música da Europa e dos Estados Unidos, sempre acompanhado da mulher, que há muito trocara a função de mãe pela de esposa.

Um de seus irmãos, Alfredo, era **spalla** da Orquestra Sinfônica Petrobras. O outro, Baltazar, era violinista da mesma orquestra, e ambos reconheciam não ter o talento paterno. Ele era a **ovelha negra**, pois escolhera a música popular. E, maior dos pecados, gostava de samba, de partido-alto, para ser preciso, o que dava à família a impressão – errada, diga-se – de que de nada valeram as aulas sobre música. Bach, Chopin, Tchaikovsky eram nomes familiares que frequentavam as poucas conversas em família. Augusto, entretanto, carregava a impressão de ser sempre deixado de lado pelos pais.

Durante o banho, ele foi se lembrando, aos poucos, do que acontecera na noite anterior. A primeira recordação foi dos muitos chopes que tomara antes de chegar em casa. Estava com Karoline, mas aborrecido por ter deixado Vera ir embora. Olhou para a colega e pediu a bebida. Ela estranhou, por que sabia ser ele fraco para álcool. Mas entendeu e sorriu: "já que ele ficou sozinho, vai dormir comigo". E o acompanhou. E beberam uma quantidade suficiente para que ela tivesse, literalmente, de levá-lo para casa.

E na cama, curiosamente – Karoline não se cansava de admirar esta sua qualidade – a bebida não o afetava. E acabaram os dois numa agradável noite. Só uma coisa deixou Karoline preocupada: durante todo o tempo em que estiveram juntos, Augusto entoava: ***"Ah, se a juventude que esta brisa canta/ Ficasse aqui comigo mais um pouco/ Eu poderia esquecer a dor/ De ser tão só pra ser um sonho".***

Debaixo do chuveiro, Augusto começou a se lembrar do sucesso de suas interpretações, dos aplausos que toda a banda recebera. E, principalmente, de Vera. "Que mulher maluca!", pensou, procurando o xampu. Mas deu um sorriso ao se lembrar dos beijos. O que teria provocado a discussão entre ambos? Não conseguia entender. E o que ela quisera dizer com aquele "tenho pouca experiência em namoros"?... Ele pensou na resposta, mas não ousou verbalizá-la... "Virgem?... Será?..." tornou a se perguntar, torcendo para que ela retornasse ao **Ponto de Encontro** naquela noite.

Ao chegar ao estúdio, para o ensaio, com atraso, foi recebido com vaias. A menos irritada, para sua surpresa, era Karoline. Ela riu quando as reclamações começaram e fazia o gesto pedindo calma à banda.

Beto, o saxofonista, logo o provocou.

– Então, perdeu a hora namorando?

– Não foi nada disso! – disse ele, olhando de soslaio para Karoline. – To com a cabeça estourando – explicou arrancando risos de todos, que logo entenderam o que se passara entre os cantores.

Karoline voltou ao banquinho, no meio dos músicos, e com sua formação total, a banda começou a ensaiar. Fluente em inglês, cantou: *"The long and widing road/ thats leads to your door..."*

Augusto não pôde deixar de reconhecer: Karoline sabia o que estava cantando. E não era apenas o inglês bem pronunciado. Era o sentimento que ela punha em cada nota e em cada verso que interpretava: *"... Will never desappear/ I've seen that road before..."*

Quando a banda tocou os últimos acordes, todos aplaudiram. Karoline ficou encabulada com aquela homenagem espontânea. E para que não notassem seu constrangimento, disse apenas.

— Para com isso, gente! Vamos mais uma vez. Um... dois... três... quatro... E repetiu: *"The long and widing road..."*

Augusto, embalado pela melodia, abaixou a cabeça e ficou de olhos fechados ouvindo a colega. Mas logo estava pensando em Vera e ficou aflito para chegar ao **Ponto de Encontro** para vê-la e, quem sabe, esclarecer toda a confusão daquela manhã. Viajava tão longe, mas tão longe, que se assustou quando Karoline, docemente, balançou seu braço.

— É a sua vez... Quer experimentar?

Augusto se levantou, pegou o violão e foi para o mesmo banquinho que Karoline ocupara pouco antes. Mas foi logo avisando:

— Beatles, não. Vamos cantar alguma coisa menos erudita. Que tal Bee Gees? – e sem esperar uma resposta, começou a dedilhar: *"I know your eyes in the morning sun/ I feel you touch me in the morning rain..."* (5), parando logo em seguida ao se ver sem o acompanhamento da banda.

— O que está acontecendo com você? – perguntou Beto. – Nunca te vi cantando música estrangeira! Quer mesmo cantar isso?

Augusto apenas bateu com a cabeça, e continuou: *"... And the moment that you wander far from me..."*, no que foi logo acompanhado, provocando sorrisos em todos, principalmente em Karoline que, não resistindo, postou-se ao lado dele para cantar: *"... I wanna a feel you in my arms again..."*

Ao chegar ao final da música, Augusto não gostou do que viu. Todos sorriam para ele. Como se já soubesse o que os colegas pensavam, disse apenas que estava na hora de irem para o **Ponto de Encontro**. Entretanto, não escapou das brincadeiras de Beto que, baixinho, disse:

— Tá mesmo apaixonado, heim! – afastando-se em seguida, para escapar de levar um tapa que, com toda certeza, ele gostaria de dar.

ESCONDIDA PELO SOL

Em casa, Vera continuava na cama, apesar de o dia estar praticamente terminando. Pela janela do apartamento via o sol sumindo atrás do maciço da Tijuca. Deu um bocejo **deeessssseee** tamanho e resolveu tomar a direção do banheiro. Estava levantando da cama no final do dia porque não conseguira dormir.

Eram quase oito horas quando ela, depois do café da manhã na padaria, chegou em casa. Deitada na cama pensava em Augusto. Mas com raiva. Muita raiva. Ela não conseguia entender por que os homens – ou seria ele? – sempre relutavam em dar à relação o tempo que as mulheres? – ou seria ela – desejavam?

Vera olhava para o espelho e, examinando a imagem refletida, perguntava a si mesma se seu corpo era feio. Segundo seu ex-chefe – "amante" – não era. Aos 35 anos, tinha um corpo "bonito e proporcional", segundo ele. Feliz por se lembrar da constatação, passou pela sala e ligou a TV. Em um desses canais dito culturais, cantavam: *"Onde está você/ se o sol morrendo te escondeu..." (6)*. A música a fez lembrar-se da mãe – que sentiria a sua falta, com certeza – com quem não falava há quase um mês. Foi o suficiente para sentar no vaso sanitário, desanimada. Ouvir críticas era a última coisa que queria para viver aquele sábado. Bastava ter dado tudo errado com Augusto. "Ah", pensou ela, "como você beija bem, menino!"

E a TV continuava: *"...Onde ouvir você se a tua voz a chuva apagou..."*

Seus devaneios foram interrompidos pela campainha da porta. Foi até lá, nua, como estava, e ao ver que se tratava de Rejane abriu a porta e a deixou entrar. Como já esperava o espanto da amiga, foi logo dizendo.

– É. Estou levantando agora...

– Sem crise... – disse Rejane, olhando-a de cima abaixo e perguntando em seguida. – E aí? Como foi tudo?

Vera sentou-se no sofá ao lado dela e disse quase que sussurrando.

– O gato namora a cantora. Estávamos nos agarrando no carro quando ela veio atrás dele. É mole? Poxa, tava o mó clima e ela tirou o tesão da gente.

Rejane riu e perguntou:

– Calcinha molhada?

– Encharcada – e as duas riram juntas. – Menina, que boca! Que beijo gostoso... Mas dar para ele sabendo que ele tem um caso com a cantora não dá, né? Ser a outra, jamais! – desabafou, esperando que a amiga não se lembrasse de seu afair com o ex-diretor.

Vera olhou para Rejane e completou:

– Ele queria me comer, né? Aí, fiquei com raiva e fui embora. Agora, estou aqui sem saber o que fazer... Minha vontade é voltar lá na casa de show, subir no palco e dar para ele. – Olhou para a amiga, como se tivesse feito a descoberta do ano e exclamou: – Nós podemos ir lá, não podemos? Você vai comigo?

Rejane fez uma cara de quem ia dizer alguma coisa que não agradaria à amiga.

— Olha... Esse menino é foda! Aquela cantora bonita fica cercando ele, sempre criando caso com as pessoas a quem ele dá atenção, como foi o seu caso. Há muita gente atrás dele, sempre. Gente da idade dele e da nossa...

Ao ouvir o comentário da amiga, Vera ficou desanimada. Levantou-se e caminhou para a cozinha. E acabou prestando atenção na música, que continuava a tocar: *"... **Hoje a noite não tem luar/ E eu não sei onde te encontrar/ Pra dizer como é o amor/ Que eu tenho pra te dar...**"*.

Vera queria ficar sozinha. Mas Rejane não deixou e foi atrás dela.

— Vera, eu sei que você gostou dele. Mas ele é músico, mais novo. Você sempre se entrega e acaba se arrependendo. Vamos fazer uma coisa. — Segurou suas mãos e disse, com calma: — Eu volto lá, hoje. Vejo como está o ambiente. Se estiver favorável, até digo a ele que você mandou um beijo. Tá bom, assim?

Vera sabia que Rejane tinha razão. E caminhou em direção ao banheiro, avisando, apenas:

— Quando sair, bate a porta!

ANOITECEU

Karoline logo percebeu que Augusto não estava feliz. O colega, tão logo chegou ao **Ponto de Encontro**, isolou-se do restante do grupo, sentando a uma mesa de fundo, parecendo estar vigiando as pessoas que entravam. Impedir a saída dele com uma fã não era tarefa difícil para Karoline. Já fizera isso várias vezes. Mas a raiva do colega passava logo e, ao final da apresentação, ela novamente ia atrás dele para **empatar** sua paquera. Às vezes ela perdia. Mas eram poucas as vezes em que isso acontecia. Quem gostava dessas derrotas era Beto: normalmente sobrava alguma coisa para ele.

Aproveitando-se da fossa do colega, Karoline disse a ele que iria dar a saída com a banda. Augusto concordou e ela assumiu o microfone. E após interpretar alguns sambas de enredo famosos, anunciou que era a hora "de dançar agarradinho". E foi muito aplaudida.

Augusto a viu falar alguma coisa com o restante da banda e o pianista deu os acordes. Karoline fechou os olhos e cantou: *"**Como vai você/ Eu preciso saber da sua vida...**"(7)*. Augusto olhou para o palco e viu que era fitado: *"... **Peço a alguém para me contar sobre o seu dia...**"* Sua vontade era deixar o restaurante e sair sem destino. Isto é, ele sabia aonde queria chegar, mas não sabia como. E se perguntava: "Por que a Karoline o dominava daquela forma?"

Ninguém entendeu quando Augusto subiu ao palco e se postou ao lado de Karoline, cantando o restante da música: *"... **Anoiteceu e eu preciso só saber como vai você...**"* Todos gostaram do resultado: a dupla deu um show e foi delirantemente aplaudida. Feliz com os aplausos, Augusto abraçou Karoline que aproveitou a oportunidade e lhe deu um beijo, recebido pela plateia com assovios e mais aplausos.

Os dois ficaram juntos no palco por muito tempo. Cantaram de tudo: de boleros antigos aos mais novos sambas, passando pela MPB. Em um dos intervalos, enquanto Augusto bebia, no gargalo, água sem gelo, Karoline o abraçou e perguntou:

– Vamos para a minha casa hoje?

Augusto, entretanto, afastou-se e foi em direção à porta da rua. Karoline ficou sem nada entender, mas não ficou para saber o que era e foi em direção ao camarim. E não viu que Rejane acabara de chegar acompanhada do rapaz que conhecera ali na véspera. Mas para decepção de Augusto, Vera não estava com eles.

A presença de Rejane naquela noite só deu um resultado: Augusto ficou com Karoline todo o tempo, dando falsas esperanças à colega, que encerrou a noite cantando: *"Cheguei para ficar/ Ficar com você..." (8)*.

MULAMBO

Vera queria muito ter ido ao **Ponto de Encontro** naquela noite para rever Augusto. Mas reconhecia que tinha obrigação de ver a mãe. "Qualquer coisa é melhor que a solidão", pensou, antes de pegar o carro e se dirigir para o bairro da Usina. Ligou o rádio e colocou para tocar um CD de músicas antigas, que o namorado – **o velho**, como diria Rejane – deixara para ela na despedida. E ouviu: *"Eu sei que vocês vão dizer que é tudo mentira, que não pode ser..." (9)*.

No trajeto, Vera pensava nos motivos que a levaram a deixar de ter uma relação harmoniosa com a mãe. O que ela mais sentia era a mudança nos conceitos que a ouvira defender durante toda a vida. "Mas tudo mudou quando **ele** apareceu", pensava ela. **Ele**, no caso, era o pai. Olívia, a mãe, vendia a história clássica da namorada que, um dia, fora seduzida, engravidara e fora logo abandonada à própria sorte.

Vera nunca se queixara disso. Ao contrário, elogiava a postura materna que enfrentara sozinha o preconceito, ainda forte nos anos 70-80, e permitira que a filha estudasse línguas e se formasse em Administração.

Mas um dia... Um dia tudo mudou. Querendo recuperar o afeto perdido, o pai reaparecera, para imensa felicidade de Olívia. Mas a mãe não contava com a rejeição de Vera. Na única conversa que tiveram, os três, ela colocara para fora toda a mágoa acumulada. E deixou claro: "Mamãe pode perdoar. Eu jamais perdoarei a covardia de um pai. Não por abandonar a filha. Mas por abandonar uma mulher que acabou condenada pela família e que teve de criar a filha sozinha", disse ela, batendo a porta ao sair.

Ele faleceria poucos meses depois e deixaria, em testamento, uma quantia razoável para as duas. Eram estes os recursos usados para que Olívia tivesse um atendimento à altura no fim da vida.

Outro momento que magoara Vera fora na descoberta, pela mãe, que ela não era mais virgem. Sempre achara que isto não seria problema. Mas fora um problemão. Ela estava se despedindo de um namorado quando a mãe abriu a porta do carro e sem nada dizer a filha, perguntou ao namorado:

– Vocês dormiram juntos?

Vera se assustou.

– Mãe!?!? – tentou reagir. Mas Olívia praticamente a puxara do carro e mandara o rapaz embora. E o ambiente, que já estava abalado, tornou-se irrespirável.

Dias depois, ao chegar da faculdade, Vera quis conversar. Mas a mãe se mostrava intransigente. E no meio da conversa começou a chorar e a lamentar que sua "única filha" também se entregasse a um namorado, de forma a "se perder". E calmamente, ajoelhou-se em frente à mãe, que estava sentada no sofá, e lhe disse, da forma mais doce que pode.

– Mãe, risco de uma gravidez não há. Eu tomo cuidado. E hoje é comum os namorados dormirem juntos...

– Fazendo o quê? Amor? Sexo? – e Vera viu as lágrimas caindo pelo rosto. Abraçou a mãe e continuou a falar: – Fazendo amor, na maioria das vezes. Eu fiz amor com ele, mãe – disse ela, rindo no íntimo da mentira que dizia. – Mas por que esta preocupação? Não é com a gravidez, é?

– E o seu pai? O que ele vai pensar de você?

Vera ficou de pé imediatamente. E o carinho que usara para falar com a mãe foi deixado de lado, trocado por uma agressividade que até mesmo a ela surpreendeu.

– Pai? De quem? Meu é que não é. Entenda: ele é seu namorado, amante, marido, o que você quiser. Meu pai não existe. Nunca existiu.

E só voltaram a falar do assunto quando ele morrera. Fora da mãe a decisão de se instalar em uma casa de repouso para idosos, argumentando que Vera teria, com isso, mais liberdade. Ela relutara em aceitar, com medo de que, com a vida mais livre que passaria a ter, acabasse por abandonar a mãe. Abandono não havia, mas Vera sempre se recriminava por não lhe dar a atenção merecida.

CONSOLO

Como sempre, o prédio parecia estar vazio. Na clínica moravam diversas pessoas idosas, muitas sem família, e outras que ali eram mantidas por parentes que não tinham ou não queriam ter a responsabilidade de cuidar delas.

Vera já conhecia as pessoas da portaria e se dirigiu ao segundo andar. O asilo, se é que poderia ser chamado assim, era bem administrado. Os idosos ocupavam suítes individuais, confortáveis. As refeições eram fartas e a assistência médica bastante razoável. A administração só não conseguia resolver um problema: a solidão dos ocupantes.

Ela entrou no quarto procurando fazer barulho para que a mãe não se assustasse. Olívia sorriu ao ver a filha, mas logo percebeu que ela não estava bem. As duas trocaram um abraço carinhoso e tão logo sentou, lhe foi perguntada a razão pelo ar sombrio.

— Nada, mãe, tá tudo bem — disse ela, sabendo de antemão que não convenceria nem mesmo uma criança. — Não dormi esta noite e ainda estou cansada — justificou-se. Olívia apenas olhava para a filha. O silêncio permaneceu, quebrado apenas pelo tema de amor da novela das oito, que começava: **"Um bom lugar pra namorar..." (10)**, cantava Maria Bethânia.

— Esta história lembra muito a minha. Uma menina que mora com o namorado na Holanda engravidou e o namorado desapareceu — disse ela, propositalmente, querendo provocar a filha.

Vera se levantou, foi até a janela, tomando coragem para reagir à provocação da mãe. Mas respirou fundo e resolveu manter silêncio.

E enquanto olhava para a fachada do Colégio São José, ouviu a mãe chamá-la para perto. Sentaram-se lado a lado e a mãe não precisou perguntar pelo motivo da tristeza. Ela contou — omitindo muitos detalhes, os mais importantes — seu **affair** com Augusto. Acabou triste e debruçada sobre o colo da mãe. E sentiu todo o carinho materno, com toques macios em seus cabelos e beijos em sua cabeça. Mas o que mais a tocou foi o comentário:

— Filha, para gente ser feliz, tem de lutar pelo amor. Não faça como eu. Não se contente com uns poucos meses de vida em comum e o pagamento de um asilo caro.

E pegando a filha pelo rosto, perguntou:

— Você promete?

Vera sorriu, agradecida.

— Prometo, mãe. Não vou deixar o Augusto fugir. Ele vai ser meu... E eu serei dele...

E Bethânia encerrava: **"... Se eu encontrar um novo amor, Copacabana!"**

SOLIDÃO

Vera e Augusto não tiveram um domingo muito diferente. Ela voltara a visitar a mãe e, na companhia de uma tia, passou horas agradáveis. Fez um esforço bem sucedido para não deixar transparecer a tristeza e conseguiu não sentir as horas passarem. À noite, já em casa, antes de dormir, pensou em Augusto. Mas não se sentiu triste. E até esboçou um sorriso, ao ouvir, no rádio, a conhecida voz de Roberto Carlos:

"Você não sabe/ Quanta saudade você me deixou/ Lindos momentos/ Coisas que o tempo jamais apagou" (11).

Augusto, por sua vez, almoçou com os irmãos e as cunhadas que sempre tentavam desanuviar o ambiente em que todos viviam. Débora, casada com Alfredo, tinha carinho por aquele cunhado magrinho, "bonitinho", que tinha quase que a idade de seus filhos. Tentou ser sua mãe, mas não conseguiu. Augusto aceitava o carinho, mas a via como cunhada, amiga e confidente. E se abria com ela mais do que com qualquer dos irmãos. Ela, aliás, não entendia a razão daqueles almoços. Sempre que estava no Rio, Alfredo os propunha, embora não demonstrasse prazer em receber o irmão.

Essa dificuldade de relacionamento, aliás, já fora motivo de muitas brigas do casal.

— Se você não gosta dele, por que o convida sempre?

— Por que prometi a papai. Como ele nunca entendeu o Augusto me pediu para que olhasse por ele.

— Alfredo, olhar por seu irmão, não significa que você tenha apenas de cuidar do dinheiro dele.

Alfredo nada respondeu. E nunca mais falaram no assunto.

Augusto também não sabia a razão de aceitar aqueles convites. Mas naquele domingo, sem alternativa, permaneceu na casa do irmão, tentando se distrair e leu de um só fôlego o primeiro livro da série Harry Potter, e até se divertiu com a história da Pedra Filosofal.

Karoline, por sua vez, passou o domingo cantando. De início, estava sozinha. Mas foi procurada por um antigo namorado, que a chamou para uma roda de samba em Vila Isabel. Lá, acabou convidada para cantar e até mesmo do pagode ela participou, mostrando ser partideira de categoria. Mas de uma coisa não conseguiu se livrar: em todo improviso, havia sempre uma referência ao amor não correspondido de Augusto.

Também Rejane teve um domingo insatisfatório. Começou com ela percebendo a troca de olhares entre Augusto e a sua colega de banda, durante praticamente toda a noite. E terminou com a descoberta de que seu companheiro era casado. Os dois levaram um flagrante da mulher traída e ela terminou a noite sozinha.

Era o presságio de que a semana que começaria em horas não seria das mais fáceis para nenhum dos quatro. Vera e Rejane trabalhavam numa empresa aérea, no Aeroporto Internacional do Rio. Já sabiam que teriam de lidar com passageiros estressados e com horários atrasados, voos cancelados e aviões cheios. Já Augusto e Karoline teriam de se apresentar durante a semana para o público já conhecido da Lapa, com expectativas diferentes: Augusto à espera que Vera fosse ouvi-lo algum dia. E Karoline, de que Augusto a ouvisse.

"EU QUERO"

A fila era grande e as reclamações, também. Já às 6 horas da manhã, quando partiam os primeiros aviões para o Centro-Oeste, os problemas no Aeroporto Tom Jobim começavam. Era a bagagem pesada que o passageiro insistia em levar na mão; eram os pacotes dispersos que tinham de ser unidos em um só volume, para protestos veementes de uma senhora; ou a prancha de surf que deveria ser despachada e cujos cuidados – segundo seu proprietário – a comparavam à coroa da rainha da Inglaterra.

Para todos os passageiros, estivessem estressados ou não, mal humorados ou não, Vera tinha um sorriso. Alguns se desarmavam ante sua presença. Outros só faltavam perguntar: "Tá rindo de quê?" Mas ela parecia não se importar. Com a experiência adquirida, podia-se garantir que nada a abalaria.

Mas naquele dia houve um embarque que a deixou nervosa: era uma banda de rock, que pegaria o voo para Manaus. Ela estava distraída fazendo o chek in, quando um rapaz perguntou:

— Tenho de despachar minha guitarra?

Ela olhou para o autor da pergunta e arregalou os olhos. A sua frente estava Augusto. Só quando o passageiro repetiu a pergunta ela percebeu o engano. Ficou tão alterada que Rejane, supervisora da fila, mandou-a deixar o posto que ela assumiria. Vera olhou para a amiga agradecida, pediu desculpas ao passageiro e se afastou quase que correndo.

Entrou no banheiro privativo dos funcionários, acalmou-se e ficou com raiva dela mesma. "Por que qualquer músico que aparece na minha frente eu penso que é o Augusto?" pensava ela. Depois de dar um jeito na maquilagem, voltou para atender os passageiros. Àquela altura, Rejane estava deixando o posto para o intervalo. Quando viu Vera vindo em sua direção, agarrou-a pelo braço e ordenou:

— Vamos tomar café.

Ao chegarem à área de restaurantes do aeroporto, Rejane empurrou Vera para a cadeira e, irritada, perguntou:

— O que houve?

— Eu pensei que fosse o Augusto.
— Você está maluca? Qual é? Qualquer pessoa com guitarra ou cantando é aquele fedelho da Lapa?
Vera, ainda mais irritada, contestou:
— Ele não é um fedelho!
Mas Rejane não se importou com a queixa.
— Você já teve quilos de namorados...
— Que sempre me dão um pontapé na bunda!
— Por que este menino está tirando você do sério?
— Talvez porque este menino — e frisou bem a palavra — seja o único por quem realmente eu me interesso...
— Você conheceu o Augusto na sexta-feira. Hoje é segunda e você já se diz apaixonada!... Vera, para seu governo, ele passou a noite de sábado cantando para a menina, a cantora da banda. — E pegou as mãos de Vera — Desculpe...
Vera nada disse. Talvez, no fundo, já esperasse por aquilo. Mas logo sorriu... A falta de autoestima sempre a fazia pensar assim. Mas dessa vez, ela garantia, seria diferente.
— Rejane, eu quero esse menino. E vou ter esse menino. Não vou repetir minha mãe, que abriu mão do amor do namorado. Eu vou correr atrás dele, sim. E já começo a ter pena dessa menina que canta com ele na banda — e levantou-se decidida.
Rejane — surpresa com a reação da amiga — quase bateu palmas e perguntou.
— E como você pretende fazer isso?
Vera respondeu, francamente.
— Não faço a menor ideia.
E começou a cantar:
"Se você está tão longe,/ tão distante pra voltar/ Saiba que eu estou tão perto sem saber como chegar..."

LINDA...

O **Ponto de Encontro** fechava às segundas-feiras. E aproveitando a folga, Karoline se preparou com esmero para tentar acabar a noite com Augusto. Caprichou na maquiagem, realçou os olhos verdes e colocou um batom que deixava seus lábios mais carnudos, em contraste com os dentes pequenos e certos. Sobre o corpo, apenas uma calcinha pequena e um vestido curto. "Estou bonita", pensou, olhando-se no espelho. Na verdade, o veredicto seria dado pelo porteiro do prédio vizinho. Se a olhasse, estaria bonita. Caso contrário deveria retornar ao apartamento.

Mas estava bela, sim. O porteiro até tirou os óculos para vê-la melhor. Karoline sorriu e foi em direção à Cinelândia, onde sempre se reuniam às segundas-feiras. Mais que uma noite de folga, era a oportunidade que tinham de trocar ideias.

Enquanto esperava o ônibus que a levaria ao encontro da banda, Karoline pensava nas vezes em que ficou com Augusto, mas que, por um motivo ou outro, acabavam os dois sempre sozinhos. Ela andava pensando, nos últimos dias, numa antiga amiga de colégio que não acreditava em mulher sem companheiro. E explicava:

— A mulher consegue sempre seduzir qualquer homem. Nenhum deles escapa a uma mulher disposta a conquistá-lo.

Karoline sempre ria quando ouvia esta frase. E naquela noite, acreditou nela. Só uma coisa a deixava apreensiva: "Ele pode ser seduzido. Mas posso fazê-lo gostar de mim?" Mas parou de pensar naquilo e entrou no ônibus.

Porém, acabou dando tudo errado. Augusto chegou muito atrasado, dando a entender que chegava de um encontro — o que não era verdade — e que, por isso, perdera a hora. Além disso, fez questão de ignorá-la durante todo o tempo em que estiveram juntos. Karoline se sentia tão mal que, ao se despedir do grupo, saiu caminhando pelas ruas, em direção a sua casa, sem se importar com a possibilidade de sofrer um assalto. Passou pelos pontos de prostituição, no qual travestis e mulheres disputavam os fregueses. E nem mesmo se importou com os olhares de surpresa que lhe dirigiam. No único segundo em que prestou atenção nos travestis, foi para solidarizar-se com eles. "Deve ser triste ter de recorrer à prostituição em troca de afeto", pensou ela, logo se assustando: "Será que é isso que me resta?" Tentou afastar o pensamento, mas não resistiu às lágrimas.

EM PÚBLICO

Vera não prestava atenção no que os passageiros falavam. Atuava automaticamente, com um ar de enfadonho, deixando alguns deles irritados. Mas ela não estava disposta a discutir. E os atendia com a competência que os muitos anos de trabalho lhe concediam. Até que teve sua atenção despertada para um casal que não parava de falar.

— Você tem de me ouvir — dizia meio que desesperado um homem de cerca de 40 anos. Ao seu lado, uma mulher mais nova, de cabelos pretos presos num coque elegante, pedia que ele ficasse quieto.

— Mas você não me ouve! — reclamava ele. Até que, surpreendendo a todos, ele a segurou pelos ombros e disse alto, para que todos o ouvissem:

— Olha aqui! O que a gente sente, a gente não esquece. E eu tenho certeza de que você ainda sente alguma coisa por mim. Mas se você prefere ficar sozinha, a culpa não é minha. Não fico infeliz de propósito. Tchau!

Todos os que estavam na fila e próximos ao balcão ficaram assustados com a cena. A mulher ficou parada sem reação até que, como se acordasse de um longo sono, guardou os documentos na bolsa e saiu correndo chamando por ele. Todos viram quando ela o alcançou e se atirou em seus braços. O beijo que se seguiu foi aplaudido por praticamente todo o aeroporto. Só então casal se deu conta do que estava acontecendo. Trocou um grande sorriso e ela desistiu da viagem.

Vera logo procurou Rejane com o olhar. E as duas começaram a rir. O casal passou a ser o assunto de todo o aeroporto. Tanto funcionários de companhias aéreas, do próprio aeroporto, quanto tripulantes e passageiros só falavam na reconciliação. Intimamente, Vera sorria e pensava ter encontrado a melhor maneira para acabar o impasse com Augusto. E a partir dali ela passou a trabalhar com mais bom humor, atendendo aos passageiros com gentileza. Rejane percebeu a mudança no humor da amiga, mas não conseguia entender de onde vinha aquela tranquilidade.

No primeiro intervalo, perguntou:

— Você está pensando em fazer alguma loucura?

Rejane riu gostosamente e respondeu baixinho, próxima ao ouvido da amiga:

— Você não faz ideia.

No restante do dia, Vera ficou praticamente contando as horas, aflita para que chegasse o momento de ir para casa. Ao sair, não conseguiu se desvencilhar de Rejane que, visivelmente temerosa, não queria que a amiga ficasse sozinha. Nem mesmo a desculpa de que iria visitar sua mãe mudou o panorama. Vera, então, levou-a consigo e, ao chegar em casa, horas depois, tratou de abrir uma garrafa de vinho branco, que estava na geladeira há muito tempo, esperando a oportunidade de ser consumida.

Rejane estranhou a felicidade de Vera e aceitou o copo de vinho. Mas sempre que tentava falar de Augusto, a amiga desconversava. A única coisa que conseguiu foi fazer um desabafo há muito esperado: sobre seu companheiro de noite.

— O cara é casado com uma mulher rica que lhe dá boa-vida! Eu, cheia de amor para dar, gostando dos carinhos dele, fui deixada de lado apenas porque ela paga as contas. É mole?

Vera ouviu o que a amiga dizia, mas estranhou a calma com que o desabafo foi feito. Olhou-a nos olhos e perguntou:

— Você não fez nada? Ficou quieta vendo-o ir embora?

— E você queria que eu fizesse o quê?

— Eu faria um escândalo. Eu...

Rejane, irritada, olhou para a amiga e disse, rispidamente:

— Olha aqui! Você está aí chorando por um garoto que toca guitarra, ama os Beatles e os Rollings Stones e fica querendo ensinar comportamento aos outros? Ora, vai à merda!

Vera, arrependida do que dissera, aproximou-se de Rejane, empurrou-a docemente pelos ombros fazendo-a sentar-se e disse:

– Olha, eu sei que não posso ensinar nada a você. Desculpe. Não quis ofender. É que hoje eu resolvi que vou procurar o Augusto custe o que custar. Se eu tiver de enfrentar a cantora amiga dele e sair na porrada com ela, eu saio. Ele vai ser meu de qualquer maneira...

Surpresa com a determinação da amiga, Rejane não se conteve:

– E quem disse que ele quer você? Vera, e se ela também estiver disposta a brigar por ele? – Como não obteve resposta e vendo que a amiga apenas sorria, completou: – O que fez você mudar de ideia?

Voltando a encher seu copo e, em seguida, o de Rejane, Vera começou a falar:

– Eu passei o final de semana com minha mãe. E ela, é claro, voltou a falar do namorado. Conversamos e eu contei, assim por alto, a história do Augusto. Disse que o quero para mim. Sabe o que ela me disse? Que eu deveria lutar por ele. Que não deveria fazer como ela, que acabou tendo raros momentos felizes ao lado do homem que amava.

Levantou-se, deu um grande gole no vinho, sorriu feliz para Rejane e continuou:

– Depois houve aquele casal, lá, no aeroporto, fazendo as pazes e se declarando na frente de todos. Aposto que, a esta hora, eles estão felizes... Despreocupados com o que as pessoas, como nós, pensamos daquilo tudo. – Aproximou-se, ficando cara a cara com Rejane – Eu quero o Augusto para mim. Quero abraçar aquele corpo magrinho. Quero beijar aquela boca gostosa. Quero que ele seja meu e quero ser dele, Rejane. Olha bem para mim. Eu vou conseguir. Juro!

E cantou:

"**Talvez sejam lembranças nada mais/ E eu nem sei dizer se os nossos sentimentos são iguais/ Já tentei, já fiz de tudo e não consigo te esquecer/ As vezes penso que os meus sonhos não existem sem você**"...

A QUEDA

Vera e Rejane saboreavam o vinho quando tiveram a atenção despertada para a televisão que anunciava:

"Um avião com destino a Salvador, que deixou o Rio de Janeiro às 16 horas de hoje, caiu na cidade de Ilhéus. Segundo a Defesa Civil baiana, os 245 passageiros a bordo faleceram no momento da queda da aeronave. Há ainda vítimas em terra, pois o aparelho chocou-se com um hotel na Praia dos Milionários".

Rejane e Vera se olharam assustadas e, automaticamente, largaram os copos, pegaram as bolsas e deixaram o apartamento. Elas sabiam que logo seriam chamadas ao aeroporto, o qual estaria vivendo, com certeza, um grande tumulto. Além dos parentes das vítimas, lá estaria a Imprensa.

E elas tinham razão. Já no acesso ao estacionamento privativo dos funcionários o tumulto era grande. Com dificuldade, passaram pelas pessoas aglomeradas no saguão e chegaram ao balcão da companhia. Foram puxadas para dentro pelos seguranças. Elas estavam desoladas com o que viam: homens e mulheres, de idades as mais variadas, desesperados por notícias e os jornalistas, por informações. Receberam as instruções do chefe do setor de comunicação, a lista dos passageiros, que seria distribuída em momentos, e se dirigiram para o balcão de atendimento ao público.

Antes de se aproximar do local onde deveria ficar esclarecendo os parentes das vítimas, Vera leu a lista de passageiros e viu que uma famosa banda de música estava no avião. Com o coração batendo rápido, não pôde deixar de pensar em Augusto. "Poderiam ser eles." Respirou fundo como que tomando fôlego para uma longa travessia na água e foi em direção à sala onde as primeiras informações seriam passadas.

Apesar do tumulto que se seguiu, com parentes e jornalistas fazendo perguntas em cima de perguntas, muitas vezes não permitindo que o diretor da empresa falasse, Vera conseguiu se desligar daquele ambiente. Ficou em silêncio ao lado do diretor, observando a reação das pessoas. Permaneceu assim quase que a noite toda. As más notícias ocuparam o espaço nobre dos noticiários e quando ela foi para casa, já quase de manhã, literalmente desabou na cama, exausta.

Seu sono foi agitado. Sonhou que chegava a um local que mais parecia um hospital, com macas encostadas nas paredes. Em cima de cada uma, um corpo mutilado. Em um faltava a perna, em outro o braço. Ela caminhava pelo longo corredor com Karoline, a cantora da **Sururu da Noite**. E a cantora chorava todo o tempo, dizendo precisar encontrar o corpo de Augusto. Curiosamente, Vera estava calma e tentava tranquilizá-la.

Acordou suada e, então, viu que dormira de uniforme da empresa. Levantou-se e se aprontou para ir para o aeroporto. Lá chegando, percebeu que o tumulto era menor, embora as pessoas ainda demonstrassem muito nervosismo. Tanto Vera quanto Rejane foram dispensadas do trabalho de atendimento aos passageiros. A empresa queria contar com ambas no atendimento às famílias das vítimas do acidente.

Ela caminhava calmamente em direção à sala que centralizava as informações quando sentiu alguém a puxando pelo braço. Virou-se e levou um susto: Augusto e Karoline, visivelmente transtornados, olhavam para ela.

– Você trabalha aqui? – perguntou ele. E antes mesmo de ouvir uma resposta. Emendou: – Você sabe quando os corpos serão resgatados? – perguntou, sendo seguro por um dos braços por Karoline.

– De quem você quer notícia? – perguntou Vera, propositalmente ignorando a presença dela.

Mas foi ela quem respondeu:

– O pessoal da **Black Night**.

Olhando com calma para Augusto, Vera viu que ele estava visivelmente transtornado. Carinhosamente, pegou-o pela mão e disse:

– Vem comigo! – e de mãos dadas e com Karoline, sempre colada nos dois, levou Augusto para a sala da Infraero, onde encontraram Rejane.

A amiga, se achou estranha a presença dos cantores ali, nada disse. Enquanto Vera conversava com a dupla, foi buscar café para todos. Quando voltava, viu, surpresa, que Augusto chorava e que Vera segurava suas mãos, consolando o namorado de Karoline.

– Foi ele que me ensinou a tocar rock – dizia Augusto, soluçando. – Eu só tinha noções da música clássica. Foi ele quem me disse que música é uma coisa só. Que, na verdade, mudam apenas o ritmo e os arranjos... – dizia ele, fazendo alusão a Toninho Barroso, líder da banda acidentada.

E não conseguiu continuar. Karoline literalmente agarrou Augusto, olhou desafiadoramente para Vera, e lhe disse:

– Vamos embora. Ninguém aqui vai poder fazer nada. Vamos para casa, acompanhar pela televisão. Eles vão dizer quando os **Black** serão resgatados.

Augusto se levantou, olhou para Vera como que pedindo desculpas – ela acenou com a cabeça, tentando tranquilizá-lo – e deixou a sala, com Karoline agarrada a ele.

Longe de ficar irritada com o cerco que Karoline fazia a Augusto, Vera ficou feliz. E sorriu quando ele, de longe, voltou o rosto para ela. Era a prova clara que ela procurava. Se ele não a quisesse, não teria tentado olhar para ela, mesmo que de longe. E foi com satisfação que respondeu a Rejane, quando ela perguntou se estava tudo bem:

– Como dizem os ingleses, *never better!*

HELP!

O acidente com a banda de rock foi noticiado com o estardalhaço próprio das grandes tragédias. Eram, os **Black**, as únicas pessoas conhecidas do público que se encontravam no avião acidentado. E mais do que uma banda de rock, formavam uma das mais competentes cover dos Beatles. Toninho Barroso, pelo que a imprensa informava, não era apenas líder da banda. Fora professor e mentor de muitos músicos. Ao ouvir os depoimentos de alguns deles, dos mais variados estilos, lamentando sua morte, Vera pôde entender a dor que Augusto deveria estar sentindo.

Tanto as emissoras de rádio quanto as de TV não paravam de homenagear o músico morto no acidente. E uma delas, graças ao convênio que mantinha com a BBC Britânica, conseguiu as imagens da apresentação que a **Black Night** fizera no Cavern Club, o eterno berço dos Beatles. A apresentação, aliás, foi a única coisa que conseguiu tirar Vera e os demais funcionários do atendimento ao público. Quando as imagens começaram, praticamente todo o atendimento da Infraero parou: **"When I was younger so much younger than today/ I never needed anybody's help in any way/ But now these days are gone/ I'm not so self assured/ Now I find I've changed my mind/ I've opened up the doors"** (12).

O sucesso dos Beatles ajudou a deixar o ambiente mais leve. E a todo instante, as pessoas cantavam: **"Help me if you can I'm feeling down/ And I do appreciate you being 'round/ Help me get my feet back on the ground/ Won't you please, please, help me?"**

O trabalho no aeroporto, pouco a pouco, foi voltando ao normal. A preocupação de todos, agora, era saber que prejuízos a empresa teria com o acidente. Isso porque o Ministério Público Federal da Bahia resolvera acompanhar de perto as investigações e abrir um inquérito e apurar suas causas. Não fosse o interesse que as tragédias aéreas justamente provocam, o trabalho no aeroporto já teria voltado à rotina.

Com o passar dos dias, Vera começou a se mostrar de fato preocupada com Augusto. Logo após a morte dos **Black**, o **Ponto de Encontro** suspendeu a música ao vivo, sob o argumento de que os integrantes da **Sururu da Noite** estavam abalados com a tragédia. Vera supunha, assim como Rejane, que abalado deveria estar Augusto, e que a suspensão das apresentações nada mais era do que solidariedade dos demais músicos.

A semana passou e, na sexta-feira, Vera resolveu ir sozinha ao **Ponto de Encontro** para, ao menos, ver Augusto de longe. Ao chegar, foi surpreendida com a notícia de que a **Sururu** ainda não retornara. Preocupada, pediu a um garçom para falar com o gerente. E enquanto esperava, bebia um chopinho e via que a casa, sem música, era séria candidata ao fechamento. Cerca de meia hora depois, um senhor de barbas e cabelos grisalhos, sentou-se a sua frente. Vera perguntou pela banda e ele deu a resposta que ela esperava. Sem saber exatamente a razão, ela se tornou especialista na banda e não teve medo de dizer:

— Mas o senhor sabe que o problema maior é o Augusto, não sabe? — perguntou ela, já esperando que ele procurasse minimizar o problema.

Surpreendentemente, ele concordou com ela.

— Vou lhe fazer uma revelação, mas peço que a senhora não diga a ninguém. Eu já avisei aos meninos que se os shows não recomeçarem amanhã, vou trazer um conjunto de chorinhos de quem falam maravilhas.

Vera ficou alarmada. Engasgou-se com a bebida e disse, quase gritando:

— O senhor não pode fazer isso! — logo se arrependendo, ao perceber que os fregueses das outras mesas estavam assustados com seu tom de voz. E, mais calma, após pedir desculpas ao gerente, perguntou: – Se eu conseguir trazê-los de volta, não digo amanhã, mas na segunda-feira, o senhor desiste do chorinho?

O gerente chamou o garçom, pediu outro chope para Vera, sorriu e disse, amistosamente:

– Ninguém gosta mais daqueles meninos do que eu – disse sorrindo. – Segunda-feira a casa está fechada. Mas se a senhora, até domingo, me der a certeza de que eles voltam na terça, eu esqueço o chorinho.

De posse da promessa do gerente e do número do celular e o endereço de Augusto, Vera deixou o **Ponto de Encontro** e se dirigiu ao carro, pensando em falar com Rejane. Mas pensou melhor, guardou o celular na bolsa e seguiu para o endereço que lhe fora fornecido.

Enquanto seguia para a Zona Sul, Vera ficava pensando que argumento usaria para convencer Augusto a recebê-la. Sim, porque ela estava preocupada com ele e não com a banda. E sorrindo, ligou o rádio, ouvindo: *"...Linda! te sinto mais bela/ e fico na espera/ me sinto tão só/ mas! o tempo que passa/ em dor maior, bem maior..." (13).*

O apartamento ficava no Leblon, na Rua Rainha Guilhermina, e não foi difícil para Vera localizá-lo. Estrategicamente, ficou esperando que alguém entrasse ou saísse do prédio para não ter de falar com Augusto pelo interfone. Não precisou esperar muito. E entrou.

Parada em frente à porta do apartamento, chegou a pensar em desistir. Mas se lembrou que era a oportunidade de rever Augusto. "Quem sabe ele está sozinho", pensou em seguida. E foi com o melhor de seus sorrisos que tocou a campainha.

TERRENO MINADO

Não havia ninguém em casa e ante a insistência com que Vera tocava a campainha, uma vizinha deu a ela a informação que Augusto estava na casa do irmão há dias. Vera agradeceu e perguntou pelo endereço. A vizinha lamentou, mas disse que o zelador, com certeza, saberia.

– Eles costumam saber de tudo – disse ela, sorrindo.

Vera foi até o apartamento do zelador e, após contar uma história triste, conseguiu o endereço do tal irmão de Augusto. E para lá se dirigiu. Apresentou-se na portaria do Edifício Chopin, ao lado do Copacabana Palace, como amiga de Augusto e, após alguns minutos que, para ela, pareceram uma eternidade, teve a entrada permitida.

À porta do apartamento, já aberta, uma empregada, uniformizada a aguardava.

— Dona Débora já vem — disse, mostrando um sorriso bonito e simpático. — Sente-se, por favor. Ela não vai demorar.

Vera sentou e ficou aguardando, nervosa, a tal cunhada. E quando a viu, teve vontade de sair correndo. Débora era alta, com cabelos muito bem escovados e muito, muito bonita. E se lembrou da socialite que, há cerca de dez anos, montara uma produtora de cinema e fizera grande sucesso, produzindo filmes que conquistaram prêmios nos mais importantes festivais da Europa e dos Estados Unidos. Mas como não obtivera o Oscar, abandonara tudo e voltara à vida de dona-de-casa.

— Desculpe, não sei como dizer isso, mas o Augusto não quer te ver...

Vera sorriu e, diferentemente do que acontecera nas vezes anteriores, sentiu-se segura.

— Eu já esperava esta resposta. A senhora desculpe a insistência, mas eu não saio daqui enquanto não falar com ele. Eu preciso muito... — disse ela.

Débora já percebera, pela reação de Augusto ao ouvir o nome dela e pela insistência de Vera, que não se tratava de uma simples visita. Mandou que ela sentasse, sorriu e explicou:

— Olha, ele me fez prometer que eu mandaria você embora. Eu não costumo contrariá-lo em nada. Mas dessa vez, vou abrir uma exceção — e se levantou, convidando Vera a acompanhá-la. — Enquanto isso vamos beber alguma coisa. Você aceita uma taça de vinho?

Vera estava feliz. Sentira na cunhada de Augusto uma aliada. E passou a tratá-la como uma amiga. E o clima estava tão amistoso que não teve receio de dizer, entre um gole e outro, que ela e Augusto se conheciam há pouco mais de um mês.

— Meu Deus! Só isso! Então, foi paixão à primeira vista, hein! — disse sorrindo e vendo Vera ficar vermelha. — Olha, percebi que havia algo no ar, porque ele sempre recebe os amigos aqui em casa. É um lugar em que se sente à vontade. Aliás, esta sala é chamada aqui em casa de a **sala do Augusto** — e riu, de forma simpática. — A reação dele, quando falei o seu nome, foi diferente. Só não entendi uma coisa: ele perguntou se a Karoline já tinha saído...

Vera não conseguiu esconder seu descontentamento.

— Ela esteve aqui? Meu Deus! — e se levantou, passando a caminhar pela sala.

Olhando pela janela, Vera percebeu que estava descontrolada. Pior, estava quase chorando. Quando tentava se esconder de Débora, sentiu as mãos da dona da casa em seu ombro. E se deixou ser abraçada e até acarinhada.

— Vamos ficar calmas. Você está na minha casa e aqui mando eu. — Pegou Vera pelas mãos e levou-a de volta ao sofá. Sentou-se ao lado dela e perguntou, meiga: — Você não conhece a história do Augusto, conhece?

Ainda com cara de choro, Vera disse que não. Débora, então, contou o drama que o cunhado vivia praticamente desde que nascera. E relatou tudo, da absoluta indiferença dos pais, principalmente da mãe, que desistira de tudo para acompanhar o marido em suas viagens, e dos irmãos mais velhos.

– Coitado! – disse Vera, depois de ouvir a história. – É com você que ele se abre?

Débora riu e respondeu:

– Não. Na verdade, ele não se abre com ninguém. Além disso, sou apenas a cunhada que o conheceu criança. Mas o fato de ser casada com Alfredo já faz de mim alguém contra quem ele tem suas defesas.

– Mas ele não vem pra cá sempre?

– Vem. Mas isso não faz de mim alguém em quem ele confie plenamente – e sorriu. – O que acontece é que eu passei a conhecê-lo bem. Mais do que conheço os meus filhos. – Voltou a sorrir para Vera e disse: – Você, por exemplo, deve ser alguém que o incomoda. Por que então ele não quis receber? E, se serve de consolo, a Karoline entra aqui e vai direto para o quarto dele.

Vera não sabia que reação ter. Se Augusto não querer vê-la era um pequeno sinal de que tinha interesse nela, então, era hora de festejar. E estava tão absorta em seus pensamentos que não o viu se aproximar das duas. E se assustou quando ele disse à cunhada:

– Eu não disse para ela ir embora? – E, virando-se para Vera, acrescentou – Agora, quem não quer você sou eu, tá?

Vera procurou por Débora, mas a dona da casa já se levantava e deixava os dois sozinhos na sala. Antes de se afastar, aliás, teve a precaução de fechar a grande porta que ligava a **sala do Augusto** ao restante do apartamento.

Sozinha, Vera respirou fundo e encarou Augusto. Viu seus olhos fundos – mais fundos que o habitual –, o cabelo desgrenhado e a boca – aquela boca! –, com os lábios tão secos que pareciam não receber líquidos há muito tempo.

Ele começou a repetir a pergunta, mas teve de calar, pois Vera se aproximou, colocou a mão sobre sua boca e falou baixinho.

– Você disse para eu ir embora. Mas eu não quis ir e sua cunhada, que é a dona da casa, me deixou ficar. Tá?

– O que você quer? – perguntou ele, arrancando sua mão de forma ríspida.

– Saber de você. Se já superou o trauma da morte da banda, se está em condições de cantar, quando pretende voltar a trabalhar...

Mas foi interrompida por ele:

– Que diferença faz se eu vou voltar a cantar ou mão?

Vera se afastou dele, juntou as mãos como se rezasse, apoiou o rosto sobre elas, respirou fundo, olhou para ele de volta e disse;

– Olha, um dia eu me interessei por um cara lindo, que canta divinamente. Passei a noite inteira olhando para ele. Mas por ser muito insegura, nunca ter tido uma aventura amorosa feliz, acabei deixando que se afastasse de mim. – E voltando a se aproximar, continuou: – Sei que você está passando por uma fase difícil, mas não quero que sofra. – E segurou o rosto de Augusto com as duas mãos, beijou-o carinhosamente na boca e voltou a se afastar. – Bobão! Por que você tem tanta raiva de mim?

Augusto se afastou dela e foi até a janela. Olhando a Praia de Copacabana toda iluminada ficou pensando: por que não a aceitava como companhia? Estava pensando no que dizer, quando se sentiu abraçado por trás, a nuca sendo beijada e os seios de Vera fazendo pressão em suas costas.

– Meu lindo! Perdão! Eu estou sofrendo desde a hora em que te deixei sozinho na Lapa. Minha vontade foi voltar ao **Ponto de Encontro** e beijar você na frente de todos. Diga que você me perdoa, vai! – E virou Augusto de frente para ela.

Ele já a olhava com um leve sorriso nos lábios. Aproximou-se dela, beijou-a suavemente na boca, respirou fundo e disse.

– Não sei se você vai gostar do que eu vou dizer...
– Experimenta...
– É a Karoline... Você sabe...
– Meu lindo, a Karoline é problema seu. Eu não tenho nada a ver com isso. Mas eu quero que você diga com franqueza se você sente ao menos isso assim – e fez o gesto, com os dedos indicador e polegar juntos – por mim.

Foi a vez de Augusto se desarmar, aproximar-se de Vera, abraçá-la e procurar sua boca para beijá-la com sofreguidão.

Horas depois, Vera deixou o apartamento e saiu caminhando pelo calçadão junto à praia. Ria sozinha pelos momentos que vivera com Augusto. Ela queria guardar na memória todos os beijos que trocaram. Ainda tinha marcada no corpo a volúpia com que um se atirou sobre o outro. Ele se sentou no sofá enquanto ela, após tirar a calcinha e levantar a saia, sentou-se sobre ele. Quando olhou para a porta de entrada do apartamento, receosa de que alguém os surpreendesse ali, Augusto a tranquilizou:

– Ninguém vem aqui quando estou nesta sala. – E olhando para ela com uma expressão divertida, acrescentou: – Eles me conhecem! – Vera teve vontade de lhe dar um soco. Mas estava tão feliz de ter Augusto dentro dela que se limitou a rir. Começou a cavalgá-lo, lentamente e deixou o apartamento sem falar com Débora e sem a calcinha, que Augusto quis guardar como lembrança. E nem o fato de não obter dele nenhuma promessa, embora admitisse estar dividido entre ela e Karoline, a preocupava. "Karoline, não me leve a mal, mas sou mais eu...", pensou feliz, encaminhando-se para o carro.

Saindo dali, voltou ao **Ponto de Encontro** para garantir ao gerente que a **Sururu da Noite** estaria de volta na terça-feira seguinte. Este, feliz, ofereceu-lhe uma mesa. Vera não aceitou. Mesmo porque, pensou, o oferecimento só acontecia porque a casa estava vazia. Mas nada disse. Recusou, agradeceu e foi para casa. Lá chegando, pegou a mesma garrafa de vinho que abrira dias antes e bebeu, ouvindo música. E, com um sorriso nos lábios, dormiu. Feliz.

FIM DE CASO

Ao chegar para a visita costumeira, no dia seguinte, Karoline percebeu que alguma coisa no apartamento de Débora estava mudada. Tudo começara quando a empregada, seguindo instruções de Augusto, abrira a porta do apartamento e, em seguida, pediu que ela esperasse na sala, embora fosse habitual sua entrada pela casa sem pedir licença. Suas suspeitas se confirmaram quando Augusto chegou para falar com ela, reagiu com frieza ao seu beijo e ficou dedilhando uma música no violão.

Karoline tentou falar, mas ele não lhe dava chance e só parou quando ela, profundamente irritada, gritou com ele:

– O que é agora?

– Nada... – E ele continuou dedilhando, até que começou a cantar; **"Tenho pensado, que o nosso caso está na hora de acabar" (14)**.

Karoline tentou falar, mas ele não lhe dava chance e só parou quando ela, profundamente irritada, gritou com ele:

– Para de tocar essa merda!

Augusto parou e a olhou. Ambos ficaram em silêncio. Em seguida, ele foi até a janela e ficou vendo a praia. Percebeu que Karoline tentava se aproximar, e passou a fugir dela pelo outro lado da sala.

– O que é Augusto? Você quer terminar? É isso?

Ele nada disse e continuou olhando a praia. Ela tentou uma nova aproximação e, desta vez, ele não recusou, embora continuasse com as mãos nos bolsos da bermuda, olhando pela janela. Ela o enlaçou pela cintura e começou a se esfregar nele, esperando excitá-lo. E, a princípio, ele teve a reação que ela esperava. Mas foi só impressão.

Ela lhe deu um beijo no rosto e tornou a perguntar:

– Acabou, não é?

Augusto se desvencilhou dela, mas não se afastou e disse:

– Não sei...

– Como não sabe? – replicou ela, com um ar assustado. – Ontem nós estivemos aqui, juntos, e estava tudo bem. A não ser... – E olhou séria para ele – Teve alguém aqui depois que eu saí?

– Teve... Nós conversamos e nos beijamos. Foi isso... – disse Augusto, na esperança de não ter de dar maiores explicações.

Karoline se sentou no sofá, o mesmo em que vivera bons momentos com Augusto e que ele esteve com Vera. Passou a mão sobre o tecido macio que o forrava, sentiu as lágrimas chegando, tentou impedi-las e perguntou:

– Você não sabe se quer a mim ou a ela, não é?

Augusto se limitou a assentir com a cabeça. Não tinha coragem de encará-la. Karoline percebeu que ele estava sem coragem de dizer já ter feito a sua escolha. E ela fora rejeitada.

— Você quer que eu diga, não é? – Levantou-se, ficou frente a ele e disse: — Eu quero você. Ela também quer. E quem você quer? – E ficou andando pela sala, pensando. De repente, virou-se para Augusto e perguntou: — E quando você tiver vontade de chorar? Vai chorar com ela ou comigo? – e ficou aguardando uma resposta. Ante o silêncio da sala, continuou: — Eu sei dela pelo que você fala. E ficou claro, naquele dia no aeroporto, que ela também te quer. Mas dessa vez, meu amor, você terá de se definir. Quando você se resolver, diga, ok? Mas olha: aí pode ser tarde. Nunca esqueça: a fila anda.

DEIXAR A LUZ ENTRAR

Em seguida ao encontro com Vera e com Karoline, este, no dia seguinte, Augusto ficou ainda mais isolado. E como seu objetivo era não falar com ninguém, resolveu voltar para casa. Já estava de mala feita quando ouviu alguém bater na porta do quarto. Ao abrir, viu Débora que pediu para entrar. Ele deixou espaço para a cunhada passar e ficou esperando que ela falasse.

— Eu vou para casa — disse ele, respondendo a ela que apontou para a mala. — Mais uma vez, você me salva... Mas agora, acho que estou enrolado mesmo, porque não consigo decidir o que fazer da minha vida — e se sentou na cama, com ar desolado.

Débora sorriu, sentou ao lado dele e perguntou.

— Você acha que essas coisas são simples, assim? Acha que seu irmão e eu não tivemos problemas quando nos conhecemos? Que não tivemos dúvidas e que ainda não tenhamos?

— De vocês, eu não sei. Mas o que papai contava da mamãe era bem diferente...

— Não acredite em tudo o que ouve — disse ela, de forma ríspida. — O fato de seu pai e sua mãe se amarem muito não significa que eles não tenham problemas. Isso só acontece em filmes classe B.

Augusto nada disse. Apenas pegou o violão e começou a dedilhar uma música qualquer. Débora, então, levantou-se foi à janela e abriu a cortina para que a luz entrasse.

— Augusto — disse ela —, seu coração deve estar assim como este quarto: cheio de coisas e sem luz. Tá na hora de você fazer uma arrumação, ver o que presta e o que não presta e se livrar de tudo aquilo que for velho ou imprestável.

Ela esperava alguma reação da parte dele, mas viu que o cunhado tinha parado de dedilhar o violão e olhava com atenção para ela. Caminhou então para o meio do quarto e continuou.

— Dessa vez, você recebeu apenas duas visitas. A Karoline e a Vera. A

Karoline eu já conheço, sei que ela é música como você, tem os mesmos valores e, acima de tudo, meu querido, sei que ela gosta muito de você. Sempre achei isso. Essa história que você sempre conta que ela namorava outros homens, mesmo sabendo que você gostava dela, não me convence.

Habitualmente, Augusto não permitiria que Débora falasse com ele com aquela franqueza. Já teria feito a cunhada se calar. Mas, surpreendentemente, ouvia com atenção o que ela dizia. Débora não perdeu o fôlego e continuou.

— Mas você não gosta dela. Pode ter tesão por ela, mas não tem amor...
— E a Vera? — perguntou ele.
— Vera? Ela, sim. Por ela você sente alguma coisa. E sabe como eu sei disso? Você tinha de ver a sua cara, Augusto. Eu queria ter fotografado você...

O silêncio que se seguiu foi quebrado por Augusto, que começou a cantar, baixinho... ***"Longe de ti tudo parou/ ninguém sabe o que eu sofri/ amar é um deserto e seus temores... Vem me fazer feliz porque eu te amo... E esqueço que amar é quase uma dor..."*** (15)

Débora se aproximou do cunhado, quase que se ajoelhou a sua frente e disse:

— Ninguém pode decidir nada. Só você pode resolver isso, meu querido... Tenha calma. Não precisa decidir aqui, agora, com quem quer ficar... — Levantou-se, olhou para ele e disse séria: — Mas deve se lembrar sempre que não se brinca com o sentimento dos outros. Seja honesto com aquela que você não quiser...

— Com a rejeitada? — perguntou ele, tentando fazer graça.
— Você sabe quanto dói ser rejeitado. Não faça com os outros aquilo que critica tanto no seu pai. — Deu um sorriso para ele e saiu do quarto.

TUDO FUGAZ

O clima no **Ponto de Encontro** era de muita ansiedade. O gerente da casa passava dando uma ordem e, logo a seguir, outra, sempre contraditória. A publicidade estava feita e a banda ficara feliz ao ver a casa cheia. Chegaram juntos. Só faltava Augusto, como sempre. E caminharam entre as mesas e, com surpresa, se viram aplaudidos.

Tudo estava pronto a tempo para começarem a tocar, quando Arnaldo, o baixista, perguntou:

— Vamos começar sem ele? — referindo-se a Augusto.
— Vamos — disse Karoline, passando os olhos pela plateia, à procura do colega.

Ele chegou, atrasado, e foi reconhecido pelos fregueses que até atrapalharam a música que estava sendo interpretada por Karoline: ***"Bem que eu me*** *lembro/ da gente sentado ali/, na grama..." (16)*. e parou no meio da frase para ver o que estava acontecendo. Sorriu para Augusto que retribuiu e se encaminhou para o camarim. A banda, então, retomou a música: *"... Observando hipócritas disfarçados, rondando ao redor, amigos presos, amigos sumidos assim..."*

No camarim, Augusto se sentou em uma caixa de madeira largada ao canto e deu um longo suspiro. Apesar da conversa com Débora, ele continuava sem saber qual decisão tomar. E, na vã esperança de que a solução caísse do céu, ficou dali ouvindo Karoline. Os aplausos estavam entusiasmados. E sorriu.

E Karoline cantava: *"Meu mundo você é quem faz/ música, letra e dança/ tudo em você é fugaz..." (17)*.

Augusto pegou o violão e o cavaquinho e começou a descer as escadas que davam acesso ao salão do restaurante. Chegou ao último degrau e se lembrou de Vera. Fora dali que ela ficara, na primeira noite, olhando e sorrindo para ele.

E Karoline cantava: *"... Só vou te contar um segredo/ Nada de mal nos alcança/ pois tendo você, meu brinquedo,/ nada machuca nem cansa..."*

Augusto olhou em volta e se impressionou com a quantidade de gente que comparecera àquela noite de retomada da banda. Olhou feliz para as mesas e viu pessoas de idades as mais diferentes cantando felizes... Casais se beijando e, possivelmente, trocando juras. Grupos grandes brindando a todo o momento. E, de repente, teve a impressão de ver Rejane entrando na casa.

E Karoline cantava: *"... Então, onde quer que você vá, é lá/ que eu vou estar/ amor esperto/ tão bom te amar.."*

Não era impressão. Rejane entrava na frente, com Vera logo atrás. Os dois cruzaram os olhares e, desta vez, foi ele quem fugiu. Ficou nervoso e resolveu ir ao bar pedir algo quente para começar a cantar, sem coragem de se virar.

Vera compreendeu que ele fugisse e seguiu com Rejane para uma mesa onde estavam outros amigos. Sentou-se, sem ao menos olhar para Augusto. Também tinha medo.

E Karoline cantava: *"Pra você, eu guardei/ um amor infinito/ Pra você, procurei/ o lugar mais bonito/ pra você, eu sonhei/ o meu sonho de paz/ pra você me guardei/ demais, demais..." (18)*.

FAZER O QUÊ?

Sem ter mais como fingir, Augusto caminhou para o palco, chamando a atenção de algumas mesas. Entre elas, a que Vera ocupava. Ele passou e Rejane cutucou a amiga. Ela baixou os olhos para o copo de chope e não viu que ele estava parado, no meio do caminho, olhando para ela. Novamente o cutucão. E, finalmente, Vera olhou para ele. Trocaram sorrisos por um longo tempo.

E Karoline cantava: *"... Se você não voltar/ o que faço da vida?/ Não sei mais procurar/ a alegria perdida..."*

Rejane não resistiu, apertou o braço de Vera e lhe disse ao ouvido:

— Se você não levantar essa bunda gorda dessa cadeira, eu vou lá e dou, eu, um beijo nele!

Vera achou graça do comentário da amiga e voltou a olhar para Augusto. Ele, agora, olhava para Karoline. Que cantava: *"Eu não sei nem por que/ terminou tudo assim/ ah, se eu fosse você/ eu voltava pra mim."*

De repente, Augusto tomou a decisão de ir ao palco. Deixando Vera frustrada. Subiu sob os aplausos da casa, cumprimentou um a um seus colegas e trocou um cumprimento carinhoso com Karoline. Que também se frustrou, pois o tradicional selinho não aconteceu.

A banda parou de tocar e Karoline anunciou:

— Com vocês, Augusto Sagúlem! – e puxou os aplausos.

Calmamente, ele sentou no banquinho.

— Eu tinha preparado um discurso para comemorar esse reencontro... Mas estou com medo de dizer bobagem... – Logo surgiram alguns protestos – Por isso, vou cantar. Isso eu sei fazer.

A plateia aplaudiu e a banda foi para o fundo do palco, como que a esperar pelo chamado de Augusto. Ele dedilhou o cavaquinho e começou a cantar: *"Dentro do meu ser/ Arde uma paixão/ Fogo de saudade/ Invade o coração/ Foi sem perceber/ Que o amor chegou/ Sem nem mais porque/ A luz se apagou..."* (19).

Karoline não sabia o que pensar. No fundo do palco, ela observava o amigo e a reação do público. Arnaldo e Beto estavam impressionados com o silêncio da plateia. Karoline, então, desceu do palco e procurou os olhos de Augusto. Logo percebeu que o olhar do colega tinha um destino. E viu Vera, que parecia hipnotizada.

E Augusto cantava: *"... E sendo assim/ A minha voz não vou calar/ Desejo, sim/ Que um novo sol venha a brilhar/ Quem ama pra valer/ No amor se fortalece/ Não fiz por merecer/ A dor que me entristece..."*.

Irritada com a derrota que se avizinhava, Karoline resolveu voltar ao palco. Mas os aplausos mostravam que ela não conseguiria tirar Augusto do microfone, mesmo porque o restante da banda o acompanhava. Postou-se ao lado dele, à espera do que ele iria fazer. Era evidente a tensão que rolava no palco.

Augusto, então, virou-se para ela e disse, sorrindo:

— É a sua vez.

Surpresa, Karoline não sabia o que dizer. Olhou para o restante da banda, até que o pianista deu a dica. Ela, então, fechou os olhos à espera dos primeiros acordes. E quando eles vieram, cantou: *"A chuva cai lá fora/ Você vai se molhar/ Já lhe pedi, não vá embora/ Espere o tempo melhorar/ Até a própria natureza/ Está pedindo pra você ficar..."* (20).

Augusto sorria, acompanhando Karoline e seguindo o arranjo feito por Arnaldo. A voz da colega tornava tudo mais fácil. Olhou então para a plateia e não viu Vera. Seu lugar ao lado de Rejane estava vazio. "Deve ter ido ao banheiro", pensou, tentando se acalmar.

E Karoline cantava: *"Atenda o apelo desse alguém que lhe adora/ Espere um pouco, não vá agora/ Você ficando vai fazer feliz um coração/ Que está cansado de sofrer desilusão..."*

Augusto, depois de correr praticamente toda a casa com os olhos, acalmou-se: Vera estava sentada na mesma escada em que se viram pela primeira vez. E voltaram a trocar sorrisos, troca esta que não passou despercebida por Karoline que, fez um gesto ao pianista e praticamente emendou: *"O meu amor me deixou/ Levou minha identidade/ Não sei mais bem onde estou/ Nem onde a realidade..." (21).*

De onde estava, Vera conseguia ter os olhos presos em Augusto. Mas também podia sentir as manobras de Karoline para se aproximar. Ela não sabia que, nas últimas apresentações, os dois se revezavam no microfone, com enorme sucesso, passando para o público a impressão que estavam tendo um caso. E as atitudes que, para todos os músicos, pareciam ser naturais de um grupo de artistas, para ela parecia ser manobra orquestrada por Karoline.

Sentiu-se ainda pior quando, em determinado momento, Karoline, com um largo sorriso, pegou seu cavaquinho e, de frente para Augusto começou: *"Se você soubesse como estou sofrendo/ Eu sei que, na certa, você ligaria para mim./ Se você soubesse como estou vivendo/ Eu sei, na verdade, você me diria que sim" (22).*

MANOBRAS

Rejane, da mesa, percebeu a tragédia que se anunciava. Temerosa de que Vera largasse tudo, pensou em ficar com a amiga. Chegou a se levantar, dando a desculpa de que iria ao banheiro. E quando estava quase junto a Vera, ouviu um comentário dos garçons, que a deixou ainda mais preocupada.

— A Karoline não vai largar o Augusto, hoje. Ela comentou com a Lúcia, antes do show começar, que hoje só sairia daqui abraçada com ele... — E riu, no que foi acompanhado pelo outro funcionário do restaurante.

Rejane chegou perto de Vera e sentiu a amiga preocupada. Augusto e Karoline cantavam sem dar importância à reação das pessoas na plateia, que de pé, algumas, e dançando, a maioria, só se divertia. Ela tocou a amiga com as mãos e recebeu como resposta um sorriso e um olhar tristes.

— Ele me viu aqui. Mas a Karoline não o deixa em paz...

As duas ficaram ainda mais preocupadas quando Augusto, olhando para Karoline, cantava: *"... Um amor tão bonito que me faz delirar e sonhar/ Mantém essa chama que eu não desejo apagar/ Seu retrato, já escondi. Não consigo esquecer..."*

Vera percebeu que teria de agir. Não poderia mais ficar na posição de vítima de uma trama macabra. E percebeu um rapaz, "bonito, muito bonito", que a olhava e fazia sinais para que ela fosse dançar com ele. Deu um sorriso cheio de confiança para Rejane e sentenciou:

– É hora de agir... Fogo se combate com fogo...

E caminhou em direção ao palco. Perdeu-se em meio às pessoas que dançavam, abraçou-se ao rapaz e saiu dançando. "Como ela dança bem", pensou Rejane que, imediatamente, olhou para Augusto. Ele olhava Vera dançando e, aparentemente, não se incomodava com aquilo.

E Karoline cantava: *"... Será que você vai voltar para mim e me fazer feliz?/ É o que eu tanto quero, o que eu tanto quis/ O luar vai cobrir o azul deste céu, que eu sonhei,/ Com seus raios brilhantes. Como eu te amei!/..."*

Augusto viu Rejane voltar à mesa, sentar-se em seu lugar e apontar para Vera, que dançava alegremente. Todos sorriram e a conversa continuou. Foi quando se deparou com os olhos de Rejane fixos nele. Ela, calmamente, fez um gesto indicando a amiga. Ele sorriu em resposta e balançou a cabeça afirmativamente, dando a entender que compreendia o que acontecia.

E Karoline cantava: *"... Olha, eu vou te esperar/ Pois um amor tão bonito não pode acabar./ Eu só sei te sonhar/ Tua lembrança é tão linda, não quero acordar"*. E sua voz foi coberta por aplausos, quando ela cantava: "Se você soubesse..."

SEM COMPROMISSO

Karoline não sabia se ria ou se chorava. Ao ver Vera dançando com um homem desconhecido numa pista de dança lotada, ela teve vontade de sair gritando e comemorando. Mas foi com surpresa que viu o colega pegar o violão, fazer um sinal para a banda, e começar a cantar: *"Você só dança com ele/ E diz que é sem compromisso/ É bom acabar com isso/ Não sou nenhum pai João..." (23)*.

Rejane logo percebeu que a música cantada por Augusto era endereçada a Vera. Karoline continuou a rir e logo era acompanhada pela banda. Só a verdadeira causadora de tudo dava a impressão de nada entender.

E Augusto cantava: *"... Quem trouxe você fui eu/ Não faça papel de louca/ Pra não haver bate-boca/ Dentro do salão..."*

E Vera dançava feliz. Seu parceiro era bom e logo estavam no centro da pista, sendo observados por muitos outros casais.

E Augusto cantava: *"... Quando toca um samba/ Eu te tiro para dançar./ Você me diz: não, eu agora tenho par/ E sai dançando com ele, alegre e feliz./ Quando acaba o samba, bate palma e pede bis."*

E Augusto parou de cantar. Foi a dica para a banda fazer um intervalo. Todos bateram palmas entusiasmadas e a banda agradeceu. Exceto Augusto, que desceu do palco e foi direto para o bar, alegando estar com sede.

Vera enquanto isso se livrava do parceiro de dança e caminhava para a mesa quando Rejane a agarrou pelo braço e a levou para o banheiro. Na fila, quase gritando de alegria, informou:

— Menina, ele quase desceu do palco quando te viu dançando... E a música...

— O que tem a música?

— Não vai me dizer que você não percebeu! Ele cantava para você!!!

Então, a ficha caiu. Vera olhou para Rejane com os olhos arregalados e soltou um grito:

— É claro! Era para mim. E eu não percebi! Eu sou uma imbecil, uma estúpida!

Nisso, uma senhora que ouvia a conversa das duas, interrompeu-as, e disse a Vera:

— É claro que a música era para você. Anda, menina! Um homem como aquele não aparece a toda hora! — E apertando seu braço, completou: — É hora de pegar o toro à unha!

Vera e Rejane deixaram o banheiro rindo da intervenção que a desconhecida fizera e voltaram ao salão procurando por Augusto. Mas ele já retornara ao palco. Estava ouvindo a introdução e, com os olhos, procurava por ela. Com a pista vazia, Vera se colocou de forma a vê-lo e a ser vista. Deu certo. Augusto, olhando para ela, cantou: *"Nada ficou no lugar/ Eu quero quebrar essas xícaras/ Eu vou enganar o diabo/ Eu quero acordar sua família..."* (24).

Vera não tinha reação alguma. Limitava-se a olhar para Augusto, balançando levemente o corpo, no compasso da música. Ele também parecia não se ligar a nada. E até sorria para ela. *"Eu vou escrever no seu muro/ E violentar o seu gosto/ Eu quero roubar o seu jogo/ Eu já arranhei os seus discos..."*

O dançarino reapareceu. Abraçou Vera pela cintura e tentou puxá-la para a pista de dança. Ela recusou, sorrindo. Balançou negativamente a cabeça. Mas o dançarino não se contentava com negativas. E percebera o jogo entre ela e Augusto. Pegou-a pelas mãos, levou-a para o centro da pista, fez um sinal para Augusto e pediu, com o dedo levantado:

— Só uma!

Todos no palco começaram a rir. Augusto tentou fingir que não entendia, mas Karoline acabou com sua indiferença, apontando para o casal. O dançarino insistia:

— Só uma!

Augusto olhou para Vera, que nada dizia. Estava até séria. Sorriu para ela, e concordou com o dedo:

– Só uma!

E Vera saiu dançando novamente e percebeu que muita gente sorria para ela e comentava o caso. Mas ela estava preocupada.

E Augusto cantava: *"... Que é pra ver se você volta/ Que é pra ver se você vem/ Que é pra ver se você olha pra mim..."*

Vera olhou e Augusto sorriu. Ela também olhou para Karoline e viu que ela não sorria. Augusto percebeu a direção de olhar de Vera e tornou a sorrir, como que a tranquilizando. E ambos foram surpreendidos, quando Karoline meio que empurrou Augusto do microfone e começou a cantar: *"... Nada ficou no lugar/ Eu quero entregar suas mentiras/ Eu vou invadir sua aula/ Queria falar sua língua..."*

Augusto tentou voltar a cantar, mas seus colegas não deixaram e o saxofonista puxou-o pelo braço dizendo:

– Deixa ela cantar, cara!

Prevendo que poderia haver problemas a própria Karoline pegou Augusto pela mão e lhe passou o microfone. E ele cantou: *"...Eu vou publicar seus segredos/ Eu vou mergulhar sua guia/ Eu vou derramar nos seus planos/ O resto da minha alegria..."*

E a casa quase veio abaixo quando os dois encerraram a música: *"...Que é pra ver se você volta/ Que é pra ver se você vem/ Que é pra ver se você volta pra mim".*

Vera e seu partner pararam de dançar, como que aguardando instruções. Viram Augusto pedir um tempo a Karoline e sumir no fundo do palco. Sem saber o que fazer, foram ambos para um canto da pista de dança, esperando que a música continuasse. E viram Augusto aparecer do outro lado do salão, a procurar por ela.

Enquanto isso, Karoline cantava: *"Entre por essa porta agora/ E diga que me adora/ Você tem meia hora/ Pra mudar a minha vida..." (25).*

A essa altura, Karoline olhava para Augusto que se sentiu atraído pelos olhos verdes da cantora. Ele sabia que Vera o olhava, mas não conseguia se desvencilhar do outro olhar.

E Karoline cantava: *"... Vem vambora/ Que o que você demora/ É o tempo que leva..."*

Vera começou a sentir medo. Toda a confiança que vivera na música anterior como que se esvaía agora, que Karoline, sem nenhum pudor, declarava seu amor publicamente.

E ela cantava: *"Ainda tem o seu perfume pela casa/ Ainda tem você na sala/ Porque meu coração dispara/ Quando tem o seu cheiro dentro de um livro."*

ALI, PARADO

Se Vera estava com medo, Rejane estava apavorada. Teve vontade de se levantar da mesa e empurrar a amiga para os braços de Augusto. Mas seu acompanhante não deixou. Ele conhecia as duas muito bem e lhe disse:

— Tá na hora de a Vera resolver sua vida — e acrescentou, frisando bem a palavra: — Sozinha!

Rejane concordou. Mas continuava apavorada e baixou a cabeça na mesa, com medo de ver o que não queria. Estava com a cabeça apoiada nos braços, quando viu as mãos de Vera próximas a ela. Levantou rapidamente o rosto e viu a amiga séria, pegando sua bolsa e voltando para a pista de dança. Curiosa, livrou-se das mãos do acompanhante e chegou a tempo de ver Augusto e Vera de mãos dadas, olhando para o palco.

E Karoline cantava: *"Você entrou no trem/ E eu na estação vendo um céu fugir/ Também não dava mais para tentar/ Lhe convencer a não partir..." (26).*

Rejane, então, com alegria imensa, viu os dois caminharem para a porta de saída, tão juntos, tão abraçados, que pareciam apenas um.

E Karoline cantava: *"... Você partiu para ver outras paisagens/ E meu coração, embora finja fazer mil viagens,/ Fica batendo parado naquela estação."*

Karoline não conseguiu continuar cantando. Sem esconder as lágrimas, afastou-se do microfone. Mas logo foi puxada para a frente do palco. Como que solidária a sua dor, a plateia a aplaudia.

E pedia Bis.

Os versos apresentados nesta história são das seguintes músicas:

1. **Do fundo de nosso quintal** (Jorge Aragão e Alberto de Souza)
2. **O tempo não para** (Cazuza e Arnaldo Brandão)
3. **Eu e a brisa** (Johnny Alf)
4. **The long and widing road** (John Lennon e Paul McCartney)
5. **How deep is your love** (Barry, Maurice e Robin Gibb)
6. **Onde está você** (Oscar Castro Neves e Luverci Fiorini)
7. **Como vai você** (Antonio Marcos e Mário Marcos)
8. **Demorô** (Cláudio Cartier e Paulinho Tapajós)
9. **Mulambo** (Jayme Tomás Florence, o Meira, e Augusto Mesquita)
10. **Sábado em Copacabana** (Carlos Guinle e Dorival Caymmi)
11. **Tanta solidão** (Mauro Motta, Marcos Valle e Paulo Sérgio Valle)
12. **Help!** (John Lennon e Paul McCartney)
13. **Corra e olhe o céu** (Cartola e Dalmo Castelo)
14. **Fim de caso** (Dolores Duran)
15. **Oceano** (Djavan)
16. **Nos barracos da cidade** (Gilberto Gil e Liminha)
17. **Fugaz** (Antonio Cícero e Marina Lima)

18. **Pra você** (Sílvio César)
19. **Fogo de saudade** (Sombrinha e Adilson Victor)
20. **A chuva cai** (Argemiro e Casquinha)
21. **Maresia** (Paulo Machado e Antonio Cícero)
22. **Se você soubesse** (Fernando de Lima)
23. **Sem compromisso** (Geraldo Pereira e Nélson Trigueiro)
24. **Mentiras** (Adriana Calcanhoto)
25. **Vambora** (Adriana Calcanhoto)
26. **Naquela estação** (João Donato, Caetano Veloso e Ronaldo Bastos)

DANIELLE

I

Não sei quantas vezes eu fizera aquela cena. E sempre conseguia ouvir algum tipo de suspiro, como se as pessoas ainda se surpreendessem. E o curioso é que sempre me emocionava. Essa emoção, segundo o diretor Luís Fagundes, era compreensível. Mas eu não gostava de sentir as lágrimas correndo pela minha face.

"Romeu, Romeu!", dizia eu ao ver o corpo de meu amado no chão, sem vida. "O que é isto na mão do meu fiel amor?" Pegava o frasco vazio que meu colega fingia ter em suas mãos mortas, colocava-o nos lábios e continuava: "Oh, ingrato! Bebeste sem deixar uma gota? Beijarei teus lábios talvez haja um resto de veneno". E beijava seus lábios apaixonadamente. "Teus lábios estão quentes". Um barulho que mostrava haver gente na área externa era ouvido no palco. "Preciso me apressar". Pegava o punhal de Romeu e recitava minha última fala naquela tragédia: "Tua bainha é aqui. Repousa aí bem quieto. Enferruja-te aqui e deixa-me morrer!" Ao mesmo tempo em que me apunhalava, deixava que a plateia visse um lenço vermelho, que significava o meu sangue escorrendo. Em seguida, caía sobre Romeu.

Não sei a razão, mas meu colega sempre ria nesta hora. E, no último dia da apresentação, não escondia isso. Fiquei com raiva e pressionei meu corpo sobre o dele para que nada fosse percebido. Ao mesmo tempo, o narrador, no centro do palco, dizia: "Esta manhã nos trouxe paz sombria: esconde o sol, de pesadume, o rosto. Este dia, a contragosto, há de viver em todos na memória. Nunca houve história mais triste do que esta, de Julieta e de seu Romeu".

E começaram os aplausos. Os últimos que ouviríamos. Era o fim de uma temporada que se prolongava há dois anos. Eu nem mesmo mais aguentava recitar **Romeu e Julieta**. Mas como a peça era encenada como Shakespeare a imaginara, no Século XVI, obtivéramos um grande sucesso. Nem o fato de meu colega Afonso Neto e eu – os protagonistas – termos bem mais do que os 15 anos propostos pelo famoso autor, impediu que a crítica nos cercasse de elogios.

Levantei-me, dei a mão a Afonso para que ele se erguesse e ficamos atrás dos nossos colegas que agradeciam os aplausos, até que eles abrissem espaço para que os amantes de Verona fossem agraciados. Foi, então, que tudo começou.

II

Eu já reparara nele, antes. Era um rapaz bonito, muito bonito, que se sentava na primeira fila, nas cadeiras centrais, pela terceira vez. Diziam os atores que a visão de todo o palco de onde ele estava sentado era prejudicada, pois, na nossa montagem, imitávamos o **The Theatre**, palco onde os arqueólogos diziam ter sido encenada pela primeira vez **A excelentíssima e lamentável tragédia de Romeu e Julieta**. Mas nada disso parecia importar. Ele lá estava aplaudindo. E parecia ser sincero nos aplausos ao elenco, enquanto os olhos estavam fixos em mim.

Na primeira vez, fiquei incomodada com a intensidade daqueles olhares. Até perguntei ao restante do elenco se era conhecido de alguém. Não obtive resposta. Mas como fiquei sem vê-lo por cerca de 10 dias, não pensei mais no assunto. Na segunda vez, resolvi olhar também. E o encarei durante todo o tempo em que agradecíamos aos aplausos. E ele me sorriu um sorriso bonito, muito bonito. Mas novamente o esqueci. Até que no encerramento da temporada, ele voltou. Mas desta vez não aplaudiu. Ficou escrevendo um papel e, quando cheguei sozinha à frente do palco, ele entregou o bilhete. Eu lhe sorri em resposta.

Na coxia, li o que ele escrevera. Dizia apenas "Rui" e, em seguida, o número de um telefone. Ri sozinha, mas não me desfiz dele. "Que cara de pau", pensei enquanto tirava a maquiagem, já no camarim. Aliás, ria também da reação de Afonso Neto, que me perguntou de quem era o bilhete.

– Não faço a menor ideia.

– Um bofe daquele, na primeira fila...

Ri e concordei com ele. Era lógico que um homem bonito não passasse despercebido pelo olhar sem tréguas que Afonso lançava sobre suas presas.

– O que diz o bilhete? Nome e telefone?

– É...
– Bilhete que se preza vem sempre com o nome e o telefone. Nada mais – ensinou.

Tirei a maquiagem e o longo traje de Julieta e vesti a calça jeans e a camiseta que trazia uma frase de Shakespeare: "Louco não. Apenas um homem apaixonado!" Passei apenas um batom nos lábios e me levantei. E saí à procura de um espelho. Achei-o no hall entre os camarins. Olhei-me e lamentei os poucos quilos que ganhara naquele último mês. Mas olhando mais detidamente, acabei ficando feliz com minha bunda: estava mais bonita. Bati levemente nela, quando Afonso veio por trás de mim e cantou:

– "Você tem a bunda mais formosa dessa ala"!

Ri e mostrei a língua para ele, que ia em direção ao namorado, o iluminador da companhia. Mas enquanto Afonso deixava-se fluir, com todo o exagero teatral que aprendera, o namorado era discreto. Abraçaram-se e já saíam quando Afonso voltou e gritou para que todos ouvissem:

– Estou indo para o restaurante. Espero vocês lá. Ninguém pode faltar.

Voltei a me olhar no espelho e, claro, fiquei feliz com o comentário de Afonso. Tornei a olhar a bunda e acabei concordando com ele.

III

O restaurante estava cheio, mas uma mesa comprida estava reservada pela produção. Numa das pontas estava Fagundes, o diretor. Ao seu lado, Jacinto e Lamas, os produtores. Afastado, Afonso e o namorado trocavam juras de amor. Fagundes me viu e me chamou para dançar. Foi quando vi Rui – o autor do bilhete – sentado na mesa em frente, cheia de pessoas como ele: jovens e bonitas. Ele me olhava e sorria, fazendo o gesto clássico de telefonema, com a mão direita junto ao ouvido, aguardando uma resposta. Mas não tive nem tempo para responder, porque ia, com Fagundes, em direção à pista de dança.

Mal chegamos ao centro da pista e Fagundes me enlaçou e deu os primeiros passos para acompanhar **Por uma cabeza**, parceria do uruguaio Carlos Gardel e do brasileiro Alfredo La Pera. Eu sempre gostei de dançar com Fagundes, um bailarino, no sentido amplo do termo. Até para tango. Mas a cada volta que dávamos na pista, percebia que estava sendo observada por Rui. Não sei como, ele percebeu. E me perguntou se queria parar.

– Por quê?
– Ele está te olhando o tempo todo – limitou-se a dizer.

Naquele momento, Rui me olhava fixamente e eu estava de frente para ele.
– Na boa. Vai lá. Ele está te seguindo – disse Fagundes, rindo e me largando

na pista. Pega de surpresa, fiquei parada, esperando que Rui tomasse a iniciativa, enquanto Fagundes chamava a mulher, que chegara àquela hora, para dançar com ele.

    Foi quando Rui se levantou, enlaçou-me e saímos dançando. Ainda que eu não quisesse, acabei envolvida pelos seguros paços que ele dava.

    — Você está me seguindo? Por quê?

    — Não estou te seguindo. Juro que foi coincidência virmos ao mesmo bar. Aliás, cheguei primeiro. Então, você me segue...

    — Você não fala sério! Eu te vi três vezes no teatro. Gostou tanto assim da peça?

    — Gostei da peça. Aliás, gosto muito de **Romeu e Julieta**. Mas gostei mais de você. Em certos momentos você era a própria pré-adolescente do texto. Você é uma ótima atriz...

    — E veio aqui para dançar comigo e me elogiar? Estou acostumada a isso – disse a ele, sem esconder um meio sorriso.

    — Olha, quando vi vocês chegando, achei que poderia chegar perto de você. Mas não tão perto quanto estou agora – e me puxou, deixando-me colada a ele.

    Afastei meu corpo e disse séria:

    — Isso é assédio. É crime, sabia?

    — Sei que é crime. Mas assédio não é apenas de homens a mulheres. Eu posso dizer à polícia que você se desligou do seu partner e me chamou para dançar. Já pensou?

    Comecei a rir.

    — Você tem resposta para tudo. Então, já que não tenho alternativa e serei acusada de assédio, que tal nos conhecermos melhor? – e continuamos a dançar.

    E dançamos muito tempo. Paramos porque eu fiquei cansada. E durante todo aquele tempo – embora ele jurasse que estávamos juntos há apenas 10 minutos – conversamos amigavelmente. Rui, cujo nome fora dado em homenagem a Ruy Barbosa, tinha muito menos idade do que eu, que já estava na casa dos 30, preocupada com os 40. Ele era estudante de Sociologia. Era meio adiantado, porque aos 20 anos estava quase completando o curso. E explicou:

    — Entrei na faculdade aos 17 anos. Sempre fui adiantado. Namorava firme aos 12 e quase casei aos 15...

    — Engravidou a namorada?

    — Quase – disse ele rindo. – Mas felizmente foi rebate falso.

    O que eu não percebi é que conforme as músicas iam se sucedendo, estávamos mais unidos. Em certo momento, lembrei-me das vezes em que, na adolescência, sentia meus namorados – não que tivesse tantos assim – se encostando a mim à procura de algum prazer.

E o olhei nos olhos, dei-lhe um sorriso e o acusei, falando bem próximo ao seu rosto:

    — Você está se aproveitando de mim... Desencosta... Estamos muito juntos...

Foi o suficiente para que ele se encostasse ainda mais. O pior é que eu estava feliz com tudo aquilo. Rui era carinhoso. Então, resolvi relaxar. Quase deitei a cabeça em seu ombro. E antes de pararmos de dançar – eu estava de fato cansada – ele roubou um beijo. Curto e carinhoso. Quando nossos lábios se separaram, estávamos os dois sorrindo. Foi a minha vez de beijá-lo. E foi divino: massageei sua língua com todo o carinho de que podia ser capaz. E nos apertamos ainda mais.

– Tem certeza, que quer parar?
– Tenho meu querido. To cansada. É sério.

Separamo-nos e ele ficou parado. Sorri, peguei-o pela mão e voltei para a mesa onde a companhia festejava o sucesso da temporada. Antes de me sentar fiz a apresentação:

– Gente, esse aqui é o Rui.

Sentamo-nos e fui direto à garrafa de cerveja que estava em frente a Afonso e bebi sofregamente. Enchi o copo de Rui e quando me virei para oferecê-lo, ele já bebia água gelada. Insisti no oferecimento da bebida, mas ele recusou.

– Não bebo. Sou neto e filho de alcoólatras. Entonces é melhor me cuidar – e me deu um selinho, logo seguido por um grande beijo. Até àquela hora, o mais longo – e gostoso – que demos naquela noite.

Ninguém na companhia estranhou meu comportamento. Estavam acostumados com meus casos noturnos que, segundo diziam, nunca prosperavam na manhã seguinte. E eu tinha fama de sempre ficar com gente mais nova. Mas somente alguns sabiam das minhas preferências sexuais. Assim, ninguém disse nada. Nem mesmo Afonso, que se limitou a sorrir para nós e se despediu pouco depois.

Ficamos, Rui e eu, como dois namorados. Em certo momento nos percebemos querendo a mesma coisa. E entre um beijo e outro e entre um aperto e outro, propusemos quase que ao mesmo tempo a ida a um motel.

Levantei-me da mesa e vi Rui se dirigindo aos amigos, com certeza avisando que iria embora. E fui me despedir de Fagundes. Ele me deu um abraço apertado, carinhoso, e repetiu:

– Obrigado, minha amiga, pelo sucesso que você me proporcionou.
– O sucesso foi de todos, Fagundes – e me dirigi a sua esposa e companheira de muitos anos. – Lígia! Você chegou e eu nem vi.

Ela me abraçou e disse baixinho no meu ouvido.

– E nem poderia, amiga. Vai fundo, que ele é um gato.

Sorrimos e nos despedimos. Dei um tchau para todos na mesa, peguei **meu gato** pela mão e fui correndo para meu carro. E em vez de um impessoal motel, levei-o para minha casa à espera do que a noite ainda prometia.

IV

Eu estava cansada. Cansada e feliz. De olhos fechados e de bruços, para facilitar os carinhos que Rui me dedicava, pensava na loucura que fora aquela noite. Limitava-me a gemer, a receber afagos e beijos molhados em todo o corpo. Ao me virar para ele, surpreendi-o olhando carinhosamente para mim. Voltamos a sorrir e a nos beijar.

– Menino, to feliz!
– Menina, também to! – e me beijou a boca com sofreguidão.
– Você me chamar de menina me faz ainda mais feliz...
– Você é uma menina linda...
– Tenho quase que idade para ser sua mãe.
– Se você fosse mãe aos 15 anos, poderia.

Nunca fizera aquilo na vida: levar uma paquera para minha própria cama. A última vez que fizera sexo – ou "amor", como insistia Rui – em meu quarto fazia tempo. Tempo em que meu casamento se desmanchava rapidamente. A partir daí, as poucas paqueras bem sucedidas eram encerradas em motéis mais ou menos confortáveis. Mas na minha cama, nunca. Até Rui aparecer.

De repente, fui surpreendida por ele.

– Tenho de ir embora. Saí de casa às 14 horas de ontem e já são quase oito e ainda não voltei.

Não perdi a oportunidade de provocá-lo:

– Mamãe vai ficar preocupada?
– Pior que vai – disse ele rindo. – Aliás, sempre fica.

E reengatamos uma conversa em que ele me contou ser o mais novo de três irmãos, sempre cercado pelos cuidados da mãe.

– Ela sabe de suas aventuras?
– Soube da namorada, aos 15 anos. A partir daí, não sabe nada. – Sentou-se ao meu lado, apertou minhas coxas com as duas mãos e disse que exigia privacidade.

Comecei a rir. Afinal, como atriz, era claro que sofria com a falta dela. Sempre havia alguma revista interessada nas minhas companhias. Nunca disseram abertamente que eu estava, ou estivera com uma menina. Mas sempre faziam um comentário maldoso. Mas quando minha companhia era masculina, sempre mostravam quanto mais nova ela era.

E me lembrei do dia em que fiquei com um empresário em uma festa. Dias depois, fui surpreendida com as fotos de nosso beijo estampadas em uma revista que se dizia dedicada a personalidades. Ele era casado e deu uma confusão sem tamanho. Desde então, passei a tomar mais cuidados. Até Rui aparecer.

Ele vestiu a roupa e voltou a me beijar deliciosamente.

– Te vejo menino?

— Liga pra mim. Você jogou fora o meu telefone?

Sorri e admiti a perda. Ele logo perguntou o número do meu, e gravou no seu celular. E antes que eu abrisse a porta da rua e o abraçasse, ele apertou a minha bunda e me disse em meio a mais um beijo:

— Da próxima vez, venha vestida. Assim fica difícil ir embora.

Fui para a janela, tomando a natural precaução contra os olhares dos vizinhos, e o vi atravessar a rua e fazer sinal para um taxi. Antes de entrar, olhou para cima e sorriu ao me ver.

Nua estava e nua continuei até tomar uma gostosa chuveirada. Após me enxugar, vesti um short curtinho e uma camiseta que mais me expunham que protegiam. Sentei no sofá da sala e, automaticamente, liguei a TV. Era um desses filmes absolutamente sem graça, ao qual já tinha assistido não sei quantas vezes. Com sono, deitei no sofá e, sempre pensando em Rui, adormeci e sonhei. Com ele.

Acordei com a sala escura e uma insistente campainha tocando. Fui ver quem estava lá. Abri a porta e Viviane, minha irmã, foi logo dizendo:

— Noite boa, essa, hein? Nossa! — disse ela, olhando para mim e para o apartamento, que estava com as luzes apagadas.

Nada disse e saí acendendo as luzes, enquanto ela me olhava com uma fisionomia divertida.

— Já viu a internet? — perguntou ela, mostrando um tablet.

— Claro que não! Tava dormindo.

— Pois você está estrelando o site das estrelas. Olha só — e me mostrou a tela do mais famoso site de fofocas.

— Puta que pariu! — disse eu tão logo vi minha foto com Rui, agarradinhos na pista de dança. O pior era a manchete: "Danielle Campion, como sempre, festeja fim de temporada teatral com partner mais novo que ela".

Fiquei sem saber o que falar. E fui automaticamente atualizando a página e vendo as fotos, todas em que Rui e eu estávamos abraçados ou nos beijando. Havia uma em que apareciam as duas línguas se encostando.

— Meu Deus! Até aparece a minha língua! Porra! Não me deixam em paz!

— Há fotos de todos. Mas as suas, poxa! Mas quem é o gato

— Você nem vai acreditar.

— Conta, vai!

E relatei a ela toda a história, desde a primeira vez em que o vira no teatro. Isto é, contei até o momento em que chegávamos a casa...

— E aí?

— Você não quer que eu te conte como foi a trepada, quer?

Viviane começou a rir.

— Claro que não. Diz: foi bom?

Dei um sorriso franco, feliz e assenti com a cabeça.

— Hum, hum... Foi mais que bom... Foi ótimo — e me levantei e sai caminhando pela casa. Voltei a olhar para ela e resumi: — Ele tem 20 aninhos...

— Dani, você tá maluca? Só se junta com gente mais nova!

— Mas o que eu fiz de tão errado assim? Saí uma noite com um carinha lindo, que me encheu de beijos e carinhos e sou considerada pedófila? C****!

Viviane se aproximou de mim e me abraçou.

— Reconheça que eu tenho razão para pensar nisso.

— Tá certo, tudo bem. — E tornei a segurar o tablet que mostrava as minhas fotos. — To preocupada com ele. Será que já ele viu isso?

— Ele deve estar feliz. Afinal, quem não quer ser apontado como affair de Danielle Campion? Você é famosa, não se esqueça disso. Ele deve estar curtindo com os amigos e quem sabe até com a namorada, né?

Fui obrigada a rir.

— Tem razão!

Nisso o meu celular, no quarto, começou a tocar. Saí correndo e atendi, mas não era o Rui. Era Afonso, preocupado com a repercussão que as fotos na Internet poderiam ter.

— Dani, não era para você agarrar aquele menino — disse, dando uma gargalhada.

— Porra Afonso!... Quem é esse fotógrafo que anda me seguindo? Não sei quantas vezes ele já me fotografou!

— Espero que esse menino não seja casado, disse ele, fazendo referência àquela história do empresário...

— Não. Ele só tem 20 anos...

— Eu esqueço as suas preferências...

— Afonso! Para com essa merda!

Afonso, então, riu à vontade.

— Mas reconheça que ele ser mais novo que você faz com que sua fama fique terrível, né? Mas falando sério, você sabe alguma coisa dele?

— Não sei nada.

— E nem usou camisinha, não é?

— Afonso!!!!!!!

— Minha amiga, todo cuidado é pouco. Ainda mais com pessoas desconhecidas.

Despedi-me e desliguei o telefone e fiquei preocupada com aquele comentário. Partindo do Afonso, um gay pra lá de assumido, era absolutamente pertinente a preocupação com a camisinha.

Viviane estava em silêncio olhando para mim e ficou preocupada com o meu silêncio.

— O que o Afonso queria?

— Me sacanear e dizer que eu deveria ter transado com camisinha. Pior é que ele tem razão. Deveria, sim.

— Vá ao hospital amanhã. O Léo estará de plantão e poderá te atender e, se for o caso, te dar o coquetel.

Em seguida se levantou, me olhou carinhosamente.

– Calma Dani! Vai ver o menino também se cuida. Vai dar tudo certo, você vai ver – e me beijou o rosto. Em seguida, encerrou o assunto: – Vou me repetir: da próxima vez, toma mais cuidado, tá bom? – E saiu.

V

Passei o resto da noite preocupada. A história da Aids me deixou de cabelo em pé. Mas consegui dormir um pouco por volta de 4 horas. Acordei com a Viviane, no telefone, avisando que meu sobrinho dissera que eu não me preocupasse, mas que fosse vê-lo no hospital. Desliguei.

Apesar de ter uma vida pra lá de aberta a novos relacionamentos, procurava sempre me cuidar. Houve uma vez que deixei o cara no motel e fui embora, porque ele se recusava a usar camisinha. Havia até certas coisas que, com gente desconhecida, eu não fazia. Ouvi dizer que uma pessoa com o vírus HIV poderia contaminar outra no sexo oral. Então, até nessas horas eu exigia a camisinha.

Fui mudar de roupa, com a esperança de que internet e opinião pública ainda estivessem bem longe uma da outra. Mas eu estava errada. Tão logo cheguei à portaria vi dois rapazes vizinhos conversando e olhando o tablet. Riram, mas ficaram constrangidos quando me viram. Estavam vendo as fotos. O porteiro, por sua vez, foi mais discreto. Disse um "bom dia" de forma tranquila, antes de me entregar as chaves do carro.

No hospital, ao chegar ao balcão de informações, tornei-me atração. Mas não sabia dizer se era em razão da Internet ou por causa da fama, mesmo. Eram essas as horas – poucas, na verdade – em que lamentava ser reconhecida. Mas a sensação durou pouco tempo, pois Léo chegou e, de cara séria, levou-me para uma enfermaria na qual estavam apenas duas enfermeiras. Dei bom dia e tive como resposta sorrisos sinceros. Léo, então, perguntou.

– Foi ontem à noite? Uma vez só?

– Foi – respondi, com medo de que ele fizesse alguma pergunta constrangedora.

– Toma este coquetel e vamos observar como você se comporta...

– Tem algum teste para ser feito?

– Exame de sangue. Mas deve ser feito daqui a 40 ou 60 dias. Se feito agora, não aponta um resultado confiável.

Ele ficou em silêncio e pude ver, então, que as enfermeiras já me olhavam com um ar mais comedido, como se tivessem com pena de mim. Irritada, olhei para elas e desabafei:

– Eu não sou aidética!

Léo interveio imediatamente:
— Fique calma. Ninguém aqui está dizendo nada.
Fiquei com vergonha e comecei a chorar.
— Claro, claro — e olhei para elas: — Desculpem.
Léo voltou a falar, dessa vez com mais calma, olhando nos meus olhos e com as mãos em meus ombros.
— Fique tranquila. Hoje, a maior parte das pessoas se cuida. Vai ver, ele também se cuida.

VI

Após ser medicada por Léo, fui para o escritório de Fagundes. Estava cheio de gente, a maioria vendo as fotos do tablet. Nenhuma delas comprometedora como as minhas e as de Rui. Disse isso a Janete, a atriz que representara minha mãe na tragédia. Mas ela respondeu de primeira, como se estivesse defendendo o fotógrafo.
— Mas nenhum de nós ficou se agarrando com um desconhecido, não é?
Olhei para ela e, sinceramente não entendi. Afinal, ela também poderia ser vítima dos paparazzi. "Isto é, não poderia não", pensei. Como não queria discutir com ninguém. Passei pelas outras pessoas e fui falar com Fagundes, que estava na sua sala cercado pelo elenco.
— Chegou ela! — gritou Afonso, logo se levantando e me abraçando. Beijou-me os lábios, virou-se para as outras pessoas e disse bem alto:
— Mamães! Cuidado com ela!
Todos riram e tive de mandá-lo à merda, antes de ser abraçada por Fagundes, que me disse baixinho no ouvido:
— Pensa nisso da próxima vez, tá? É inevitável que eles façam festa com essas fotos.
Queria conversar e olhei em volta para mostrar a ele que precisava de privacidade. Ele entendeu e, batendo palmas, pediu que nos deixassem a sós.
— Você esperava alguma coisa diferente?
— Fagundes, eu sei que ser uma estrela tem implicações, que ser conhecida faz com que as pessoas prestem atenção em nós. Mas a minha privacidade não existe?
— Não. Infelizmente, não. Vamos ver se agora você aprende. Ele não é apenas mais novo que você. Ele parece ser mais novo. Quando eu te incentivei a aceitar a paquera, não era para você acabar a noite com ele. Aliás, acabou?
Comecei a sorrir, e respondi que sim. Ele continuou:
— Você é uma mulher linda, gostosa e famosa. São três ingredientes para

ter uma vida mais recatada. Para você ter uma ideia, dou o exemplo da Carolina Dieckmann, que teve fotos pra lá de comprometedoras vazadas na internet e, entretanto, não teve a privacidade comprometida. Melhor: contou com a solidariedade de todos. Mas aquele lance no restaurante, com todos vendo...

— Poxa, mas eu tava entre amigos... Ou não?

— Não estava só entre amigos, Dani. Havia outras pessoas lá. E eu avisei que falaria à Imprensa que nossa despedida de temporada seria badalada, lembra??

Tive de concordar. Mas estava inconformada.

— E agora?

— Deixa o tempo passar. Você voltou a vê-lo?

— Não.

— Mas quer vê-lo?

Olhei séria para ele, olhei para a porta, para ver se alguém estava nos ouvindo, e respondi:

— Queria. Mas estou em dúvidas. Ele não me ligou, não sei o número do celular dele. Estou sozinha nessa briga.

Fagundes se levantou e foi direto:

— Então, você tem de resolver isso sozinha. Fica em casa uns dias e espere o filme do Sérgio Machado estrear. Com a Alice Braga nua, não vai haver quem não queira falar dela e vão acabar te esquecendo.

Sorri agradecida.

— Você é meu amigo mesmo. Mas... Estamos de férias?

— Férias? Você está. Eu, não. Ligia e eu estamos procurando outro texto.

Em seguida, abraçou-me carinhosamente e disse:

— Vai para casa, fique uns dias escondida e deixe a poeira baixar. Se voltar a ver este menino, receba-o em casa. Não saia em hipótese alguma, tá legal? Até o final da semana, vou dar uma coletiva falando do novo projeto. E dessa vez, a Larissa Torres vai ser a estrela. Então, você vai ter um pouquinho de paz.

VII

Eu já estava em casa há dois dias e a limitação nas minhas idas à rua já estavam me deixando ainda mais nervosa. Tudo piorou quando resolvi cuidar da estética e me depilei na virilha. Acabei por me ferir. Habitualmente, não daria muita atenção ao pequeno corte próximo à vagina. Não seria a primeira vez. O problema é que a cicatrização, na minha visão, estava demorando mais que o habitual.

Liguei para Léo e pedi que ele me examinasse. Ele tentou me tranquilizar, mas não conseguiu. Após eu muito insistir, concordou em me atender em seu consultório, no Centro da Cidade, para onde me dirigi de taxi. Tão logo entrei no carro, percebi ter sido reconhecida. E o taxista não se fez de rogado.

— A senhora não é aquela atriz Danielle Campion?

— Sim – respondi.

— Eu vi umas fotos da senhora e do seu namorado na internet...

— Você e o Brasil inteiro – disse eu, de forma ríspida, mas de certa forma satisfeita com o fato de ele chamar Rui de "namorado".

— Fotos boas – acrescentou ele, rindo.

— Presta atenção no trânsito. Não quero me atrasar – disse eu. Ele entendeu e ficou quieto. Ao chegar pediu desculpas.

— Não quis ofender a senhora. Desculpe.

Eu saí sem nada dizer e ainda bati a porta com força, o que provocou nele um comentário pouco educado. Na mesma hora tentei pegar o celular para fotografar a placa do carro e fazer uma reclamação. Mas fui lenta e perdi a oportunidade.

Já no consultório, voltei a enfrentar problemas, porque duas clientes logo riram quando me viram entrar. Só obtive alguma solidariedade da atendente: tão logo o consultório ficou vago, ela me fez entrar, numa autêntica operação fura-fila.

Léo me recebeu com carinho e me pediu para que me deitasse na maca, em posição ginecológica. Tão logo tirei a calcinha e abri as pernas, ele me examinou. E começou a rir.

— Você não tem nada. Esse machucado está cicatrizando naturalmente – disse ele batendo nas minhas pernas, para que eu as fechasse. – Aliás, espere um pouco. – Chamou a enfermeira e pediu que ela aplicasse uma pomada com penicilina. – Assim, você fica mais tranquila, tá bom? – e se despediu, dando um beijo no meu rosto.

A enfermeira aplicou a pomada e me disse que "logo, logo" o machucado iria cicatrizar.

Mas nada me tranquilizava.

O tempo foi passando e o meu mau humor piorando. Viviane discordava da ideia de Fagundes, que me queria trancada em casa. Segundo minha irmã, eu deveria ir à praia, ao cinema, levar uma vida normal. Até aceitar participar de programas de televisão e de rádio, os "programas populares", como ela disse.

— Ficar fechada em casa – disse ela – não adianta nada. Esse assunto também já caiu no esquecimento. O filme da Alice Braga está bombando e ninguém mais quer saber de mais nada. Aliás, ela é linda e ótima atriz, né?

Concordei com ela e já pensava em sair quando recebi uma convocação do Fagundes para uma reunião em casa dele, no dia seguinte. Ele queria anunciar ao grupo seu futuro projeto: a montagem de Antígona, de Sófocles.

— Meu Deus! Mais uma tragédia – disse eu. Viviane e eu demos gargalhadas.

VIII

No dia seguinte, feliz por sair de casa, preparei-me com esmero. Pus uma saia curta, bem acima dos joelhos, uma calcinha bem pequena, as sandálias mais novas, com um salto **dessse** tamanho e uma blusa em cima da pele, sem sutiã. Olhei-me e vi que, apesar dos 36 anos, ainda podia me orgulhar dos meus seios.

Já na garagem despertei interesses. A cada vez que percebia aqueles olhares **gulosos** dos homens me lembrava de uma passagem da história d'**O Casamento**, de Nélson Rodrigues. Glorinha, a personagem principal, passava em frente a um bar quando um homem a olhava embevecido: "Te chupo todinha!"

Entrei no carro e me dirigi ao Alto da Boa Vista, para a reunião sobre **Antígona**. Não guardava grandes expectativas, pois já sabia que o principal papel feminino estava reservado. Sabia também que a mudança na escalação seguia uma estratégia de Fagundes: nunca repetir papéis destacados com o mesmo ator.

Conforme as pessoas iam chegando, o clima se animava. Afonso chegou e me tratou com o carinho costumeiro. Fagundes logo entrou na sala acompanhado de duas pessoas, que se sentaram próximas a ele. Era um homem com ar de professor, óculos redondos e uma barba branca bem aparada. Ao seu lado, uma menina. Ao observá-la, concluí que ela deveria ter pouco mais de 20 anos, o que me trouxe à memória duas lembranças. Uma boa, a de Rui, o bom amante. E má, a Aids. E pensei: "Que destino Sófocles daria às pessoas contaminadas com o vírus HIV?"

– Gentem! – começou a falar Fagundes – este é o professor Gilberto Solimões, catedrático da UFRJ, especialista em História Antiga. Ele vai nos falar sobre a Grécia da época em que Sófocles escreveu esta tragédia, **Antígona**. Aqui do lado, Tayssa Esteves, aluna que está se especializando em literatura grega clássica e que vai decifrar este texto, que eu considero a maior de todas as tragédias.

Em seguida, apresentou um a um os atores presentes. E quando falaram o meu nome, percebi em Tayssa um interesse maior. Os olhos dela se arregalaram um pouco. E fiquei feliz. Afinal, ser admirada é sempre bom. Gilberto Solimões me olhou da mesma forma que olhou para os demais atores, com certeza se perguntando: "Eles sabem ler?"

A palestra sobre a Grécia não me trouxe interesse algum. Sempre fui boa aluna em História e me lembrei logo dos conceitos emitidos nas abafadas salas de aula do colégio, como ostracismo, democracia e a eterna briga entre Atenas e Esparta, sem se falar em Tebas, claro, a cidade em que **Antígona** acontece. Enquanto ele falava, percebi que Tayssa me olhava, embora procurasse disfarçar. E da mesma maneira que fizera com Rui, resolvi encará-la. Mas logo a palavra lhe foi passada e ela se levantou para fazer uma explanação sobre o texto no qual estávamos interessados.

– O que justifica a ação de **Antígona**, ao insistir no sepultamento do irmão, apesar das or-dens contrárias dadas pelo rei Creonte, é que não há nenhuma cultura, absolutamente nenhuma, em que o culto aos mortos seja proibido. Todas as culturas, todas as religiões, sem exceção, têm a cerimônia do funeral. Daí a revolta de Antígona ser pertinente...

Parei de prestar atenção. Claro, já tinha lido tudo o que encontrara sobre **Antígona**, e estava meio cheia daquele assunto. Tinha em casa uma Larousse, muito antiga. Mas que, nestas horas, dava banho nas demais. E li uma longa análise de Antígona. O assunto, para mim, não era novidade. O que eu queria, na verdade, era discutir os papéis que caberiam a cada um de nós, e que solução Fagundes pretendia dar ao coro grego, que anunciava à plateia o enredo da história. Mas Tayssa sabia do quê falava. Era muito nova, mas absolutamente preparada para a função que lhe determinara Fagundes.

Todos comentaram isso, quando as explanações terminaram. Tayssa se aproximou de mim e não se sentiu constrangida em fazer perguntas.

– Você fez a Julieta?

Sorri em resposta e perguntei se ela assistira à peça.

– Sim, sim, e gostei muitíssimo. A montagem de vocês foi absolutamente fiel ao que Shakespeare idealizou. Foi fantástico! Até o palco, do teatro elisabetano, poxa!

Sorri feliz. E fui surpreendida pelo comentário.

– Um colega meu viu a peça umas duas vezes. E não para de falar em você... Acho que ele está apaixonado – e riu. – Você o conhece. É o das fotos, o Rui.

IX

Tão logo Tayssa falou o nome de Rui, apertei seu braço:

– Você conhece o Rui?

Ela reagiu assustada e fazendo força para livrar seu barco do apertão que eu dava.

– Estudamos juntos na universidade – e conseguiu tirar o braço e ficou me olhando assustada e esfregando o braço.

– Claro, claro. Desculpe, Tayssa – e a peguei pela mão e a levei para um canto da sala.

– É que eu preciso muito falar com ele e perdi o número do telefone. E não sabia como encontrá-lo. Você tem o celular dele?

– Não, infelizmente, não. Mas sei que ele está viajando com a família.

– Preciso tanto falar com ele...

– Desculpe perguntar, mas é por causa das fotos?

– Não, é sobre outro assunto. Você sabe quando ele volta?

– Semana que vem, porque as aulas recomeçam dia 20. Eu falo com ele e...
– Tem como conseguir o telefone?
– ... Olha, é meio complicado. Não tenho intimidade com ele para isso. – E ficou constrangida. – Eu conheço melhor a namorada dele.
– Namorada... Tá bom... – E comecei a rir. – Olha, toma nota do meu celular e passa pra ele o número?

Achei curioso que ela anotasse meu telefone no dela. Era uma maneira de ela ter meu número. Então, pedi o dela. E sorrimos felizes uma para a outra.
– Vou ver o que eu posso fazer. Foi bom te conhecer. E se precisarem mais de mim, o Fagundes sabe onde me achar.

Beijamo-nos no rosto e nos despedimos. Após sua saída, voltei para o grupo que cercava Fagundes. Era hora de trabalhar. Recebi o texto da peça e sentei a um canto para dar início à conversa.

X

A reunião com Fagundes fora longa. E dela saí com a definição de que a personagem Ismênia caberia a mim. A Larissa Torres, que fizera a criada de Julieta, na peça anterior, caberia o papel de Antígona. E o de Creonte seria dado a Luiz Eduardo.

Fagundes estava entusiasmado com a possibilidade de montar a peça. Como sempre acontecia, não houve nenhum tipo de problema com a escalação. A palavra do diretor era sempre acatada. Definido o elenco, começamos a leitura da peça, que se inicia com uma conversa entre Antígona e Ismênia. Larissa e eu líamos o texto, tentando dar a ele a fleuma necessária, até que Antígona pede o apoio da irmã para sepultar o irmão de ambas, Polinice. Ante a recusa de Ismênia e sem temer que esta viesse a denunciá-la, quase que grita: "Tu me serás mais odiosa silenciando do que se disseres a todos o que eu quero fazer".

A leitura ocorreu sem nenhum incidente. Atores, atrizes e personagens pareciam definidos. Na hora em que eu me preparava para sair, Fagundes pediu que ficasse mais um pouco. Nossas conversas sempre aconteciam nessas horas. Ligia, sua mulher, já estava em casa e ficamos os três conversando e bebendo um gostoso vinho.

Ligia fez a pergunta que eu queria evitar:
– E as fotos? Já passou tudo aquilo?
– Acho que sim. Ao menos consigo ir ao supermercado sem que as pessoas fiquem me olhando passar. Devo agradecer à Alice Braga. **Cidade Baixa** está bombando e só se fala nela nas revistas especializadas...
– Especializadas? – perguntou, rindo, Ligia.

— Pois é – concordei com ela, também rindo.

Fagundes, que estava em silêncio, comentou:

— Queria saber qual foi a reação do rapaz. Ser fotografado ao seu lado é tudo que um universitário quer. Aposto que ele contou para todos que te comeu – disse ele, olhando sério para mim.

— Para, Fagundes, poxa!

— É mesmo – disse Lígia, repreendendo o marido. – Deixe-a curtir a vida...

— Deixo. Mas não quero problemas com a sua imagem – disse ele, me olhando sério.

O comentário me fez ficar quieta. Outro comentário pertinente de outro amigo. No fundo, no fundo, eu começava a me arrepender de uma paquera que, de verdade, não me afetaria em nada, não fosse a suspeita da Aids.

Conversamos mais algum tempo e resolvi ir embora. Fui para casa pensando em tudo o que conversara com Fagundes e Ligia e não percebi a aproximação de um carro desgovernado que me atingiu. Pior foi sentir o meu corpo balançando em consequência da batida. Senti a pancada e apaguei.

XI

Ao acordar, ouvia um sussurro. Resmunguei alguma coisa e logo Viviane estava em cima de mim. E começou a falar, como uma metralhadora.

— Meu Deus! Dani! Que susto nós levamos... A batida foi muito forte... Você não respondia... Quando me disseram eu fiquei louca... Você...

— Calma, gente! – dizia Léo, afastando Vivi de cima de mim. Em seguida, fez um gesto para que ela ficasse em silêncio e veio falar comigo.

— Como você está?

— Meio assim... O que aconteceu?

— Um carro a toda bateu em você. Quando a ambulância chegou, você estava desacordada, mas sem ferimento aparente. Mas você apagou. Quero fazer exames completos para ver se você sofreu alguma coisa.

— Como vim parar aqui?

— Ah! O telefone de emergência. O pessoal dos Bombeiros viu que você tinha um número de emergência e ligou para a mamãe. Você estava indo para o Miguel Couto, mas eu te trouxe para cá.

Nisso Viviane se aproximou de mim, chorando.

— Dani, você tá bem?

— To, sim. Ainda to me sentindo meio zonza... E o carro?

— Perda total – disse Léo.

— Quem bateu em mim?

— Ninguém sabe, ninguém viu. Andar pelo Alto da Boa Vista sempre dá nisso. Não há testemunhas nem imagens.

– E como a ambulância foi me socorrer?

– Uma moradora ouviu o barulho, chegou à janela e chamou o Samu.

Logo em seguida entraram dois rapazes – bonitos, muito bonitos – empurrando uma maca. Fui colocada nela e levada para uma bateria de exames.

Retornei horas depois. Vivi continuava esperando por mim. E vi que havia mais uma pessoa com ela e levei um susto: era Rui. Ele se levantou e quando me viu sorriu um sorriso bonito. Muito bonito.

Fui colocada na cama e só então percebi que estava sem calcinha. Foi o ventinho. Mas não me preocupei. Afinal, Rui já me conhecia. Ou conhecia bem o meu corpo. Vivi chegou perto de mim, beijou-me o rosto e disse que iria nos deixar a sós. Estranhei: como ela sabia de quem se tratava? Mas ela, antes mesmo que eu perguntasse, disse no meu ouvido, bem baixinho: "Ele tá preocupado".

– Que susto, menina – disse Rui, se aproximando e pegando minha mão.

– Como você soube?

– As rádios. Você é notícia, sabia? Os jornais deram destaque.

– E como soube que eu estava aqui?

– Soube que você tinha sido levada para o Souza Aguiar. Lá vi seu sobrinho procurando por você lá. Então, me apresentei e vim pra cá. Sua irmã logo perguntou se eu era o rapaz das fotos...

– Nem me fale nisso. Porra!

– Por falar em foto, as fotos do carro são impressionantes. Você tá nos jornais...

– Jornais? Ué! Que horas são?

– Você bateu, ou melhor, bateram em você às sete da noite de ontem, quinta-feira. Já estamos na sexta, às 15 horas – disse ele, consultando o relógio.

Comecei a rir.

– Nossa! Perdi a noção do tempo. – Mas olhei para ele, dei um sorriso e quis saber como ele me descobrira.

– Recebi seu recado e fiquei preocupado. Mas eu estava na Bahia e sem telefone, porque o meu foi roubado – e ante a minha cara de desconfiança, tratou logo de me fazer acreditar. – Não é história da carochinha. Foi roubado mesmo. Mas você não acredita, não é?

– Precisava tanto falar com você! Você sumiu! Responde com sinceridade: há risco de pegarmos Aids? – só, então, percebi que estava apertando a mão dele.

– Que isso? Aids? – e se arrependeu de ter falado alto. Olhou em direção à porta e se desculpou. – Danielle... De jeito nenhum. Você acha que eu saio por aí...?

– Você sumiu! Eu me machuquei, o machucado não cicatrizava... – disse eu, sentindo as lágrimas caírem.

Rui sentou-se à beira da cama, aproximou o rosto do meu e disse bem próximo da minha boca

– Eu só comi você.
– E sua namorada?
Ele se levantou, com visível descontentamento e perguntou:
– Então é isso? Você quer saber se eu tenho namorada? Por que não pergunta diretamente? – e se afastou da cama.
– Tem?
– Tenho. E, claro, a gente transa também. Faz sexo, faz amor. A gente se ama, se curte. E ela não sabe que passei uma noite linda com você.
Abri os braços para ele, pedi um beijo e fui plenamente atendida.
– Desculpe. Fiquei com muito medo. Eu sempre procuro me cuidar. – E contei o incidente em que o cara ficou no motel. – É isso. Desculpa, tá?
Rui sorriu, pegou o celular – "novo" disse ele – e pediu o número do meu telefone. Digitou, conforme eu ia dizendo, e falou: Dani Campion.
– Eu te ligo. Você agora deve descansar.
– Quero outro beijo.
E nos demos um beijo longo, carinhoso. Passei a mão na virilha dele, percebi-o excitado e apertei.
– Tarado!
Sorrimos para o outro e ele saiu do quarto.

XII

Fiquei dois dias no hospital. E minha saída teve a cobertura de revistas, uns poucos jornais e uma ou duas rádios. O que me fez pensar: se trabalhasse na TV quantos jornalistas estariam esperando por mim? Mas fui em frente, amparada por Viviane e por Léo. Eles me colocaram no banco do carona do carro e me levaram para casa. Viviane ficaria comigo nos primeiros dias, até que eu readquirisse a confiança para ficar em casa.

Mal cheguei, Fagundes foi me visitar. Lígia parecia sinceramente preocupada. Ele, não. Sempre sério, vendendo confiança.

– Vou ter de sair do elenco – disse eu.

Ele sorriu e me tranquilizou.

– Dá tempo de você se recuperar. Só estou preocupado é com a confecção das roupas...

– Você vai mudar alguma coisa?

– Não. Vamos fazer como na Grécia. Mas são muitas roupas. Praticamente uma para cada dia. A Larissa termina a leitura da peça suando e com a roupa grudada no corpo. Imagine quando ela estiver representando! Claro, vai precisar de um traje novo no dia seguinte.

Ficamos conversando até ele pedir licença, pois já havia um ensaio marcado para aquela tarde.

– Quem está no meu lugar?

– Nina – disse ele, referindo-se a Nina Rodrigues, uma jovem atriz de quem a Imprensa dizia maravilhas. – Mas eu quero você. Fica boa logo. Beijou meu rosto e saiu.

Após sua saída, Lígia sentou perto de mim e perguntou:

– E o menino?

– Apareceu lá anteontem. Disse que estava viajando e que teve o celular roubado. – E ante a cara de descrença que ela apresentou, comecei a rir, acrescentando: – Fingi acreditar. Depois, sumiu outra vez.

– Você conversou com ele?

– Conversei. Tá tudo bem. – E fiquei olhando para ela. Lígia sempre se interessava pelos meus casos. Acho que ela sempre quis ter um, mas a vida da gente não acontece do jeito que a gente quer.

– É engraçado ver você colecionando casos – disse ela, sorrindo, dando a entender que não era uma crítica. – Quando o Caco foi embora você sofreu...

– É, sofri. Mas estava apaixonada, só tinha 23 anos e nem era profissional.

– Você não se ligou a mais ninguém!

– É. Mas tive alguns namoros e paqueras, sim. Algumas bem divertidas e muitas bem carinhosas – e comecei a rir.

Ela riu também, mas acrescentou estar falando de amor.

– Namoro sério, mesmo, você não teve, né?

– Não. Sofri muito quando o Caco foi embora – disse, sem querer me lembrar daqueles tempos, em que Caco Albuquerque, um dos mais consagrados diretores de TV, trocara minha companhia pela de uma menina mais nova que eu, filha de um amigo.

– Nunca mais soube dele. Ainda está casado?

– Parece que sim – respondeu ela, me olhando nos olhos, de uma maneira que incomodou. Mas, de repente, começou a rir.

– Nessas horas eu até acho que o Afonso está certo. Outro dia, falávamos sobre isso, sobre relacionamentos que davam certo e os que fracassavam, quando ele disse, com aquele jeitão dele: "Por isso, eu sempre saio de casa com camisinha. Assim, o bofe não escapa e eu vou em frente – e começou a rir.

– Pode ser que ele tenha razão mesmo...

– Você fez isso no domingo. Pegou o menino, trepou a noite inteira e ele foi em frente. Não fossem as fotos, você nem procuraria por ele, né?

– É. Não fossem as fotos, seria apenas mais um – e sorri de volta. Lígia conhecia a minha história. Sabia de namorados e namoradas. Aquela conversa começou a incomodar, mas logo Viviane me chamou para dormir e ela se despediu.

Mas Vivi percebeu minha inquietação.

– Quando você fica assim é porque está pensando alguma coisa séria.

— Não, nada — disse tentando afastar qualquer mal estar da cabeça. E ela me acompanhou até o quarto. Ainda estava com as costas doídas e ela me deitou na cama.

— Você deveria estar em casa.

— Ele não é ciumento — disse ela, fazendo referência ao namorado, especialista em petróleo e que estava sempre em viagem a Angola. O namorado não era pai de Léo, o médico que me atendera. Ela casara cedo, mas enviuvara logo: o marido morrera numa tentativa de assalto. E ela custou a se ligar a alguém. Foi neste período que nos aproximamos, apesar da diferença de idade, quase 10 anos.

Sempre sorrindo, ela foi para a sala, ao mesmo tempo em que eu já sentia os efeitos do calmante que Léo me receitara. Fechei os olhos e sonhei. Com Rui.

XIII

As semanas seguintes foram de muito trabalho. Tão logo Léo me deu alta, fui aos ensaios, que aconteciam já no teatro em que a peça seria montada. Com exceção do grande cansaço que sentira no primeiro ensaio de que participara tudo estava correndo bem. Aos poucos recuperei o ritmo e os ensaios transcorriam sem nenhum tipo de problema.

Certo dia, estávamos logo no início da peça, quando Antígona e Ismênia falavam sobre o funeral de Polinice. E a principal personagem quase grita: "Deixa-me, com minha temeridade, afrontar o perigo! Meu sofrimento nunca há de ser tão grande, quanto gloriosa será a minha morte!"

Ainda estava decorando o texto e sempre estalávamos os dedos, para que Lígia, com o original na mão, nos desse cola das falas. E foi o que aconteceu naquela hora. Estalei os dedos e Lígia começou a falar: "Já que assim queres, vai!" Eu recomecei: "Bem sabes que cometes um ato de loucura..." E como Lígia nada dizia, olhei para ela.

Estava explicado: Tayssa, sentada ao lado dela, lhe desviara a atenção. Ela percebeu, pediu desculpas e deu a dica: "Mas provas..." E eu continuei: "... a dedicação por aqueles a quem amas!"

Com o hiato e como era a terceira vez que repetíamos a cena, Fagundes nos deu um interva-lo. Eu achei ótimo poder parar naquele momento e me aproximei da plateia. Uma menina da produção me deu uma garrafa de água fresca. Eu sabia que não podia ingerir água gelada. Mas, era o que eu mais desejava naquele momento.

Quando olhei para Lígia, vi que Tayssa me olhava com interesse e com um meio sorriso nos lábios.

— Desculpe Dani — disse Lígia. Mas eu não lhe dei nem tempo para poder continuar.

— A culpa é dela — e apontei para Tayssa — a especialista em tragédias...

— Poxa! — disse Tayssa, com uma carinha amuada. — Não sou especialista em tragédia. Quero ser especialista em grego clássico!

— Teatro? — perguntei sorrindo para ela. Fiquei admirando seu sorriso. Estava começando a gostar dela. Mas logo a figura de Rui me voltou à cabeça. Procurei esquecer tudo e quase não ouvi a resposta dela.

— ... Como um todo. Gosto muito do teatro grego. Mas também adoro Shakespeare — disse ela, sorrindo.

Fagundes conversava com Larissa. Ele dedicava quase que integralmente seu tempo à estrela da peça. Não sei a razão da preocupação que ele demonstrava. Larissa era atriz consagrada. Já trabalhara na direção ou auxiliara a direção de filmes consagrados. E até novelas líderes de audiência estavam em seu currículo-vitae. Os dois conversavam e eu prestava atenção neles, quando percebi Tayssa olhando para mim.

— O que foi?

— Nada — respondeu.

Mas logo Fagundes nos chamou para continuarmos. E levamos a peça até o fim. Como ainda estávamos ensaiando, no fim da peça, sentei-me quase em cima de Lígia e Tayssa, apreciando o narrador que, como em **Romeu e Julieta**, substituía o coro grego: "Não é lícito aos mortais evitar as desgraças que o destino lhes reserva".

XIV

Após o ensaio, tivemos de ficar no teatro para provarmos os trajes. Todos ficaríamos vestidos com longas roupas brancas, com exceção de Larissa, que usaria um belo traze azul claro. Segundo Fagundes, a diferença era propositsl e daria à personagem principal o destaque até nas cenas em que ela menos aparecia.

No camarim, estávamos Larissa, Lígia e eu discutindo os ajustes necessários. Larissa reclamava um traje mais largo junto ao busto, já que Antígona, falando sempre veementemente, exigia um constante mexer com os braços.

Na hora em que fui experimentar a roupa, não tive nenhum tipo de constrangimento e fiquei de calcinha e sutiã, esquecida de que Tayssa entrara pouco antes no camarim. Já estava de frente para o espelho, pronta para vestir o traje, quando vi o olhar que Tayssa colocou em meu corpo. Não liguei — até gostei — e logo a costureira marcou os pouquíssimos detalhes que mereceriam sua atenção. Tirei o traje torcendo para que Tayssa continuasse me olhando. Vesti o jeans, a camiseta e logo procurei por ela. Mas para minha decepção ela já saíra.

Eu desconfiava, mas não tinha certeza de que a presença de Tayssa ali não era um acaso. A princípio achei que ela fosse me levar alguma notícia do Rui. Será que ela o ouvira dizer aos colegas o que eu fizera? Fiquei rindo, imaginando ele contando que eu lhe dera um apertão. E qual teria sido a reação dela? Não pude saber. Infelizmente. Mas a presença de Tayssa não agradava a Lígia. Tão logo ficamos as duas no camarim, ela começou a falar.

– O que ela queria aqui?
– Quem? – perguntei, embora já soubesse a resposta.
– Tayssa, porra! Qual é a dessa menina? Dá vontade de dizer a ela que as aulas acontecem na faculdade... C****!!!
– O que você está dizendo? – perguntei virando-me de frente para ela. – Ela é sua aluna? Por isso fez aquela palestra para nós, quando estávamos começando a ler a peça?
– É... Ela é minha aluna. Mas está descobrindo o mundo das artes e agora fica vindo sempre aqui.
– Lígia, é coincidência ela ser sua aluna e amiga do Rui?
– Quem?
– Rui... O menino das fotos, porra!
– Claro que é. Eu não sabia que aquele menino é amigo dela. Ele é amigo dela? Como eu ia saber? Eu heim! Relaxa!
– Tá certo, tá certo. – Mas fiquei pensando e imaginei logo, me achando o centro do mundo, claro, que poderia ser eu o motivo das visitas dela aos nossos ensaios. E perguntei: – Qual é a dela? É lésbica?
– Não sei. Sempre a vi sozinha na faculdade sem namorada ou namorado.
– E ela gostou de conhecer artistas, é isso?
– É. Acha que esse mundo é mágico, essas coisas.
– Você dá aula para ela de quê?
– Literatura comparada. E ela é ótima aluna. Gosta de ler, discute o que lê, questiona. Mas ela tem de entender que o mundo acadêmico é bem diferente dos demais. O seu mundo é diferente do que eu e ela frequentamos...
– Ora, mas você também é desse mundo.
– Não sou, não. Meu marido é. Frequento este mundo por causa dele, porque gosto dele – e me deu um sorriso bonito. Em seguida se levantou, esticou a mão para mim e chamou: – Você está pronta? Então, vamos...

E saímos as duas, de mãos dadas, até encontrarmos o restante do elenco. Despedi-me de todos, com beijos e abraços. Dela, recebi um sorriso franco. E, assim, sem saber exatamente a razão, nos beijamos nos lábios.

XV

Antes de ir para casa passei no supermercado. Queria frutas e as comprei. Antes mesmo de entrar na garagem eu o vi. Rui estava de pé, conversando com o porteiro. Senti-me feliz imediatamente. E sorrindo deixei o carro parado de qualquer jeito e quase aos pulos fui ao seu encontro. Ele também parecia feliz e se encaminhou para mim.

Sem nos preocuparmos com o que o porteiro poderia pensar, nos abraçamos e demos um beijo pra lá de bom. Ao porteiro, nem mesmo um alô eu dediquei. Joguei a chave do carro, que ele aparou ainda no ar, peguei Rui pela mão e saímos correndo.

No elevador, ainda sem falarmos nada, nos abraçamos. Só nos largamos ao chegarmos ao terceiro andar. Corremos em direção ao apartamento, batemos a porta de qualquer maneira e voltamos a nos agarrar. Ele foi o primeiro a falar:

— Saudades. Muitas saudades...

— Também – disse eu, enquanto procurava sua boca para beijar.

— Vamos pro quarto – propus ao mesmo tempo em que o impedia de sair de perto de mim.

Ele segurou meu rosto e disse sorrindo:

— Você não me deixa andar. Vamos pro seu quarto, meu amor!

— Repete!

— Vamos...

— Não. Isso, não!

— Meu amor – repetiu ele, dando um lindo sorriso.

Eu voltei a beijá-lo com furor. Empurrava a língua dele com fúria, ao mesmo tempo em que encostava o mais que podia meu corpo ao dele. E com custo chegamos ao meu quarto. Ele foi logo me tirando a blusa, abrindo minha calça e se afastou para me apreciar.

— Você é um tesão! Gostosa... – e quase me arrancou o sutiã e a calcinha. Cheirou-a e me deixou abrir sua calça e pegá-lo com a mão e beijá-lo.

Já na cama, eu me deitei, abri as pernas e o deixei entrar, já gemendo, enquanto ele me beijava a boca e dizia baixinho:

— Minha putinha linda!

XVI

Não sei dizer quanto tempo ficamos juntos na cama. Estávamos abraçadinhos, apenas nos olhando e sorrindo, quando o celular dele começou a tocar. Rimos um para o outro e ele levantou para atender. Com medo de ser a namorada, levantei-me e fui buscar um refrigerante na geladeira. Voltei trazendo dois copos e ele continuava conversando, sentado na beira da cama.

— Eu vejo isso amanhã — dia ele, olhando e sorrindo para mim. Cheguei à frente dele e estendi um copo cheio. Ele ignorou o líquido e ficou acariciando meu seio. Logo fui ficando com tesão e me afastei. Ele se despediu, levantou-se, pegou o copo e confessou:

— Nossa! É muito bom ir pra cama com você.

Eu o abracei e concordei:

— É muito bom, sim. Você é muito gostoso.

— To me apaixonando... — Ante a dúvida que surgiu no meu rosto, sorriu e confirmou: — To, sim. Perdidamente... — e procurou minha boca para mais um beijo.

Não resisti e o provoquei.

— E sem camisinha. Não faço isso com qualquer um.

— Ao menos isso eu mereço — disse ele.

Após outra sessão de amor — desta vez eu concordei com ele, ao chamar de amor o que na primeira vez chamara de sessão de sexo — fomos para a sala. Nus, sentamos no sofá e, pela primeira vez desde a dança na festa de encerramento de **Romeu e Julieta**, ficamos conversando. Falamos da vida, até que eu não resisti e perguntei, sem introito:

— E a namorada? Como vai ela?

— Poxa, eu não pergunto pelo seu namorado...

— Não tenho namorado...

— E aquele cara que você beijou e saiu na revista?

— Nossa! Aquilo foi um acidente — disse. —Também saíram fotos minhas beijando você.

— Eu não sou seu namorado?

— Quer ser? Não sei se você me quer como namorada.

— E por que não quereria? É bom estar com você, fazer amor com você, conversar com você...

— Rui, vamos falar sério. Você é muito mais novo que eu, tem uma vida inteira pela frente...

— Qual é? Tá me dispensando?

— Não, não. Lógico que não. To super feliz de ter você aqui comigo, agora. Mas vamos falar sério. O que você quer comigo?

Ele ficou em silêncio, mas olhando para mim. Eu me reaproximei dele e trancei meus braços sobre seus ombros. Só então ele me abraçou. Demos um beijo gostoso e eu insisti na pergunta:

— O que você quer comigo? Quer me comer, está óbvio. Mais o quê?
— Você quer que eu termine com a Catarina?
— Ah! Catarina. É esse o nome dela? Da minha rival?
— Ela não é sua rival.
— Se ela divide você comigo, então é minha rival, sim.
— Eu é que pergunto: você quer alguma coisa comigo?

Olhei para ele e pensei quantas vezes fora obrigada a responder esta pergunta.

— Se eu não quisesse alguma coisa com você, eu teria te dispensado após a primeira vez. Mas não. Eu gosto de estar com você. Mas não me peça para te amar. Por isso digo que fazemos sexo. Amor você faz com sua namorada. – Aproximei-me dele novamente, beijei sua boca gostosa e disse: – Você quer me comer ou quer me namorar? Se você quer me comer, acho ótimo. Você é muito bom de cama. Mas namoro, nem pensar. – E me afastei dele.

— Olha, comer uma atriz famosa, bonita, gostosa, que está nas páginas e nos sites de fofoca é ótimo. É ótimo chegar aqui, te comer, dizer que te adoro, que estou com saudades. E depois, na faculdade comentar com todos que estou te comendo. Só uma coisa eu não consigo. Não gostar de você.

Eu não queria terminar a relação com ele. Mas aquela história de eu ser sua namorada me inquietava. O ideal é que ele gostasse dela. Mas eu tinha vontade de saber: ela é tão gostosa quanto eu?

Parecendo estar lendo meus pensamentos, ele me abraçou:

— Eu gosto de estar com você. E você: gosta de estar comigo?
— Muito.

Rui me beijou longamente, como se estivesse com medo de propor. Olhei para ele, sorri e disse:

— Vamos deixar claro uma coisa: você fica com a Catarina e eu fico por aqui. Vamos nos ver sempre que tivermos vontade. Mas se eu começar a sair com alguém, começar a namorar, você não poderá reclamar, tá certo? Promete que vai levá-la ao teatro?

— Catarina?
— É. Catarina.

Rui deu uma gargalhada, abraçou-me com prazer. Pensou um tempo e acabou concordando.

— Tá certo – disse ele, encaminhando-se para o quarto, de onde voltou calçado e abotoando a calça. Em seguida, vestiu a camisa e quis saber se me veria novamente.

— Quando tiver saudade, apareça – disse eu.

Nos demos outro beijo e ele foi embora. Dessa vez, não quis olhar pela janela.

XVII

Rui ficou um tempo sem aparecer. Mas eu não podia reclamar. Eu dissera que ele deveria ficar com a Catarina. Então, reclamava de quê? Minha irmã queria saber como eu administrava – aparentemente bem – a minha vida, alternando casos com homens e mulheres. Nem eu saberia dizer. Mas nas conversas com ela eu não entrava em detalhes. Apenas mencionava as aventuras.

Isso, entretanto, não me deixava sempre feliz. Às vezes sentia a solidão bater. Mas estava apostando tudo no sucesso da temporada de **Antígona**. Tinha a impressão – quase certeza – de que o sucesso da peça me faria esquecer os namoros. Mais do que isso, devolveria Rui e Catarina ao lixo. Ao menos era nisso que eu apostava.

Mas as coisas eram mais difíceis na vida real. No dia seguinte, quando estávamos sozinhas no camarim, Larissa me perguntou:

– Você está sozinha?

Olhei assustada para ela e fiquei em silêncio.

– Estou. Mas qual a novidade nisso?

Ela sorriu e se desculpou.

– Claro que não tenho nada a ver com isso. Mas Dani, você é muito bonita. Não arranja namorado ou namorada?

Fiquei em silêncio e ela deve ter entendido o silêncio como descontentamento. Parecendo arrependida, comentou:

– Não precisa responder. Tá na cara.

Ri um pouco e resolvi ser sincera com uma pessoa que se mostrava preocupada comigo.

– Estou sem namorado ou namorada. Minha última aventura amorosa foi na cama. E foi ótima – e ri.

– Guarda isso com você: a trepada. Devemos guardar apenas as boas lembranças. As más devem ir para o lixo.

Tentamos continuar a conversa, mas outras pessoas entraram no camarim e tivemos de parar. Tirei a blusa que usava, pus uma camiseta larga e fui para o palco. Larissa voltou comigo e logo começamos a recitar a tragédia de Sófocles. Em certo momento, ri sozinha: tragédia era o tipo de texto para o qual eu estava mais do que apta para recitar. Embora no texto de Sófocles não houvesse versos como em Shakespeare, havia muito de verdade em tudo aquilo. "E ele escreveu isto há mais de 15 séculos", pensei.

O tempo passou rápido e me surpreendi com o anúncio de Fagundes: no dia seguinte haveria o ensaio geral; e dois dias depois, a apresentação para crítica e convidados, véspera da estreia. Fiquei assustada e ele percebeu.

– Passou rápido o tempo? – perguntou, emendando outra pergunta: se eu estava pronta.

— Claro — respondi, sem nenhuma convicção. Mas não fiquei preocupada. Era sempre assim: a ansiedade me matava. E enquanto não estivéssemos no palco, com o teatro lotado — era essa, ao menos, minha expectativa — eu não sossegava.

Naquele dia, em lugar de ir para casa, aceitei um convite de Fagundes, Lígia e Larissa para jantarmos. Fomos ao Leme e, sentados no calçadão, conversávamos animadamente sobre o sucesso, o fracasso e a tênue linha que separa as duas condições, quando vi Tayssa se aproximar da mesa. Ela foi saudada por Lígia e sentou-se ao meu lado. Fiquei em silêncio enquanto ela perguntava se estava tudo pronto para a estreia. Enquanto a conversa seguia, fiquei olhando e passando o dedo pelo copo de chope quando ela me perguntou se estava pronta.

— Sempre estou — respondi, na vã ilusão de enganá-la. Era visível que ela não acreditava. E perguntou a Fagundes se ela poderia assistir à estreia. Ante a resposta positiva do diretor, voltou-se para mim e arriscou:

— Você está na fossa?

Disse que não e ri, tentando fazer pouco da observação dela.

— Por quê?

— Parece. Seu olhar, sempre vivo, está longe, hoje.

— É a ansiedade pela estreia — e sorri para ela. — Só isso.

— Bem, não tenho como discutir isso com você.

— Estou bem. Sempre ficamos assim quando temos de enfrentar a crítica — disse eu tentando fazer humor. — Os críticos, podem sepultar uma peça antes mesmo da estreia.

— Cruzes! É tão difícil quanto enfrentar o público?

— Eu acho que a crítica é pior.

— Vou torcer por vocês amanhã — disse ela, mostrando-se simpática.

Mas as conversas pararam outra vez. Chegavam Afonso e o namorado. Sentaram-se e entraram na conversa. Como o assunto era a crítica, ele não perdoou.

— Pior é que a Bárbara Heliodora morreu. Dela a gente apanhava, mas aprendia também — disse ele, rindo.

Mas eu estava cansada e também resolvi ir embora. Tayssa me pediu uma carona e eu a deixei em algum lugar da Tijuca, onde ela foi para o metrô. Fui para casa e, como sempre fazia, olhei pela rua para ver se alguém estava me esperando. Não estava, como eu sabia bem que não estaria.

XVIII

Já no apartamento, após um bom banho, abri uma cerveja. Já tinha bebido um ou dois chopes – nunca fui de beber muito –, mas resolvi abusar naquele dia. Acabei dormindo no sofá, nua, pois a toalha caiu no chão e não percebi. O pior foi acordar com a insistente campainha dos telefones fixo e celular. Atendi o fixo, que ficava na sala, e levei uma bronca de Afonso.

– Menina! – gritava ele. – Perdeu a hora? Estamos te esperando.

Olhei assustada para o relógio na parede da sala e me assustei: mais de 11 horas e Fagundes nos fizera prometer que passaríamos o dia juntos, antes do ensaio geral. Disse que já estava indo e desliguei o telefone. Corri para o quarto e olhei o celular: era Larissa. Nem atendi. Àquela altura, Afonso já deveria ter dito a ela que eu acordara.

Cheguei ao teatro e todos bateram palmas para mim. Fagundes não estava aborrecido, mas me deu uma reprimenda, perguntando baixinho:

– Cerveja ou namorado?

– Cerveja – respondi, dando um sorriso.

– Não acredito. Tá com toda a pinta de namorado.

– Antes fosse – disse. E fiz um ar triste, como se lamentasse a solidão.

E passamos a contar as horas para o ensaio geral, que tinha todas as características de uma apresentação da peça. Se erros houvesse, teriam de ser corrigidos pelos próprios atores. Não havia como voltar o texto. Mas correu tudo bem. A única coisa esquisita era o teatro vazio. Só parentes e alguns amigos assistiam. Tudo correu bem.

O silêncio ao final da peça deveria ser seguido de aplausos. Mas o que ouvimos foram os elogios de Fagundes.

– É isso aí. Quero que todos chorem por Creonte. Quero que todos chorem por Ismênia. Mas quero que todos saiam daqui elogiando Antîgona. Ela não é apenas a maior de todas as tragédias. Ela é a personificação dos princípios pelos quais todos devemos lutar.

Curiosamente, nesta hora, começamos nós a aplaudir. Faziam todo sentido as palavras de Fagundes. Principalmente porque tivéramos a oportunidade de ler, nos ensaios, os textos de Dias Gomes que ele próprio considerava próximos de Sófocles: **O pagador de promessas**, **O santo inquérito** e **As primícias**.

– Tem tudo a ver – disse Afonso.

O curioso é que estávamos emocionados. E voltamos ao centro do palco e nos abraçamos a Fagundes.

XIX

A apresentação para crítica e convidados ocorreu bem. Fora um comentário ou outro, que em nada influenciou o desempenho dos atores, ganháramos elogios. A concepção fora bem entendida, o que deixava Fagundes tranquilo. Ele sempre apresentava as peças seguindo os originais. No caso dos clássicos gregos, a manutenção do coro era quase que sua marca registrada.

Antes de abrirmos as cortinas, fui dar uma olhada na plateia. Eu sempre fazia isso, para desespero de alguns colegas que gostavam da surpresa de só saber a frequência ao subir ao palco. Mas eu, naquela noite, queria obter outra informação. Claro! Queria saber se Rui fora à estreia e se estava acompanhado de Catarina.

Não consegui olhar toda a plateia e, portanto, não podia ter certeza de que ele fora. Larissa percebeu minha inquietação e quis saber a razão. E lamentou não conhecê-lo para poder, ela, passear entre o público e saber se ele estava lá. Minha irmã estava e pensei em pedir para que ela conferisse. Mas Fagundes chamou o elenco para uma conversa antes de entrarmos em cena e tive de desistir.

A apresentação corria sem problemas. O elenco estava afiado. E Larissa encerrou sua participação de forma brilhante. Sua longa experiência permitia até mesmo que ela improvisasse, embora nunca abusasse desse recurso. Ao ser levada pelos guardas como criminosa, pois sonhara com as honras fúnebres para o irmão, gesto que fora proibido pelo rei Creonte, Antígona clamava:

"Ó cidade de meus pais, terra tebana! Ó deuses, autores de minha raça! Vejo-me arrastada! Chefes tebanos, vede como sofre a última filha de vossos reis, e que homens a punem, por haver praticado um ato de piedade!"

Larissa deixava o palco levada pelos guardas, enquanto o coro grego e o corifeu contavam o restante da tragédia: quando Ismênia se oferece para morrer em lugar de Antígona, seu marido, filho do rei, mata-se, no que é seguido pela mãe. E a maior de todas as tragédias, segundo fazia questão de destacar Fagundes, chegava ao fim.

Foram muitos os aplausos. Larissa e Luiz Carlos, os protagonistas, voltaram ao palco e carregaram o restante do elenco para perto do público. Era a oportunidade que eu tinha. E corri com os olhos a plateia à procura de Rui. Mas não o encontrei. E fiquei triste.

Mais tarde, perguntei a Vivi se ele fora.

– Ele não veio. Olhei toda a plateia e não o vi.

Dei um sorriso triste e ela acarinhou meu rosto, numa clara tentativa de consolo.

– Vamos comemorar – disse eu, explicando a ela o que iríamos fazer. – Você sabe que o Fagundes comemora tudo. Ainda bem que não tivemos nenhum fracasso. Acho que ele sentiria mais a falta de comemoração do que a do sucesso – e começamos a rir.

Mas Vivi não quis ir. Então, me aprontei e fui para o restaurante. Lá chegando, o assunto da conversa, claro, era o desempenho do elenco. Afonso fazia algumas críticas – todas pertinentes –, mas não se preocupava.

– Nada que uma conversa não resolva – disse ele.

XX

O restaurante não estava tão cheio quanto em outras vezes. Por isso, pegamos uma mesa quase central. Nos sentamos felizes, pois a estreia ocorrera da forma esperada e ainda curtíamos as boas críticas feitas quando da apresentação aos jornalistas. Estava tão absorta na conversa com um colega que não vi Fagundes, Lígia e Tayssa chegarem. Tão logo me viu, ela sorriu e deu um jeito de sentar ao meu lado.

Fiquei feliz com a escolha dela. E lhe ofereci o rosto para um beijo. Ela me deu um beijo molhado e perto da boca. Novamente sorri, o que a deixou muito – era visível – feliz.

– Você deu um banho – disse ela tentando começar uma conversa.

Sorri em resposta e disse que ainda precisávamos corrigir algumas coisas, fazendo referência às críticas de Afonso, logo as tomando como minhas.

– Mas são coisas pequenas – acrescentei.

Jantamos e confesso que conversar com Tayssa era agradável. Era culta, conhecia bem os textos de teatro, embora lhe faltasse uma óbvia vivência de palco, e ouvia muito, antes de falar. Claro que continuava curiosa para conhecer sua preferência sexual. E sempre que pensava nela me perguntava: lésbica ou bi? E não abria a possibilidade de ela ser hetero.

E continuamos conversando animadamente. De vez em quando, esbarrávamos as mãos e sempre nos sorriamos, maneira de dizer que as coisas estavam caminhando bem.

Certa hora, Afonso se aproximou de nós e propôs:

– Aqui tá tudo muito calmo. Vamos para outro lugar?

– Aonde você quer ir? – perguntei.

Ele olhou para os lados, riu e disse:

– Vamos a um bar gay?

Olhei para Tayssa e vi que ela gostara da proposta. E fomos. Tayssa, no meu carro, mostrava-se feliz com a proposta de Afonso Mas eu precisava ter certeza. Aliás, era um conhecido drama: sempre queria uma definição: pau, pau, pedra, pedra. E fiz a pergunta que se apresentava:

– Você é lésbica?

– Sou. Algum problema?

Fiquei quieta e ela perguntou:
– E você?
– Sou bi. Algum problema?
– Claro que não – disse ela sorrindo.

Chegamos ao bar, em Copacabana e deixamos o carro com o guardador. Afonso já nos esperava à porta e entramos os quatro juntos. Escolhemos uma mesa de canto e vi que a animação ali era grande. Muita gente dançava ou apenas paquerava. O ambiente estava alegre.Estávamos bebendo e o namorado de Afonso e eu conversávamos sobre a peça, quando tivemos de parar, porque Afonso estava propondo que todos dançassem.

– Vamos para a pista. Agora vêm as músicas para se dançar agarradinho.

Tayssa se levantou e esticou a mão para mim. Dei a mão para ela e fui para a pista. Coloquei minhas mãos sobre os ombros dela, que me enlaçou pela cintura e saímos dançando.

Era bom dançar com ela. Era evidente que Tayssa sempre conduzia a dança e demos uns passos até mais ousados. Dançar com mulher, na primeira vez, estranha-se encostar o rosto em outro tão liso quanto o seu. Sente-se falta da barba e, talvez, até da anatomia masculina, pois nossos corpos ficam bem juntinhos. Tayssa foi me levando e logo estávamos coladinhas. Ela enfiou a perna entre as minhas e fui ficando excitada. Tanto que não me surpreendi quando ela afastou seu rosto do meu, claramente pedindo um beijo.

Naturalmente, aproximamos nossos lábios e nos beijamos. Massageando a língua da outra. O beijo foi aumentando de intensidade e em um determinado momento, paramos de dançar e começamos a nos apertar na pista. Ela segurou meu rosto e propôs irmos embora. Aceitei e procurei Afonso para me despedir. Ele me viu, sorriu para mim e acenou em despedida. Saímos da pista, nos demos a mão – com os dedos cruzados, como duas namoradas – e fomos para um motel. "Na minha casa, só o Rui", pensei.

XXI

Tayssa virou de lado e fechou os olhos. Ficou quieta um tempo e percebi sua respiração se acalmar. Levantei-me e, junto à janela, passei a observar seu corpo. O meu era mais bonito, mas ela tinha um charme todo especial. O que mais chamava a atenção era a natural cor de sua pele. Toda por igual, nem mesmo as marcas de uso do biquíni havia. Olhei pela janela observando o trânsito, que começava a ficar intenso, enquanto pensava na vida.

Profissionalmente tudo parecia caminhar firme. Mas o lado emocional estava sempre dando voltas. E, justiça seja feita, era eu sempre a responsável pelas viradas da vida. No momento, vivia um caso alegre com Rui, apesar do medo da Aids que me deixara transtornada. Agora, estava com Tayssa. Eu naturalmente me lembrava de minha primeira relação homossexual. Fora com uma professora ainda no colégio. Sempre me lembrava o carinho com que ela me beijava os seios, tocava o corpo. Claro que a bunda, desde aquela época, me fazia ganhar destaques com os meninos. O curioso é que a relação homo aconteceu antes da hetero. Esta, com um namorado. Mas se fosse comparar as alegrias que ambas as primeiras vezes me proporcionaram, a com a professora ganhava disparado.

Mas não era a única da família. Minha irmã Vivi me contou que um dia, na faculdade, participara de uma suruba com outras meninas. E confessava ter gostado muito. Mas depois casou, teve filho... Tudo mudou.

Eu, não. Sempre fui bi e sempre tive prazer com uma mulher. Ou dei prazer a uma mulher. E fora isso que acontecera naquela noite. Tayssa me fez ter muito prazer. E dizia que também tivera. Eu sempre duvidava. Mas ela jurava que sim. "Será?", pensava eu, continuando a olhar os automóveis, ônibus e vans que circulavam por São Conrado.

— Você não dorme? — perguntou ela, me assustando.

Sorri e voltei a sentar na cama. Pedi um beijo e ela me beijou a boca. Voltei a deitar a seu lado e a apreciar aquele corpo todo certinho, com cor de canela e sem pelos.

— Precisamos ir embora. Tenho de descansar porque à noite tenho outra sessão.

— E eu tenho a faculdade — disse ela, sempre sorrindo.

Levantei-me e fui para o banheiro. Junto a pia, molhava o rosto quando, pelo espelho a vi olhando para mim. Ou melhor, para minha bunda.

— Você é linda — disse ela, encostando-se em mim.

— Não faz, por favor. Vamos perder a hora se você continuar assim — pedi eu, virando-me para ela e a abraçando. Mais uma quantidade grande de beijos e carinhos.

— Meu Deus! A faculdade — disse ela, já querendo voltar para o quarto.

Mas voltou e ficamos nos olhando.

— Tem uma coisa... — disse ela.

— O quê?

— Eu quero outra noite. — Segurou meu rosto e me beijou os lábios.

XXII

Eu precisava dormir. Mas não conseguia. Fora uma experiência inesquecível. Tayssa não era uma mulher bonita. Disso eu sabia e ela parecia saber também. De beleza eu entendia. Era um dos atributos com os quais eu lidava desde os 17 anos, quando resolvi ser atriz. Bonita ela não era. Mas era o quê? Gostosa, como Rui se referia a mim?

Fiquei rolando na cama relembrando tudo o que vivera. E, naturalmente, me voltaram à memória os carinhos que Tayssa me dedicara. Os beijos em todas as partes do corpo. Depois, houve a retribuição. Eu gostava de beijar. E procurei dar a ela muito prazer.

Tão logo chegamos ao motel, eu, como sempre fazia nessas horas, subi a escada na frente dela. Mas parei no meio do caminho para sentir melhor os carinhos que ela fazia na minha bunda. Entramos no quarto, logo nos agarramos e tiramos a roupa. Foi quando a olhei, apreciando seu corpo. Os seios eram cheios, as coxas roliças – mais para finas – e a bunda pequena. Ela logo começou a me beijar os seios, ao mesmo tempo em que me empurrava para a cama. Foi nessa hora que perguntei:

– Você vai me comer?

– Vou te fazer minha mulher – disse ela, encaixando-se em mim e me provocando gemidos sem fim. E após muitos carinhos de parte a parte, paramos, com a respiração ainda ofegante, nos acariciando. E, claro, trocamos confidências enquanto namorávamos. Ela falou da sua opção sexual, relatou detalhes de problemas encontrados junto aos parentes e algumas pessoas que ela pensava serem suas amigas.

– Mas na faculdade eu me soltei – disse ela sorrindo – Namorei, terminei, namorei de novo...

– Perdeu a virgindade?

Ela deu uma gargalhada:

– Já tinha perdido – e me abraçou e começou a me acarinhar, com o evidente intuito de encerrar a conversa.

Tão logo nos vi prontas para irmos embora, trocamos a promessa de nos vermos e de nos agradarmos. E quando a deixei no ponto para que tomasse uma condução e fosse à universidade, vi seu andar, balançando suavemente os quadris. E gostei de ficar olhando para ela. Em casa, tomei um gostoso banho e desliguei os telefones. Eram aquelas horas nas quais não queremos falar com ninguém. E sozinha – mas feliz – fiquei até a hora de ir para o teatro. Fiz um lanche e me coloquei a caminho.

XXIII

A chegada ao teatro foi tranquila. Afonso, testemunha de tudo – ou quase tudo – que acontecera na véspera, olhou-me, sorriu-me e foi tratar da vida. A temporada começara bem. Na primeira semana, casa quase cheia sempre. E os jornais tratavam o assunto com a importância que todos queríamos que tratasse. Claro que Larissa era a atriz mais requisitada. Estava à noite no palco e, à tarde, dando entrevistas para rádios e TVs. Luiz Carlos não ficava atrás e era chamado sempre para falar sobre os governantes, assunto para o qual – parece – sempre há gente disposta a ouvir.

De minha parte, as coisas seguiam tranquilas. Rui desaparecera e não ligara mais. Quanto a Tayssa, apenas a vi de longe, sempre conversando com Lígia. Mas certa noite, ela me procurou no camarim. Eu estava tirando a maquiagem quando vi seu sorriso escancarado no espelho.

— Prefiro você sem maquiagem – disse ela.
— Nem um batonzinho?
— Suja a boca – respondeu ela.

Virei-me e peguei sua mão. Admiti: estava com saudades e disse isso a ela.
— Você ainda me deve...
— Uma noite juntas?
— É. Quero muito...
— Também tenho saudades da minha amante – respondi.

Ela se sentou em um pequeno banco ao meu lado e passamos a conversar nos olhando pelo espelho.

— Preciso te falar... To namorando de novo. Conheci a Celina num seminário sobre **Dom Casmurro** na faculdade. Ficamos nos olhando todo o tempo. E quando acabou, nos aproximamos para conversar e foi inevitável acabarmos juntas – disse ela, mostrando um grande sorriso.

— Poxa, então você não precisa mais de mim...
— Claro que preciso. To bem com ela, mas também te quero. Se você me quiser, eu a deixo de lado rapidinho...
— Tayssa! Você namora esta menina... Como é o nome dela?
— Celina...
— ... Então, você namora a Celina e não gosta dela?

Ela ficou quieta um tempo, olhando para as mãos, até que me olhou diretamente, puxou meu rosto para que a olhasse também, e respondeu:

— Como gosto de você, não. Por você eu tenho mais amor do que por ela.
— Olha só, acho que você está confundindo as coisas. Nós temos tesão pela outra. É diferente.

Tayssa se levantou e ficou de costas para mim. E mesmo sem saber como eu reagira ao seu gesto, começou a falar.

— Eu evitei falar com você esses dias exatamente por isso: medo de que você me rejeitasse...

Eu me levantei, virei-a e a abracei.

— Olha só: você me seduziu, você me deu muito prazer. Mas você dizer que gosta... Adorei passar aquela noite com você, mas não sei se quero manter esta relação.

Tayssa aproveitou-se de minha distração e me roubou um beijo. Eu, claro, não resisti a ele e nos demos um longo beijo, gostoso, molhado.

— Eu amo você — disse ela.

— Tayssa — e segurei seu rosto — olha para mim. Eu não sou lésbica. Gosto de fazer amor — e esta palavra a fez sorrir — com você. Mas também gosto de fazer amor com homens. Dá um tempinho para mim, dá?

E voltamos a nos beijar. Eu ainda vestia a longa veste da peça e Tayssa se aproveitou disso para apertar meus seios. Eu a afastei sorrindo e repeti:

— Dá um tempinho para mim?

Ela, visivelmente frustrada, concordou com a cabeça, me deu um selinho e saiu do camarim. Eu me sentia perdida. Mas voltei ao espelho, acabei de tirar a maquiagem, mudei a roupa e saí, achando não haver mais ninguém no teatro.

Mas havia muito movimento no foyer. Fagundes, Lígia, Larissa e uma menina de coque e óculos com lentes bem grossas conversavam. Ao me aproximar, ouvi Lígia dizer:

— Tai ela...

Todos se voltaram para mim e Fagundes explicou:

— A Fabiana quer gravar umas cenas aqui amanhã. Você pode, lá pelas três da tarde?

Assenti e vi que havia mais gente por ali. Inclusive Tayssa, que também participaria do programa para falar do teatro clássico da Grécia. Quando a vi sorrindo, fiquei feliz. Ela não merecia sofrer. Não por minha causa.

Despedimo-nos e fui para meu carro. Ao chegar perto dele, outra surpresa: Rui estava à espera.

Tive vontade de correr até ele, mas me comportei. Sorri — e tive um lindo sorriso em resposta — e nos abraçamos. Beijei aquela boca — que boca! — e disse estar com saudades.

— Eu também. Vim ver a peça e resolvi te esperar. Mas você demorou!

— Tem uma jornalista aí querendo gravar umas cenas da peça amanhã. Estávamos acertando tudo. — Olhei nos olhos dele e perguntei: — Sozinho?

— Sim. A Catarina não veio — e riu.

— Vamos para onde? — perguntei.

— Pra sua casa. Pode ser?

Eu o fitei e percebi que havia algo errado.

— O que houve? Você parece desconfiado!

Ele nem me deu tempo de respirar e perguntou:

— Você tá namorando?

Olhei para ele séria, até com um pouco de raiva.

— O que nós combinamos da última vez?

— Olha, eu continuo com a Catarina, mas não escondo isso de você...

— Mas escondeu...

— Escondi. Mas não escondo agora. E você, tá escondendo alguma coisa?

— Não venha me fazer cobranças.

E pedi licença para abrir o carro.

— Você vai embora? Vai me deixar aqui?

— Vou. Não quero que minha vida seja controlada. Dá licença?

Ele se afastou, eu entrei no carro e fui embora, lamentando ter sido tão dura com a Tayssa e, ao mesmo tempo, agradecendo não estar com ela ao encontrar Rui. "Vai dar merda!"

XXIV

Fiquei abalada com os dois encontros. Um prazeroso, com Tayssa, e um absolutamente descortês, com Rui. Sai em alta velocidade e quase provoquei um acidente quando fazia o retorno na Praça do Jóquei. Resolvi parar o carro e deixei que as lágrimas saíssem. Um taxista se aproximou e ofereceu ajuda. Sem abrir a janela, agradeci e sai andando, agora em baixa velocidade. Ao chegar em casa, sentia-me podre. "Tayssa ou Rui? Qual dos dois era melhor na cama? Qual dos dois me dava mais carinho?

Estacionei o carro e subi no elevador sem saber o que responder. "Ambos me dão prazer", pensei. Mas a segunda pergunta tinha uma única resposta: Tayssa. Mal abri a porta e o interfone começou a tocar:

— **Seu** Rui está aqui em baixo e quer subir.

— Diga a ele que estou cansada e que preciso dormir – disse e desliguei.

Fui para cama na esperança de dormir e esquecer tudo o que estava acontecendo. Mas foi em vão. Praticamente não dormi e, já de manhã, Rui me ligou, pedindo para conversar. Disse que não poderia, pois teria um dia cheio, mas ele insistiu. Marquei, então, para após a apresentação. Mas frisei que seria apenas uma conversa.

E tão logo a apresentação acabou, vi que ele estava no teatro aplaudindo. Aprontei-me e fui encontrá-lo no foyer. Demos dois beijinhos no rosto, embora ele quisesse mais, e saímos caminhando. Na calçada, já do lado de fora do teatro, parei e perguntei sobre o que ele queria falar.

— Sobre nós dois, ou sobre nosso namoro – disse ele, forçando um sorriso.

— Nosso namoro não existe. Existe o seu namoro com a Catarina.

— E o seu namoro?
— Porra! Não namoro ninguém.
— Jura?
— Eu nunca namoro. Dá para entender isso?

Ele começou a caminhar e parou de repente, percebendo que eu não o acompanhava.

— Você vai ficar parada aí?
— Vamos aonde?
— Sua casa... Pode ser?
— Não.
— Por favor?

Fiquei parada, sem saber o que dizer. Até que comecei a andar, cheguei perto dele e disse, de forma ríspida:

— Vou no meu carro. Você me segue.

Fomos para casa, com o carro dele colado no meu. Entrei na garagem e fui à portaria esperar por ele. E subimos juntos. No elevador, eu mostrava que estava insatisfeita. Mas, na verdade, estava insegura. "Se ele quiser me comer não vou conseguir negar. Puta merda!" Ele estava mais seguro do que na porta do teatro. Parecia saber, ter a certeza, de que bastava ele se encostar a mim para que eu me desarmasse.

Entramos no apartamento e ele me abraçou por trás. Apertou meus seios e começou a dizer que me adorava. Eu tentava empurrá-lo, mas ele me apertava cada vez mais forte. Relaxei e quando ele afrouxou o abraço eu me soltei.

— É melhor você ir embora.
— Danielle, você não sente nada por mim? Carinho? Tesão? Amor?

Fiquei um tempo sem saber o que responder. Pensei nos beijos molhados que trocávamos, nas duas vezes em que trepamos. "Como foi boa aquela primeira vez!".

Afastei-me dele e pedi que ele prestasse atenção em mim.

— Olha, presta atenção... Há muito tempo eu não era tão feliz na cama quanto sou com você. Você é gostoso, carinhoso, é bom de cama. Mas quero ser apenas a outra...

— Você é a outra!
— Não sou, não. Você me quer como namorada. Mas sua namorada, aquela que compartilha sua vida, é a Catarina.

— Quantos anos você tem?
— Tenho 36 anos... Sou quase uma balzaquiana... Por que você pergunta isso?

— Você fala como se fosse muito mais velha que eu. Incomoda ter um caso comigo?

Fiquei com pena e me aproximei dele. Segurei seu rosto e lhe beijei os lábios.

— Não, meu lindo. Mas temos perspectivas de vida diferentes. Já estou em uma fase em que quero ser reconhecida como boa atriz, fazer trabalhos que qualquer outra atriz também quer. E você? Quer o quê?

Foi a vez de ele ficar em silêncio. Enquanto ele pensava na resposta que iria dar – "ele tem resposta para tudo" – caminhei até a janela e observei uma festa no edifício em frente.

— Eu quero você.
— Você quer me comer? É isso?
— Tem de ser só isso?
— Responde: você gosta de trepar comigo?
— Gosto. Você é ótima na cama.
— Então, Rui. Por que não ficamos só nisso?
— ....
— Rui, você gosta de trepar com ela?
— Ela é uma merda na cama, cheia de preconceitos.
— Então, porque você está com ela?

Ele ficou mudo.

— Você está com ela porque ela te preenche de alguma maneira. Vamos lá... Fala dela...

— É minha colega de faculdade, inteligente, com uma visão bem atual da nossa realidade. Bonita... Tem olhos verdes... Simpática... E me quis na primeira vez que me viu. Deu em cima de mim até me conquistar. E disse às amigas, quando me viu a primeira vez: "vou comer esse menino".

Comecei a rir.

— Ela é decidida. É isso que você gosta nela? Mas porque ela é preconceituosa?

— Não faz sexo anal...
— Eu também não.
— Mas você se entrega na cama. Procura o prazer e dá prazer. A Catarina acha que só a mulher tem direito ao prazer...

— Rui, olha pra mim. Você está sendo injusto. A Catarina tem a sua idade, não tem? – ele aquiesceu –. Então, você quer comparar uma futura socióloga, de 20 anos, que transa com o namorado, com uma mulher de 36, descasada, experiente... Uma atriz acostumada a ser notada na rua e que até gosta de ser conhecida e apontada. E que adora fazer sexo. Pensa bem.

Ele se aproximou de mim, também teve a atenção despertada para a festa no edifício em frente, segurou meu rosto e me beijou a boca. Ficamos abraçados e acabamos indo para a cama.

E foi bom. Muito bom.

Como sempre era.

XXV

Rui não queria só sexo. Eu disse para ele ir embora logo. Ele, então, se levantou e começou a se vestir. Eu nada disse e não seria preciso dizer nada. Fiquei triste. Ele iria embora sem que resolvêssemos o principal problema entre nós. Para mim estava claro que ele queria amor. E eu, sexo. Já vestido, chegou perto de mim para se despedir. Eu saí da cama e fui levá-lo até a porta. Voltamos a nos beijar e ele apertou a minha bunda. Sorri e ele saiu.

Como da primeira vez, cobri-me com a cortina e, da janela, vi-o entrando no carro. Não sou conhecedora de modelos de automóveis, mas parecia ser o carro do papai e não dele. Ele ainda acenou antes de entrar e buzinou ao sair.

– Rui, você é muito gostoso – falei alto, coisa que não costumava fazer. E fui ao banheiro me lavar. Em seguida, voltei para a cama. E, curiosamente, dormi.

Acordei com a Vivi dentro de casa, me beijando.

– Trouxe um almoço especial – disse ela. Aquilo me animou. Botei uma camiseta sobre o corpo e fui para a cozinha. Era uma macarronada especial que ela sempre fazia, pois sabia que eu adorava. Servimo-nos e sentamos para comer. Ela me olhou e sentenciou:

– Você está com cara sinistra. Cara de quem acabou um caso. Acabou?

– É... Acabei... Com o Rui... Ele não quer me comer. Quer mais.

– Engraçado. Ele esperava o quê? Amor? Um menino de 20 anos? Curioso, né?

– É, é curioso. Sempre pensei que um menino de 20 anos ficaria feliz em comer uma mulher mais velha que ele. Mas ele quer me namorar, mesmo. Eu disse a ele: só quero sexo.

– E o sexo, era bom?

– Nossa! Bom, não! Não. É ótimo. C****!

E continuamos a comer. O macarrão estava bom, mas Vivi estava preocupada comigo me disse que eu estava escondendo alguma coisa.

– Olha, jura que esse assunto morre aqui?

– Porra! Preciso jurar?

– Tá certo. – E comecei a contar a ela minha aventura com Tayssa e que também ela desejava mais do que sexo. Quando terminei, ela disse que a relação com uma mulher sempre é bem diferente da relação com um homem.

Eu concordei com ela.

– Elas são mais carinhosas. Mas já vi lésbicas se comportando como os piores homens, dando porrada e destratando as meninas que estão com elas, porra. Mas a Tayssa é supercarinhosa e se diz apaixonada, vê se pode!

E começaram as surpresas:

– Eu sei o que é isso.

– Sabe? Como?

– Aquela transa da suruba na faculdade, lembra? Não aconteceu só uma vez. Eu cheguei a namorar uma menina. Mas foi pouco tempo, porque logo depois eu conheci o Léo pai, e casei. Mas ela dizia a mesma coisa e chorou muito no dia em que terminamos.

– Você nunca me disse isso. Por quê?

– Não sei. E agora você disse que transou com a...

– Tayssa...

– Isso, Tayssa... Então, resolvi contar já que ela também se disse apaixonada... – E esticou a mão para mim. Trançamos nossos dedos e ficamos sorrindo para a outra.

– Você precisa é sair do Rio sabia? É uma pena que a temporada tenha começado agora, porque você não pode sair. Mas seria bom ir para algum lugar bem longe, onde ninguém te conhecesse e te deixando viver em paz...

E de repente começou a rir.

– É bem verdade que você não ser reconhecida é difícil, né?

E ambas rimos junto.

Fui para o teatro e fiz bem a peça. Fagundes, que não ia a todas as apresentações, mas que fora naquela última, elogiou meu desempenho. E elogios, ao menos para mim, eram raros. Fiquei feliz e mostrei isso a ele. E fomos levando a temporada com grande sucesso. Certa noite, Fagundes anunciou que chegara o tempo das apresentações fora do Rio. Terminaríamos a temporada carioca e passaríamos a viajar. Já estavam previstas apresentações em Belo Horizonte, Goiânia e Brasília. E uma festa foi prometida pela produção para a última apresentação no Rio. A Imprensa estava toda avisada e prometia badalar a festa.

A viagem para mim seria uma boa. Quem não ficou nada feliz foi Larissa: estava começando um namoro e estava pra lá de apaixonada. Mas era profissional. E dizia ao Fagundes que, algumas vezes, levaria o namorado com ela. Ele concordou, mas lembrou que eles teriam de pagar a passagem e estadia. No fim, sabíamos que a produção pagaria tudo. Afinal, já acontecera com **Romeu e Julieta**. Mas fingimos que concordamos.

Não soube mais do Rui. E Tayssa, de férias na faculdade, viajara. Não sabia se com a família ou se com a namorada. "Como chama a menina?" Mas não lembrava. Quem me falou dela foi Lígia que também estava de férias na faculdade.

– Saudades? – perguntou.

Não tive medo de responder que sim. Mas estava frustrada. Já estava há dois meses sem ver Rui e sem conversar com Tayssa. Isto é, estava há dois meses na seca. Disse isso a Larissa que riu muito. Abraçou-me e disse, baixinho, junto ao meu ouvido:

– Pois eu, menina, ando a toda. Meu namorado é um furacão. Tem dias em que tenho de brigar com ele para não trepar. Porra! Chego cansada e ele quer sempre dar umazinha!

Ri muito daquilo. Mas Larissa merecia. Tinha uma filha de 20 anos e estava mesmo na hora de cuidar da sua vida. Bonita como era, claro, não seria difícil conseguir um namorado. E ela conseguira. Sorte a dela.

Na noite da última apresentação da temporada, o teatro estava lotado. Tão logo subi ao palco vi Tayssa com umas meninas da sua idade. Pareciam amigas. Ao lado dela, de mãos dadas, estava a namorada. Sorri para ela tão logo a vi e percebi que ela comentara algo com... "Como é o nome de-la"? "Fui em frente e na hora dos aplausos, mandei um beijo para ela, que ficou feliz.

XXVI

A festa pelo fim da temporada carioca prometia. Todos estavam animados. E havia motivos para isso. Era a segunda temporada da companhia que terminava com um sucesso nos palcos. E que seguiria para ser aplaudida – ao menos era o eu esperava – em outras cidades. O murmúrio era total. Eu estava no camarim, acabando de tirar a maquiagem. De repente, Lígia entra. E acompanhada.

– Dá licença?

Olhei para ela pelo espelho e vi Tayssa e uma menina que achava ser aquela de cujo nome não lembrava. Méritos para ela: em momento algum deixava transparecer, de longe, que me conhecia muito bem. Sorri para as três e, depois de dizer que Lígia não precisava pedir licença, levantei-me.

Dei um abraço em Lígia e, não sei por que lhe beijei os lábios. Se ela se surpreendeu, disfarçou bem. Tayssa continuava me olhando e sorrindo. Também dei um forte abraço nela e comentei, para que todas me ouvissem:

– Menina, que saudades! Tá sumida!

Continuamos abraçadas e vi que a namorada se incomodava com aquilo. Ao nos afastarmos, nos olhamos fundo nos olhos. E já que beijara Lígia na boca, fiz o mesmo com ela. Sendo que este foi um beijo mais demorado.

– Deixa eu te apresentar minha namorada – disse Tayssa –. Esta é a Celina...

– Prazer, disse eu, dando o rosto para os tradicionais beijinhos.

Ficamos sem assunto e Lígia, então, disse:

– Convidei minhas alunas para assistirem à peça. E vou levar Tayssa e Celina à festa.

– Gostaram? – perguntei olhando para as duas.

– Gostei muito – respondeu Celina, olhando em seguida para Tayssa.

A namorada foi direta.

– Você já sabe o que penso do teatro clássico e do tratamento que vocês dão a estes textos. E principalmente, já sabe o que penso de você.

– Uhhhhh! – disse eu brincando. – Mas você só me elogia. E elogio de amiga não vale. Queria que você fosse crítica comigo. Mas você não é.

Lígia propôs que elas esperassem do lado de fora, mas eu insisti para que ficassem. E fui ao um canto do camarim, tirei a roupa, que seria mandada à lavanderia, e fiquei só de calcinha. De costas para as visitantes, vesti o sutiã e pus minha indefectível jeans e uma camiseta da Banda de Ipanema.

— Vamos? — propus. E saímos as três em direção às outras pessoas. Juntamo-nos no foyer e todos conversávamos felizes e alto. Tentei olhar para Tayssa algumas vezes, mas ela estava sempre cuidando da namorada. Achei legal ela fazer isso, pois era evidente o constrangimento dela por não conhecer as pessoas. Mas também lamentei que ela estivesse acompanhada. Não poderíamos conversar. "Só conversar"? pensei.

E fomos para a festa de despedida da temporada. Era aquele velho restaurante já conhecido. O mesmo restaurante que eu saíra, uma vez, com o Rui a tira colo. E outra, de mãos dadas, com a Tayssa. Ao contrário das outras vezes, estavam reservadas várias mesinhas de quatro a cinco lugares cada uma. Como levava Tayssa e Celina em meu carro, acabamos ficando juntas. E Larissa, que chegara depois, juntou-se a nós. Ela e o namorado, a quem eu não conhecia.

Ficamos conversando sobre o sol, a lua, as estrelas... Enfim, ninguém tinha um assunto que envolvesse o outro. Até que Celina e Larissa foram ao banheiro. Aproveitei a ocasião e apertei a mão de Tayssa por baixo da mesa. Ela trançou os dedos comigo, sorriu e disse estar com saudades. E perguntou:

— Vai me pagar a dívida?

Olhei para ela e resolvi ser sincera.

— Pago, sim. Pode cobrar.

— Pena que não pode ser hoje. Minha vontade é te agarrar...

Falávamos baixo, para que Marcos, namorado de Larissa, não nos ouvisse. Mas ele deveria saber de alguma coisa, pois se levantou, pedindo licença.

— Celina é bonita — disse eu.

— É, sim. E ela gosta muito de mim. Fico feliz com ela. Eu estou feliz... E você?

— To não, To sozinha. Profissionalmente, to bem. Imagina, vou posar para uma revista masculina. Minha bunda vai ser mostrada para todos...

— Não acredito! Você teve coragem?

Larissa e Celina voltaram e após perguntar pelo namorado ela quis saber do motivo da conversa.

— As fotos nuas...

— Ela vai posar nua — disse Tayssa para Celina.

— Já posei e as fotos ficaram lindas... Poxa, não sabia ser tão bonita assim.

Marcos voltou, sentou-se ao lado de Larissa e beijou-lhe a boca.

— Você é linda — disse Tayssa. — Meu Deus! Que modéstia!

Foi então que Larissa falou.

— Você é bonita, sim, Danielle. É a mais bonita da companhia. Junta beleza e talento. Você merece o sucesso!

Fiquei feliz, mas constrangida. E levei um susto quando senti a mão de Tayssa, espalmada, apertando minha coxa. Disfarcei e pedi licença para falar com Afonso. Cheguei à mesa em que ele estava sentado, com um bando de pessoas alegres e festeiras – "devem ser todos gays", pensei de forma preconceituosa. Fingi fazer uma pergunta qualquer.

Ele percebeu que eu estava ali para me afastar de Tayssa. Levantou-se e me disse no ouvido.

– A namoradinha dela pode perceber. Vocês não deveriam estar sentadas juntas.

– Eu não sou gay – disse a ele, sorrindo.

– Você acha que não é. Lembre-se que eu vi vocês duas naquela noite. E estavam muito felizes. Aliás, foi bom?

– Foi ótimo – sorri e me afastei dele, voltando para a mesa.

A noite seguia com tranquilidade, até que começou a chover forte. A luz foi cortada e ficamos muito tempo à base de velas. Pouca luz e pouco ar condicionado. Em determinado momento, eu não aguentava mais e disse que iria para a porta à procura de um ventinho qualquer.

– Não to aguentando – justifiquei. E me levantei e fui para a porta, onde havia mais pessoas. Lá estava mais fresco, pois a chuva, que ainda era forte, refrescara a temperatura.

De onde estava, podia observar a mesa e vi que Larissa e o namorado também levantaram. Eles se chegaram a mim e elogiaram a temperatura. Sorri e continuei a olhar para as duas namoradas e percebi que elas estavam discutindo. Tayssa se levantou, esticou a mão para Celina e as duas saíram de mãos dadas.

– Queremos saber a nossa despesa, pois vamos embora – disse Tayssa.

– Vocês não precisam pagar nada – disse Marcos. – Só consumiram refrigerantes, poxa...

– É, sim. Pena que vocês vão embora! – disse eu.

– Tá ficando tarde – disse Celina, que aproximou o rosto para me dar dois beijinhos. – Muito prazer.

– Prazer também – disse eu, retribuindo os beijos. Olhei para Tayssa e nos abraçamos de novo. Mas não nos beijamos na boca. Foi só um beijinho no rosto e nos separamos. Larissa e Marcos beijaram as duas e o encontro acabou.

XXVII

A semana que se seguiu ao fim da temporada carioca e que antecedeu o período de viagens me viu em meio à polêmica das fotos eróticas. Meu sobrinho, Léo, adorou. E ao vê-las não resistiu:

– Você é muito gostosa. Eu já sabia disso. Agora, todos os meus amigos sabem também.

Vivi foi mais direta.

— Você deve se preocupar com a reação das pessoas. Para muita gente, o ato de posar para fotos assim significa que vocês são prostitutas. Qualificadas, mas prostitutas. Muita gente vai achar que sacanagem é com vocês mesmo.

Mas eu não dei importância ao alerta. E 15 dias depois do fim da temporada, embarcamos todos juntos para a primeira apresentação, em Belo Horizonte.

Fagundes nos pediu que recebêssemos a imprensa mineira. Este, na verdade, era um pedido dos promotores da mini temporada. Assim, tão logo chegamos, ficamos conversando com vários repórteres. E, claro, as fotos que estavam nas bancas foram assuntos, também. Meu medo é que Larissa se aborrecesse com o destaque que eu estava tendo. Mas ela achava graça de tudo aquilo.

— Se eu fosse você, cobraria para dar entrevistas.

Afonso foi mais cruel:

— Já que você gosta de se mostrar, prometa uma sessão de streep tese.

Não gostei, mas não briguei com ele por causa disso. O chato foi, após a apresentação, um cinegrafista invadir o camarim, onde Larissa e eu estávamos. Logo o pusemos para fora. Mas o tumulto foi grande. Deu-me raiva ouvi-lo dizer a Fagundes:

— Ora, ela está vestida. Se ainda estivesse nua, eu poderia fazer umas fotos bem sensuais da putinha.

A segurança o colocou para fora. Além de atirá-lo, literalmente, na calçada, ainda quebrou a filmadora.

Mas eram incidentes que, em si, não causavam grandes traumas. O que me entristecia eram as cantadas — algumas de forma bem baixa — que eu recebia. Em Brasília, um senador, acompanhado da mulher, me propôs irmos para a casa dele e lá "bebermos alguma coisa". Um rapaz, que deveria ter a idade do Rui, me falou de um blog que ele mantinha na internet. Queria umas fotos sensuais, "não pornográficas", para colocar no site. E me pagaria com o resultado da publicidade.

No terceiro fim de semana de viagem, eu explodi. Após levar mais uma cantada infame de alguém do Governo de Goiás, tranquei-me no camarim e chorei muito. Larissa tentou me consolar, mas eu estava arrasada.

— To sozinha... Não sei há quanto tempo... E tenho de ouvir... Isso.

— Volta para o Rio hoje. Se você quiser, peço ao Fagundes que consiga um avião para você. Ele conhece todos aqui.

Mas eu recusei a oferta. Mas ela insistia:

— Tá na hora de você cuidar de você. Tá sem namorado? E aquele menino?

— Brigamos...

— E a menina, a Tayssa?

Olhei assustada para ela.

— Você acha que ninguém sabe? Dani, vocês saíram juntas naquela noite!

Foi o suficiente para que eu recomeçasse a chorar.

— Daniela! Presta atenção. Você saiu com uma menina e era evidente o constrangimento de vocês duas naquela noite em que ela foi nos ver com a namorada. Todos que te conhecem perceberam isso. E quer saber? Se você gosta de meninos e meninas, ora, fique com os dois.

Não pude deixar de dar um sorriso. Mais pelo fato de todos manterem discrição sobre meu caso com a Tayssa do que pelas palavras. E ela tinha razão.

– Se eles não gostam, fodam-se eles – completou Larissa, segurando o meu rosto e me dando um sorriso.

Agradeci o apoio e disse que iria para o hotel dormir, enquanto o restante da companhia ia jantar em um restaurante que nos receberia especialmente. No hotel, pedi um jantar no quarto que ocupava sozinha, porque Marcos, o namorado da Larissa, viajara com ela. Pedi um macarrãozinho, que em nada se parecia com que a Vivi fazia, e peguei o celular. Vi fotos da Vivi, do Rui e da Tayssa. Eram as mais bonitas. Uma delas ela estava sentada na cama, com os seios aparecendo, e me mandando um beijo.

Pensei em ligar para ela. Mas não liguei. E dormi com a certeza de que Tayssa tinha todas as qualidades que uma amiga deveria ter. Estava com a leve impressão de que, na verdade, eu estava me apaixonando. E isso era terrível.

XXVIII

Chegamos ao Tom Jobim numa manhã de muito calor no Rio. Larissa e Marcos me ofereceram carona, mas recusei. Tão logo me vi sozinha liguei para Tayssa.

– Alô!
– É a especialista em tragédias?
– Dani, meu amor! É você? **Num criditu!**
– Olha. Acabei de chegar ao Tom Jobim. Você pode ir lá para casa e me esperar?
– Claro! To saindo, amor! Eu te amo!
– ....
– Dani?
– Também te amo! – e desliguei o telefone.

Ao chegar ao edifício, paguei o taxi e enquanto esperava o porteiro me abrir o portão a vi sorrindo um lindo sorriso para mim. Mas perto dela e me olhando de cara feia estava uma vizinha que eu flagrara me criticando pelas fotos nuas. Então, ao me aproximar dela, abracei-a e falei baixinho no ouvido:

– Vizinha fofoqueira!

E a olhei sorrindo. Ela respondeu ao meu sorriso com outro. Franco, aberto e, ao menos parecia, sincero.

Subimos e logo ao entrarmos no elevador, como estávamos sozinhas, nos agarramos e nos beijamos com fúria. Larguei a pequena mala que carregava e a apertei contra o meu corpo. Saltamos e continuamos nos abraçando, sendo que ela alisava minha bunda. Ao entrarmos no apartamento nos agarramos. Logo estávamos sem roupa. Eu, de calcinha e sutiã; ela, apenas de calcinha.

Peguei-a pela mão e olhei séria para ela:
– Amor!...
– Repete!
– Amor – e lhe dei um selinho – Precisamos conversar.

Ela ficou um pouco frustrada, mas entendeu. Sentamo-nos no sofá da sala e fui abrir a janela. O sol quente do Rio me pegou por todo o corpo. Voltei para perto dela, dei-lhe um longo beijo, segurei sua mão e comecei a falar.

– Nos últimos dias, fui massacrada por causa das fotos e levei cantadas de baixíssimo nível. Tenho amigas no elenco, mas nenhuma que permita – ao menos era o que pensava – fazer certas confidências.

Nisso, Tayssa deitou-se no meu colo e não resisti: massageei seus mamilos.
– Vou parar! – disse eu e ambas rimos. – A Larissa, ao me ver triste, perguntou pelo meu namorado. Eu disse que tinha terminado com ele. Então, menina, ela perguntou por você! E disse que todos sabem que passamos aquela noite juntas e estranharam o fato de, na festa, você ter ido com a Celina! E que era visível nosso constrangimento.

Tayssa ergueu o corpo e tentou falar. Eu tapei sua boca e pedi:
– Espera um pouco, amor!
– Adoro quando você me chama assim.
– Então, me fiz três perguntas: quem me dá mais prazer: Rui ou Tayssa? Quem me dá mais carinho: Rui ou Tayssa? E quem me dá maiores provas de amor: Rui ou Tayssa?

Ela, agora, estava de pé de frente para mim.
– To com medo dessas respostas.
– À primeira pergunta, a resposta é: os dois me dão muito prazer. – E ante a incredulidade dela, reforcei: – Verdade. Gozo com ele e gozo com você também.
– E as outras perguntas?
– Você ganha disparado...

Ela pulou em cima de mim, quase me machucando, e disse emocionada:
– Nunca ninguém me fez declaração de amor mais bonita do que essa! Eu te amo, Dani! Te amo muito! – E quis me beijar. Mas eu estava disposta a dizer tudo no que pensara naqueles últimos dias.
– Mas eu tenho de te falar uma coisa, olha só...

Tayssa me puxou para ficarmos de pé, de frente para a outra. E não sei por que, olhei para a janela e percebi que estávamos sendo observadas. Não sei se por adulto ou criança, se por homem ou mulher. Mas resolvi levá-la para o quarto. E olhei para o vizinho da frente, cujo apartamento ficava do outro lado da rua, pus a língua para fora e deixei a sala vazia.

No quarto, sentamos lado a lado na minha cama e eu comecei.

— Quando eu te digo que te amo, não estou mentindo. Cheguei a esta conclusão essa noite, antes de dormir... Ou de tentar dormir, porque tive uma noite de cão...

— Você ta com cara de sono, mesmo...

— Pois é! Eu te amo... Mas, amor... Não sei se sou lésbica. Acho que ser lésbica não é só gostar de mulher. É pensar como lésbica, é, como vocês mesmas dizem, ser especial.

— O que você quer dizer com isso? Quer terminar comigo?

Eu senti pena dela!

— Terminar? Estamos quase nuas e eu acabei de dizer que te amo! Amorzinho, meu... Presta atenção. Eu quero você, quero muito. Quero ficar com você nesta cama, mas quero te dizer que não sei o que pode acontecer no dia em que o Rui entrar por aquela porta – e apontei para a sala. – Quer dizer, sei que vou querer dar para ele.

Ficamos as duas em silêncio, mudas e de mãos dadas.

— Sou maluca, né? – perguntei.

— É – disse ela tentando rir. – Mas é sincera.

— Você ainda me quer? Mesmo sabendo que posso não ser lésbica e que, além de você, tenho um cara com quem gosto de trepar?

— Sabe, a dor é a mesma. Perder você para um homem dói tanto quanto te perder para uma mulher.

— Você não vai me perder, é isso que to tentando dizer. Você me quer tendo uma namorada, você, e um namorado, o Rui?

Ela me colocou sentada, abriu as pernas e ficou no meu colo, de frente para mim.

— E você? Eu também tenho duas namoradas: você e a Celina.

Foi a minha vez de começar a rir.

— O Rui também tem duas namoradas, eu e a Catarina.

— A desmedida...

— O quê?

— Desmedida. Sabe qual é a causa da tragédia de Édipo, pai de Antígona?

— ....

— Ele quis desafiar os deuses. Ele já sabia que o destino dele estava selado, mas quis mudar seu destino e desafiou os deuses. A tragédia de Antígona é consequência disso.

— E o que a desmedida tem a ver conosco ou com Rui e eu ou com Celina e você?

— Desafiamos tudo, ao nos ligarmos, amorosamente e afetuosamente, a duas pessoas. Sendo que você a duas pessoas de sexos diferentes. E eu, a duas mulheres.

– Minha linda! Vamos desafiar os deuses nos amando muito. – E comecei a beijar seus seios.

Ela começou a rir e eu parei não entendendo os motivos para tal riso.

– Tira esse sutiã – disse ela.

Ri também. Fiquei de pé e me virei. Ela soltou o sutiã, ajoelhou-se e puxou minha calcinha para baixo. Mas eu a ergui outra vez e me ajoelhei, puxei a calcinha dela, deixei-a no meio das coxas e comecei a beijá-la.

Depois de muito tempo nos amando – para mim era amor e não sexo – cai quase desfalecida. Pedi que Tayssa ficasse abraçada comigo. Ela ficou de conchinha e eu a abracei com força. Mas o sono veio e acabei dormindo. Quando acordei, o quarto estava na penumbra e a luz da sala, acesa.

– Tayssa! – gritei, com um tom de voz preocupado.

Ela apareceu, vestindo apenas a calcinha.

– To aqui, amor!

– Você está sempre de calcinha – disse eu.

– É que tomei uma ducha e fiquei com medo de molhar seu sofá.

Sentei-me na cama e fiz sinal para que ela se chegasse a mim. Ela se ajoelhou na cama, sentou-se sobre os calcanhares e, rindo, perguntou se dormira bem.

– O sono das justas – respondi.

Voltamos a nos beijar.

– Tayssa, você acaba comigo, nossa senhora! É muito bom fazer amor com você. Se eu me tornar lésbica, a culpa é toda sua.

– É o tipo de crime que gostaria de cometer – disse ela, antes de me dar aquele beijo na boca.

– To com fome. Vamos comer uma pizza? – propus.

– Na Lapa, tem uma pizza ótima.

– Então, vamos lá – e me levantei para tomar uma ducha. Chamei-a e acabamos nos amando no chuveiro outra vez. Tocamos-nos e tive outro gostoso orgasmo. Ela, não sei. Sempre ficava em dúvida se ela gozara ou não.

XXIX

Na Lapa, fomos a uma pizzaria que ela conhecia. E não tivemos dificuldade para escolher uma mesa, no canto. Sentamos de forma a ela ficar de frente para a freguesia. Era uma tentativa de nos resguardarmos. Não queria que ela se constrangesse com aplausos ou com críticas às fotos. Mas foi em vão. Logo uma moça, que deveria ter a idade dela, pediu-me uma foto. E foi Tayssa quem bateu. Depois foi um casal. A mulher disse que me viu atuar em **Romeu e Julieta**. O marido vira as fotos. Mas nem isso deixou o ambiente ruim.

Estávamos de mãos dadas, com dedos cruzados, quando um rapaz pediu licença e se apresentou:

– Sou Ricardo Bueno e trabalho com o Caco Albuquerque. Você já pensou em fazer televisão?

Olhei assustada para Tayssa que logo me deu um sorriso e apertou meus dedos.

– Não, nunca pensei! Isto é, achei que a televisão nunca se interessaria por mim. Mas tenho vontade de fazer, sim.

– Que ótimo, podemos conversar? – perguntou ele, puxando uma cadeira de uma mesa próxima e sentando.

– Você sabe que fui casada com o Caco?

– Sei, sim. Ele me advertiu para isso, quando propus entrar em contato com você.

– E sabe que a separação foi difícil e que nunca mais nos vimos?

– Disso eu não sabia. Vai haver problema por isso?

Tayssa interveio.

– Claro que não. Só se houver problema para ele.

Ricardo sorriu e não deu importância ao fato de estarmos de mãos dadas. Pediu licença e foi falar com um rapaz, bonito, muito bonito, que estava em outra mesa. Ao voltar, perguntei.

– Quem é?

– Meu namorado.

– Chama ele para cá.

Ele sorriu e fez o gesto chamando o namorado. Apresentou-nos e começamos a conversar. Ricardo era diretor de seriados da TV e me queria para viver o papel de uma cantora.

– É a história de uma cantora muito famosa que é assassinada de forma cruel, sádica até.

– Vou ter de cantar?

– Isso se dá um jeito. Você terá aula de canto. Não vai ter muito problema, não.

– É uma coisa em que preciso pensar, porque to em cartaz com **Antígona**...

– Eu sei. Mas não é para agora, agorinha. Mais certo para daqui a dois meses. Até lá dá tempo de você acertar sua saída de lá, porque os ensaios e as aulas de canto tomam muito tempo.

– Tá certo...

– Que legal! – exclamou Tayssa e voltou a apertar minha mão.

– Toma meu telefone – disse ele entregando um cartão. – Vá com calma. Vou conversar com o Caco. Talvez ele queira conversar com você antes. Pode ser?

– Claro! – disse eu, sem ter muita certeza disso.

Os dois se levantaram e nos despedimos com beijinhos no rosto. E tão logo eles saíram de perto, Tayssa fez a pergunta que eu tinha certeza que ela faria:

— Quem é Caco?
— Fui casada com ele, quando tinha mais ou menos a sua idade... Aliás, quantos anos você tem?
— Vinte e seis — respondeu ela, meio ríspida.
Foi a minha vez de acalmá-la.
— Me dá a outra mão. — Ela deu e eu, apertando as duas mãos dela, prossegui: — Fui casada, significa que não sou mais. Foi um casamento que terminou com ele me trocando por uma menina que, hoje, deve ter a sua idade. Isso já passou. Mesmo a mágoa, que ficou está esquecida no fundo de uma gaveta qualquer.
— Mas você pode querer abrir esta gaveta.
— Tayssa! Não é justo você falar isso. Eu já disse que amo você, contei coisas pra você que nem mesmo minha irmã sabe...
— ....
— E aí? Vai ficar muda só porque você soube que já fui casada?
— Sou ciumenta...
— Depois do que nós conversamos, não há razão para ciúmes, há? Já pensou se eu tivesse ciúmes da Celina? Em que inferno iríamos viver?
— Perdão, perdão. Desculpa... Não quero te perder...
— Você pode até me perder. Mas só se for para você mesma.
— Eu te amo.
— Também te amo.
E passamos o restante do tempo namorando. De vez em quando, eu posava para uma foto e dava um autógrafo. Quando resolvi ir embora, ela quis ir para casa.
— A Celina...
— O que você vai dizer para ela?
— A verdade.
— Como ela vai reagir?
— Sinceramente? Não sei. Naquela noite, na festa, ela me disse na cara que você queria me comer. Eu disse que você não era lésbica. Mas ela não acreditou. O que a acalmou um pouco foi esse tempo em que ficamos sem nos falar.
— A coisa vai pegar.
— Vai, sim.
Saímos do restaurante que, por estar mais cheio, tinha mais gente me reconhecendo. Mas saímos sem nenhum tipo de constrangimento por estarmos de mãos dadas. Deixei-a na estação do metrô do Catete e fui para casa preocupada. "Será que nos desmedimos?", pensei.

XXX

A semana que se seguiu foi de descanso. Teríamos 10 dias antes de seguir para o Nordeste, em uma verdadeira maratona. Seriam duas apresentações em Salvador, duas em Recife, duas em Fortaleza e duas em Manaus, no Teatro Amazonas. A temporada, assim, se cercava de sucesso. Fiquei feliz, claro.

– Ter garantia de emprego é sempre bom – fazia questão de lembrar Afonso.

Mas se profissionalmente estava equilibrada, emocionalmente estava um caos. Não falei mais com Tayssa desde a pizza na Lapa. E Rui não se dignava a me ligar. Tentei falar com ele duas vezes, mas o telefone estava na caixa postal. Podia ligar para Tayssa, mas não queria pressioná-la mais do que ela se sentia pressionada. "Meus deuses! Vocês já estão me punindo?", pensava para, em seguida, rir de tudo aquilo. Haveria algum deus grego da Justiça?

Fui à internet, a saída das pessoas que fingem ter cultura, e achei. Era a romana Justiça ou a grega Dice. Fiquei com a segunda. Afinal, estávamos montando uma tragédia grega. Fiquei pensando nas imagens que tínhamos até hoje desta deusa. E me perguntei se, mesmo naquele tempo, ela poderia dar sentenças tão contraditórias e confusas quanto a Justiça do Século XXI.

E por não ter compromissos, resolvi ir à casa de Vivi. Tão logo abriu a porta para mim, ela sentenciou.

– Tamos mal, heim!

E ficou me olhando, enquanto eu procurava uma poltrona de canto, onde costumava sentar desde a adolescência. Olhei para ela, não resisti e comecei a chorar. Mas ao contrário das vezes anteriores, em que até soluçava, desta vez eu deixei as lágrimas saírem, como se a dor de vertê-las me fosse impronunciável.

– Vai, menina! Por quem choras: Rui ou Tayssa?
– Não sei.
– Onde está o Rui?
– O telefone dele está sempre na caixa postal.
– E Tayssa?
– Tenho medo de ligar e ela dizer que resolveu sua vida com Celina e...
– Celina?
– É, Celina... A namorada dela.
– Meu Deus! Nenhum roteirista imaginaria isso.
– Talvez nem Sófocles, pudesse imaginar uma tragédia como essa.

Vivi se aproximou de mim, ajoelhou-se, apoiando-se nas minhas pernas, e me disse de forma carinhosa.

– Sua vida não é mais complicada que a das outras pessoas, Dani. Desde quando eu digo isso a você?

Comecei a rir e respondi:

— Desde que eu tinha 16 anos... — e continuei rindo.

— Pois é. Você tinha 16 anos quando veio para cá. Vinha de uma fase difícil, tendo visto a mamãe morrer. Acompanhou de perto o câncer consumi-la dia a dia...

— Não fala nisso — e recomecei a chorar.

— Chora, sim. Acho que você precisa pôr para fora toda esta tensão. Sua vida tá meio enrolada...

— Meio? Completamente!

— Não. Meio, só. Duas pessoas te amam. E seu drama é não querer saber quem você ama. É porque você se apaixonou.

Olhei para ela com a cara assustada.

— Apaixonada? Eu?

— É. Você sempre diz que durante toda a vida só se apaixonou uma vez. Pelo Caco...

— Depois, nunca mais... É sério!

— Eu sei... Mas olha, agora, você está se apaixonando. O quadro é típico: insegurança, vontade de dormir até semana que vem ou até morrer...

— Prefiro morrer.

— Tá vendo? É isso. As primeiras dores da vida acontecem quando nos apaixonamos. As segundas, quando o amor acaba.

— E por quê?

— Porque a gente concluiu que não se basta. Precisamos de uma pessoa ao lado, com quem compartilhamos a vida.

— E quando termina...

— Porque descobrimos que aquela pessoa com quem compartilhamos a vida não nos quer mais ou nós não a queremos mais.

— Porra!

— Diria a madre superiora...

— Ligeiramente ruborizada... — e começamos a rir.

Vivi me levantou, enxugou minhas lágrimas e disse:

— Olha, a teoria é linda. A gente aprende isso em qualquer curso de psicologia, até pela internet. Mas esta decisão você tem de tomar sozinha. Evidentemente, eles não vão querer dividir você. Então, você terá de escolher com quem quer ficar.

— ....

— Você vai ter de decidir entre Tayssa, com seu carinho, seu respeito a você, afinal, ela é mulher; e Rui, machão... Ele deve ser escroto, muito escroto... Mas é muito bom de cama. Ele sabe fuder, né?

— Sabe, sim. E como... — e começamos a rir.

Vivi me acolhera em casa quando nossa mãe morrera de câncer. Tive de acompanhá-la naqueles últimos meses. Até mesmo os estudos foram deixados de lado. Nem completei o Ensino Médio. Fui emancipada pela Justiça e fui para a Caal, aprender a representar.

– Você continua sendo mãe para mim.
– Bobagem. Eu só quero te ver feliz.
Vivi se levantou, esticou a mão para mim e propôs um sorvete de chocolate. Chocólatra que sou, topei na hora. É o melhor remédio para quem sofre de problemas de autoestima: sorvete de chocolate, com recheio de chocolate e cobertura de chocolate.

Mas as emoções não paravam. Meu celular tocou e não identifiquei quem chamava. Era Caco.
– A que devo o prazer? – perguntei, tentando mostrar-me irônica e forte.
– Você já sabe a razão – disse ele, levando a história com humor. – Você está muito bem no teatro. E agora o Ricardo quer você na TV. Tá a fim de fazer?

Eu me levantei da mesa da cozinha e fiz com a boca as sílabas "Ca-Co" e fui para a sala, chamando-a com as mãos. Vivi ficou eufórica ao saber do seriado.
- Vocês pensaram mesmo em me dar o principal papel? – E Vivi ficou eufórica ao saber do seriado.
– Ele pensou. Eu jamais teria coragem de te procurar. Faltaria coragem – disse ele, dando risada. – Mas veja bem: podemos conversar? Posso passar na sua casa?
– Hoje, não. Não to bem e não quero tomar nenhuma decisão assim... Vamos deixar para amanhã?
– Vamos almoçar, então. – E propôs o restaurante.
Marcamos a hora e nos despedimos.

XXXI

Caco estava sentado já me esperando. Como sempre fazia nessas horas, bebia uísque e lia jornal.
– Notícias do Botafogo?
Ele se levantou, me deu dois beijinhos e me convidou a sentar. Olhei para ele para ver se os mais de 10 anos de separação tinham feito bem a ele. E concluí que ele sentira mais o passar do tempo do que eu.
– Você está linda – disse ele, com um tom de voz que me pareceu sincero.
– Você está a mesma coisa – respondi, tentando ser simpática.
– Você mente muito mal. Dois infartos e uma diabetes não fazem ninguém superar bem o tempo – disse ele.
– Desculpa, não sabia de nada disso.
– Pois eu sei tudo a seu respeito. Até que está namorando uma menina... Desistiu dos homens?

A notícia, com certeza, lhe fora passada por Ricardo. Mas sendo atriz e mesmo surpresa com seu conhecimento sobre a minha vida, consegui olhar para ele e rir.

— Uma menina?
— O Ricardo disse isso. Ela é sua namorada?
— E se for? — disse eu, pedindo um chope gelado, com o que ele se surpreendeu.
— Chope? Você está mudada. Além de lésbica virou boêmia?
— Você continua o mesmo. Quando não entende as coisas começa a ofender as pessoas... Eu vou embora e você sua televisão vão para a puta que pariu!

Levantei-me e fui saindo, com muita raiva. Mas ele se levantou, me segurou pelo braço:

— Desculpa! Não quis ofender. Mas você tem razão: quando não entendendo o que está acontecendo...

Ante a sinceridade dele, voltei à mesa. O garçom, que nos vira discutindo, estava sério e continuou sério enquanto trazia meu chope. E ficamos um tempo em silêncio, Durante o qual ele olhava para mim.

— Como vai a esposa? A... Como é mesmo o nome dela?
— Diana, ex-esposa...
— Desculpa, não sabia que o casamento tinha terminado — disse eu, sem deixar transparecer um gostinho especial de contentamento. — Há muito tempo?
— Dois anos. Ela também... Desculpe... Ela me deixou para se casar com uma poetiza...
— Lésbica? Também? O que será que acontece com suas ex-mulheres que, quando se separam, preferem mulheres a homens? — disse eu, sem esconder o sarcasmo.
— Você tem razão em tripudiar... Mas para mim foi muito difícil. Por que uma menina linda, como a Diana, prefere mulheres a homens? E me trocou por uma poetisa que tem 20 anos a mais do que ela... Foi uma porrada...
— A rejeição dói muito. Eu sei disso... — E querendo mudar de assunto, perguntei: — Mas por que vocês me querem na televisão? Cansaram das menininhas?
— Você continua com preconceito contra a TV...
— Não posso levar vocês a sério, Caco. Vocês tentam transformar em estrelas as meninas que, primeiro, mostram a bunda... Porra.
— Agora convidamos você...
— Depois que eu mostrei a bunda.
— Não foi por isso. O Ricardo já falava em te chamar desde que ele te viu em **Romeu e Julieta**. E também te viu em **Antígona**. A Larissa está arrasadora...
— Ela é ótima atriz e está se revelando uma grande amiga.
— Você está feliz mesmo! Poxa, é bom te ver assim...

— E você? Feliz?
— Não. Ainda quero a Diana, fico cercando ela...
— Olha só: desculpe perguntar, mas se ela tivesse te trocado por um homem você estaria assim? Ou foi o fato de ela preferir uma mulher que te deixou mal?

Caco ficou um tempo sério, deu um gole no uísque e me disse:
— Não sei. Não posso entender uma pessoa ser uma coisa e, de repente, assim, sem razão nenhuma, escolher outro caminho.
— Caco, ela não devia ter tanta certeza assim. E não saiu da sua casa...
— Eu deixei a casa para ela...
— E não saiu da sua guarda para ir para a guarda dessa poetiza. Não foi assim. Elas já estavam se relacionando.
— Como você sabe?
— Como? – E olhei séria para ele. – Eu tinha um marido, a quem eu adorava, que um dia me disse que iria ficar com uma menina que podia ser filha dele. Lembra?

O mal estar que se seguiu era inevitável. E após um tempo em silêncio, perguntei:
— A TV assina contrato, como é que é? Que garantia vou ter de que posso largar a companhia do Fagundes?
— O Ricardo vai te ligar. Não é para agora, mas ele liga. É bom dizer ao Fagundes que existe este convite para ele se preparar.

Um filé ao Lamas foi consumido com rapidez. Apesar das nossas estocadas, as mágoas continuaram no fundo da gaveta. E os fígados foram preservados.

XXXII

Nos dias de folga que se seguiram, fui à praia. Eu adorava o sol e o mar estava especialmente verde naqueles dias. Claro que fui apontada por algumas pessoas, vi que outras batiam fotos de mim e que os celulares trabalharam muito. Mas estava com um biquíni médio, em que apenas parte da minha bunda estava à mostra. O que deixou alguns marmanjos frustrados, é claro.

Mas levei um susto quando vi Rui na praia. Ele estava abraçado por uma menina bonita, muito bonita, a quem tratava com muito carinho. Botei rapidamente os óculos escuros e fingi estar olhando para o outro lado, mas de olho nele. "Deve ser a Catarina", pensei. Ri intimamente quando vi a bunda da menina. Era bela, também. "É por isso que ele fala tanto em sexo anal". Ele olhou para mim e pensou que eu não estivesse vendo. Virou-se para o lado em que eu estava, colocou Catarina na frente dele, abraçada, e ficou me olhando.

Resolvi comprar uma cerveja e caminhei até um ambulante que passava.

Peguei a latinha, dei um longo gole e voltei para minha canga. Uma menina passou me jogando areia e acabei conversando com a mãe dela, que veio se desculpar. A menina, de nome Carina, queria ser atriz e ficou o tempo todo imitando as cenas que via na novela.

De repente, Rui veio em minha direção. Fingi surpresa ao vê-lo e me levantei, o que faz Carina e a mãe se afastarem, desejando-me sucesso.

– Quanto tempo! – disse eu, oferecendo o rosto para um beijo. Mas ele me beijou a boca.

– Tudo certo?

– Você tá linda! – disse ele, com um olhar triste e pidão.

– Você sabe o endereço. Apareça!

– Até quando você fica no Rio? Não está em excursão com a peça?

– Este fim de semana é folga. Liga para mim.

Ele me segurou pelo braço, para que eu não me afastasse, e disse.

– Dani! A Catarina tai...

– Onde?

– Lá atrás. Ela sabe de você e eu disse a ela que vinha te falar...

– Não é justo! Ela sabe quem eu sou e não sei quem ela é! Quero vê-la – e me afastei dele, olhando para Catarina, já que ele não sabia que eu os tinha visto. – É aquela bunduda ali?

Ele começou a rir.

– Sua bunda é mais bonita! Quer conhecê-la? – perguntou ele, numa clara tentativa de me constranger.

– Meu filho. Sou atriz e interpreto qualquer personagem. Quero conhecê-la, sim.

Ele se virou e foi buscá-la. E quando eles vinham vindo observei que a "aquela putinha é gostosa". É a vantagem de se manter uma relação homossexual: pode-se apreciar os corpos femininos sem nenhum tipo de pudor.

Eles chegaram perto de mim e ela já sorria:

– Muito prazer! – disse ela, oferecendo o rosto para os beijinhos. – Nossa! Pude vê-la em **Antígona**... Você é uma grande atriz!

– Brigada. Vocês me viram em **Antígona**? – E virei-me para Rui. – Não me procuraram após a apresentação?

Catarina me olhou séria:

– Ele queria. Mas não deixei... Autopreservação, entende?

Comecei a rir.

– Claro que entendo. – E olhei Rui de alto a baixo. – Afinal, trata-se de um belo espécime, não ?

Catarina também riu, concordando. Após os risos, que deixaram Rui enfezado, ele resolveu falar das fotos. Mas Catarina, percebendo que a conversa poderia descambar, perguntou:

– Você nunca fez TV?

– Vou fazer agora. Estamos negociando...
– Que legal! – disse Rui, já refeito e novamente no ataque. – Vai fazer novela?
– Seriados. E estou negociando com meu ex-marido...
– Não sabia que você tinha sido casada – disse Rui, o que provocou olhares curiosos de Catarina.
– Mas as coisas ainda estão no início.
Catarina, então, cansou-se da conversa e disse a Rui que iria voltar para a barraca onde estavam os amigos.
– Prazer. E sucesso na TV.
– Brigada – disse eu. – Você é mesmo muito bonita.
Ela me olhou e deu, pela primeira vez, um sorriso sincero.
– Partindo de você é um puta elogio. Brigada... – e foi embora.
Foi então que Rui começou a falar:
– Posso te visitar?
– Ela vai deixar?
– Sempre deixa.
– Então, apareça – e me aproximei para um beijo. E antes mesmo dele perceber, enfiei minha língua na sua boca. – Saudades...
Virei-me e fui para dentro d'água. Era preciso refrescar o corpo.

XXXIII

E veio a excursão ao Nordeste. Fora as apresentações, nas quais obtínhamos sucesso, havia almoços com prefeitos, coquetéis com governadores, programas de TV, entrevistas a jornais – nas quais as fotos sempre eram mencionadas – e praia, muita praia. Na Bahia, em um dia de folga, aceitei o convite para conhecer o Projeto Tamar, de preservação de tartarugas, na Praia do Forte. Acompanhada por uma funcionária da Secretaria Estadual de Turismo, conheci tudo de perto. E adorei!

Ao final da visita, claro, fomos à praia. E certa hora fui chamada para beber uma cerveja. A menina da Secretaria me levou a um bar que estava com muita gente. Foi bom porque estava lá uma cantora de axé, que monopolizou as atenções. Sentamo-nos em um canto e ficamos conversando e observando o movimento.

De repente, olhei para a cantora e a vi trocando beijos com uma mulher, que parecia ser mais velha que ela. Abraçavam-se e se beijavam em nenhum tipo de constrangimento. Até me cuidei, porque temia ser percebida e fiquei com medo de alguém imaginar que estava de olho na cantora, ou criticando seu comportamento. Mas ver aquela imagem bonita de troca de carinhos me fez mal.

Peguei o celular e procurei a foto da Tayssa. E senti muitas saudades.
Na volta para Salvador, como a conversa tinha acabado, liguei para ela. Ela atendeu dando gritos!
— Meu amor! To com saudades e tesão!
Ri muito.
— Vem pra cá!
— ....
— Vem — pedi cheia de dengo!
— Tenho de terminar minha tese!
— Faz aqui.
— Olhando pra sua bunda? Impossível.
— Vem — insisti.
— Tá bom. Eu vou. Na sexta-feira. Quero te comer muito.
— E a Celina?
— Ela não vai saber. Eu dou um jeito. Te quero muito.
— Também te quero... — e desliguei, feliz.
As apresentações aconteciam entre quinta-feira e sábado. Assim, entrei num frenesi de ansiedade que todos notaram. Para Larissa fiz a confidência.
— A Tayssa vem me ver — e dei o maior sorriso que pude.
Ela se disse feliz.
— Você tá muito sozinha. É bom tê-la aqui com você — disse. — E o namorado?
— Não sei — respondi sinceramente. — Eu o encontrei na praia e depois não vi mais. Ele se disse saudoso, mas não sei...
— Todos os homens dizem ter saudades. Mas em certos homens é difícil acreditar — disse ela. E senti um ponto de mágoa na fala. Mas ela logo sorriu e disse que Marcos também viria.
— Nos intervalos, podemos jantar, os quatro.
— Nos intervalos — confirmei. E ambas sorrimos.

XXXIV

Mas quase não houve intervalos. Tanto eu quanto Tayssa estávamos muito saudosas. E só queríamos estar juntas. Se no restante do grupo houve estranhamento por eu estar com minha namorada, nada percebi. Ao contrário, sentiu-se bem recebida por todos. Disse a ela que fosse direto para o teatro e a produção lhe guardou uma poltrona. Sabia onde estaria sentada e tão logo entrei em cena a vi. E lhe dirigi um sorriso, plenamente retribuído.
Ao final da apresentação, ela me procurou no camarim que, em Salvador, era grande, para todos nós. Havia conforto, mas não privacidade. Mesmo assim,

quando a vi larguei tudo e fui beijá-la. Nosso beijo foi saudado com aplausos, gritos e assobios. Paramos de nos beijar e rimos para todos.

E fomos direto para o hotel. Comportamo-nos no taxi e na portaria. Mal entramos no apartamento, quis desnudá-la. Eu só estava de calcinha e quando quis tirá-la ela reclamou. Empurrou-me para a cama e a tirou com a boca. Claro que a retirada foi antecedida e seguida de muitos beijos. Puxei-a para cima de mim e nos amamos muito. Como sempre acontecia, dormi abraçada com ela. Acordei com o peso de sua cabeça na minha bunda. E não pude deixar de rir.

– Sua bunda é linda! – disse ela, dando muitos beijos e me enfiando a língua.
– Para – pedi. – Quero um abraço... Um beijo... Quero você!
– Você me tem, linda! Te amo mais e mais.

E demos um beijo que parecia nunca acabar.

Mas tínhamos de conversar. Pedimos uma comida no quarto mesmo e nos olhamos, já sabendo que a conversa poderia ter um final indesejado.

– E a Celina?
– Nossa!. Ela chorou muito. Gozado que dizia me entender...
– O quê você disse?
– Ora... Que eu amo você, quero você, quero ser sua mulher...
– Assim?
– Mas disse que a amo, que a quero, que quero que ela seja minha mulher... – disse ela, olhando para mim.
– ....
– Fala alguma coisa... Vai!
– Eu te amo, te quero e quero ser sua mulher...
– Meu Deus! – disse Tayssa e se levantou.

Fui atrás dela e a abracei.

– Vem cá! Não to te cobrando nada. Eu também amo duas pessoas. Ou melhor, quero trepar com duas pessoas, embora só ame uma delas... Você.

Ela me abraçou gostoso e a vi emocionada.

– Que isso?
– Nunca ninguém disse coisas tão lindas assim...
– Para com isso! – Disse rispidamente.
– Verdade! Você quer dar para o Rui, mas sente amor por mim. O que eu posso querer mais?

E nos beijamos mais uma vez. Ela me apertou os seios e me fez gemer baixinho.

Mas ainda tinha coisas a dizer. Talvez a mais importante de todas. E contei a conversa que tivera com Viviane, na qual ela afirmara que pela primeira vez, desde Caco, eu estava apaixonada.

– Minha linda!
– Me chama de puta!
– Puta linda, puta gostosa

— Mas fala... Acha que o que sinto é amor, não é só tesão por você?

Ela ficou um tempo em silêncio, foi no freezer pegar uma latinha de refrigerante e me deixou esperando. Abriu a lata, molhou os lábios sensualmente, embora não percebesse, e abriu a boquinha para matar a sede.

— Fala! Diz se é verdade da Vivi!

Ela me pôs sentada na cadeira e sentou no meu colo, de frente para mim.

— Amor, não sei se você está apaixonada. Sua irmã te conhece melhor que eu. Eu às vezes não sei o que sinto. Quanto mais o que você sente. Eu te amo, te quero. E te aceito do jeito que você quiser. Dividindo você com o Rui...

— Rui.

— Isso, dividindo você com o Rui...

— E se... — e parei com medo de verbalizar o pensamento.

— Diga... E se?...

— Se eu dividisse você com a Celina. O Rui com a Catarina eu já divido. Assim, ficaríamos iguais, todos nós nos dividiríamos... Que tal? — perguntei.

Ela se levantou e voltou à latinha de refrigerante. Achando que ela passaria a me odiar, eu disse:

— Olha, eu sei que é absurdo te propor isso aqui, em Salvador, tão longe de casa... Esquece... Desculpe, amor.

Ela me olhou, sorriu e voltar a sentar no meu colo. A diferença é que, agora, ela me enlaçava pelo pescoço.

— Eu te amo, te quero. Se para ter você eu tiver de te dividir com o Rui, eu divido.

— E eu divido você com a Celina? É isso?

— Não é obrigatório eu comer vocês duas. Mas acho que para ela vai ser melhor. Mas ela não deve saber.

— Assim como o Rui.

Mas a comida chegou. Jantamos e voltamos a ficar abraçadinhas na cama. Pouco depois, Tayssa quis fumar maconha.

— Você se incomoda?

— No banheiro — e levantei. Abri a porta e a convidei: — Vem!

Tayssa acendeu o cigarro e ficamos as duas fumando.

— Essa é da boa – disse eu. Ela sorriu e concordou com a cabeça.

— E aí? – perguntei. – Você me divide com o Rui?

— E você? Divide este corpo – e passou as mãos nas suas laterais – com a Celina?

Comecei a rir e disse a ela que dividia, com uma condição: de ela nunca deixar de me amar.

— Eu só amo você. E vou te amar. Pra sempre!

No restante da noite ficamos abraçadas. Fazíamos carinhos, mas nada falávamos. Só nos acarinhávamos. E assim dormimos.

No dia seguinte, Larissa me ligou logo de manhã.

— Estamos de folga. E vocês?
— Também... Praia?
— Claro, praia!

E nos encontramos no café, já com a vestimenta própria. E fomos, Larissa e eu, preocupadas apenas com nossos acompanhantes, isto é, ela com o namorado; eu, com a namorada.

XXXV

A temporada em Salvador foi ótima. Após a apresentação de sábado, Fagundes reuniu o elenco e elogiou a cada um. Quando acabou, chamou a mim e a Larissa. Ficamos as duas à frente dele, sempre sorrindo.

— Olha, vou comprar os passes do Marcos e da Tayssa. Vocês duas estão andando nas nuvens e brilhando. Será que é por causa deles?

— Com certeza – disse Larissa. Eu estou à toda com meu namorado aqui.

Eu não disse nada e sorri para os dois.

— Para com isso – pedi. – Estou feliz. Só isso!

Foi a vez dos dois rirem. Larissa me abraçou:

— Minha amiga, há muito tempo não te vejo tão bem.

Nos abraçamos e voltamos para o camarim.

— Larissa, tem só uma coisa: eu não sei se sou lésbica...

— Não sabe?

— Não... Quer dizer, fico bem com a Tayssa, amo a Tayssa... – E olhei para os lados e confirmei que estávamos sozinhas: – Morro de saudades do Rui. Quero muito cavalgar nele.

Ela me olhou séria e sorriu:

— Amiga, não posso te ajudar. Só torcer para você dar para os dois... Mas uma coisinha: um sabe do outro?

— Ela, sim. Ele, não. Mas ela também tem outra namorada...

E acabamos de tirar os vestígios da apresentação, recolhemos nossa maquiagem e a entregamos à menina da produção, que estava nos esperando. E, juntas, voltamos ao hotel.

Na segunda-feira pela manhã, fomos em bando para o aeroporto. Tayssa e Marcos voltaram para o Rio. O elenco seguia para Fortaleza. Mas a despedida foi doída. Eu me emocionei quando beijei Tayssa, sem me importar com o que as pessoas em volta pensavam. Larissa e Marcos estavam tão incomodados com a separação quanto nós.

— Jura que vai me amar sempre – disse eu.

— Juro, juro, juro – respondeu Tayssa. – Vou te amar para sempre. Mesmo que você deixe de me amar. Mas reza por mim. Vou dizer a Celina que passei o fim de semana com você.

— Vai dar tudo certo. Tudo que nós fazemos é por amor...

Mas fui interrompida por Fagundes, àquela altura o único com coragem de apressar as despedidas.

— Tá na hora, Dani!

Eu me virei para Tayssa e voltei a beijá-la.

— Vá em paz. Te amo.

— Também te amo.

E seguimos para nossos portões de embarque. Ainda pude ver seu avião subindo, enquanto o que me levava taxiava na pista.

E fomos para nossos destinos, contando os dias para nos encontrarmos. Isto é, eu contava os dias para voltar ao Rio, mas para ligar para o Rui. Estava convencida: amava a Tayssa, queria a Tayssa. Mas também queria o Rui. E, de certa maneira, também o amava.

XXXVI

Tão logo desembarquei no Rio liguei para Tayssa. Ela me disse que estava em paz com Celina, mas que não poderia me ver por aqueles dias.

— Amor meu, ainda estou enrolada com a minha tese. Estou trancada em casa, só falando em Grécia. To cansada, mas tenho de acabar isso até amanhã e levar para minha orientadora. O prazo tá terminando. Sorry...

— Não liga, não. Compreendo. Acaba esse texto aí e vem ver a sua grega. To queimada pelo sol de Fortaleza. To linda — disse eu, rindo em seguida.

— Quero ver a sua bunda, minha putinha.

Senti a calcinha molhada quando ela disse isso. E me limitei a dizer:

— Vem... Ela ta aqui te esperando.

Fui para casa pensando em ver Rui naqueles dias. Ora, todos tinham uma namorada à mão. Menos eu. Tayssa tinha Celina. E Rui, Catarina. E liguei para ele que me atendeu e prometeu me ver à noite. Preparei-me com esmero. Pus uma calcinha daquelas bem pequenas, um par de meias e um vestido que lhe permitisse ver tudo. Maquiei-me com esmero e fiquei à espera.

Ele chegou e fui correndo lhe abrir a porta. Dando seu sorriso lindo, abraçou-me e me beijou com volúpia. Afastou meu corpo, assobiou e me elogiou. Voltamos a nos beijar e fomos correndo para a cama. Ele logo ficou nu e o vi de barraca armada. Ajoelhei-me e o beijei com carinho. Ficamos nus e nos satisfazendo plenamente. Mas logo o pus deitado de barriga para cima e o cavalguei com fúria, tesão, amor e, principalmente, saudade.

Quando acabamos, nos olhamos felizes. Não resisti e perguntei:
— Catarina! Como vai ela?
— E a sua namorada? Como é o nome dela?
Levei um susto e não consegui disfarçar.
— Tayssa... Você sabe dela?
Ele sorriu e explicou:
— Vocês estavam em Salvador, na praia. E apareceu uma foto de vocês. Havia um casal com vocês... Larissa?
— É, Larissa...
— Ela e o namorado, abraçados, felizes. E vocês duas se beijavam...
Rui, deixa eu explicar...
— Não precisa. Eu compreendo. Tanto que vim te ver...
E me deu um beijo gostoso.
— Só não entendi uma coisa — disse ele.
— Quer saber se sou lésbica?
— Não. Lésbica você não é. Mas ela é sua namorada mesmo?
— Por que você diz que não sou lésbica?
— Porque lésbica não gosta de homem. E acho que você gosta de mim. Não gosta? — disse ele visivelmente incomodado.
— Gosto... Muito... — E foi minha vez de beijá-lo. — Mas gosto dela também. E gosto muito. — E para alfinetá-lo, acrescentei: — Tanto quanto você gosta da Catarina.
— O negócio é esse... Eu namorar a Catarina incomoda. Então, você vai à forra. Mas para machucar mais, arranja uma namorada. É isso?
— ....
— Vamos lá. É isso?
— Você sabe que não é vingança... Aconteceu...
— Quem é ela?
— Você conhece. É sua colega de Faculdade, especialista em teatro grego. Aluna da mulher do Fagundes. Foi levada para nos falar sobre a filosofia das tragédias, dar uma visão geral de todo o processo.
— E acabou te dando uma geral do corpo dela. É isso?
— Não seja escroto!
— É a Tayssa do DCE? Conheço, sim. É colega da Catarina, que diz que ela é foda nas discussões... Diz que ela é brilhante... Se você queria incomodar, incomodou. Mas te perder para um homem eu acharia até natural. Mas, porra! Perder para uma mulher? Puta que pariu!
— Ah! Então é isso. Um homem eu posso comer. Uma mulher, não?
— Porra! Uma mulher? E você gosta de mulheres?
— Gosto da Tayssa. Amo a Tayssa. E ela me ama. Mas olha que coisa engraçada: eu namoro você e ela; ela me namora e namora uma menina chamada Celina; e você me namora e namora a Catarina.

— Você diz que tenho resposta para tudo. Mas agora quem tem resposta pronta é você.

— Mas não é verdade? Você fez questão de me apresentar a Catarina. E diz que ela sabia de mim. Entre nós seis, só você não sabia da Tayssa. Mas eu ia te contar...

— Quando?

— Hoje. Não que eu seja boazinha, não, não é isso. Ia te contar porque não é justo que só você não soubesse da existência dela, quer dizer, da presença dela comigo, porque vocês se conhecem.

— Ela sabe de mim?

— Tudo. Até que adoro trepar com você.

Ele riu, satisfeito, mas comentou:

— Que promiscuidade!

— Não é promiscuidade. É amor que sentimos pelo outro. É diferente, eu sei. Muito diferente. Ninguém aceitaria isso. Mas nós aceitamos. Quer dizer, ter duas namoradas você sempre aceitou, né?

— É... Mas é diferente um homem ter duas mulheres e uma mulher ter um casal, porra!

— Pois é. Incomoda isso. Se eu tivesse um namorado você aceitaria. Por quê? Ele me comeria igual a você me come. A Tayssa, não.

— Vocês não usam consolo? – perguntou ele, tentando fazer humor.

— Você está sendo escroto, Rui. Não conhecia essa sua característica.

Ele se desculpou.

— Sabe o que é? Eu levei um susto quando vi vocês se beijando. Foi a Catarina que me mostrou. Ela veio toda feliz com o celular e me mostrou a foto. Vocês estavam se beijando mesmo. Não era fingimento.

— Eu não vi essa foto. A Vivi sempre me fala quando isso acontece... Saiu onde?

— Ela viu no Youtube. O cara filmou vocês duas se beijando e a Catarina fez uma foto.

— Não vi. Mas ela estava lá comigo. Antes de viajar, liguei para você, deixei recado e você nem ligou...

— Estava mal com a Catarina. Ela pegou meu celular e viu que tenho fotos suas e quis saber se tinha fotos dela. E não tinha. Então, tive de dar atenção a ela...

— Tive de comer a Catarina... – falei, imitando um arremedo.

— É. Tive de comer a Catarina para ela se acalmar.

— Você é querido pelas suas namoradas, nossa! – E o puxei para fora da cama e o abracei. – Eu também adoro trepar com você. Esse é o meu problema de vida. Amo a Tayssa e adoro estar com ela. Mas sinto falta de você. Sinto falta de você me comer – e o beijei.

Ele me empurrou para a cama e começou a me beijar desde os pés até a cabeça. E foi tão bom que gozei não sei quantas vezes. E como sempre acontece, dormi. Ao acordar, ele já tinha saído, deixando um bilhete preso na porta:

"Amor, tive de ir e fiquei sem coragem de te acordar. Foi ótimo. Quando quiser mais, é só ligar. Rui".

E voltei para a cama com lágrimas nos olhos. Se havia dúvidas sobre quem eu amava e sobre quem me amava, elas tinham acabado.

– Tayssa! – gritei bem alto. – Eu te amo!

XXXVII

Eu fiquei largada no dia seguinte à passagem de Rui pela minha casa. Ou seria pela minha vida? Eu não sabia o quê dizer. Sentia-me péssima. Pensei em ligar para Tayssa, peguei o celular e fiquei curtindo a foto em que ela me mandava um beijo. Quando me dei conta, estava chorando. A campainha da porta tocou, mas fiquei quieta, com a esperança de que a pessoa desistisse. Mas não desistiu. Era Viviane.

Ela abriu a porta com a chave dela, foi direto para o quarto e me viu largada e abandonada. Nada falou. Saiu recolhendo minha roupa que estava jogada pela casa toda. De volta ao quarto, disse:

– Calcinha, meias e vestido. Sem sutiã. Para quem foi isso? Rui ou Tayssa.

– Rui. Foi ótimo e foi horrível.

– Deixa eu ver – disse ela, se sentando na beira da cama. – Ótima a trepada. Péssima a conversa e a despedida.

– Nem houve despedida. Ele foi embora... Eu estava dormindo e deixou um bilhete. Taí, olha!

Vivi leu as explicações que ele deu e pensou no que pretendia dizer.

– Dani, ele disse que quer te comer. Apenas isso. Não te ama nem quer te amar. Quer ficar com a namorada, a... Como é o nome dela?

– Catarina...

– Pois é, a Catarina. Você já me disse que estava com os dois e estava dividida. Não há mais razão para você ter dúvidas sobre quem escolher, não é?

– Gozado, eu queria trepar, liguei para ele, me preparei toda e trepamos muito. Foi muito bom. Mas...

– Mas...

– Ele ficou puto porque viu uma foto minha com a Tayssa no Youtube. Era um filme feito em Salvador e eu dava aquele beijo nela. A Catarina fez a foto e mostrou a ele, que ficou puto por isso, por ser uma mulher. Admitiria me dividir com outro homem, mas com outra mulher, não. Não é uma escrotidão?

– Uma coisa fica clara para mim. Tanto ele quanto ela gostam da sua bunda!

– Pois é. Parece que a minha bunda é a coisa mais importante da minha vida. Sabe que até a Tayssa fala dela? Diz que igual à minha bunda, nenhuma outra... To começando a pensar em tirar a bunda fora, fazer uma plástica – e comecei a rir.

Viviane riu também e disse:
– Bota no seguro.
– Quanto ela deve valer?
– Quanto você quereria por ela?
– "Eu quero uma mulher, que seja diferente, de todas que eu já tive, todas tão iguais"... – cantei.
– Todas são uma só, a Tayssa...
– Tayssa... Quero a Tayssa comigo... To maus...
– Fica com ela, Dani. Você a ama, ela te ama, fica... – Olhou para mim e perguntou: – Tem medo de ficar com uma mulher?
– Tenho. O que vão dizer?
– Quantas atrizes e atores você conhece que são homossexuais, Dani?
– Quilos... Mas não são meus colegas. É a família. O que vão dizer de mim?:
– Que família? Sua irmã e seu sobrinho?
– Não, os tios...
– Ora – disse ela com raiva – não deram a mínima quando a mamãe morreu, nos deixaram sozinhas...
– Não fala nisso. Não me lembra da morte da mamãe!
– Eu sei, Dani, desculpe, eu sei que você nunca superou isso.
– Engraçado, pouco conheci papai. Mas a mamãe me faz sofrer até hoje. – E comecei a chorar, mansamente – Tenho muita saudade dela... Pra você também foi difícil.
– Foi – e sorriu para mim. – Viúva, tinha um filho adolescente e ganhei uma filha.

De repente, levantou-se e começou a falar.
– Menina, esqueci de te dar a notícia mais importante: o Léo vai casar. A Marise tá grávida. Eu vou ser avó!

Pulei de alegria junto com ela. Era uma notícia e tanto. Mas, de repente, parei de pular e olhei para ela.
– O Léo vai aceitar uma tia lésbica?
– Se você repetir isso, eu te dou uma porrada! Ninguém tem de aceitar isso. Ninguém! Isso é assunto seu. E a Marise já te conhece...
– Mas não sabe que sou lésbica.
– Olha, vou ligar para a Tayssa...
– Não.
– Vou ligar e contar para ela que você está apaixonada...
– Ela já sabe.
– E que tem vergonha de ser lésbica... Sapatão... Fanchona...
– Para!

— Só paro se você disser alto que ama a Tayssa.
— Eu amo a Tayssa! – gritei. E logo começamos a rir.
— Pega o telefone e liga pra ela.

Estiquei-me toda a peguei o telefone na mesinha de cabeceira. Era hora de conversar com a Tayssa. Era hora de dizer a ela que eu queria ficar com ela. E para sempre.

XXXVIII

A conversa com a Tayssa me fez bem. Choramos as duas ao telefone. Eu comecei dizendo eu o Rui tinha estado comigo na véspera e ela logo quis saber se foi bom. Eu disse que sim. E fiquei em silêncio..
— E daí? – Perguntou ela.
— E daí que eu concluí que quero você só para mim e que quero que você seja só minha...
— Num **cridito**!
— **Cridita**, sim. Eu amo você.
— Você sabe que eu também te amo. Mas me querer só para você e querer ser só minha? C****!
— Isso aí bem longe de nós duas – e comecei a rir.

Ela me acompanhou e após nos acalmarmos, perguntou:
— Minha puta linda! – e fiquei arrepiada – Você concluiu que me quer por quê?
— Ele saiu daqui, reclamou que eu namorava você, viu uma foto nossa na internet, e se mostrou bastante escroto ao falar de nós duas juntas.
— ....
— Tayssa?
— To aqui, te ouvindo.
— Você me ama?
— Mais que tudo. Amo muito, te quero muito, quero ser sua mulher, quero que você seja minha mulher...
— Diz mais...
— Putinha!...
— Eu fico molhada quando você fala isso.
— Putinha linda! Te amo, te quero. Você vem pra cá ou eu vou praí?
— Vem pra cá.
— To indo...
— Olha, vou reservar uma gaveta pra você.

XXXIX

Estávamos juntas há dois meses. Eu estava feliz e Tayssa também se dizia feliz. Dividíamos os dois apartamentos, apesar de o meu ser mais confortável que o dela. E íamos levando nossas vidas, sempre com muito carinho com a outra. Em cada casa havia uma gaveta reservada. Na casa dela, para mim. Na minha, para ela.

Mas ambas sabíamos que a vida dupla continuava. Eu tinha quase que certeza de que, na minha ausência, a Celina dormia com ela. Mas não podia reclamar. Nas ausências dela eu chamava o Rui e ele vinha, me comia e ia embora, me deixando sempre de baixo astral.

Era a oportunidade de minha irmã brigar comigo. Viviane não se conformava com a minha infelicidade. Eu dizia para ela que o Rui me amava e que me queria só para ele, mas que não largava a Catarina.

— Dani. Ele não larga a Catarina porque você não larga a Tayssa. Põe isso na sua cabeça. Aprenda, irmãzinha: vida não é só sexo.

Ela ficou em silêncio e caminhou pela sala. Ficou na janela um tempo e se voltou para mim.

— Dani, explica uma coisa: você diz que ama a Tayssa...
— E amo!
— Sim, não ponho seu sentimento em dúvida. Mas você também ama o Rui?
— Não sei. Eu sempre digo que o que sinto por ele é tesão. Ele diz que me ama. Mas eu não acredito, porque ele não larga aquela vaca, aquela puta da Catarina...

— Ela é uma vaca, uma puta porque não larga o Rui. Já pensou no que ela pensa a seu respeito, de que forma ela se refere a você?

Comecei a rir.
— Eu já perguntei isso. Claro que ele não disse...
— Pois é. Você quer os dois, tem os dois e reclama. Do quê?
— ....

— Daniela. Fica com os dois e não sofra mais com isso. Agora, abre o jogo pra eles. Deixa claro pra Tayssa e pro Rui, que eles podem ficar com a Celina e a Catarina sem problemas.

Fiquei pensando no que ela disse. E procurei analisar. O que eu sentia pela Tayssa era claro. Era amor e tesão. Nessa ordem. Mas pelo Rui, que sentimento eu tinha?

XL

Rui sumiu de minha vida e já estava até começando os ensaios do seriado, a parte artística, já que antes eu me dedicara a aprender a cantar e dançar, quando fui surpreendida com uma visita dele. Cheguei em casa e ele estava esperando. Felizmente, naquele dia, por razões profissionais, Tayssa fora dormir em casa.

Eu cheguei tarde e me surpreendi com a presença dele devido ao avançado da hora. Ele estava calmo, carinhoso, e pediu para subir, pois queria conversar. Subimos e, no elevador, ele se aproximou de mim e me pediu um beijo.

– Pra quê, Rui?
– Só um. A Tayssa não precisa saber.

Com o elevador já no meu andar, deixei que ele empurrasse a porta e fui andando na frente dele, já imaginando que ele estivesse olhando para minha bunda. Virei-me e confirmei minha suspeita. Nada falei e abri a porta para que ele entrasse. Ele entrou e antes mesmo de nos sentarmos ofereci um cafezinho. Ele aceitou e fomos para a cozinha.

Enquanto a água fervia, nos sentamos lado a lado e ele começou a falar.

– Primeiro, quero pedir desculpas por aquele dia. Fui grosso e machista. Fui escroto, como você me chamou uma vez.

Fiz cara de espanto, mas ele disse que não esquecera do dia:

– Foi na última vez que transamos.
– Lembro da transa. Mas de ter te chamado de escroto, não. Mas eu devo ter tido razão.

Ele riu e concordou:
– Teve mesmo.

Em seguida ficamos em silêncio, nos olhando. Foi quando comecei a analisar seu rosto. Havia mais rugas em torno dos olhos. Seu olhar era de apreensão.

– Aquele Rui que conheci... Há quanto tempo?
– Dois anos.
– Pois é... Aquele Rui que conheci há dois anos não existe mais?
– Não. Aquele Rui tinha pai e hoje não tenho mais...
– Desculpe, eu não sabia...
– Pois é. Mas aquele Rui que acreditava que nenhuma mulher recusaria uma trepada comigo não existe mais...
– As mulheres não querem mais trepar com você?
– Pelo menos as duas que eu mais amo: Catarina e você.
– Catarina também?
– Disse que só volta a me namorar se eu resolver minha vida com você.
– Rui, nós não temos mais nada... Que história é essa?
– Ela me conhece muito bem. Ontem, surpreendeu-me olhando para o

mar – ela foi à minha casa e lá disseram que estava na praia – e disse que eu estava pensando em você.

– E estava?

– Pior que estava.

– Ela te conhece mesmo...

Ele sorriu e esticou a mão em direção à minha. Retribuí e até trancei meus dedos com o dele.

– Você nunca disse que me ama, Rui.

Ele franziu o rosto.

– Nunca? Impossível.

– Não, não disse. Você me chamou de gostosa, de putinha, disse que a minha bunda é bonita, disse que gosta de trepar comigo. Mas eu te amo, nunca disse.

– Faz alguma diferença?

– Rui... Porra!... Faz toda a diferença. Você vem aqui, me come, me faz gozar muito, é verdade, e vai embora. Chega e Tayssa, me faz gozar muito também e diz que me ama. Não faz diferença?

– Acho que a Catarina nunca ouviu isso de mim.

– Você não a ama? Você não ama ninguém...

E me levantei porque a água estava fervendo. Enquanto o coador fazia seu serviço, voltei a ficar perto dele.

– Rui, qualquer mulher gosta de ser tratada com carinho. Por mais que um homem seja bom de cama, como você é, a gente quer ser querida. Não quer só trepar. E aprenda: a gente até abre mão de um namorado bom de cama desde que ele nos reserva, carinho, amor, companheirismo, solidariedade...

– Tudo isso?

– Você nunca compartilhou nada com ninguém? Nem com a Catarina?

– Não... Ao menos não me considero compartilhado com ela. Mal conheço a família dela...

– A minha você não conhece.

Ele riu e continuou.

– Mal conheço as amigas dela, ou as colegas de trabalho... Talvez umas duas...

– De mim você não sabe nada. Me comeu, me deixou dormindo e me viu no palco. É pouco, meu amor. Muito pouco...

– Já te chamei de meu amor...

– É verdade. Antes de me comer. Aí não vale – e sorri para ele.

Ele riu e bebemos o café. Depois, voltamos para a sala e eu comecei a ficar preocupada. Eu sabia que se ele se encostasse em mim a tragédia estaria prestes a acontecer. O problema é que ele também sabia. E em um momento de distração minha, abraçou-me por trás e me apertou os seios.

– Rui, por favor... Não!

— To com saudades de você – disse ele e me virou. Ao olhar para aquela boca, não resisti e nos beijamos apaixonadamente. Ele quase que me desnudou ali na sala. Não o fez porque eu o puxei para o quarto.

— Os vizinhos – expliquei.

E logo tiramos a roupa. Ele me empurrou para a cama e, como sempre fazia, me beijou. Foi tudo muito, muito bom. Eu até fiz uma coisa que não fazia. Gritei. Ele chegou até a se assustar e ficou me olhando.

— Mete! – ordenei. E fui obedecida.

Quando tudo acabou, vesti um penhoar e voltamos os dois para a sala. Ele, claro, já se vestindo. Antes de sair ainda me beijou e me deixou chorando.

Chorando pela minha falta de vontade de dizer não. Pela minha covardia de me recusar a ser tão bem comida assim. Por ter enganado Tayssa. Por que ela jamais iria saber que eu ainda tinha tesão em Rui. E pela dúvida que eu sempre tinha depois de gozar com ele: vou gozar com ela?

E chorei quase que a noite toda, enquanto lá fora uma forte chuva caía sobre a cidade. E também caía em Niterói, onde Tayssa estava. Mas eu só pensava em mim. E no quanto gozara com Rui.

XLI

No dia seguinte acordei com ressaca. Literalmente. Não que tivesse bebido. Mas porque tinha enganado Tayssa. Liguei para ela, mas o celular estava na caixa postal. Eu sabia que ela, quando dava aula, desligava o aparelho, de forma a nada lhe atrapalhar. Mas não sei por que, fiquei preocupada. Não era a primeira vez que aquilo acontecia, mas não gostei de não falar com ela. E enquanto tomava banho – na verdade uma ducha fria – pensei que minha inquietação fosse apenas consequência de uma noite passada com Rui.

Olhei-me no espelho e falei alto:

— A Tayssa nunca vai te perdoar. Você vai perder a pessoa que mais te amou na vida. Bem feito...

Sai de casa e peguei o carro para ir ao estúdio, onde o seriado estava sendo gravado. Havia imagens a serem feitas em Salvador, mas ainda estávamos na fase de estúdio.

Sorri para o porteiro e liguei o rádio. E fiquei gelada. A notícia era que uma forte enchente, em Niterói, provocara mortes e feridos, sem se falar nos desabrigados. O Morro do Bumba, onde ficava o apartamento de Tayssa, desabara. O motorista estranhou que eu não saísse com o carro e veio me perguntar se precisava de ajuda.

Eu olhei para ele e falei baixinho.
— O Morro do Bumba caiu...
— É foi horrível — disse ele. — Muita gente morreu.
Eu larguei o carro, ainda ligado, e fui falando.
— Tayssa mora lá.

Ele percebeu e veio correndo e acabou me segurando, pois senti minhas pernas fraquejarem. Com carinho, levou-me até o sofá.

— A senhora quer alguma coisa? Um cafezinho? — sempre havia uma garrafa térmica para os empregados — A senhora está bem?

Mas eu não prestava atenção nele. Tornei a ligar para Tayssa e, novamente, a ligação caiu na caixa postal. Nisso, Viviane chegou. Ao me ver na portaria, veio correndo e me abraçou.

— Você já soube?
— Morro do Bumba? Já. E a Tayssa?
— Ainda não se sabe de nada. Vamos subir — disse ela. E me puxou em direção ao elevador.

Quando chegamos ao apartamento, uma vizinha nos viu entrando e se ofereceu para ajudar.

— O que aconteceu?

Eu repeti:
— O Morro do Bumba. Tayssa...

Ela percebeu do que se tratava, pois já tinha nos visto juntas e pegou o telefone.

— É Luísa. Tem alguma notícia do Morro do Bumba? — e ficou ouvindo por um determinado tempo, tempo durante o qual Vivi e eu olhávamos para ela.

Ela desligou o telefone e me mandou sentar. Mas não sentei.
— Fala, porra! — ordenei.
— Seguinte: a chuva derrubou tudo. A Defesa Civil faz uma previsão de que mais de 50 morreram — e parou de falar porque eu comecei a chorar. — Ainda não sabem quem morreu e quem está ferido. Dá o nome dela inteiro. Vou ver o que posso fazer.

E ante a minha surpresa, explicou:
— Trabalhei a noite toda na rádio por causa das chuvas. E soube logo do desabamento em Niterói. Foi uma tragédia.

Minha preocupação era avisar à produtora que não podia trabalhar. Falei com uma menina que recebia os recados e expliquei.

— Diga ao Ricardo que minha namorada morava no Morro do Bumba.
— Caramba, Danielle! Pode deixar. Eu aviso... Olha, se precisar de alguma coisa avisa, tá legal?

Agradeci e só então sentei ao lado da Vivi. A vizinha já tinha saído e quando perguntei por ela minha irmã explicou que ela fora fazer a apuração na casa dela, mas que me avisaria de qualquer coisa.

— Como você soube? — perguntei.

— Dani, não se fala em outra coisa. As TVs tão direto transmitindo isso. Não vim mais cedo porque achei que você estivesse dormindo.

Dei um pulo e liguei a televisão. O cenário era de catástrofe. Sentei no chão e fiquei olhando. Tinha certeza de que Tayssa estava entre as vítimas. E recomecei a chorar. Sabia que tudo aquilo era resultado da minha traição. Tayssa morrera porque eu quis trepar com Rui.

— Foi a desmedida — falei. Vivi, claro, não entendeu. Não tentei explicar. Levantei e disse que queria ir para lá. Mas a vizinha já batia na porta e fazia exatamente esta oferta.

— Quer ir ao IML? A gente tenta dar um jeito de conseguir a lista dos feridos. De repente, né?

Só quando cheguei no Instituto Médico Legal de Niterói percebi a extensão de tudo aquilo. Tayssa só tinha um parente próximo: o pai, que também estava desaparecido. Tão logo cheguei, vi Celina. Falei com ela friamente, mas ela me puxou.

— Ela não gostaria de saber que nós duas estamos brigando. Dá uma abraço, por favor.

Celina era mais baixa do que eu. Era uma daquelas meninas toda pequenina. Eu gostei de abraçá-la. E vi que ela estava chorando muito. Vi numa parede do amplo saguão do IML uma lista. E perguntei a ela se o nome de Tayssa estava lá.

— Não — disse ela, ainda chorando.

Olhou para mim e disse.

— Ela não sobreviveu. Nem o pai dela. Os dois estão desaparecidos.

Mas a confirmação veio poucas horas depois. Tanto Tayssa quanto o pai. Só então me dei conta de que elas não estavam juntas na véspera. E me doeu ainda mais a traição.

— Celina, seja sincera: por que vocês não estavam juntas ontem?

Celina ficou constrangida, olhou-me séria:

— Estava com minha mãe, que está muito resfriada. E o pior é que ela reclamou muito de mim — e deu um sorriso triste.

Curiosamente, a confirmação da traição de Tayssa não me liberava da culpa das horas passadas com Rui. Ainda mais sabendo que ele também estava morto.

— É a desmedida — disse, olhando para Celina.

Ela nada disse. Abraçou-me, beijou-me o rosto, e disse:

— Ela sabia que nós duas a amávamos muito. E também nos amava. Eu nunca duvidei disso. E você?

— Jamais — e sorri para ela.

Mas só vim a saber da tragédia por inteiro quando vi os jornais e li a notícia de que não se encerrava em Tayssa. A notícia era grande, mostrava um carro inteiramente amassado e uma pequena foto do motorista. Era Rui.

Ele morrera afogado no canal da Avenida Visconde de Albuquerque. Com a chuva, o carro foi levado para dentro do canal e ele ficara preso. Quando os bombeiros conseguiram chegar nele, ele já estava morto. Li a notícia e vi o convite para seu enterro. Entre as pessoas que convidavam estava Catarina.

— Será que ela sabe que ele estava comigo antes de morrer? — pensei alto.

Curiosamente, não sentia tristeza. Nem por Tayssa. Tinha a certeza de que era castigo.

— Quem mandou dar para os dois? De que adiantou ter bunda bonita?

Fui para o meu quarto e pensei se deveria ou não ir ao enterro de Rui. Como a Catarina me receberia? Achei melhor não ir.

Nos dias que se seguiram, tentei voltar a trabalhar. Mas não conseguia fazer nada. A direção do estúdio achou melhor me liberar.

— Vamos gravando as outras cenas. Depois, gravamos as suas.

— Mas...

— Não... Vai embora.

E fui embora, ouvindo o diretor dizer ao restante do elenco.

— Ela está de luto.

XLII

Comprei uma sepultura para Tayssa no Jardim da Saudade. O pai seria enterrado em São Gonçalo, onde a família deles morava. Os primos concordaram comigo e muita gente compareceu. O que me dava aflição era o caixão fechado. Celina ainda viu o corpo após a necropsia. Eu, não. Queria guardar a imagem da mulher alegre que dizia me amar. E que, como eu, dividia sua cama com outra pessoa.

Na hora em que o caixão foi levado para a sepultura, saí abraçada com Celina. Ela chorava mansamente, deixando as lágrimas correrem livremente pelo rosto pequeno. Na hora em que o caixão ia baixar a sepultura, uma colega se colocou à frente de todos e fez um breve discurso, no qual ressaltava a alegria que Tayssa sempre demonstrava.

— Pena que tenha morrido uma pessoa que tinha tanta alegria de viver – e olhou para nós duas. Abraçou-nos e nos disse baixinho: – Eu também fui namorada dela.

Antes de ir embora, entreguei aos coveiros os dizeres da placa que seria colocada na sepultura. "Celina Esteves, a namorada". E seguiam-se as datas de nascimento e morte.

Despedi-me de Celina e entrei no carro de Viviane, para voltar para casa. Pensei em ir trabalhar. Mas nem tinha lido o roteiro com a atenção devida. E dali mesmo pedi a Ricardo mais um dia.

— Juro que amanhã eu to aí.

Ele concordou. Olhei para Vivi e comecei a falar:

— Minha vida deu uma volta completa em apenas uma semana. Perdi duas pessoas que amava. A Tayssa, com certeza. E o Rui?...Acho que amava também...

— Com certeza, Dani.

— Sabe de uma coisa? Ela e a Celina continuaram namorando. Eu toda preocupada por estar com o Rui, e ela comendo a Celina. É mole? – e comecei a rir.

— Você não está com raiva?

— Raiva? Eu? Por quê? Porque ela me traía? Todos nos traíamos. Eu namorava Tayssa e Rui. O Rui namorava Danielle e Catarina. E a Tayssa namorava Danielle e Celina.

Olhei para Viviane e falei como se tivesse descoberto a pólvora.

— Olha só. O Rui estava reclamando que a Catarina não queria mais trepar com ele. Será que ela tinha outro? E a Celina? Quem pode garantir que ela não tem outra também?

— Vocês todos se enganavam e prometiam amor eterno... Certo estava Vinícius: "Que não seja imortal, posto que é chama, mas que seja infinito enquanto dure".

— É a desmedida. A peça de Sófocles termina com esta frase, que diz tudo: "Não formules desejos... Não é lícito aos mortais evitar as desgraças que o destino lhes reserva!".

Pus a cabeça recostada no banco e quis dormir um pouco. Desta vez, sem sonhos.

FIM

Este livro foi produzindo em setembro de 2015 no Rio de Janeiro pela Editora Mourthé. Impressão em papel pólen-soft 70 gr/m² após paginação eletrônica em tipo Calibri 11/13 pt.

editora
MOURTHÉ

contato@editoramourthe.com.br
www.editoramourthe.com.br